记
/MIAIRIKI/
号

真知　卓思　洞见

莲花士

陈渔——著

北京科学技术出版社

图书在版编目（CIP）数据

莲花土 / 陈渔著 . -- 北京：北京科学技术出版社，

2024. -- ISBN 978-7-5714-4383-2

Ⅰ . I247.5

中国国家版本馆 CIP 数据核字第 20242PH540 号

选题策划：记　号
策划编辑：马春华　李照珂
责任编辑：武环静
责任校对：贾　荣
封面设计：吴梦涵
图文制作：刘永坤
责任印制：吕　越
出 版 人：曾庆宇
出版发行：北京科学技术出版社
社　　址：北京西直门南大街 16 号
邮政编码：100035
电　　话：0086-10-66135495（总编室）　0086-10-66113227（发行部）
网　　址：www.bkydw.cn
印　　刷：北京顶佳世纪印刷有限公司
开　　本：710 mm × 1000 mm　1/16
字　　数：260 千字
印　　张：21.5
版　　次：2025 年 4 月第 1 版
印　　次：2025 年 4 月第 1 次印刷
ISBN 978-7-5714-4383-2

定　　价：68.00 元

清城地处黄河冲积平原，

每次黄河泛滥之后，

总会留下一层细沙，

覆盖在黏性土壤上。

久而久之，

土壤形成了红、白、黄相间的层状结构，

如莲花瓣一样均匀清晰，

当地人称之为莲花土。

目录

01

卫运河岸边

20 世纪 80 年代的一天，灿烂骄阳之下，临清（也叫清城）陶屯的高音喇叭响了，通知村民晚上开全员大会。天光还没有完全收尽时，离不开娘的小孩子围着兼做会场的打麦场打闹，胶东女人宽腔大嗓，吵得坐在一角马扎上的陶景人脑浆直晃荡。他没注意听生产队队长说些啥，队长说话向来舍不得放开音量，因为有几次关系到村民利益的事，他是大着嗓门说的，事后让人给抓住了把柄，所以，今天他说话的音量没比蚊子飞的声音大多少。陶景人知道队长还有一个毛病，就是算的话不说，说的话不算，所以他想只坐在那里充一个到会人数。

队长今天说的是砖窑，那是分田到户不久，陶屯的领导拿定主意建的。陶景人记得砖窑不到一个月就建好了，他的父亲就开始烧砖。爷爷从前也是窑户，这时年事已高，脑筋有些不清醒，是那种一会儿明白一会儿糊涂的断片似的不清醒。他记得父亲指挥窑工烧砖，那些人说是窑工，其实没有几个正式在窑上干过。村里也没几个会脱砖模的匠工，装窑的砖坯还是父亲带人打的，一边建窑一边晾坯。烧窑的煤是生产队从煤厂上赊的，答应人家砖出了窑，按约定的数量用砖兑给人家。砖窑烧制的红砖满足了人们建房的需要，尤其满足了村里人建新房给儿子娶媳妇的需要。红砖生意好极了，到生产队里买红砖的人都排到了两年以后。据说村东老杨家准儿媳未婚先孕，急人急事急着办，他家在村里中街道的牛家饭铺摆桌，请村干部吃饭，想加塞拉砖，结果给几户排在头里的逮个正着。最后还是陶景人的父亲到场解围，答应村民再建一个母子窑，不过母子窑并不保证后建的子窑成砖率，并且答应先前排队的一律从母窑拉砖，这才劝说一家家同意让老杨头排在子窑队伍的头里。开窑那天，来拉砖的煤厂车队都排到了托板豆腐杨六家的豆腐坊，人们鼻孔里除了有豆腐坊才有的殷实香气，还有一种说不出来的香气。那香气是陶景人的爷爷先闻到的，老人家平时靠拄拐杖才能撑起半个身子，竟然往前噌噌噌走了好几大步，感叹着："香啊！"陶景人汲着鼻子，什么也没闻着，他发现村民们也都汲着鼻子在闻。在他仔细地闻时，爷爷发话了："忘掉你对世间所有味道的记忆去闻！"最后他闻到了，那是一种卫运河水加泥土加玉米加枣木加很多人到过的大集上才有的气息，是很多人与能飞的能跑的能蹦的能爬的所有生物，与所有植物加在一起的气息，有点儿温热，有点儿甜腻。第二天，他不经意地又在闻，终于发现自己对这种味道有了记忆，在他的头发里、衣服里还有喝的水和屙的屎里都闻到了它。再过几年，陶景人再也不用到红砖出窑的窑口去闻，他站在陶屯的任何一个地方都可以闻到，他把这叫作陶家窑的味道。

但父亲不许他叫陶屯的砖窑为陶家窑，因为窑是生产队的，是集体的。陶屯人盖房都用生产队窑上烧制的手工砖，谁家也不用县里第一砖厂的砖，因为第一砖厂生产的都是"破砖"。所谓"破砖"就是砖的中心有两个小孔，那些有窟窿眼儿的机制红砖比不上陶家窑没有小孔的手工砖，没有小孔的当然比有小孔的砖好，因为小孔使砖受热不均匀，砖常有凸凹不平的现象，这就要求泥瓦匠在砌墙的时候要专门找平，不然那些向不同方向的拉扯力会直接影响房屋的质量。这是村民们告诉陶景人的。爷爷告诉他，找出来的平和本来就平是不一样的。就像有的人长得顺溜，有的人给上几脚才顺溜。这种得踹才能顺溜的人肯定不如本来就长得顺溜的，他们心里憋着气，总是扭着劲。谁家盖房都不是件容易事，都不想要自己家墙上砌的砖吹胡子瞪眼地不顺溜。村里人用上手工砖都无比骄傲，他们要么在村里排队，要么到砖窑上跟陶爸爸订一窑子窑砖。陶爸爸说："哪儿能给你订一整窑的子窑砖？"于是，中街道的饭铺里又会摆酒，或者村民买了酒和时令稀罕物，托亲拜友"央求"人家把礼物转送给陶爸爸，请他在窑口"留情"，陶爸爸便会嘱咐工人给腿子砖均些火，给那些着急用砖的人烧好。这是技术活儿，陶家人祖上就是吃砖头饭的，陶爸爸便也吃上了砖头饭。人们说，那红红的窑火，照应着陶家的香火哩。

坐在会场里的陶景人，正在专注地摆弄着他的宝藏玩意儿。那是他的喜好，他从卫运河里淘来泥，滤去杂物，摊在房前，等它们干一些往里面掺些棉花，再捏成自己喜欢的小兔子、小狗，还有伸展翅膀的和平鸽、小燕子。刚刚他从队长没比蚊子音大多少的声音里听到了"砖窑"，听到了"3万块钱承包"。陶景人的注意力一下子集中了起来，因为这之前没有人让他跟砖窑扯上关系。个人永远不是集体，而集体里包含无数的个人，就像3万元里包含着3万张一元。他的大脑飞快地计算着那3万张一元或者3000张十元。

但他此刻还不能完全相信那只"蚊子"发出的声音，哪怕前前后后发出的声音都一次次地证明了那件事。他还是坚信自己的信念：眼见为实！

散会后，大人孩子有的往自家走，有的约上三两人，又去攒局儿。他还坐在原地，听见不远处有公蟋蟀叫，然后听到有什么向那个声音爬过去，大概是母蟋蟀，也许是凑数的油葫芦，谁知道呢。

他往大队部走去，竟然在那里发现了红砖窑要承包给个人经营的告示。他想，黄纸红字，这是真的啊。陶景人之前像个仙人，除了媳妇让他动了些心思，他的生活几乎是跟着父亲在以家为圆心的地方画圆，在 24 小时之内返回出发点。他像父亲的影子一样，如果太阳出来，他相信会是那样的。但今天，他想到了很久之前，他家祖上如何从作头变成窑户，据说祖上第一次想让新窑的砖砌进北京的墙，就差点儿掉了脑袋，幸亏黄河水来了，才救了他们陶家祖上的命，有了这一代代人的繁衍与传承。

"我想承包。"是的，这个念头就像落水时的镇水兽浮出水面，让他立时就清醒了。他突然想到，得把承包告示上"现金 3 万的承包费"抓把胶泥糊上，免得让别人瞅见。于是，他不光用了泥，还沾了旁边引渠里的水把它给抹花了。当他用湿泥把"3 万"又抹了一遍，后退几步，正觉得这样做不好，想把泥弄掉时，下雨了。"天助我也。"他想。

在急切的雨滴里，他开始往家走。他采了一朵梓树开出的筒状大粉花，想插在理得精短的头上，但没有着落，便夹在右耳朵上。陶景人一下子妖娆起来，髋骨扭得竟然像《李二嫂改嫁》中的人物一样游浪呢。

慢雨下得透，太阳出来时已经没有力量烤干大地饱含的水分，大范围长时间降雨，太阳好像都已经湿了。清晨到来，厚厚的云层让天色越发阴沉。卫运河上飘来的潮气几乎把深绿色的庄稼都压得没了脾气，潮气毫不留情地把房上的瓦弄得光溜溜的。晚上人们躺在炕上，能感觉到潮气一团一团向屋里涌来，撞在门框和砖墙上。这种潮气像是来专门对付人类的意志的，人们可以脱掉被它们打湿的衣服，却无法让它们的进攻停歇。

"我们只能把它卖了。"他刚跟母亲透出想承包砖窑的打算，母亲就不容置疑地说，她指的是家里囤的十几吨煤。"冬天长着呢。"陶景人不赞同地说。"你爸出去帮工，到时我一个人住这儿，几个孩子再帮帮我，冷天就过去了。"母亲说。

陶家的孩子是习惯找自己的母亲说话的，这种习惯来自父母的分工，男主外，女主内。母亲说罢，很有精神地捅着炉眼里的纸张和木柴。烧起的烟从烟道里冲出来，很快挤满了灶间，翻滚着上升，直到被屋顶压扁，又从屋子的所有缝隙里向外逃逸。母亲讲什么话他已经听不到，只见她像跟聋哑人说话那样用力地比画着手势，好像她的想法只能通过肢体动作才能解放出来。母亲头发乌黑，颧骨突起，说话间她用力点头，使她的头发散落了一缕，黑黑的，长长的，她用手收住它们往发卷上绕，可是它们又落下来，然后又被她更加用力地拢起来，向后束在她大大圆圆的发髻里。

陶景人去找负责过生产队砖窑的父亲。可父亲却说："当村的窑开不得，还不够人情。"

"那人情是您的，人情在您儿子面前什么都不是。"陶景人照常用他那实话实说的态度来回答，但内心深处又怀疑父亲会不会想着老大。陶景人在家中行二，上面还有一个能力比他强，窑厂活儿干得比他多得多的大哥。他想，这一点父亲铁定看在眼里。早知道这样，应该以行动改变父亲对自己的看法。陶景人打定主意等太阳升起时就去实际表现，让父亲看见一个不一样的陶家老二。

父亲背对着他站着，从窗口看着那些立在院墙边自己亲手制作的砖模。父亲的两只手在身后握着，握得很紧，直到被握着的手的部分皮肤都失去了血色。他知道父亲的左手比右手大，而右胳膊比左胳膊长。父亲在砖窑的时候，向来身教胜于言教，那些来到窑上干活的人，无论是家里穷困，还是有托人的路子，反正只要能吃上这口砖头饭，他都要调教，就像训练一群野马，把他们拉拢到一起可不是件容易的事。出窑的时候，装窑工要用砖托把砖运出来，父亲都是用右手握砖，一上手，他就知道这一窑砖头的成色。其实父亲是不希望自己的儿子进砖窑的，他更希望儿子学习好，将来有更大的出息，只是他从没跟任何人说过。当初陶景人的哥哥本来是不想进窑厂的，那时他已经考上了县中，但是，看到父亲的辛苦，他还是把书包背回家来，进窑厂帮父亲了。

陶屯离城区也就几里地，隔着一条京杭大运河。夏天时父亲总是在窑上干活，而母亲忙着地里的活儿，到了冬天，父亲曾带着哥哥去煤厂推煤，补贴家用。后来腰的超负荷使父亲再也承受不住了，猫冬的时候父亲要么间接帮人运煤，要么就在村窑厂里加工木方，用来支撑窑门外的材料房或者工人房的屋顶。不过那是很久以前的事了，当村里的盖房热潮过去以后，砖窑点火的时候就越来越少了，父亲和哥哥离家的时间也越来越多了。母亲操持着家里的一切，有时她会站在窗前，对着院门听动静，或许刚好等到外出打零工贴补家用的人回来。一开始是出去一两个周末，后来是两三个月才能见到他们，原因是外面的工作越来越难找了，他们不得不去更远的地方。

"只要不往里搭钱，也没什么损失。"陶景人听到父亲说。父亲说这话时，眼睛还是望向窗外。"你哥哥牙松了，也吃不了那么多了。"

"爸，3万块钱，我有。"陶景人说。

"你有？家都没分，你上哪有？"父亲说。

"我有一笔工钱没结呢，我明天就去清城结账去。"

"你还真要包那窑？"

"嗯，窑户不少，可真正作头出身再做成窑户的不多，咱陶家是作头出身。"

"那都多少辈子之前的事，当'神仙篇'念我还稀罕呢，管啥用？"

"管用。爸，这事能成，咱懂这里头的艺术。把技术当成艺术，不光当成手艺，那它就不光能在咱手里发挥作用，还能让咱变成艺术家。"

"吹笛儿还得捏眼哩，瞧把你能的，包个窑，还包出你个啥艺术家？"

"艺术！"陶景人得意地说，步伐又游浪起来。

父亲叹了一口气，说："人可以傻，但关键时候不能真傻，冒傻气也得分时候。"父亲说罢，没有听见陶景人回话，一回头，发现陶景人早已不在他身后了。

原来陶景人怕自己昨晚在告示上做的手脚被人发现，又跑到告示前。这回再看，他那颗安不下来的心就安妥了。没了，一场大雨，不光把他抹的泥冲没了，连告示纸都不知道冲到哪里去了。

他这才一口气跑回来，喝了点水，掰了点馍，又没有胃口，然后放下馍接着又喝水，干干爽爽地用白布巾子擦了擦嘴。哎呀，再照照镜子，怎么就觉得今天镜子里照出来的人容光焕发，他对自己相当满意，心说，你看看这个人，哪哪都比得上电影里的大演员呢，这国字形的大脸，眉宇之间的凛然正气，还有高高的身量。问题还是有，眼睛长得小了一点儿，那眼小还聚光呢。他这么一想，再看自己，几乎就没有缺点。现在他就要到街上去，他走过街道又来到了大队部，墙外围着一堆女人，她们都是来看新贴的告示的。

女人们议论起来：

"哎，你说有这个好事咋没听说有人抢啊？"

"听说西边包窑才 2 万块钱。"

"3 万块钱，谁有？"

"有 3 万块钱，吃啥不香，包它？"

"唉，他们当干部的就知道开眼前花，只是宣讲，把标准定高，没人包，最后得意他们自己的腰包。"

女人们从人缝里看着大队部的告示，小孩子们也都跑到这个告示前面来了，一会儿工夫，里三层外三层围了一伙人。尽里面灰头土脸那位，裤脚上还带着泥，好像在窑里睡了一宿。有位婶子说："吃砖头饭的，没有一个清爽的，哎呀，站远着点。"这时，陶景人走过来。"瞅瞅人家陶景人，也是吃砖头饭的，人家咋就跟砌好砖头的墙一样，精神利落。"婶子们议论。陶景人装作根本就没有听见，然后去看告示。他昨晚看过告示，把上面的字都记下来了，现在不用看都知道上面写着什么字。这些女人就把他围在中间，像有人按了一下开关，"咔"的一声，所有人都看向了他。只见他白色的棉布外衣，白色的小褂衩浆洗得挺括。"哎嗨。"有人瞅冷子夺了一下他手里拿着的白毛巾，没有抢夺成功。陶景人脚下蹬着的一双百衲鞋颜色是皂黑的，可是一道绲边反而生生地白呢。陶景人把手巾从右手倒到左手，当着众人俯下身，把自己的裤腿连着鞋面，"啪啪"左左右右前前后后拍打了个遍，把仅仅从家到这里走路的工夫落在身上的土拍打干净，鞋上本来就啥也没有，那他也把可能落上的尘土掸了一遍。"哎呀，那是从头到脚，纹丝不乱。"周围人开始七嘴八舌地夸他。"这个纹丝不乱说得好，你就看陶老二啊，该多有出息。"

他背着手，仪态从容地在女人、孩子的注视下走过。陶景人手里没现钱，但外面有别人欠他的一笔钱！那是他媳妇大舅欠他的。如果要回来了，那就太好了。他想现在去要这笔钱，但大舅会先问他挪钱的用途，他还不能事先说明，说不定大舅听到承包窑厂的好处就捷足先登……他想想，不行，他的嘴架不住大舅的缠绕，他是只讲实话的人，这个毛病在娘胎里就坐下了，他根本不能去，去了就败下阵来，败下阵来就完蛋了。为了承包砖窑而跟大舅扯谎，那不臊得慌吗？

陶景人回到家的时候，已经到了掌灯时分。这天晚上他睡不着觉，觉都不知道跑到哪里去了。陶景人穿鞋下地，半夜开门出去。他走啊走啊，也不知道怎么就来到运河边上，他的思绪就顺着京杭大运河，一直往北了。道可真是不近呢，他想，要过了德州，再去沧州，从沧州再到天津，从天津再往北京，也就是从南运河到北运河，然后再汇入通惠河，再到崇文门外的码头上。他这么一想，就是一块澄浆贡砖的旅程。

他哪里知道，正是这样一个中国北方齐鲁大地之上的普通夜晚，改变了澄浆贡砖今后的命运。

陶景人两年前给他媳妇的大舅干了一批仿古活儿，那一窑里烧的全是特型砖。媳妇的大舅是上京下窑走乡串户收老物件的，他说，东西越老越值钱，当着陶景人的面只几下就把那些烧好的砖给敲破了，还用炉灰渣做了旧。大舅答应给2万块钱，他吓了一跳，从此睡觉都不敢睡沉了，怕说出来，让人听了去。所以，这个账目他记在心里，连媳妇都没有告诉。现在他走在回家的路上，就在心里盘算，怎么把这件事告诉媳妇。

要账这事媳妇能办。陶景人的媳妇不光人长得眉清目秀，而且特别会说话，陶景人第一次见到她时，就应了那句话，"一眼定终身"，只不过他是一耳定终身。当时，她正在说话，声音不高不低刚好能让他听见，然后就出现了让陶景人感到稀罕的事，她的舌头像剧团敲扬琴的音锤，一通划拉下来，那声音让他的耳朵舒坦。他当时就中意得很，有这样的声音受用，这辈子打工烧窑累死也值了。

没想到媳妇一听他说去讨债就急了。她看了一眼纸糊的窗户，压低了声音，还是没有把那"两万元"说出来，她用右手的食指和中指比画着"二"，然后说："这大数，咋跟大舅说呢？""不是你大舅的，是我的，你得把问题想清楚……"媳妇一见陶景人要说出钱数来，忙上前去用手捂住他的嘴。他也像媳妇之前一样伸出右手的食指和中指比画着"二"。

"你不去，我这嘴，去了也白去。你大舅嘴上功夫了得，我这笨嘴拙舌再把你大舅得罪了，你大舅一生气把账给抹了，哪头上算你说？"陶景人这么一说，媳妇还真就答应了。

媳妇果真把钱要了回来，她把钱打开捆往炕上一摊。天啊，这是多大的一堆钱啊，陶景人看傻眼了，这是能让他梦想成真的钱，这是基础，这是命脉，这是陶景人今后的活路。陶景人告诉媳妇自己明天就要花掉所有的钱，万元户的名头可以让给别人，当窑户这件事他要抢头名，这件事可以传儿传孙，子子孙孙。

第二天，天还没亮，陶景人站在大队部门口的月光里，他并没有排第一，而是第二，不一会儿就从村里的土路上走来一个个人，排进了他身后的队伍里。陶景人目光落在了比自己早来的那人身上，他心想，奇怪，这人家也不是窑上的，也没在窑上干过，为啥也来抢砖窑的承包权？真是不知天高地厚，以为划根火柴棒棒就能把窑点着了？挺大个人做事都不想周全，抢的是啥？他又突然想到，为什么有这么多人会来抢着承包砖窑，这哪里是一支十几个人的长队，这是全村所有势力的集合，这是一场战斗。想到这儿，陶景人抱紧了装着3万块现金的袋子。那时他还不知道，站在第一名的人没有现金。天光大亮的时候，生产队长和会计等人来了，陶景人竟然打了一个很正式的招呼："领导们好，欢迎欢迎！"他是脑子一热想起这些话的，他把这样的话一说出来，那些叫着大爷叔叔兄弟啥的声音都卑微了。

"来吧，交你的申请。"排第一个的把写好的文书交给了队长。队长煞有介事地看了看，一共是 5 页，然后交给会计，还跟会计小声嘀咕了几句。

第一个站在一边，没有走开，他不走，就怕排在后边的人捣鬼。陶景人拿出事先准备好的《砖窑承包申请书》，只有一页纸，上面是他用小白云（毛笔）写的小楷字。然后，最有力量的一幕就出现了，他迅速从袋子里取出了 3 万元现金，那一刻，玻璃窗突地反射了一下太阳光，把屋里屋外都闪了一下。

"这事定下了，人家陶景人交的是现金。"生产队长说。

"啥叫现金？"第一个人突然发问。

"现金就是现成的钱。"生产队长回他。

"那咱哪有这么多钱？"众人哄声一片。

"你以为 3 万元只是说说？那是要把咱队上的权力交给交了 3 万元承包费的人。"人们议论着，队伍突然不见了，都挤到窗前来看从没见过的 3 万块钱。第一个人只带了文书，心里直后悔把借了八家的钱存在信用社里，他是想等着事情尘埃落定，再去直接转账给队里。没想到他起心动念都很周详，唯独失算在这一点上。

02

一把土

陶景人的父亲和他父亲的父亲不知道的是，陶景人在父亲的红砖窑里烧出的媳妇大舅喜爱的物件，不光给他换来了丰厚的酬劳，还得到了一个人的喜欢。这人就是钟情于临清运河文化研究的许培源老师，住在临清文化人士集中的文庙后身的小楼里。这是一栋临街的红砖二层楼，东西走向，二楼最西边的房子里住着许老师父女两人，南北两间屋子通过西边的过道连在一起，过道变成了天然的门厅。时常在写字台前柔和的灯光下端坐的许韵清，是许老师的女儿，在母亲去世后插班到清城高级二中一年级文科班。受父母亲的影响，她酷爱历史，从小就跟着父母亲，特别是父亲，在京杭大运河岸边留下了她未成年的小脚印。

许老师拿清城贡砖"哄孩子"，他告诉许韵清，他查阅清城地方志及明清相关史料，大体摸清了清城砖窑的分布、规模："明清两代的砖窑都分布在卫运河两岸，从今清城西南约 30 里的东、西吊马桥到东、西白塔窑，再到清城东北部的张窑，最后延续到清城东南部的河隈张庄，呈人字形分布，长度达六七十里，总窑数 384 个；其中东、西吊马桥 72 座，东、西白塔窑 48 座，张窑、河隈张庄 72 座，共计 192 座。""这么多啊。"许韵清第一次听到时很是吃惊。"韵清啊，你知道吗？每座砖窑包括两个窑。这些窑修建得十分稠密，如东、西吊马桥到东、西白塔窑共十几里的路程，每 20 米左右就有一个窑，每个窑都呈圆锥体，底部直径约 10 米，每窑每月可烧砖坯 2000 至 3000 块，平均每窑按 2500 块计算，384 个窑每年出砖总数应该是1152 万块。"许老师说。

　　这个总数字许老师是反复核实过的，与万历年间《大明会典》和乾隆年间《清城直隶州志》所记"岁征城砖百万"差距较大，分析起来，主要是因为：第一，一窑之中成色最好者为砖窑内火到周围中间部分，靠近底部及窑壁的往往会因火势不均衡而导致烧过或烧不透。一窑砖大约只有半数基本上符合官府的要求，另外一半则为次品，挑验时不被选中。第二，新砖出窑后，还要一遍遍敲验，一层层筛选，"历年搭解砖块驳换颇多，其挑出哑声及不堪用砖俱存天津西沽厂"，贡砖从各窑运出，敲验后选中者用黄裱纸包好托运上船，解运天津后遭驳换还者颇多，"乾隆十三年奉旨派出工部郎中并监督跟同清城州同（知）李森于旧存备废砖二十余万内，复加敲验，随经选出堪用砖十二万五千有奇"。由此可知出窑砖数与解运砖数有很大的差距。清城官窑各遗址所在地，至今仍有大量敲验后官府不要的砖，各村稍微陈旧些的住房的墙基、台阶、院墙甚至猪圈，都还是用这些大青砖垒砌的。许老师这几年在清城考察，发现有的村民院子里就堆放着200 多块大城砖。"从目前掌握的砖上的铭文年号看，从明初的景泰到清末的道光，当时敲验后剩下的砖确实很多，由此可见，明清时期清城贡砖生产，用'创设最古，规模甚大'来形容是一点儿也不过分的。"许老师说。

　　若不是有人在北京北边倒掉的墙体砖堆里发现了写有完整铭文

的青砖，上写"嘉靖五年清城厂精造 窑户陶伦"，便不会有后面的故事。其实早在1957年，发掘明朝万历皇帝的陵寝——定陵的过程中，考古人员就发现陵墓所用青砖历经300余年依然不蚀不碱，叩击有金石声。这些写有"清城"字样的青砖，正是自明朝永乐初年（约1403年后）开始，由山东临清烧制的贡砖。

专家们把电话打给山东省，打给聊城市，打给临清市，最后把电话打到了许老师这里。许老师的回复是："清城贡砖清末就断烧了。清末，随着北京城建设基本结束，失去政府采购的清城贡砖一时断了销路，各大官窑纷纷停窑。现在已经没人会烧贡砖了。"

但专家们不死心，他们决定沿着卫运河南下，和许老师一起，考察曾经的贡砖烧造遗迹。

天色灰沉的一天，几乎断航的卫运河东岸，几个深蓝浅灰的身影时掩时现。每人无一例外地都手里深抓一把土。他们不明白，皇家营建所需贡砖，为什么要在这距京城迢迢几百里之遥的临清烧造。

很快，专家们发现，临清当地淤积的莲花土，细腻无杂质，沙黏适宜，和上卫运河的水，用这种土烧出的砖，坚硬茁实，不碱不蚀；而且当地的烧造工艺技术娴熟、独特，品种齐全、色泽纯正、形状规整。加之清城傍临运河，贡砖经烧验后可直接装船解运京师。

明初手工业者都编有匠籍，实行住坐服役或轮班服役制度，工匠们必须定期到官办手工工场无偿服役，各处砖瓦厂征召各地砖瓦匠轮流到场烧造。这种摊派徭役，让工匠世代承役，他们不堪官府剥削，生产积极性不高，各地砖瓦厂生产效益亦不高。明朝中期，官府对工匠服役制度进行了改革，实行以银代役制度，减轻了对工匠的人身控制。具体到官营烧造业，官府于嘉靖九年（1530年）将河南、直隶河间府的砖窑一律"停罢"，由工部发放砖价银，在清城"开窑招商"。这些被招承办砖窑的经营者称为"窑户"。清城的砖窑厂也由官办变为官督民办，生产方式发生了改变，如此，调动了窑户的积极性，生产效益也"视昔加倍"，民办砖窑生产渐渐取代官窑生产，但窑的所有权仍属官府，窑户只有使用权，并且不论官窑还是民办窑，都是为官府烧造砖瓦，故当地老百姓一律称之为官窑。

在距离京杭运河 20 米的东侧农田里，专家们发现了河隈张庄的老窑遗址。

百年岁月湮没，老窑远远看上去像一个个荒茔，上面长着半人高的蒿草和斑茅。斑茅洁白如老人家的白发，在风中轻舞，仿佛在诉说着这里曾经窑火连连，红透秋夜。

"现在村里还有烧窑的吗？"许老师问围拢来的村民。

"有。"村民们脆声应答。

村民带着他们来到了生产队冒烟的红砖窑厂。来到正在出窑的老式马蹄窑前，专家们发现砖头形态扭曲，窑工说："砖入窑时已经是扭着的了。"烧窑的见扭曲的砖头码不到垛上，随手把它们扔在地上，这时有人跑过来，将它们拾起便走。窑工说："我不管脱坯只管烧。""多好，盛鸡食存得住呢。"村民起哄道。许老师问："有人知道老砖的事吗？"没人知道。

专家们和许老师租了一辆骡车，跑到张圈村、李圈村，最后找到了张窑村和陈窑村，都没有找到窑户的后人。

赶骡车的运户说，他知道有一个人是至少家传了四代的烧砖后人，就住在陶屯。他们辗转到了陶屯，贡砖这事只有陶景人的爷爷知道。专家们耐心听陶爷爷细细说："这东西缺少人手不行，从起手就得是行内人，不能用一个外头人，因为每一步都很关键，特别是点火后观火和洇窑中，那才考验匠工的人品呢。劳神不说，价钱高了没人要啊，谁使得起？要不怎么说贵人用贵物，砌进皇城的才叫贡砖。"

"眼下能搭着烧不？"专家问。

"不行。"陶爷爷说。

"为啥？"专家问。

"炉温不一样，从澄浆开始就不是一个事儿。"陶爷爷说。

"您说什么？"专家问。

"从你看到的这个土成泥开始，每一道工序都是不一样的。"陶爷爷说。

"工序不一样表现在哪些地方？"专家问。

"小砖和大砖就不是一个工序。砖模越大，用的匠工就越不一样，越大越要功夫，可不是看上去那么简单。那都跟练家子一样，腰腿胳膊都吃着劲儿呢，用力和使力还不一样，这里头有原理呢。"陶爷爷说完，已经睡着了。

骡车驶过运河堤坝漫坡东侧，戴家砖窑的一个30多岁的女人正在那里走着。她正是如今戴家的当家人，戴晓军的妈妈。她的同乡们都过得不错，女人不缺少脂粉，男人不缺少烟酒，可她的穿着却没有什么不寻常，也看不出家底殷实。她可不像村里的其他妇女只是嘴上能耐，她站在当街不用动身，只用耳朵听，就把全村有故事的人家都了解遍了。她不跟她们一起饶舌，从地里干完活儿回来就一头钻进家。她给自己拿主意，也给窑厂定板眼，当主心骨。

毫无预兆地，下大狱多年的刘砖头又回来了。在戴家窑附近的戴湾桥闸，那里的水面已经没有早年间阔大，渡口年久失修，水文站的工作人员撤离后，这里就更加破旧。他站在上闸生了铁锈的三折梯上，等待戴家窑的女人。女人走来了，他们便一起坐在凉飕飕的石堤坝上。他直截了当地对她说，他需要钱。她看了他一眼，见他还是一副横竖不在乎的样貌，一点儿也没恼怒。她说："可不光是钱的事。"她听见他从嗓子眼里吭了一声，那声音像是粘在喉咙里，又像是并没有吭，如果她为这质问他，他一定不会承认。"我不是吝啬鬼，也不是没钱给你。你总得想个长久的着落，没有着落，就没有户口，没有户口，钱粮都从哪儿得来呢？"刘砖头说："我知道你接济着村里的任何人，三横五纵八条街，你这可是大手笔啊。"女人说："这倒不假，那也是因为咱戴家窑是这'任何人'挣下的，咱家开着窑，别人指着它敞开嘴吃饭，咱指着它敞开嘴进钱，咱不周济着大家，谁成全咱这小家。"她把话说到这里，更不想借钱给他，她在见到他的一瞬间已经交底了。她把自己带来的包裹摊开，从里面取出了她带来的东西，除了衣裳、布鞋，还有夹肉馍，她把这些一样一样摊给他看。从牢里出来身上带着晦气，如果不快快转运，会给整个村子带来晦气，所以她从衣袋里取出用崭新的红线缠绕着的护身符递给他，说："带在身上啊，给你带了换洗的衣裳，到河里洗个透澡，记得与人为善，可以不做好事但一定要做好人。"他看也不看她，从她手里接过来。

"等着，我去换洗，馋酒喝呢。"刘砖头把衣裳往斑茅上一扔，向河里走去。运河断航后，年年流水不畅，长着比人还高的芦苇、斑茅和丛生的咸蓬，从两岸堆积而来的泥土像要谈一场恋爱似的越凑越近，最近的地方根本不用摆渡船，一个壮汉扛着自行车已经完全可以走到对岸。

刘砖头的祖上是练家子，他们当初上砖窑，可不是来打长工短工的，而是因为贡砖窑厂在当时有着特殊的地位。一座官窑相当于一个独立的小王国，窑厂门两侧竖立着御赐的虎头牌和黑红棍，凡有私闯砖场或在窑厂闹事者，用黑红棍打死，窑主可以不用承担任何责任。在戴家窑保护刘家多年之后，刘家人也承诺，有灰尘落在戴家人脸上，就等同于落在刘家人脸上。刘家人在戴家窑上做过的最重要的事，就是顶替窑主赴死。在戴家与官家交恶时，是刘家人挺身而出。戴家掌门人从此视刘家后人仅次于本宗本族长辈，只要戴家有口饭吃，绝不能让刘家人吃半饱。这次刘砖头是从深牢大狱里出来的，他干的事也与祖上们一样，只是这次不再需要以命相抵。

"先去吃饭。"刘砖头洁净了自己然后走回来，她递给他鞋，随后一起来到村东街道头一家小饭馆，要了"什香面"。别小瞧这一碗面，它有4类菜码：蔬菜、酱菜、调味料和卤子。黄瓜、茄子、西葫芦、绿豆芽、韭菜、蒜薹、菜豆角等蔬菜切丝、丁、末，都规矩服帖。酱菜更是名气大，出自江北四大酱园之一的济美酱园，有酱瓜、咸胡萝卜、咸疙瘩、腌韭菜花等。调味料有济美香醋、芝麻盐、芝麻酱、蒜泥等。卤有西红柿鸡蛋卤、羊肉卤、牛肉卤和猪肉卤。这样的面，就不再是面，不亚于一桌席。她问他要喝什么酒，他说："戴湾汉子多数不胜酒力，喝一杯酒扯半天淡，要是我，一喝喝个3瓶半。"她见他酒还没喝人先有了醉意，便不招他再多话，起身去柜台要了价钱最贵的酒，一要就要了4瓶，柜上的女人说："只有两瓶，酒在后院，得去拿。"戴妈妈说："那就去拿，你把装钱的抽屉锁了，我给你看着柜上的酒。"店员说："行。"就去后院。

4瓶酒下肚后，戴妈妈对刘砖头说："上窑吧，别走了！"他看着她，认为她这是在侮辱他，这很让他受不了。他不知道他的先辈们也是这样在窑上生活的，他不想回到窑上生活，他的生活应该比一口窑大，大很多，他一会儿也不想回去。他红着眼睛说："回窑上？你以为我这十几年是去逛窑子了？是天天跟娘儿们在一起厮混的吗？"他放浪地站起来，终于栽歪了一下，不胜酒力跌回长凳里。

许老师和专家一行人在陶屯外看到推车挑担的人们都往一个方向去，车马人流走得匆匆。专家们见了说："人来人往，好不热闹。可是好些年没看到这样的景象了。"许老师看到专家们感叹，便说："农历逢五、逢十是这几个村的大集。大城市确实很少见到，既然来了就到集上看看。"于是，他带着一行人来到大集，没担筐挑担倒是行动快。一到集市上，一个男孩就引起了他们的注意。

只见一个十二三岁的男孩，在集市入口处站着发钱，给每人1角钱。许老师他们跟在一伙小男孩身后，排到他跟前也伸手，男孩看了他们一眼，身体转向别处，一个也没给。这时又跑来几个跟他年纪差不多的男孩，贴到他耳边嘀咕了几句，他又给了他们每人1角钱。发钱的男孩与众不同，他不说话，时而抬眼看看人群不远的地方，时而数数手里的1角钱，长长的眼睫毛忽闪着，若有所思。许老师看着男孩站在大集里，又与大集里的人毫无关联，他的周围有十几个像他一样大的男孩，均为农家子弟，他们像是他的四肢或者耳鼻，他是他们的大脑指挥中心，用最简单的点头摇头就能掌控所有男孩的行动。他手里拿的根本不是一沓1角钱，而是风筝线，那些跑来跑去的男孩最终都要回到他身边，跟他说看到的听到的。

不远处有一个只站着人的"摊位"，什么也不卖，摊主却逮住好几个男孩带回来同样的话："跟戴晓军要5角钱带过来，不然我就杀了戴晓军。"小伙伴们吓得纷纷跑回来找发钱的男孩，也就是戴晓军要5角钱，却被戴晓军拒绝了，他的钱是给有用之人的，搞不清状况就来伸手要钱，那是自找没趣。他们见动摇不了戴晓军，便合计着用几个人手里的1角钱去换5角钱，而不让啥东西也不卖的摊主找戴晓军麻烦。

戴晓军才不信在集市上有人敢对自己下手，他径自走到摊主跟前，告诉他："明天再来，明天我带 5 角钱来，钱我们戴窑多的是。"摊主说："有钱买不来本事，你没我本事大，你信不信？我会把你这些 1 角变成 5 角。"戴晓军才不信，他带到集市上发给男孩们的钱都是他妈妈给的，他当然不信眼前这个人能变钱。"你敢跟我去我变钱给你看的地方吗？"摊主故意用眼睛着戴晓军说。戴晓军说："孙子才不敢去！"于是就要跟着摊主走。他一走，男孩们也要跟着走，摊主故意说："眼见为实，但不能有这么多人看。"摊主正是刘砖头，他一早就来挑衅戴晓军，揣着自己的心思。戴晓军转过身，不让那些男孩跟着自己。没想到他被带到了之前刘砖头跟戴妈妈要钱没要成的河闸之上，戴晓军还没反应过来，已经被五花大绑了起来。

此刻戴晓军双眼被蒙，坐在潮湿的发出新鲜天然蓑草味儿的草篅子上。刘砖头上前给戴晓军除去蒙眼布。戴晓军看到自己僵硬的双手被一条棉布腰带捆着。那腰带戴晓军看着很眼熟，他看着妈妈在油灯下一针一线地缝好它，现在它却捆在他的手上。接着刘砖头把腰带从戴晓军手上解下来扔到了地上。他们对视了几秒，刘砖头反而泪水涟涟，像是受了一场大屈辱的孩子。他从地上拾起腰带，束在自己的腰间。那棉裤也是出于戴妈妈之手。平时家里有点零星的女红活，几位常登门的婶子姑姑姨儿们捎带着手就一起做了，可是这棉裤和腰带妈妈没有拿出来明着做，而是夜深人静时掌灯自己做，这就足够让戴晓军云里雾里的了。他看着刘砖头，一时无法明白，为什么这样一个长得不像好人的人，会被自己的妈妈特殊厚待，为什么这个受了妈妈恩惠的人，会背着戴家把他捆到这里来。

戴晓军石头一样沉默着，刘砖头看着他一时没了主张。

一只鸟"嗒嗒"地叫着，很是喧闹。一根小羽毛从空中落下来，落在刘砖头的额头上。戴晓军看到他一边咳嗽一边抽泣，有些看不起他。男人是不该轻易流泪的。戴晓军从小受到的教育是遇事咬紧牙，所以很少流泪。再说，他从小一直被妈妈照顾得很好。戴晓军长这么大都是暖在妈妈怀里，或者是妈妈身边的婶子姑姑姨儿们怀里，他根本没有预见危险的能力，也不知道什么是害怕。这让一直看着他的刘砖头更加内疚。刘砖头不能动他，又不甘心就这样把他送回去。

戴晓军的父母找到他们时，刘砖头拿着斧子嚷嚷着："我不回窑上！"

戴妈妈说："你听我说，现在到哪里除了花钱，还得有粮票，你不在窑上，吃粮食都是问题。""人可以不拉人屎，总不能不吃人饭。"戴爸爸补充一句，言辞上就有些激火，戴妈妈拉了他的袖子，让他闪到她身后去。戴爸爸就看到戴妈妈拉了一下刘砖头没整理好的新衣襟，往下薅平整后，把一只纽扣扣进了扣眼。但是这个动作迟缓了，这代表戴爸爸的话和意思已经表达完整了。刘砖头举起斧子，扔向戴爸爸，说："我不回窑上！"他的骂声好像是对戴妈妈的挑战，也是拙劣模仿。

"给我钱，饭我自己想办法吃。"刘砖头做最后一次挣扎，他说的话语气一点儿也不坚定。

"戴家窑不是我们戴家的，这你也是知道的，窑厂养着上百家人呢，你有啥事不能说，捆了晓军，让我着急？论辈分，他得叫你一声舅舅。晓军是我们的命，我们戴家豁出命保你们刘家不断根，你现在攥着我们戴家的命根子，你要这样，咱就一起跟祖宗说说去！"戴妈妈斩钉截铁地说。"说不着！"戴爸爸不等媳妇把话讲完，便把话头拦下。

现在，戴晓军看着妈妈向他走过来，他有太多问题想要问妈妈，但他一声不吭，为的是不让妈妈伤心，她为戴家窑所有人操心、主事，在这些砖头上花费了太多心血。他握住妈妈的手，跟着妈妈就走。

戴爸爸看着刘砖头，让戴妈妈和戴晓军先走。

从那个令人伤心之处离开时，飞刀般的冷风齐齐袭来，砍在他们的脚上、身上和脸上，戴晓军一声不吭地被妈妈温暖有力的手牵着。妈妈知道，妈妈什么都知道，这一件事在戴晓军心里添了几许愤恨，似乎这种愤恨要将他吹离地面，扔出清城，扔到乌云上面去。

"这不算什么！"戴晓军听见妈妈说，"但是，晓军，你记住，怕没用，爹娘给你的，你要珍惜，那是你命里所拥有的，其他的你什么也没有。"戴晓军看着妈妈，脚趾下意识地在鞋面底下蜷起来，好像要用它们去努力抓住脚下的土地。他哪里知道，他脚下的土地并不是他看上去的那样平整、服帖。

03

脚野的孩子

　　魏爸爸是清城第一砖厂厂长，一心想把两个儿子魏建国和魏建城培养成文化人，已经是众所周知的事情。可就要 18 岁的大儿子魏建国，一上学就生口疮（上火），一看课本就头晕，就爱追着汽车跑，说那个味道香。魏爸爸刚从学校挨了班主任老师的一顿"修理"，老师让他好好看着魏建国，因为他留级都留了两年，再考不过，留级的年龄条件都不符合了。魏爸爸摸了摸魏建国的书包，哎呀，硌手，他小心地打开书包盖，往里一摸，整个人就原地炸了。这哪是学生的书包，里面没有一本书、一支笔，全是铁家伙，怪不得书包总是坏。他逐渐意识到：这小子，是要他老子的梦完全落空啊。

　　在魏爸爸讲历史上的教育家武训建"崇贤义塾"的时候，魏建国想的是自行车座内侧磨损的衬套，他打算做两只，方便更换。他在思考如何把这个想法告诉烟店镇做生意的人。人家不管你做什么，只出售零件，至于你拿了零件去造飞机大炮还是原子武器，一概不管。这正是让魏建国感到生命自由和可以让梦想驰骋的地方。如果不做周密准备，车座磨损后，得更换零件，而现在更换的只是衬套。他准备在设计之初，就将衬套硬度降低，使其在摩擦过程中成为承磨件。这一点也不像学生需要考虑的玩意儿，难怪班主任不待见他。其实，这个想法很金贵，加工起来又方便，而且降低了更换成本，操作也相当容易。这样一来，小小的衬套，就可以变成他的生意了。

魏建国从不去想魏家的家底殷实，父辈最希望家里出一个读书人。魏建国天还没亮就搬出自行车，谎称去学校做值日，结果却上了与学校方向完全相反的路段。在黎明前乡间带褐色的晨雾中，魏建国踩着这辆二八加重自行车飞快地向前骑行着。别人是骑车，他则更像在骑马，需要把屁股翘起来，整个身体前倾几乎趴到了前面的车大梁上。眼看着魏建国上了通往烟店镇的大道。从他家里到烟店镇应该有40多里，他就这样轻松地从柏油马路上掠过。

别看魏建国把书一摊开，眼前爬的都是"蚂蚁"，根本看不懂，但说到蹲黑市、玩轴承、装小马达、配备轴承，那他就别提有多心灵手巧了。文字书写不行，图形一看就懂，看见照片他就能琢磨着攒一件出来，小修小补上手练习更是他的最爱。砖厂修车的师傅纵容他，让他去触碰那些铁家伙。这是魏建国人生第一次，觉得当砖厂厂长的儿子也挺好的。

魏爸爸说："老大不像咱窑户家的儿子。"

魏妈妈说："窑户家儿子啥样，要不，我也不掺和，你自己生一个？"

"我生？生就生，我一生就是厂长，我爷生厂长，我爹生厂长，我一生也是厂长，到我孙子将来还是厂长。这是老魏家的传统，家传当厂长！"别看魏爸爸嘴上说得解气，那心里的火可是一蹿老高。

魏建国是魏厂长的长子，也是他最不看好的儿子。魏爸爸一心想在有了一定经济基础后仿效武训，资助那些天资聪慧但上不起学的孩子，帮这个交学费，帮那个买校服，只要是孩子们爱学习，他就打心眼里往外乐。此刻，他正在看魏建国的烂书包，坠得像刚生下小牛的母牛的奶子。魏建国回家后看到了父亲目光里的怒火，那是可以烧毁一切的火焰。魏爸爸"哗"的一声把他的书包倒拎了起来，那些把书包坠得磨断了针织线段的铁家伙洒了一地。魏妈妈立马看出了不妙，用身子挡在父子之间，主要是护住她的心肝肉大儿子。在她眼里魏建国是村子里少有的既孝顺又有出息还懂事的孩子，因为他孝顺，尤其是对母亲的孝顺，用爷爷的话说，那叫愚痴。可魏爸爸这次根本没有给魏妈妈一一摆出道理的机会，而是让大家的注意力集中在他逃学的行径上。在父亲眼里，书包里的这些物件就是阻断大儿子走向文化白塔顶端的妖魔。他知道他这个头生孩子头顶上有两个"旋"，魏家把"旋"叫顶，有"旋"的孩子都跟长反骨一样，"一顶横，二顶拧，三顶打架不要命"。魏妈妈知道戴湾那个叫戴晓军的是三个顶，从小就是水泊梁山好汉爷的样儿！魏爸爸原本不生气，男孩玩什么，只要不贪恋玩女人，都是好男儿。魏爸爸早先只是为尊重魏建国的爷爷，才把武训常年挂在嘴边，只是这话说得多了，自己就信了。虽在清城遍地窑主，但窑上窑下都说武训话的，只有魏厂长一个。

武训是谁？在晚清时，清城这片土地上曾经有过这样一个奇人，他出身贫寒，幼年丧父，之后跟随母亲四处以乞讨为生，他"自恨不识字，誓积赀设义学"（《清史稿·武训传》），他行乞 30 余年，建了 3 处义学。武训，本无名，因在家排行老七而被人称为武七。晚年因山东巡抚张曜得知武七办义学之举，召见后感其功德，赐名武七为武训。

成为武训，这才是一个人的活法，这才是人生的真正意义所在，魏爸爸乐善好施，正是用武训的修为作为衡量自己人生的尺子。魏爸爸想，这个家里应该出个文人，他知道陶景人的孩子各门功课都是第一，心里一直喜欢这孩子。自己的大儿子眼看就年满 18 岁，却只记住了"黄河之水天上来"，背不出第二句唐诗。魏爸爸真急了，他只得拎着一大包礼物，登门求许老师给魏建国找一间最好的学校，他说："建国数学不好，清城高级二中的文科班……"许老师说："刚好我女儿就在那个班。"

魏爸爸经常鼓励魏建国去陶屯，和陶景人家的孩子多待在一起。"从魏湾到陶屯骑车得 1 小时 40 分钟，没事谁去那儿？"魏建国心说。

就在这时，魏爸爸的正式提问开始了："你去烟店得骑多长时间？"魏建国吓了一跳，烟店镇在卫运河边，距离魏湾 40 里远，骑车要 3 个多小时，父亲是怎么知道他的行踪的？听了父亲的话，他的脑袋轰得嗡嗡乱响，瞪着眼一时答不上来。

魏爸爸又问了："让我看看，你是用哪条腿蹬的车？"

魏建国心说不好，但他不能逃避，也没有逃避的可能。

"去陶屯你嫌远，蹬 3 小时自行车去烟店，你恨不能天天去。一开始我还真以为你相看上了烟店的女子，没想到你看的是这……"魏建国心里狠狠疼了一下，那是他刚刚装好的轴承，轴承里的珠子落地时哗哗直响，他真怕出个什么闪失，把他一下午的心血给报废了。可看着已经铁青了脸的父亲，他又不敢造次。魏爸爸跟他私下里交代过，在家训他是为了给弟妹们做表率，他不主张打骂，但作为一家之长，他就得拿老大说事，魏建国在弟妹们面前，听魏爸爸的一家之谈最多，今天也得照样配合。

"你行啊，明明知道我是要咱家屋里站着一个识文断字的，你就不能让我活着把这个愿望给眼见着？"魏爸爸极力控制着自己的情绪说。

父亲并不知道可以捐钱办所学校，魏建国一直没有把这件事告诉父亲，因为他知道他左右不了父亲，真怕父亲一个猛子扎进去，拉都拉不上岸。他从学龄前就看着父亲给邻居家孩子垫上学的钱，他要是跟父亲伸手，十有八九得挨上个空巴掌。他会用自己的东西置换，换他想要的，特别是让他很是眼馋的东西，当然不是吃的，也不是穿的。随着他的年龄一点点大了，他像老鼠找到食物一样，本能使他找到40里以外的烟店镇，因为那里有一个威名远播的轴承市场。

魏建国走在烟店镇的轴承市场里就嗅到扑面而来的商机，说句不招魏爸爸待见的话，如果不是魏建国觉得自己从业的时机不到，轴承技术还不到火候，他早就弃学卖轴承去了。

平日里，他自己修车补带，甚至上衣口袋里就装着502胶水，车大梁上拴着打气筒子，车后架上还有雨布，还有什么是他怕的呢？慢慢地，随着去烟店镇的次数多了，他也知道烟店镇能成为轴承业户们发家兴业的根基之地的原因。人们像黄河水一样涌向这里，是为了逃避工商税费，他们常常白天关门加工，晚上开门交易，市井坊间有"赶鬼市"之说。魏建国几乎都是摸黑到烟店镇的，他的兴奋与热情像极了爱情，烟店镇对他像一位青春可人的大姑娘，周身散发着青春的气息。他一想到那里的朝气、那里的泥土就有着跟在魏湾不同的劲头，自由、积极、充满新奇，对他这个从小就脚野的孩子有着无尽的吸引力。那时他还不知道什么是"诗"，什么是"远方"，但是他的志向，远不是一天两天就能达到的。

魏建国在"东风铺"买了装配轴承的珠子，还有轴承的内圈、外圈、保持架。这是他常来的店铺，店主是一对南方夫妇，今天店里新来了一个看店的当地妇女，也不知道大清早跟谁惹了气，摔摔打打，气不打一处来呢。她见魏建国挑珠挑得过于仔细，有些不耐烦地说："内圈看轴，啥样珠子都转，还能挑出花来？"一开始，她一句半句地往外蹦，魏建国并没在意。整条街他跟这家店主夫妇最熟，而且他在这里不仅是顾客，还是"徒弟"，男店主教给他不少轴承知识。有时魏建国试着打几样，男店主不忙的时候还帮着拿拿主意，有好几次不光帮着找零件，找到了还没有收魏建国的钱，因为零件是二手的。只是没想到这妇女接下来的话就更不着调了："你是窑上的吧？"魏建国一听这话，心里一惊。他下意识地使劲闻了闻自己的袖子，他知道自己身上有一股味，具体是什么味，他也说不清，反正不是轴承上的机油润滑油味，也不是庄稼味，而且他对这个味道本来就很敏感。一听到这话，他一下子明白了，这个看店妇女为什么老拿话呛他。

"家有几斗粮，谁上窑上忙？"那妇女说起来还没完了。

魏建国计算好了今天要采买的零件，让那妇女用圆珠笔加出了总价，两元二角，他掏出了用挂历封面折成的钱包，里面平躺着两张一元"拖拉机手"。没有零钱，正在魏建国在身上所有的口袋里摸找的时候，那妇女又说话了："窑上没好人。"这明显带着鄙视，没想到那妇女等了几等，没有等到魏建国找出来二角零钱，又说："好人谁上窑啊。"这下可把魏建国惹恼了，他的脑子里刚才还转着"有没有起支撑作用""哪里有二角零钱"。现在，他恨不能像轴承一样"内圈固定，外圈旋转"一拳打向这个多嘴婆。好男不跟女斗，他扔下两元钱起身就走。"哎，窑上的，你短着钱呢，两角钱呢。"活该，魏建国在心里打着草稿，嘴上却没说：不少，你那几句叽咕屁也就值两角，你今天是遇到我了，要是遇到别家窑上的，你早就挨打了，要不是这样，我倒找钱！

在魏建国回家的同时，许老师和专家们一行人登上张窑村西边的卫运河大堤。放眼望去，可以看到堤内河滩上还有一个个微微隆起的土坎，它们都是官窑的遗址。在明清鼎盛时期，清城运河两岸的官窑总数有300多座，绵延六七十里，10多万窑工一起烧窑，场面蔚为壮观。卫运河边的老窑址被挖开，里面除了碎砖还是碎砖，几乎没找到几块完整的砖。村民不分男女老少，都在捡拾碎砖头，有的说自家正想垒个鸡窝，有的说院墙倒塌了正缺这几块，来晚了的也会就汤下面，说碎砖头也是极好的。

专家说："清城烧制贡砖始于明永乐初期，其烧制技艺是清城劳动人民在生产实践中积累的独特经验。"

许老师发现，由于几次找烧造后人不成，专家都有些磨叨了。

"用贡砖建造的建筑我们清城还真保留下来一座，建于万历三十九年，也就是1611年的舍利宝塔，有60多米高，历经400多年的风雨，如今仍然挺立在卫运河河畔，墙体坚固如初。我们可以用舍利塔上的青砖做检测。"许老师说。许老师的建议让几位苦寻不得的专家心中一亮。

砖样取了，打包送验了，可专家们望着眼前的风吹草低依然不死心。

"我们还是得找到能生产贡砖的窑户。"其中一个人说。

04

点　火

陶景人正在运河古窑边看卖耍货的（玩具商）手里的稀罕物，小青蛙上了弦就起劲地跳。卖耍货的一听说这边有古窑烂砖也来了，背着一只拾粪筐，里面跳着十几只青蛙。陶景人看到有字的砖，稀罕得不行。"是整块的，"他对旁人说，"这有我家的姓，说不定还有我家的窑铭呢！你看看，这上头有我家的姓——陶。"陶什么？谁管他呢，村民们你夺我拽，转眼碎砖被哄抢一空。陶景人却坐在众人新掘出的土涡里，转身侧趴在地上听，只觉得身子暖烘烘的，仿佛千百年的窑火从没有熄灭。

准备开窑的陶景人理着自己的头绪。烧窑首先需要场地，好在承包窑厂，生产队里给了40亩地，用于存土沤泥，打坯晾坯。不过生产队办窑厂时，各家自留地收了麦子也往窑厂堆，各家地少也零散，联合收割机收不了，只能用镰刀收割，弄到窑厂的空地晾晒、打轧，所以窑厂也是家家户户的共有场院。陶景人承包的窑厂，在过村西不到百米的土路边，他从家出来走走就到了。跟生产队把人财物交接后，接下来就是备土。他用自家的木板车套上长长的皮套子，老黄牛一样往窑厂拉，土是从高出河床的河沿上拉来的，就是莲花土。需要在池子里配成适合烧砖的红黏土、页岩、煤矸石的混合土,然后再脱坯。

陶景人在村里贴出了告示,说明了窑厂运土、脱坯、运柴、烧窑等各工序需要的人手、工作时间及薪酬。一听说家门口有闲钱挣,村里就嚷嚷动了,谁还没有七大姑八大姨,一个赶大集的日子,远近十几个乡村都知道信儿了。

陶景人选拔脱坯工人那天,来人都挤成堆了,他把泥和好,指着自己带了砖模的人上来演示。只见上来的第一位"考生",显然不是生手,他先用手按了按和好的泥,好像是在与泥打招呼,然后用铁锹把泥倒入自备的砖模里,用刮泥板把模里的泥摊平,多余的泥甩到一边,再用抹子把砖模上面抹平,然后端着砖模里的湿砖坯,来到事先平整好的细沙场地,把模翻扣过来,利索地倒在地上。不一会儿,整齐的砖坯就排成了一排。

这一波操作下来,村民们都看得目瞪口呆,就是几个以前在窑厂干过活的师傅有些眼气,这不是来砸场子的吗?难不成摆上桌的好饭碗,就让外村人抢去了不成?当村的青壮年们争抢着,各就各位,践踏了一片苔绿色的咸蓬,那些曾经在生产队的窑厂里吃过窑饭的也不甘落后,全都上场了。陶景人说:"咱是私人窑,比不了第一砖厂,那是地方政府的产业,大家都想好了,我们这儿的待遇比不了人家,苦累却超过人家。"不过现在看来,他的话已经不重要了,村里村外显然已经形成了各自的阵营。

经过筛选,陶景人留下 12 人,由 6 个有经验的师傅,各带 1 个有力气也有眼力见儿的徒弟。这 12 个人就分成了 6 组。烧砖用的土,先用大筛箩、小筛箩各筛一遍,再用水过滤,待变成泥的土化开,沉淀成泥,再把它取出来,工人用脚反复踩踏均匀、上劲,这样处理过的泥才能用来脱砖坯。熟泥大池里徒弟由各自的师傅领着，光着脚踩泥，嘴还不闲着，有时抖机灵说笑话，有时哼曲唱小调，他们把裤腿挽到膝盖以上，远远看去就像是只穿着短裤。他们说说笑笑一点儿也不觉得累，因为陶景人开出的高高的工资，都对新工作充满期许，越踩越有劲儿。这时，一身洁白的陶景人来了，双手叉腰站在大泥池边絮叨："熟泥也叫醒泥，它有灵性呢。是么呢？首先，沙土不行，发散，取胶性泥时要在沙土下面深挖，直到挖出红色的黏土才行。咱这土都是收了秋庄稼之后存下的，白色的湿土挖出来放到空场地上晾晒，去土性，过了一冬，黏土经过冰冻风化，碎开、分散，这就基本上可以用了。你们得多跟老师傅学，土的事他们都知道。"新录用的徒弟都是未婚青年棒小伙，一开始低着头，你争我抢不甘落后，过了一会儿，听不见陶景人说话，他们踩着踩着，脚底下带出了节奏，脚下的泥也有了活力，带出的声音，像是在跟人们对话，有问有答，如男女对歌，那种气氛，又和谐又有美感，看得陶景人心都醉了。

"哎，对喽，这是么呢？踩踏出来的泥没有气泡，柔中有坚，软中带实，这样打出来的砖坯比大姑娘的脸皮都细呢，比小婴儿的屁股蛋都腻。"陶景人乐呵呵地说。

经过洗、淀、揉、踩，泥都醒好了，被小木轮车推到了制坯场地，6个有经验的老师傅开始进入状态，只见他们用晾干的砖坯垒成一米多高的隔墙，在各自的工作场地上，提起自家的厚硬木制成的砖模，弯下腰，先抓撒一把细沙，然后把砖模平放在地上，熟练地团起醒泥，投到砖模里，端到放在一边的木架子上，迅速用弓刀平割，然后把多余的部分放到一边，再提起四角坚实的砖模，走到场地尽头，迅速翻扣在晾晒处的场地上。师傅告诉徒弟："这叫倒扣脱模成坯。"他们还教导徒弟："醒好的熟泥运来后，要放在苫布上，不能挨地；

一次用不完要从上到下包裹、盖严，不能干皮、露沙，始终保持醒泥的状态，这样做出来的坯也过气。过气，就是从头到脚，气息是贯通的。就像一幅画，一张纸，中间不能有接头。"徒弟们眼睛耳朵一起盯着师傅，就怕把过程中的细节搞错了，气氛顿时紧张起来。他们这才知道，砖头饭并不如他们想象的那么好吃。

眼看场地已经基本上让新扣的砖坯占满了，制坯工作就结束了。在等湿砖坯稍稍晾干后，就把它们码成垛，砖坯成形也硬实多了，但是还需要进一步晾干。这时最怕的就是下雨，下雨之前得抢着盖上苫布，因为砖坯表面干了砖芯还是湿的，被雨一淋就塌芯，如果再排水不畅给泡坏了，那就白干了。

天气预报说的是个大概率，听不得，有时天晴得瓦蓝瓦蓝的，一阵风一块云彩就兴许带来一场急雨。陶景人带着工人，这儿遮，那儿盖，这边疏通，那边抢险，忙得身上比淋在雨里的砖坯还湿，脾气比排出窑厂的水流还急呢。

等砖坯的干燥程度达到上窑标准，装窑的师傅就来了。陶景人翻看他的小本本，知道装窑首先要打窑底。打窑底是个技术活，窑底要留有空隙和通道，好在装好窑后放上柴火把窑里的煤引燃。打好窑底后，装上一层砖坯就放一些煤，放煤的位置也有讲究。他记得父亲说过："放少了烧不透，放多了又浪费。"所以，陶景人必须亲力亲为，一丁点儿都马虎不得。他扫视着第一层砖坯，对装窑师傅说："还要放到这样的高度，以减少腿子砖的浪费，最后，人退出去，封闭窑口，用泥抹实，在紧凑的土坯外面上泥涂匀。"眼下，他不只是窑主，已然不亚于军师。

从起土醒泥到装窑完毕，已经用去了小半年。现成的窑，现成的场地，如果另起新窑，再做这些装窑前的一应准备，那时间还要晚一些。陶家从他往上有文字记载的窑主已有八代，现在他终于要点火、烧砖了，感觉跟祖宗更近了些。这是烧造最关键的环节，需要技巧和经验，窑内的温度和湿度掌握不好，砖的颜色、硬度就不好。甚至烧窑人的心理状态都会对砖的烧造质量产生很大的影响。

点火很有仪式感。直到这时，人们才看到窑口与以往不同，只见离窑口东侧不远处，立着一个用红砖新砌的供台，上立着太上老君的牌位。太上老君不仅是道教的鼻祖，旧时五行八作中的铁匠、补锅匠、窑匠、金银匠等也都供奉太上老君为本行业的祖师爷之一。

陶景人嘱咐工人抬来了酒和肉，因为接下来守窑的看火师傅要吃住在窑上，昼夜不得停歇，那真是把人熬成神的过程，他们是陪在窑火前，亲自度莲花土转世的师傅，请师傅们吃上一顿丰盛的酒饭，理气提神，心情舒畅，那他们才能火眼金睛，点泥成砖。接着，陶景人率领众人给窑神摆素供，上檀香，行过三通礼，便命令不远处的人，在事先准备好的 6 个挂鞭炮的地点，点燃鞭炮，再向东南西北四面各放 2 个二踢脚，祈求上天保佑烧窑成功。

陶景人率领众人做这些，自是有他的道理，他要告诉窑工们，人得有敬畏之心，做事不光要顺天意，也要借天力。仪式结束，在跟装窑师傅检查了窑口密封好后，陶景人面对众人坚定地说："点火！"

正式点火。一个直径 10 米的马蹄窑，底部留有 10 个点火通道。这真是大阵仗，只见 30 人，每 3 人守着一个点火道，每个道口备有事先蘸了柴油的劈柴，并各备一个手摇鼓风机助阵。

点火令一发，各道口的人就齐刷刷地划着了火柴扔到蘸了油的劈柴架上，干燥的劈柴借着油的滋润遇火就着，腾地一下火苗蹿起老高。没有人说话，每个道口前 3 人有序配合，一人添柴，一人点火，一人手摇鼓风机，风助火势，火助风威，只听得窑里一片火舌攒动之声。烟气出来了，火还没有连成片。大约 1 小时后，有人在窑口留出的火眼门里看到道口上端的煤着起来了，砖面发出暗红色，陶景人这才招呼大家停下，撤掉了堆在各道口的柴火垛和鼓风机，窑火自己勾连成片。"点火成功了。"陶景人从窑口看着火眼门说。在场的 30 多人几乎同时松了一口气。

"了不起呀，咱们点的是太上老君的八卦炉啊。"陶景人对新工人说，老工人则手里各有各的忙头。陶景人说："回头出窑的砖头，都带着神仙的仙气！"大家都乐了。只有看火师傅没乐，大趟砖往窑里一灌，他们就开始顺脖子流汗，顾不得上手擦一把，不错眼珠地瞅着所有风门里着的火。点火成功后，窑内还要经过 3 个步骤：一是跑潮，即点火后 24 小时内严禁放大火；二是上小火，即在跑潮至砖坯整体呈黄色时逐渐放小火，此时封闭海眼天窗；三是加大火，待坯子呈红色时开始加火，一直把火烧成杏黄色。没过多久，窑身不断地有热气出现，再过一会儿像开锅了一样，窑顶上方热气多得开始向周围飘散。"这是神仙在九天啊，咱这是在享太上老君的眼福，福气真是不浅。"陶景人发出慨叹。

看火师傅不断地投柴，窑内的温度不断升高，从火眼门看去，火色是不断变化的，一开始火色呈暗红，然后火色透白砖体透红，直到火色透亮至纯至青，窑火的温度已达 900 摄氏度以上。随着时间的推移，窑内的柴和煤化为炭火，砖坯里的水分蒸烤殆尽。窑体内燃煤产生的热量，让人站在离窑 10 米开外都能感到炽热，窑厂内静得能听见窑火的声音。到了夜晚，陶屯西边的天都被窑火映红了，邻近的乡村都知道陶屯烧窑了。最开心的是这砖窑的主人家，他们站到村口，远远地望着，话也不多。只见窑头一会看看火，一会儿掂掂柴。陶爸爸他们回到家，和儿子媳妇一起看着村西边土窑接地连天的一片通红。他们是习惯这样的通红与耀眼的，看着就觉得自家的日子又红火起来了。封窑之后，陶爸爸除了每天都在窑旁蹲守，夜里也时常摸上来，唯恐有个闪失。那种心境，只有承包了砖窑的陶景人才能感受得到，他们父子平日里并不过话，但是只要陶爸爸静静地站一会儿，或者在窑头身后不远处蹲一会儿，陶景人的心里就明白，一切顺利。

大约一个月后，窑内装的煤烧完了，工人不再往里添煤，窑体温度自然而然地冷下来。扒窑那天，除了烧成坨的，扭曲不成形的，好砖占到九成以上，这说明烧窑成功了。好砖自然价格贵，所以扒窑当天，不光是订了砖的来接那九成砖，还有当村的人想着那一成烂砖，他们就推着车上窑来捡砖。就是烂砖也是稀罕物，可以捡回去垒墙的根脚。

陶景人烧的窑不是独立窑，是一个背靠着一个的两组串烧窑。在烧另外一组窑时，就出现了问题，炸坯！因为炸开的坯在成为砖之前已经四分五裂，甚至七分八裂，所以扒开窑，根本看不到砖，而是鸡蛋、鸭蛋、鸽子蛋，反正是一窑卵蛋。陶景人见状眉头紧蹙到一块，他心疼他的那些材料，那些人工，那些心血。

炸坯的原因有很多。在制坯配土时，原料配制不均，缺乏颗粒料，就可能导致炸坯。在验坯时，没有发现砖坯根本没有晒好，坯体内残余的水分高了。烧窑升温后砖坯内部的水分和其他物质转化为气体，被细密的砖坯表皮包着无法释放出来，当气体达到一定的量时撑破了坯皮，就会把砖坯炸成碎块。装窑时，砖坯码放的焙烧带靠前了，这样导致砖坯在窑内升温过程中反应太剧烈，也会引起炸坯。还有可能是窑内温差过大，刚加柴升温时就容易炸，窑温稳定后砖坯就不太可能炸，有也极少，这说明炸坯前温度低，过火达到高温发生爆裂。

五十几个窑厂工人已经扒了堆，炸坏的原因从配土、踩泥、脱坯到验坯、装窑、看火，几乎牵扯每一个环节。大家的心都提了起来，因为损失了钱，不光影响陶景人这个窑主本人，也直接影响着大工小工的工资进账。小半年的付出，一个炸坏就都完了，问题出在哪，出在谁的身上，这是要一刀下去见血见肉见红的大事情。正在这时，送柴的来了，陶景人赶忙招呼大家："去交接，先验柴。"他见没人动，便对着新会计说："哎，你，叫么呢？"新任会计说："我叫德贤，张德贤。"

05

下定决心

一天清早，陶屯的主街道上突然来了车队，小轿车一辆接着一辆，很多村民都涌到了街上，倒不是人们没见过小轿车，而是没见过这么多的小轿车排着队往村里开。一个个穿着正式的陌生人来到陶景人面前，陶景人热情地紧赶几步迎上去。但是，谁也不知道陶景人的心里正打着鼓呢，他心里发怵的，正是他不知道该说啥。原来是有人把他的烧造件当古董买去，最终竟被带到了全国文物大会上。当时这些文物专家就产生了分歧，弄清原委后，一散会就订了火车票，专程来到清城，指名道姓要登门拜访陶景人。陶景人的屋里还没来过这么多专家，他倒是怕招待工作做不好呢。

"各位大专家大领导能来，我真是意想不到，你们看到的就是现状，一个小窑户，刚刚起步，还在摸索。"陶景人说。

"你这步走得好，好啊，你知道你这窑上烧的是什么火吗？那是千年窑火。可不是你刚点的这几天的火，你这火是从几百年前，甚至更早些时候烧过来的。"大专家说。

陶景人吓了一跳，差点以为他们是管消防防火工作的领导，他看了看屋顶的房栊，他是打算过一阵子有些积蓄，把木头换成水泥预制板的。他忙着叫张德贤，快去准备酒菜，再找几个人把酒陪好。俗话说，请神容易送神难，今天要不把神送好，还不知道后面有什么事。

人手都安排妥当，陶景人说："咱这小地方，比不了大城市大北京，没啥可招待的，饭吃饱，酒喝好。哎，6 到 9 月是雨季不能烧窑也不能脱坯，所以 5 月紧赶，就怕万一雨季提前，那坯打不够，就会影响晾坯和后续。"陶景人打开手巾擦脸上的汗，手巾是真的，汗也是真的，他要去忙工作也是真的。大专家一听，说："不行，你得先带我去看看，看看你为什么跟别人不一样。"陶景人说："一样，都是这窑上的土，流程不一样那就坏事了。"专家说："不对，清中期之后，人们一提到'澄浆砖'都指'大城砖'，衍生出'清城贡砖'这个专有名词，现在还经常出现在介绍古建筑修缮技术和工艺的一些书中。这次咱们开会，几位专家介绍北京城市发展历史、古建筑与文物保护单位、旅游景点，都提到澄浆砖，也是指这种大城砖。清城民间，一定会对此有传承。你是窑主，一定懂得烧砖工艺，来给我们讲讲如何烧制'大城砖'吧。"

"我们不叫大城砖，叫澄浆砖。那是把过箩以后的黏土放入池子，注水形成泥浆，进行沉淀，存放一定时间后，再取上层细泥，制坯烧制而成的青砖。"陶景人说。

说到这儿，他更想走了，说："你们坐着，我得去窑上瞅瞅，窑里一点火就断不了人。"

大专家说："景人同志，你带我们去看看你的砖窑吧。"

"那有啥可看的？"陶景人本想用话抵回去，然后趁机脱身。可一想人家舟车劳顿，从那么远来，他说到一半的话就咽回去了。

"那就走，你们吃好了？"陶景人转而说。

专家们都说："吃好了。"

"大老远来一趟，怎么也得让你们称心。"陶景人说着，把自己的各种不安全部按下，心想，走一步算一步，车到山前必有路。于是一行人就跟在陶景人后面，走着走着路没了，走上踩踏出的小径，再往前走就见到池子连着池子的大水坑，就在这时大专家站定了，落到了人流的后面，他看到了大堆的土，他从没见过那么一大堆人工堆积的土。

"那是什么？"大专家问。

"莲花土。"陶景人说。

"什么？"大专家问。

"莲花土，是么呢……"陶景人正要长话短说，不料大专家打断了他："那就是莲花土？"

"对。"

"我的天啊，我做梦都想的莲花土啊，我终于看到你了。"说罢，大专家竟然撇下众人跑起来，像看到了久别的亲人一样，像看到了心爱的姑娘一样。陶景人一抬头，发现他已经像壁虎一样手脚并用，攀到了20米高的土堆半腰，还在往上看，很有一定要爬到顶上去的决心。

就在这时，只见年过半百的大专家竟然躺在了土里，还一把一把地将土盖在身上，陶景人以为他真有什么病症了，或者是上土堆的时候跌到哪里跌疼了。没想到大专家说："你们能天天跟莲花土在一起，这是多大的福分，多幸福啊。"

窑工们都乐了，他们想，这有什么，我们一生下来就在莲花土里。吃馍的面长在莲花土里，屙出的屎也埋进莲花土里。

哎哟，陶景人眼见那个衣着整齐的大专家已经成了一个活土猴。陶景人都不知道说什么才好了，一个劲儿地道歉，说自己招待不周，早知道大专家要上来，就用运土的车拉上来了，省得弄得这一身。可大专家幸福得很，根本不像受了多大的累，跑了多远的路，又从下面怎么努力地爬上来，他搂着土，像新婚之夜搂着新娘，发自内心地激动呢。

这一刻，陶景人深深地内疚，他惭愧于自己老是在嘴上说要跟泥土交流，要跟泥土对话，实际上他是站在泥土的上面，居高临下，而人家大专家，那才是跟泥土对话，人家是躺在泥土里的，是让泥土包围着的，是跟泥土不分你我的。呀，陶景人就这样被大专家默默地上了一课，他才明白人家为什么一定要来看土，人家这才是有文化，有文化的人想的跟咱不一样，有文化不是识文断字，是有情怀。

送客时，陶景人想按山东人的讲究，给专家们带这带那的，可人家什么也不要，不要特产，不要烟酒，不要杂粮，不要棉花，就要一坨澄泥。这还真就要到缺上了，因为红砖窑场只有停泥，没有澄泥。什么是澄泥？澄泥，就是在选土、碎土完成后，把这些土放到池子里面，不断地加水，去除水中杂质，让轻的树叶、草茎飘起来，然后捞走，而较重的碎石要沉淀下去，上面再浮着的，这才是做贡砖的泥，经过这个阶段处理的泥就是澄泥。这是其他手工砖很少使用的工序，因此清城砖也被称为澄泥砖。分层取泥，人或畜反复踩踏，使泥完全软烂、熟化，这个工序叫作熟土。踩好的泥要用草苫盖起来放置半个月左右，这被称为养泥。养泥结束后再把泥土取出来，用木棒儿反复碾打，使其无气孔，每碾打一遍要闷上两三个小时，这叫醒泥。就像做馒头揉块儿那样，让每块面都醒一醒，这样的泥软硬适度，就可以做砖坯了。大专家说："我刚好要去南方开会，会期10天，加上路上的时间，一共半个月，你先澄泥，我回北京的时候在这儿下车，专程来看澄泥。"

陶景人没说话，不是没的说，是真说不出来。他心想，瞧瞧人家对贡砖的感情，那真是吃不下睡不下，哪像咱守着马蹄窑，糟蹋着莲花土，还说什么代代是窑主？大专家走的这天夜里，陶景人失眠了，一般的窑厂烧砖制瓦，第一道工序便是和泥，可开窑厂之前，他都没想过还要什么工序，那都是约定俗成的，老人都知道窑上干什么、怎么干，他记得小时候还看着爷爷赶牛在泥上来回踩踏，父亲也光脚踩踏，把黏土踩成稠泥，从土块变成散土再变成泥，再从泥变成砖坯，总共要经过好几道工序。现在想想，承包窑厂还真不是表面看上去的那么简单呢，这里头有感情，有责任，有顺势而为的使命。突然，陶景人觉悟到，大专家不只是过几天回来看澄泥，他一定是想要澄浆砖。丢人啊，这片土地就是天选之地，黄河龙摆尾送来莲花土，运河流淌着卫阳水，就是我陶景人不灵啊，忘祖……

陶景人辟了新池来澄泥，他一不用骡马，二不用牛，只用人的两只脚踩泥。他自己脱了鞋亲自去踩，把杂质一一去除，什么叶梗草棍，什么沙砾石子，他腰基本上没直过，一直在池子里捡拾这些。到了后半天，工人就上来了，他看到走在队伍第一个的人脚上还穿着尼龙袜子。

"你干么呢？下池子还穿袜子？"陶景人问。

"穿尼龙袜子是有原因的，我这脚趾前天被车梯子割了，我跟窑头说好了，等伤口长好再光脚，是怕感染。"那个人回答。

"对，为踩泥他还自费打了破伤风针，据说打那针挺疼的。"旁边的人帮腔。

"是，要不为踩泥，谁花那钱？"穿袜子的人说。

可陶景人说："在这儿窑头说了算，还是我说了算？只要进了澄

042

泥池的，都一视同仁，必须光脚。"

那个穿尼龙袜子的人站在池子里就心虚了，陶景人的眼睛扫来扫去，他蒙混不下去了，就走出池子，陶景人看着他，那眼神像是看着一个革命队伍里的叛徒。

"明天你可以不来了，以后别来了。"陶景人说。窑头提醒他："这砖模一天得打几千呢，任务、指标都咬得紧。咋办？""干么呢？光脚踩泥是为了跟泥交谈，踩泥不只是工序，你跟它，它就跟你，这里面有心情的。你不能只有人工，你还得有味道，那里面都是人情，你不懂。"陶景人说。窑头急了，说："哎，哎呀，现在就缺人手呢，人手不够咋整，要不踩泥咱换个人，找个有人情的、懂事的，不让这不懂人情的干活。""你都不懂泥，咋能管人？明天你也别当窑头了，去踩泥，从头学起吧。"陶景人说，他一刀切到底，下了狠心。窑头心说，我招你惹你了，你连我的面子都踩地上了，以后看谁还给你当窑头管闲人闲事！

陶景人才不会为自己说出的话后悔，有那么一瞬间，他都以为自己是上天的发言人，陶屯的那个凡夫俗子没有了，陶景人的嘴也是一张神的嘴了。

要命的是，大专家真来了。大专家来的时候，带来了真正的澄泥老砖。"这是加派砖，我来之前查过。乾隆十四年（1749年）《临清州志》中记载：'乾隆十三年五月奉文，万年吉地（皇帝墓地）需砖四十万，立限本年七月全数解津。巡抚阿里衮饬委济南府同知马淇理、东昌府同知陈来协同知州王俊督催烧造，由是六处（指原有的二十里铺、白塔窑、吊马桥、张家窑等六处官窑）复添建窑十二座。时值溽暑，大雨时行，窑坏俱湿，砖成，大半苦窳，时论惜之。'这种临时加派，不顾天时，刻限完工，窑户们在各级官员的催逼之下，酷暑烧窑，冒雨制坯，自然心怀怨愤，消极怠工。再加上久雨不晴，坯柴全湿，烧出的砖绝大多数是废品。我们来你这之前到了河隈张庄考察，在农民家里发现了两块这样的加派砖，一块砖身铭记为'寿工临清窑户王甸'，一块上刻有'加派窑 大砖'。两砖均烧得砖身不正，且头一块的一端已被烧成琉璃状，无法使用。这两块砖应该是常额之外另行加派澄泥砖生产的明证。"

"专家老师，我代表我们陶家窑谢谢您，这要不是您千里传信息，我还在井底呢，烧点小红砖头，我还美呢。我都不知道砖是什么样儿的，大城砖能砌到北京的城墙上去，那才是砖，澄泥砖！"陶景人激动地说。别看大专家带来的加急砖烧坏了样，但他一看就知道这才是好砖，才是大城砖啊。自己烧的红砖头跟这一比，那都不是砖，连砖坯都不是。回望陶屯，他当即下了决心，这辈子一定要烧出真正的砖来。

陶景人想让父亲帮着给看看，可是父亲是不打算来窑厂了。一来父亲上了年纪，二来他早已把烧造的经验全部教给陶景人了。他便骑上二八加重自行车去看别人家的窑场脱坯、打磨、搬砖、生火。有几处离得近的窑，前三天的火，他比人家窑主看得还有耐心呢，夜里没少往窑口跑。

红砖的老砖模不能用了，既然要打大城砖，那就得先打大砖模。陶景人还真是"石家风箱——不走不拔"。（清城石姓人家生产的风箱，做工精细，无论风吹日晒雨淋都不走样，不拔缝。用来形容人耿直正派、老老实实。）陶景人把水再次放满澄泥池，用了不同的方法踩进去，他发现最好的方法还是光脚踩。只有光脚踩上去，才能知道泥的成色。如果泥里含沙土多，脚下就会感觉到很稀很塌，而如果含黏土多，脚就会像踩在沼泽里一样陷进去。而且，只有用力地脚踩，才能给澄泥上劲。他坚定了自己的信心，不换思想就换人。现在，陶家窑只有澄浆，再没有停泥了。谁再看着这个池子里的泥说它是停泥，那他就不能再在陶家窑上干了。

从此，人们发现陶景人变了，承包砖窑的喜悦与高傲，变成了思考和忧烦。他在人生中第一次发现，追求自己想要得到的不一定就是美好的，它也可能是一种考验。在内心深处，他是要把踩泥开始的造澄浆过程，变成一个系列过程中的突破关口。可在旁人眼里，陶家窑却是鸡飞狗跳。张德贤叹息道："只是踩泥就走掉了3个工人，真可惜。"陶景人既然开始，就没打算停。在半个月的澄泥过程中，以往连他都认为再正常不过的烧制过程有那么多问题。谁也没有想到，大专家离开窑厂后，陶景人连同身边的所有人都走出了舒适区。

有天，陶景人突然又发话了："澄浆砖不能用急火，得使薪柴。"

"用什么薪柴？"张德贤问。

"棉秆、豆秸。"

张德贤很是惆怅，这要求怎么能达到呢？

早前，每家房前屋后都要堆上一个豆秸垛，大队部门前更是要左右对称堆上两个高高的豆秸垛，高过房顶，快赶上大槐树高了。这些豆秸一户人家要用整整一年，烧水做饭，笼火取暖。豆秸经烧，有热情还有耐力。

现在不比从前，随着联产承包责任制的实施，种植豆子的地块变得零碎。现在去哪里找豆秸，还要找那么大量的豆秸？张德贤真给难住了。他不得不托私人关系去找寻燃料。陶景人因为把事情想得太完美，根本看不到具体的困难。而如何与理想主义者陶景人对接，这件事更是难住了张德贤。

陶景人还真把大城砖的砖模研究出来了。且说制坯，一个合格的大城砖制坯师傅，必须是一顶一的壮汉。因为大城砖的砖坯60斤起，还不包括砖模本身的重量。这可不是扣坯，是摔坯，一个摔字，道出了制坯工序的难度。

摔坯师傅是按成坯数计件算账。俗话说，人打到窑上，驴打到槽上。摔坯是累死人的功夫活。因为摔坯师傅摔一块坯，要磕7个头，猫腰7次才行。而且他们还要保证砖坯的质量，行话叫"丁三、横五、扁二十"——一块泥坯小头顶小头，要3块戳着放一起不倒，卧放长头，5块长头放在一起不倒，大头贴面对大头贴面20块放在一起不倒。那些适应了脱砖模的把式们突然发现自己不行了，被大城砖给淘汰了，吃不了砖头饭了。

大专家们来看澄泥的时候，陶景人还特意给专家们现场演示了制坯过程，专家问这里头的门道。这要是窑场的匠工，陶景人十有八九不会出声，但人家大老远过来，舟车劳顿，就为看澄浆，他总不能驳了人家的面子。

"干透的砖坯就可以烧了？"大专家问。

"不行，还得经过严格检验，然后就可以装窑、焙烧了。"陶景人说。

"烧的啥？"

"听说在以前烧贡砖时，用豆秸棉柴当燃料，因为豆秸油性大，火力很旺，烧出的砖青黑透绿，成色漂亮。"

陶景人向父亲讨教过，窑口取豆秸是有讲究的，一般都是用三股叉从豆秸垛底下扒，扒下一层，上面的豆秸会自动落下，填补空缺，绝不会一下子垮塌。那种自然与人之间的默契程度，无论绘画、文学作品如何描绘，都无法完全呈现。如果是这样取麦秸，那麦秸垛早就坍塌成一片了，因为麦秸太滑，不像豆秸那样，枝杈相互勾连、攀附。就是经过一冬到了开春快烧完的时候，豆秸垛都会保持着圆顶子，像极了一位有尊严的哨兵。在垛豆秸的时候，人们也用了心思。别以为这活儿简单，里头的门道可不简单，非得老师傅来领着干不可。因为豆秸上有刺，上霜后会变得坚硬无比，陶景人专门嘱咐张德贤买来用结实的细线纳过手心手背的工程手套。

大城砖验坯完成后，就到了装窑环节。装窑看似是一个简单的体力活，却是烧制的基础。俗话说：三分烧，七分码。装窑讲究技术。在有限的空间内，要做到既保持有效间隙，确保砖都能烧熟，又能码放更多砖，以保证经济收入，这对装窑师傅的体力和智力是个考验。码坯方式是否合理，决定了成品砖的产量、燃料成本和产品质量的高低。每到装窑时，陶景人不仅必临现场，而且亲力亲为。从下到上，他都要眼到手到。这一切张德贤都看在眼里。

眼看点火的日期越来越近了，张德贤咬咬牙，还得继续收豆秸。但是种豆子的不打算割豆秸，张德贤给出高价，人家都不要，说："要收你自己收去。"张德贤转眼人就不见了。

当天夜里，豆子地传来了"咔咔"的声音。起初，种豆子的以为这是风大把豆秸吹出的声响，但他仔细听一听，不像。因为那声音很有节奏。过了一会儿，声音又比之前小了，但并没有中断。

种豆子的站在豆子地里，有些奇怪，他还真怕钻出来一只猫、一只黄鼠狼，或者蹿出一只野兔。很快，他看到一个人头在豆秸上浮动。那人戴着女人的围巾，正在割豆秸。他很快跑到那人附近，看见那人前面的豆秸纷纷倒地。直到割到种豆子的跟前，那人才抬起头来笑了。原来那人是张德贤，他手上缠着一段棉裤腰上扯下来的布条子。两人四周，是阔大无边的豆地和幽幽的黑夜。这时，不远处又响起咔咔声，种豆子的这才发现，自己听到的声音应该不只是张德贤发出的，还有其他人。这时，前面倒下的豆秸处出现一个人，她在月光之下一笑，露出了虎牙。那是张德贤几个月也没顾上瞅一眼的媳妇。事已至此，种豆子的只能答应张德贤，将豆秸卖给他。

要封窑口了，一个靠摔坯当上看火师傅的窑头一脸憨笑地来到窑口，手里捧着他精心捏好的乡下孩子们最喜欢的玩具——泥模子（也叫印版）。做泥模子，一定要去坑边找一些比较硬、黏的胶泥，然后在砖块、石磨上使劲摔，直到胶泥软绵绵的，才算把它摔熟。这时，揪下一小块胶泥，把它放入花模中，用手按压。按压花模是一个技术活，劲大了花模容易破，劲小了图案不清晰。等按得恰到好处，再把边上修好，就可以扣模。扣出来的泥模子，图案是凸出来的，有立体感。把扣好的泥模子放在窗台上晾晒，用不了几天就可以收模了。

窑头央求陶景人行个方便，把他的泥模子放进窑口，他说自己要为孩子们烧制出品相俱佳的陶制泥模子，模子上雕刻的故事内容是太上老君炼丹，也为陶窑主讨一个好彩头。陶景人听后接过来，放到了二层窑台上。

点火之前，陶景人用精心挑选出来的红砖垒了灶台。他接下来的举动可是出乎众人意料。好家伙，他让张德贤抬出猪头，架在窑口边新搭的泥灶上。不多会儿，那口锅里的香味，把全村人的口水都勾出来了。开窑啊，陶景人带着各环节的把式们，给面前摆着一片瓜果桃子的太上老君上了香。

这次点火，不光陶屯村民，外乡外族的人都来了。陶景人毕恭毕敬地跟太上老君说完话，心里盘算了起来。他知道陶家窑缺的是啥——匠人！一等一的匠人。一点火，先烧 10 天，再闷 5 天、洇 5 天。看窑火的师傅不成那哪行？

看火师傅的培养那真是百年树人。摔坏还好，有把力气，尽心负责就行。可看火就见功夫了。光因为一个坐姿，陶景人就得罪人无数。被抓了包的，被现场纠正的，骂了不改的，直接被踢回家再也不来的，什么样的人都有。这搞得别人都说他是地主周扒皮，就差自己扮鸡打鸣，上演半夜鸡叫了。

即便如此，陶景人仍然坚持自己的想法，他心里有一团火，就是要烧出澄浆砖，他信心十足地宣布："红砖从今往后不烧了，结婚要盖房的也甭等了！"

06
改 制

就在陶景人烧制澄浆砖的当口，传来一个消息：魏家窑也被承包了。

陶景人突然发现，原本毫无关联的各砖窑，通过"承包制"这一新型劳动组织形式有了关系。但陶景人知道，承包后的魏家窑，跟陶家窑在本质上是不同的。陶家窑以前是生产队的，陶家人只是在队里劳动。而魏家本来就出了清城第一砖厂的几任厂长。在管理上，魏爸爸也是一把手。这样的一家大企业也被承包了，落地的动静肯定是完全不一样的。放这样一条大鱼入市，不光是上游产业链技术上的竞争更大了，砖头销售市场的竞争也更大了。第一砖厂原本就是魏爸爸一把手负责制，也没有任何管理层人员的变动，不像陶家承包砖窑，就得一步又一步，打旗的、拎槌的、打鼓的、喊号的一应招聘，轰起一群人来架窑。陶景人都羡慕魏爸爸由厂长变法人代表，其他人各司其职按部就班，多好。

魏爸爸从厂长到法人代表，这一身份的转变并不像人们想象的那样平稳。魏家实际面临着一次生死存亡的抉择。当时，第一砖厂正处在一个当口，需要修建环保大窑，基建资金缺口有200万。如果不改造，设备老旧，低产高耗高污染，只能下马。怎么办？市领导来找魏爸爸，要他花钱改造，承包第一砖厂。"为什么要指定承包对象？"魏爸爸问。"因为你行啊。"市领导一句话，定调了。200万，对90年代初的十八线小市县的人来说，是几辈子都想不到更摸不着的数字。

就在魏爸爸犹豫不决的当口，来了个南方人。那人一口吴侬软语，可手段并不软，说他可以全额投资。这消息让魏爸爸的心里五味杂陈……自己本是多年的厂长，现在应该向法人代表平移，突然天降竞争者，半路杀出个程咬金，他应战都有些措手不及呢。你想啊，原本领导主动请他接手，那是把他当人才，当老师，当掌门人，他还有些碍着情面，不能轻易驳领导的面子。而且他心里明镜似的，领导既然请他出马，那一定会在今后为他提供帮扶。而且他当了多年的厂长，让这个外来人夺了去，那怎么能行？以后他不当厂长了，怎么面对曾经的下属？这也太让人脸面全无，太让人难以接受。200万元，得集资，集资完他要选址，搞基建，买设备。虽然魏爸爸担任砖厂厂长多年，但因为他以前搞的是老式砖厂，现在要搞新式的环保砖厂，他还真有一些摸不着头脑。此外，在取土这一环节上，第一砖厂最近出现了问题。砖厂就地取的土土质不行，试烧出来的砖都是扭曲破烂的。砖厂必须得到陶家窑的取土地，过去的黄泛区，也就是老河床取土，这无疑增加了不少生产成本。但这还不算严重的问题，严重的是由于前几年烧砖生意火爆，这几年当地新建了不少砖厂。电视广播一个劲地宣传火爆得不得了的烧砖生意，导致砖厂之间竞争异常激烈，让利花样频出，准备囤砖的人开始观望，市场需求一下子就跌到了谷底。甚至出现了有些厂子派人主动跑到工地，向施工方赊砖，房子盖好，工程完工再结账的怪象。很多砖厂都陷入了运营的怪圈，烧砖基本不赚钱，只为保住砖厂正常运营，保住砖窑不熄火。

此外还有一个烧钱的地方。因为第一砖厂要新建的环保窑烧的是煤矸石，而清城附近没有煤矿，一次点火的成本不低。油品也一天一个价，只涨不跌，运土运煤成本因此直线上升。砖厂不得不自建油库，进行油品存储。最后还有一个非常现实的问题，砖厂得按新环保设备年产值配置相应的土地，用来备泥备水备煤矸石，几项下来一算，现在砖厂占地50亩，项目完工后就得占地150亩，用地是现在的3倍。

一听说还要追加土地，南方人更来劲了，似乎比起砖窑，他更感兴趣的是土地。据魏爸爸掌握的信息，南方人想的是投资后，让政府免掉砖厂税利，白给他经营10年。他想得真美。结果魏爸爸承包后的第一砖厂环保大窑顺利建好，那个南方人心有不甘，于是到处散布消息，说"砖窑扩充土地，动了村民的好地，大家日子肯定不好过"。大机器铲车往村里来，压塌了路面，也搅扰了乡村平静的生活，这一切村民都是看在眼里的。但魏爸爸请领导说话，做出了两个承诺：一是明年开春先修路，还要拓宽路面；二是砖厂改造后要新增工作岗位。砖厂表示，会优先录用附近的村民。如此，大家有气也消了。

联体环保窑建成后，砖厂一共有7个砖炉，每个砖炉一次大概可以烧10万块砖。开工，点火，一切都很正常，魏爸爸舒了口气，只等着接下来的生产能按部就班，然后按期分配股东红利。所以当他笑眯眯地等着第一炉砖成功的消息时，也通知了列位股东第一窑砖出窑的时间。但怪事出现了，这第一炉里头，所有的砖都没烧熟，打开之后的模样和刚放进去的时候差不多！要知道7个砖炉连烧了十几天，这 70 万块砖怎么还全是砖坏呢？魏爸爸当了几十年的厂长，头一次遇到这种事，他把事情的来龙去脉从根儿到梢儿地捋了捋。为了保证一次投产成功，7 位看火师傅都是第一砖厂的核心技术人物，是魏爸爸的老班底，经验丰富，责任心强，更重要的是知根知底。

魏爸爸把这些核心师傅招到一块儿，具体问题具体分析，从装窑到点火，从十几天烧窑的状况到联体窑的设备安装，他们哪儿也挑不出毛病。一夜之间，魏爸爸之前仅仅有些花白的头发几乎全白了。

久久找不出原因，魏爸爸决定把没烧熟的夹心砖再过一遍火。不久，市里的扶贫项目下来了，并新拨了 500 亩地，要求第一砖厂必须建成全市的明星企业。魏爸爸感到责任重大。这事不再是开砖厂那么简单，而是要树起一面红旗。这跟当初承包的情况就不一样了，有了社会责任与担当。500 亩地，按老建制，那是建 10 个窑厂的占地规模。无论是各村的窑厂，还是第一砖厂，这么大的规模都是前所未有的。

第一砖厂出现了烧不熟的砖，这对指望着砖厂吃饭的大家伙来说，打击太大了。眼看着忙活小半年，本应该稳稳到手的进账有可能毛都不剩。大家议论纷纷，都在考虑自己投的钱会不会打水漂。

魏爸爸看出了众人的心思。若是再出一次生产问题，那他还真对大家没法交代。这事得马上平息。

股东们之前之所以热情地参与投资，是因为听魏爸爸的介绍，觉得这一行是拿土换钱，能收获暴利，按老砖厂的经验，他们的投资最多两年就可以回本。这些股东缺乏投资的风险意识，没有认识到暴利的背后必然隐藏着高风险。出了一点意外，参与投资的人们顿时乱成一团，怕辛辛苦苦积攒小半辈子的钱打水漂。正好在这时，有个"老板"有意收购魏爸爸的砖厂，出价 200 万元，而且放出风声，如果立刻成交，条件还能再谈。再谈，也就是说出价能比200万元更高一点。一点是多少呢？众股东都展开了遐想。大家主动要求魏爸爸提前召开股东大会，一起商议要不要将砖厂卖给这个"老板"。

按日程，公司召开了股东大会，股东们一致决定：投资人都撤回入股，钱算是借给魏爸爸的。魏爸爸没想到自己这个法人代表紧抓紧挠，却被众人抛弃，成了光杆司令。不光孤家寡人，他还不由分说地欠下了100多万元的债。

从不喝酒的魏爸爸，一晚上独自喝下了两瓶"冠群芳"白酒。他抿着嘴角"冠群芳"的余香，将这次的股份风波从头到尾想了一遍。他认为主要存在3个问题。一是投资人普遍缺乏投资的风险意识，以至于投资一遇到困难就纷纷不知所措，想要退缩。二是砖厂的建设运营缺乏专业人士的前瞻性指导，导致在建设运营期间，缺乏能力挽狂澜的主心骨。三是砖厂没有一套针对环保窑的完善制度，仍然沿用过去的生产模式。由此，魏爸爸想到了自己的儿子魏建国，砖厂早晚得让他接班，他若遇到这些困难该怎么办。

作为一个从小在砖厂长大的孩子，烧窑制砖对魏建国来说可不是什么新鲜事。他新转入的二中文科班上，还有好几个砖厂子弟。不过他觉得，现在国家已经开始控制用土烧砖，为了节约土地，一律要求砖厂恢复土地功能。再者，砖头制造会向空心砖、水泥砖、灰渣砖等方面发展，用不多久，红砖将要退出历史舞台。到目前为止，他的所有心思都在造自动流水线上。

上了二中，魏建国基本就没有年节假日了。整个二中教学楼的顶层像少林寺的武僧所在地，复习功课的住校生都在"运功"。只有魏建国还在研究他的流水线，想着机械码坯。他的全神贯注引起了同桌许韵清的注意。她确定魏同桌不是在笔记本上写课堂笔记，而是在画图案。她不知道，魏建国画的是近期一直在考虑的机械码坯流水线。现在他整理出了思路，画出了几幅"砖厂联合窑码坯流水线设计图"，用以记下他对码坯机码坯效果的设想。

在自习铃声响过的时候，魏建国看到"砖厂联合窑码坯流水线设计图"变成了"砖厂联合窑码坯流水线设计方案"，"方案"这两字，是许韵清改的。由此，他们的谈话就脱离了自习，脱离了课本。"码坯流水线的作用是代替人工码坯，能低成本码红砖、多孔砖、空心砖，在效率上能提高码坯的数量，减少码坯过程中的破损。"魏建国说得满脸通红。

通过实地观察多家砖厂砖窑，魏建国发现他的码坯流水线存在很大的问题。码坯流水线的设计不但要考虑设备的自身合理性，还要考虑电流电机等匹配问题。他把这些也讲给了许韵清。

"那你还要考虑一下，你的码坯流水线，是魏家的联合窑所需要的吗？"许韵清还挺了解似的，不把自己当外人了。

许韵清主动提出，要放学后跟魏建国一起去砖厂看联合窑。一路上，魏建国给她讲了砖厂的许多故事，却没讲那个南方人和夹生砖的事。许韵清说："目前国内大多数砖厂工人的文化程度不高，对流水线这种'高大上'的设备知道得不多。魏建国你应该是很高端的人才了。"魏建国一听，知道他不能再讲下去了，再讲下去他不知道底在哪里，一是怕露底，二是怕走题。他的流水线还只停留在图纸上，而许韵清看到的也只是出现在文科班书桌上的图纸。魏建国还没有一个清晰的思路，能够解决设想之中的问题。他想加厚他面前的图纸，收获更多的成果，但是他头脑里的电路出现了短路。这时，许韵清出现了，她不光在白天出现，在魏建国的梦里也出现。

魏建国边想着这些边骑车。他忽然发现了一个严重的问题。他的自行车车轮加了五重滑轮，平常骑着很是得劲。由于今天的情况特殊，他的后座上头一次载着一位二中的女高才生，他骑起来感觉分外累，一直冒汗，寸头上出现了一层水珠。可坐在自行车后座上的许韵清，一会儿看着部分结冰的河面，一会儿闻着不知从哪飘过来的爆玉米花香，完全没在意到这些。骑到中途，魏建国脱下了军大衣给她，许韵清坚决不要。他就用军大衣把她的正面围起来。再骑上自行车的魏建国，只见风鼓动起他的衣裤，他的蓝色卡其布衣服下摆被吹了起来，许韵清不时去安抚它，可风还是一个劲儿地把衣服往她脸上吹，没办法，她过一会儿就得扯一下。魏建国在此情势下话多起来，说："烧砖讲究'七分码三分烧'，这话是在说码砖很重要。所以，根据不同的窑，我设计了不同的流水线，它们的工艺、设备、原料、操作都不一样。我下一步要解决的问题，就是让码坯流水线码出的坯适应每个不同的窑。你愿意帮我一起给操作人员写一个操作手册吗？"

魏建国真希望脚下的路一直通向遥远的彼岸，与他的今生一样等长。

"怎么样啊？一般人我才不求他呢。"他说。

"啊，那我只能尽力。"许韵清说得很敷衍，但是魏建国没有听出其中的敷衍，他哪里知道，许韵清已经适应了他衣服的轻舞飞扬。她用右手握紧后座，左手则拿着用橡皮筋捆好的一沓小纸条，一边背诵一边翻动。她的注意力都在当前页的英文单词上。

07

有个烂劲儿

　　腊月十八一早，陶爸爸就开始张罗祭祀窑神爷。一般人都把除夕当年过，对烧窑的人来说，腊月十八是个比过年还重要的日子。对陶爸爸来说，他主持这个仪式，除了敬神，更重要的是为了安人！他是要他的子孙在窑神爷面前懂得礼法和规矩。

　　陶爸爸到了窑厂，看见一个个手勤脚勤的青年工人，他心里就高兴。他看到有个青年工人围在窑神爷塑像前，便招呼着其他几个都过来，给他们讲："窑神爷是主宰砖瓦窑的神灵，就是道教'三清之一'的太上老君。祭窑神的仪式，你们都参与。神不光保佑窑主多出砖，还保佑你们平安，别塌窑，别走火，避免灾难。你们看好不好？"原来这不光是窑主的事，还关乎每个人的切身利益。"那当然好。"大家异口同声地说。除了看火师傅，其他工人都跟着忙起来。陶爸爸又向陶景人交代，自己要担任祭窑神爷活动的组织人。

　　陶景人自从决定开烧贡砖，还特意塑了一尊老君像，由此可见陶景人对窑神的崇拜与虔诚。如果只把这场仪式看作是陶家窑对窑神的祭祀，那就太简单了。实际上，这是人与天地的对话，是陶景人把自己融入天地的仪式。

在清城所有窑厂里，洗澡频次最高的人是陶景人。他就像长着一身海豚皮，一点也不怕洗。这些日子，他一直跟看火师傅吃住在现场，一是为防止偷盗破坏，二是想在焙烧时定时加柴。按通常要求，砖窑点火后，每隔5个小时加一次柴。但柴跟柴的质量是不一样的，由此烧出的火时长和温度也不一样。这就特别需要看火师傅来把握。

陶景人在办公室要披上厚棉大衣，到了窑口就得脱掉棉大衣，戴上防尘帽，防止高温灼伤。每次从窑口出来，他已经是全身湿透。每次加完柴，他都要爬到窑顶，检查通风透气情况，这本来是看火师傅每天必做的工作，但陶景人认为谁也替代不了他，非要自己做。他觉得别人只把手里的工作当成一道工序，而他是搭上了身家性命。办公室门外就是窑口，相距不到100米，即使是吃饭、睡觉，陶景人也不忘定期巡查焙烧情况。虽然吃住、干活环境不如家里干净，人也更累一点，但这些陶景人都不怕，他唯一怕的是出现他预想不到的情况。他晚上会"打夜作"。什么是"打夜作"？就是夜间工作，需要你在夜里掌上灯。甭管窑火如何，你这屋亮着灯，看火师傅就知道你在那儿呢，如果陶景人再站在他们身后，那师傅们的活儿就干得特别利落、干净。而且陶景人的眼睛进了窑厂就不闲着，他眼到手到嘴也到，嫌弃人的话走到哪儿说到哪儿，干到哪儿就能让哪儿的人听见他的挑剔和埋怨。但他就是这么一边说一边做，说完也做完了。

在泗窑之前，得先把烧窑这步走完，然后闭窑。在窑门未封闭之前，窑头会安排几个身强力壮的助手不停地往窑里快速填柴禾，这叫"烧赶火"。烧赶火要持续几个钟头，也是烧窑的最后一个环节。工人们用有着4米多长木把的"火叉"往窑内填柴禾，把窑里的柴禾填满以后，就立即用砖将窑门垒砌封堵死，用事先备好的稀泥巴糊严实，防止漏火、漏气。然后他们登上窑顶，迅速用泥土将窑的顶部也封盖住。他们还要在窑顶的外围用土拢起一圈高约 30 公分的小土坝，再用稀泥巴将土盖及小土坝糊严实，防止跑烟漏水。这时的窑顶像一个小鱼池。这个小鱼池就是洇窑时存水的地方。

在贡砖的砖坯烧透后，需要直接往窑中淋水。在温度较高的窑中，水能很快变成水蒸气，让窑内变为缺氧状态，这时砖内的高价三氧化二铁还原成氧化亚铁，砖从而呈现出青色。这就是贡砖与红砖的不同之处。青砖较红砖更加结实，耐碱、耐久。陶景人之前做过功课，他用笔写下了陶家窑代代相传的口诀：看闻听摸，即看烟儿，闻味儿，听落下水的声音，摸开窑前窑门的温度。要知道，这些可不是简单的文字诀，是经验的总结，陶景人缺少的恰恰是经验。此刻，陶家窑就像是陶景人面前的一个盲盒，他跟在场的所有人一样，不知道接下来会遇见什么。

窑门被泥巴封死后，里面烧成什么样，全凭看火师傅的经验。龚师傅是百里挑一的窑头，陶景人对他没有一句微词。现在陶景人看到龚师傅在窑烟囱冒出蓝色烟后闭窑，便组织人力从火眼、气眼、窑体开始灌水，这太要功夫了。在场的所有人都得听从陶景人的指令，严格掌握下水的速度、水量及下水的时间间隔。水都得靠窑工们从陶家窑西边的引水干渠，用水梢（水桶）肩挑到窑顶上去。洇一次窑，挑 100 担水。水从窑顶透过厚厚的泥土流过砖缝儿进入窑内。

提水上窑，干了才知道。别的年轻人都在家猫冬，围在火炉边一起轻松地闲聊。窑工们想想这些，都分神了。一件一件活儿派下来，这些年轻人在心里就有些抵触。天凉，谁愿意鼓捣水？那水凉得扎骨头。再说挑着水，人走平道还好，起码水不容易泼洒，上窑就不同了。从窑门边到窑顶，几乎是45度的坡道，下坡时简单，空桶紧跑几步就好了，难的是上坡——光是人自己上去都喘，何况前后挑着满满两桶的水？水不停地荡啊荡啊，几趟下来，挑水人的棉裤就湿了。棉花湿成坨，风一扫，透心凉。洇窑挑水这活还不能停，挑窑水这道工序要持续5至7天左右。过上十天半月，就可以敞窑出窑，大功告成啦！

一眼看得见胜利的时候，可就有人闹情绪了。窑工们有自己的原因：他们当中有人跟对象处得疙疙瘩瘩，很不顺利。这很大程度还真跟他们从事的工作有关系，人一上窑就没时间陪对象。眼瞅着对象意见越来越大，你心里啥滋味？

这也正是陶景人最担心的事。人啊，心不公，气不顺，是最容易出大问题的，因为一窑的砖的命运跟窑工们连在一起呢。人有情绪，那窑里的砖、火、水都知道。要不怎么说砖是通人性的呢。那些带着情绪上窑的，若不给他们及时解开心里的疙瘩，等出窑的时候你去看吧，那砖一块一块的也吹胡子瞪眼，都拧巴着，才不按砖模摔出来的模样长呢。有时跟打群架似的，一半砖头在地上趴着，还有一半裂了。邪性，真邪性。

好窑头在内心深处，对自己烧的窑跟对自己的身体一样，心知肚明。经历了十几二十天的不断加烧，窑内达到了1000多摄氏度。窑门和通气的大小囱全封闭后，窑内要从1000多摄氏度再降下来，至少需要与烧窑相等的时间。在这一过程中，主导的人从看火师傅换成了水把式。水把式手里拎着通火钎子，保持轻浅的呼吸，生怕自己过重的呼吸会让下渗的水到达不了标准位置，也怕一个不留神捅深了，水流如注，那砖还没有成型，若是挨水一浇，便会夭折……这后果可不堪设想。陶景人观察了窑里的情况，手摸着热乎乎的窑，顺着窑身的弧度走啊走啊，渐渐地喜欢上了水滴渗入的节律。这让他忘了自己是个把苦活儿累活儿集于一身的窑主，而感觉自己是一位诗人。在他的眼里，一阵阵泛起的白雾，像一个个放学后从校园里走出来的孩子。它们迈着小而急的步子，从窑顶扒开的洞里跑出来。"扑——啪"，在他面前又腾起一股雾气。陶景人觉得，自己就是一个小学校的校长。再有个三年五载，这里又会出一批品学兼优的"学生"，它们有的会从清城走出去，走进北京、上海，到了那里，就成祖国建设需要的顶尖"人才"了。

陶景人看着亮着青光的砖，眉头微锁。看着看着，他竟然渐渐地痴了。他仿佛听到有人说："这砖是谁烧的，怎么这么好看呀，排着队，喊着号，跟学生站在操场似的整齐，雄赳赳、气昂昂。"在他眼里，这些砖来到这个世界，浑身都流淌着让人心折服的魅力。

澄浆砖在洇水的雾气里时掩时现，窑工们挑满了窑顶的水，陶景人拿一钎子扎几下，水又下去很多。窑工们接着续水。窑里面的热气不断冲出来，让人恍惚。

这时，陶景人听到有鞋底落在窑阶上的声音，有人上窑顶来了。竟然是她，陶景人的媳妇。她不声不响地看着陶景人，静静地像一朵夜晚开放的烟草花。烟草花是一种非常美丽的植物，但从不在大太阳当头的时候开，它开花的时间一般是下午快天黑的时候，阴天它也开得好看极了。而光照好的时候，花朵会睡觉，或都闭合着。陶景人呆呆地看着媳妇，媳妇的面容在月光的映衬下模糊而妖媚。他的眼前浮现出从前的场景：门帘一挑，接生员抱出一个婴儿。他抬眼越过接生员的头，看到媳妇正躺在里面，头上包着蓝布巾子。还没看清媳妇的眼睛，他便被母亲推搡出来，母亲说："快着，去约下席面，还得'送粥米'。"所谓送粥米,就是媳妇生产后,婆家会派人去娘家报喜,娘家得到消息后,要准备一些礼品,送到婆家去贺喜。这些礼品有鸡蛋、面粉、小米等给产妇补养身体的食物,还有童衣、童鞋、童帽、虎头枕、小被子等给新生儿的用品。陶景人还清楚地记得,他是跑着去媳妇的娘家的,路上还摔了几跤,把母亲放进梳匣(女人盛放梳妆品的木盒子)里的红皮鸡蛋都磕破了。他当时还看到里面装着一本《七侠五义》,他记得母亲说:"放书的生的是男孩。"

往事一下子就涌上心头,陶景人的心便渐渐暖了起来。不知不觉中,陶景人多日来的担心与不快都消散了。他想起媳妇一进门就连生了一男一女,才使他陶景人有了一个家。他想起了儿子,想起了那个跟自己长得一模一样的小女儿,想起了他们都在家里的样子。

陶家窑快烧出贡砖了,自己的思绪怎么就渐渐飘散开来?陶景人站在满是湿泥的窑顶,手里拎着长长的通火钎子感到困惑。而他这时才发现,自己这一身力量,最大的用处原来是找回别人看着他、拥戴他的眼神。那是他想要拥有的一切。

这时,几个挑水的窑工上来了。就在陶景人一抬眼的工夫,"轰"的一声,窑顶的湿泥盖塌下去了一大块。陶景人茫然地发现,泥水打湿了他的衣服,也让他的睫毛蒙上了一层水雾。只见媳妇的发梢到鞋子,都包围在一层水汽里。"景人,你在哪里呢?"她问。陶景人突然发现她瘦了,这让他心疼。当着窑工的面,他又不好走过去。陶景人要媳妇下去,媳妇就势扯住了他的袖口,他用力一抡,两人一道下了坡。下坡后,他站在原地,慢慢挨过了心口的绞痛。窑顶的雾气很重,一旦冷却,就变成了凉水,贴在脸上身上。"家里出事了?"陶景人说着,自己先打了一个哆嗦。他闻到了烟化成了露水滴在他脸上的味道,那上面隐隐残留着一股淡淡的豆秸味。陶景人突然抬头,看见自己的媳妇并不出声，只是看着他。陶景人发现，她比几分钟前更瘦弱更矮小了。陶景人一挥手，说："没事，家去吧。"他媳妇却很干脆地直接抓起他的双手，但陶景人什么感觉都没有。他把手挣脱出来，连忙站到一边，表现出了拒绝。他心想，砖怎么样了？

　　他随后上了窑坡。窑深不见底，热气还在不间断地向上蒸腾，这里面的一切，即将在拂晓时见分晓，而拂晓不过是几分钟以后的事。

　　开窑了，谁也没想到的事情发生了。砖呢？是啊，魏家窑烧出了生砖，而陶家窑的失败更加彻底，窑里没有砖，一块也没有。加火加柴紧烧慢洇一个月，他们只烧出一窑的溏泥。洇窑的流程，陶景人是知道的，所以在洇窑的约六七天时间里，他在窑顶亲自把控。陶景人不敢相信，自己没白没黑地烧了洇了，一个月后面对的是捧都捧不起来的溏泥。

　　等着捡砖的人议论纷纷，也只有他们能乐得出来。别人家的窑是烧砖，陶家的窑是泡砖坯，把砖坯泡成稀泥。这泥别说砌墙，就是谁家盖房，也只能拉走垫垫院子。那还得日头火好，别赶上六月下雨。
　　陶家窑的窑顶上很宽敞。人站到窑顶上，就像站在城墙垛口上。以往出红砖，砖从窑口往外搬的过程中，会发现被烧炸、烧黑、摔断的砖，这些砖都会被挑出来，扔到一边儿去，这时谁捡都没事儿。陶屯想盖房子的不富裕人家，都到窑上去捡砖。他们捡满一整车砖，让窑厂的会计估钱，然后拉回家。村民们你拉一车，我推几趟。窑里热，砖还烫手呢，但为了早日捡够碎砖，有人往往不顾一切，甚至为了争抢钻进窑门吵嘴、打架，弄得浑身黑灰，烫破了鞋，扎烂了脚，身上烫起大水泡。可这一次，上述情况都没有发生，不光陶家窑的人傻了眼，这些打算来玩命抢烂砖的也傻了眼。很快，消息就传出去了，人们七嘴八舌地议论着：

"别来陶家窑了！"

"要来，就拿水舀子吧！"

"快看呀，陶家窑烧了一锅砖头汤。"

"那哪是砖头？那是窑汤。"

"早知道烧一个月汤，还不如开个洗澡堂，让大家过年干净干净。"

"那哪能洗澡？泥汤子，洗得你浑身是泥。更脏！"

"就是，王四辈的牛肉——有个烂劲儿。"

"对，有个烂劲。"

"人家就是肉烂烂在锅，咋说也是清城观音堂路南牛肉铺名吃。"

有人说陶景人是拿泥烧泥、过烂火的大傻子，有人说陶景人干得还不如生产队，甚至有人说快把陶景人抓起来，别让他再祸害东西了。

08

祖爷爷

在众人眼里一天不洗澡都算白活的陶景人，七天没洗澡没出屋。他都没脸见人了。都不用看长辈的脸色，不用听旁人的闲话，他自己都对自己为什么要烧贡砖，有没有这个必要烧贡砖，产生了深深的怀疑。之前魏家窑烧出了生窑，自己呢？他辛苦一个月，烧出一窑泥汤。难道他真是有悖天意，祖师爷不赏饭？还是陶家窑没有得天时地利人和？是贡砖工序变了，还是哪里出了问题？躺在被窝里的陶景人不停地问自己。

这时，陶屯想买砖盖房的人也不等了，几家商量用土窑烧砖，这样算下来能省 1000 多块钱，所以他们就决定自己建土窑把红砖烧起来。这是一伙实干派，他们不听笑话，也不去笑话谁，有那个讲笑话的工夫，还不如烧自己的土窑出几窑砖。于是，陶屯出现了几处突突冒黝黑烟尘的土砖窑。被陶家窑欠下一年多工钱的窑工们，带着陶家窑的欠账白条，都各寻生计去了。

这天清晨，陶景人的媳妇端来了一盘"嘎巴"，那是一种清城独有的吃食，油水大火候足，嗞嗞冒着油，配以小酱菜和豆腐泡汤，是让清城人不吃到肚子歪绝不放手的吃食。陶景人媳妇掀起门帘，径直把"嘎巴"放到屋门对面的八仙桌上。她叫了声"景人"，无人应答，她没太在意。但当来到卧房时，她发现不妙。陶景人不在。对，他不在屋里，他走了。

陶景人这一"走"，"走"的不是十里八里，而是上百公里，也许是上千公里。因为他的思绪"走"得比他的脚走得更远。此刻，他躺进一家叫清泉湾浴池的一人池子里，让水没过喉结。他只有脸在水面之上，热气的熏蒸下，那里一滴一滴往外滴着汗。对习惯了在窑厂工作的人来说，这点温度算不了什么。那些啾啾欢叫着的橘红火苗让他心安，看着这样的火，他会自然而然地仿佛成为那些窑里的贡砖。他觉得青砖比自己幸运，能进到太上老君的八卦炉里，乾坤九转，重生涅槃。他甚至后悔烧造贡砖时没钻进窑里，就算他转世不成，也能知道个大概。

都是你们坏了我的大事！

陶景人被自己的凶狠念头吓了一跳，他抓起毛巾擦了一把满脸的水汽和汗水，它们已经完全混合在一起，分也分不开了。他仿佛看到身边的池水和被自己扔进水里的毛巾，都"轰"的一下瞬间从天花板上落下来。

水啊，你们这些坏了窑里贡砖的水啊！陶景人心想。他的悲恸再也控制不住，像那些捧也捧不起来的贡砖，一下子从窑门里冲了出来，洪水一样，肆无忌惮！他疯了一样，光着身子，漫无目标地抢起湿毛巾，一下一下扑打着他面前的"洪水猛兽"。他打啊打啊，比摔坏还用力，他打啊打啊，就像太上老君在炼丹炉前调动着乾、坎、艮、震、巽、离、坤、兑。他喊啊喊啊，喊着"道德天尊""混元老君""降生天尊""太清大帝"。他喊着："啊！啊！啊！为么不成全我？我就是要烧那能砌进北京城墙里的砖！么呢？为么呢？你就不成全我？啊！啊！啊——"

"滴答""滴答"，有水珠不停地从浴池上方，从水泥天花板上滴下来。他抬眼看到天花板上寥寥的几大滴水，又发现了密集的小水滴。小水滴一直在那里，等待着更多的水蒸气上来。它们可真沉得住气，就在那里静静地等待，等待那个聚集成大滴，"啪嗒"一下砸下来的时刻。陶景人闭上眼睛，想象着那些水滴突然都变成了小人儿。它们睁着一双双小眼睛，盯着下方，像跳水运动员一样，一跃而下，溅起一片不大的水花。

陶景人抹了一把脸，他感觉到所有的蒸汽都在向上移动。那种蒸腾的步伐，比风沉稳，比水轻健。他突然屏住呼吸，意识到这是一个非比寻常的时刻，他竟然"看"到了水分子的移动，是的，霎时间，他仿佛感到整间浴室里都是正在移动的水分子。他站在水分子细微的珠串里，那些珠串很快像在天花板上一样在他的皮肤表层聚集，然后流淌进他身体里。

他记得父亲说过："不要认为自己会烧砖了，砖就能烧透了，烧砖的技术是永远学不透的，人干一辈子就得学一辈子。"烧造在人们的印象中是有力气的傻子也能干的活儿，简单、传统、低级。别人叫他们一声"师傅"，全是看在上了年纪的分儿上。但在真的接触这行以后，陶景人才发现事情并不是人们想象的那么简单。烧造是一个技术含量很高的行业，一个人没有被烟熏火燎，没有跟在窑头身边十年八年的历练，没有土一把、泥一把、火一把、水一把的锻炼，是悟不出来其中的道理的。为了这个"悟"字，陶家就这样父一辈、子一辈地口传心授，言传身教。陶景人用了21年，才悟出了砖性，才有

067

资格教训窑厂里的工人。"悟"只是师傅领进门的第一步，下面的修行还要靠人不断自我提升，不光要提高技术，还要不断地接触新的技术，见识更多的世面，不断增长德行。

陶景人在恍惚中仿佛看见了祖爷爷。祖爷爷站在青砖垒砌的砖窑边。窑厂里，有的工匠在制作砖坯，有的在清理砖窑准备烧新砖，有的在守着正在烧砖的砖窑，准备随时添柴。窑厂一派热闹景象，他却笑不出来。他心想，代代单传坚守祖宗的方法烧制，一定得成！我再当一回蠢蛋，我重新学起，成不？是啊，谁能管住我？停了窑火，断烧的苦总得有人扛。

"是老天选了你，我的重重孙。你得好好扛！"祖爷爷说着带他来到窑前。"火候烧成，砖坯烧透。"祖爷爷语重心长地说，还让陶景人去瞅瞅水把式如何密封洇水。洇窑结束后，窑顶打开，砖块成一片青色，皆大欢喜。陶景人看着喜形于色的窑工们，看到祖爷爷志得意满地捋着长髯说："皇城要用青砖，红砖没人用了。"

"嘿嘿，地上卧个獾，尾巴撅上天，秸秆吃几垛，井水能喝干。"窑工们吟唱着，都撒起欢儿。

"祖爷爷，魏家窑是砖砌方筒状，用螺丝杆一盘装几组坯升降，一层一撒煤。有几个新建吊丝窑的窑主，跟着魏家弄懂了吊丝窑的烧砖技术和管理的办法，申请了工商营业执照，项目一窝蜂地上。夏季汛期雨水大，窑体塌大架，只有一部分窑有点利润，很多窑主经营失败，债台高筑。景人置身事外，没有跟风。"陶景人说。

"景人，你做得对。坚持手工，坚持洇窑，坚持待洇青结束、窑座降温后开窑起砖，敲验是否合格。这是因循祖制，祖上会保佑你。"祖爷爷欣慰地说。

"祖爷爷，有人说我活在古代，在等着大队漕船来装船北输运京上城呢。还有人说我不吃人饭不屙人屎，不是神仙是妖怪。"

"不要听这些。干活的人说话少，闲人话语多，到什么时候都这样。"祖爷爷说，他手里执着扇子，一上一下地扇。微风习习，把陶景人吹得睡意连连。自从烧出汤窑，陶景人一直没有合眼。他甚至心生一念，就是死了，也要睁着这双眼。

不知过了多久，陶景人竟然像从遥远的古代走回来了。掉落的水滴在浴池的水面上深一下浅一下地画着圈，陶景人心里的疑惑也在深深浅浅地浮现。到底问题出在哪里？码窑？烧窑？还是其他环节？

烧汤窑的前前后后在他的脑子里过着电影。先一个是窑头，就是看火师傅、火把式，负责掌握窑火的火候。从砸上"号子"的砖坯搬到晾晒场地，摆列、晾干、搬坯、入窑，整个装窑过程都在窑头的监督之下。点火烧窑时，烧窑的柴禾有麦秸、秋秸、玉米秆、豆秸、麻秆、芝麻秆，还有棉花柴、玉米芯、木条劈柴，不同阶段用不同的柴禾。窑头在烧制过程中要不断选柴入窑，不断添柴掌火，前后连烧半个月。咱这窑上的窑头都是一顶一的，在陶家窑从没出过生砖、焦砖。点火之后，也从没离开过半步。目前看来，"烧"的过程应该没毛病，问题就出在"造"上。

后一个是窑尾，俗称水把式，负责洇窑，也就是"造"。水把式是在窑火熄灭以后上窑顶的，工作的关键是根据经验准确把握闭窑时机和洇窑用水的多少。他们手里拿着通火的长钎子，从窑顶预留的水槽往里放水，让水慢慢渗入窑中。

陶景人的注意力集中在了"造"这个环节。陶景人知道，下水洇砖是烧制青砖的关键。现在他正思考一个问题：还原封窑以后，窑里的状态是什么样的？他想象自己不是站在窑顶的窑主，而是那些被烧的砖。当赶完烟时，它们应该是红通通的，周边的温度还没降下来。这段时间，砖们经历了什么？

在陶景人的想象中，凉水像雨帘一样从窑顶下来了……它们没有变成雾，是直接瀑布一样冲下来的。因为他仔细地观察过水滴的变化，在浴池里，水蒸气往上跑，它们到顶遇冷，会结成很大的一滴水落下来。浴池里的水温才多高？不到40摄氏度。这窑里的温度可高得多了去了，水汽迅速凝结，所以水滴落在砖上，导致了炸坯。他仿佛看到了那一窑砖汤的形成过程：它们先炸坯，然后不断受到刺激，二次三次炸开，最后在不断下落的水汽中，还原成了泥土。

渐渐地，一个解决方案浮现在陶景人的脑海中：减小向窑内灌水的水管的口径，竖排"滴灌"。加2组，不，加4组水管，在4根细水管之间加上4根更细的。这还是不够，应该再放上4组。他决定变窑顶的小鱼塘为手控加水，让水花在到达砖之前雾化，一滴也不能滴到砖上。这可要功夫呢。

"嘿嘿。"陶景人终于笑了出来。这时白布门帘一挑，进来了一个人，陶景人定睛一看，见是张德贤。张德贤左手握着一瓶包着热毛巾的矿泉水，右手用毛巾把着一只小号焖锅，里头是什香面。他说："陶师傅，喝点水，您肚子饿了吧？"陶景人的心一下子软下来，心说：瞧瞧，人家非亲非故，还这么些礼数，我苏秦都要卖剑了，人家还跟着忙活左右。他接过水，咚咚喝下，抹了一下嘴，刚要伸手接面，这才发现自己坐在浴池里，身上没有穿衣服，他伸手取了浴巾，把它围成一个刚好装下他的筒，这才从浴池里站起来。

陶景人这才发现眼前晃得厉害，托着碗筷的手抖得厉害，他看着自己的手，感觉手中的碗变成了一只大耗子，跳啊跳啊地不安分，惊慌起来失了手，碗筷全掉到了地上，人也跟着陡然坐在地上。张德贤这才发现，陶景人发着高烧，额头热气逼人。张德贤在这一刻，不由得心疼起陶景人来。

09
天大的喜讯

陶景人的媳妇蒸上一锅白面馍，她看了时间才出家门。她掐准了时间再回来时发现，天啊，可了不得了，满屋子都是水汽。陶景人躺在地上，看着一屋的水汽，笑呢。

陶景人的媳妇喊着："掀锅啊！撤火呀！"她连哭带喊地叫家人帮忙，要他们一起拖陶景人去床上躺着。陶景人挥挥手，他说他看的就是这锅馍蒸出的水汽，水汽可比馍还香呢。说罢，他拿鼻子使劲地闻。他媳妇再说话就带着哭音了，她心想，陶景人要是受刺激脑子糊涂了，可是没法活人了。

她没想到还有出格的事，下午她从供销社买盐回来，发现家里到处是水汽。只见取暖用的煤炉上坐着开水壶，水开了陶景人也没把壶拿下来。她拎起来，发现里头只剩下小半壶水。陶景人就搬了凳子坐在旁边，看着从壶嘴里冲出来的水汽。

"水蒸气是么呢？它无色无味，是透明的，凡胎肉眼看不见。在烧开水时人看见的白汽又是么呢？这是液态的水。水烧开的时候，受热沸腾，水蒸气从壶嘴溢出来。雾是热的水汽遇到比它温度低的外部空气而液化形成的……"陶景人口中一直念念有词。

陶景人的媳妇叫来了陶屯卫生所的崔村医，告诉她："快给他看看，是不是疯魔了？他一直不停地说啊说，还比画。"

崔村医给他号脉，一边记脉搏跳动的次数，一边看手腕上电子表的数字变化。

陶景人继续说："水滴的体积不是一样大的，外部空气越冷水滴凝聚得越大，要把水变成很小很小的水滴，变成雾，要纯粹的雾。"

"怎么办？是不是精神出问题了？"陶景人媳妇关切地看着崔村医说。

崔村医并不表态，决定首先给陶景人退烧，说："目前来看，这有可能是高烧导致的。"崔村医给他打了退烧针，又在输液瓶里兑了一剂镇静剂。陶家的人一起观察陶景人。

"高压喷嘴把液体喷射成微小的水颗粒，它叫喷雾。这样我们就可以站在窑顶，给窑体加雾化水滴，微小的，小小的……"直到镇静剂发挥作用，陶景人才停止念叨一直纠缠着他的雾化过程。陶家人这才松了一口气。

陶家窑建在一条灌溉用的小河边，村民叫它"育民河"，村里的洒水车经常到河里取水。有时有人会请洒水车去浇地浇园子浇树，没人请的时候，洒水车就按村委会的安排，在公路上洒水。这天，外地来的司机幺娃子把洒水车开上了陶家窑附近的村道，他开得很慢，而且一直看着后视镜，怕有行人或者车辆过来，弄人家一身水。洒水车为了警示路人，播放着好听的音乐响铃《铃儿响叮当》，在音乐之中，洒水车仿佛开在鹿拉的雪爬犁经过的圣诞大道上。幺娃子一会儿操作洒水的开关，一会儿调试音乐的音量，并没有注意车的正前方。但当他一抬头，猛然发现车前站着一个人，这人站得太近，车马上就要撞上去了。他赶紧一脚踩死制动板，立马听见"咣"的一声。他心说，完了。他拍着自己的脑袋跳下车，却没在车前方找到人，只见陶景人正躺在洒水车的后方。陶景人在洒水车喷出的水花雾波里发现了小彩虹，正高兴呢。他之前看得实在太专心了，以致没有发现洒水车正在向他驶来。他躺着感受水，一身湿透。洒水车里的水渐渐没了，流出的水把公路边的泥土冲出一道深沟，他坐在泥水里，意犹未尽。幺娃子蹲在地上看着他说："你哪儿不舒服，有没有啊？有就告诉我。没有的话，过后我可不负责啊。"陶景人跟没事儿人似的，说："还想看小彩虹。"幺娃子拿他没办法，只得提了水泵去河里加水。陶景人跟着去加水。洒水车开起来，他跟着小彩虹，一走又是几里。

陶景人老这么跟着洒水车，幺娃子都急了。因为在陶屯的人，有一个算一个都知道陶景人爱干净，陶景人爱干净的故事都能编出一部故事集，还能分出上下册。幺娃子懊悔着：自己咋就把水洒到他身上，还撞出一身泥？幺娃子定睛一看，又感觉不对劲，意识到并不是自己洒水不注意，而是陶景人故意往水里站。他心想：我的个亲娘哎，陶景人中邪了，从村西到村东，从村东到村北，跟着洒水车淋得透湿，还乐。这谁受得了？听着水箱里的水快没了，幺娃子停车跳下驾驶室说："哎，陶叔，你得跟我到村里说明一下，我洒水没洒村里道上，全让你给半路截走了。"

"水烧开时，从壶口出来的水蒸气遇到冷空气后，变成了白雾，这是液化现象。深秋或初春空气中的水蒸气在枝叶、木头和砖瓦上凝结成霜，这是凝华现象。"陶景人喃喃地道来。幺娃子一听吓了一跳，他对陶景人的状况早有些耳闻，今天是眼见为实了，他真怕接下来发生点什么，一个人到了这样的状况，一定会发生点什么。

陶景人说："是风，是风让水成了雾，不能成水滴，更不能成水溜子，水落到砖上之前变出小彩虹就对了。"他浑身往下淌着水，被洒水车浇得跟落汤鸡一样。

"放几根入水管，改老窑横渠沟为垂直滴管，我看着准行……终于成功了，成功了！"陶景人突然两眼放光，异常兴奋地说。不说还好些，他这么一说，吓得幺娃子往后一退，一脚踩进陶景人身边积水泡出的烂泥里，脚下一滑，他顺势拉扯了一下陶景人，就跟陶景人一块跌倒了，这一跤跌得真不轻，关键是还让人给看到了。"哎，幺娃子，这就是你不对了，你怎么打人呢？"跑到近前忙着说话的是张德贤，他是一直护着陶景人的。幺娃子于是更加恐惧地躲到车里，也不敢解释，不顾手肘还沾着泥，便大脚一踩油门，逃跑了。

陶景人脑子里不停地琢磨，又不间断地总结。他知道，正是因为有了洇窑这道工序，烧出来的贡砖才呈现出豆青色，温润如玉。可洇窑对陶景人来说，就像是一块心病，像英雄走麦城，他真的怕呢。多少年之后，清城贡砖远销海内外，可陶景人依然说，什么时候停火最关键，这里头学问大得很，火候掌握不好，烧制出的贡砖质量便会大不相同。洇窑是一整套复杂的烧造工序中关键的环节，只有工匠在洇窑时一丝不苟，一块澄浆砖才能诞生。

"您来得正好，明天闭窑！"张德贤激动地来到陶景人身边说。

"啥？"陶景人不解地说，"明天闭窑？你说么呢？"陶景人病的这段时候，脑子里像断片儿一样，而窑厂并没有断片，秩序井然，这就是现代管理带来的好处。陶景人的鼻子突然间恢复了功能。以往他只要对着风向闻一闻，睁开眼睛试一试就知道到没到闭窑的时候。如果烟气里有辣眼的感觉或者有刺鼻的味道，就说明还欠火候，如果烟气里面发出一种特别的香味，人没有辣眼的感觉，那就说明砖烧好了，可以闭火了。陶景人闻到了砖烧好的味道。张德贤看着陶景人，发现他又恢复到从前的模样，这位会计开心地笑了。

陶景人回到窑厂，他已经不再志忑，他果断在窑顶揭开一个洞，把水注向里面。每当注水时，窑里便会发出一声"嘭"的闷响，接着，那水汽化后出现的白烟便会从窑的各样裂痕及上面的洞中涌出来，引得热浪腾腾。

洇窑时，陶景人让停火后先封下门和烧火口，再把4个出烟筒子的上口封住。再沿着窑的天窗口，用麦秸泥垛出一个一尺多厚、四尺高的圆形围墙。围墙里面摊一层一尺厚的莲花土，用脚踩实后，慢慢往圆形池子里的草垫子上倒水。开始时，池子里的水深半尺，第二天，水深保持一尺，之后每天水深增加，但最深不能超过一尺半，最浅不能在一尺以下。这次为安全起见，从窑边注水时动用了架子车，用雨布做成水池。放水的时候，用水管控制水流大小，这样更为安全。"水洇得太急或打漏子，窑门易憋崩，那砖和窑都不用说了；洇得太慢易回火，砖的颜色说红不红，说青不青。水量必须拿捏得正好。到最后一天，必须让水能洇到最下面。"陶景人说。

出砖是烧砖的最后环节，出砖就是打开封门，把烧好的砖从窑里搬运出来。出砖不是好干的活儿，窑内的温度虽然经过水滴雾化，已经冷却了许多，但余温还没有完全散去。人走进窑内，会立刻被热气包围。在出砖时，窑内干燥的、浮在砖上的"砖面子"，只要人搬动一下砖，就会使整个窑内粉尘飞扬，呛得人喘不过气来。陶景人这天依然第一个走进砖窑，只见火气退去，他看到了整块的豆青砖。他立刻意识到：成了！灰青，豆青！陶景人在热气里流泪呢。

"不炸不裂，青色纯正，'敲之有声，断之无孔，坚硬茁实，不碱不蚀'，才是合格的贡砖，才能包黄纸，装船，进京。青色不纯的或者有炸纹裂纹的，不合格，不能进京。"陶景人一这样说话，大家又都暗笑他——还真把自己当成百年前的窑户呢。陶景人的复窑，让贡砖窑火重燃，绝对是一个具有划时代意义的举动，只是当时在现场的人们没有意识到而已。陶景人顾不得换身干净衣服来增加仪式感，就说："一慢二看三瞪眼，四五六七不等闲，八九不离十，香满扑鼻迎客来。"张德贤说："这哪里还是窑主，分明是诗人，陶诗人。"陶景人更得意了。

出口处，十来个工人排成一趟，陶景人第一个从窑里走出来，双手各掐着一块青砖，然后一敲打，砖块立刻响起敲打铜器的声音。声音未落，便有人从他手里接过砖，往后传递，最后一个人负责码垛。一块块砖拿在手里还烫手。青灰色的砖瓦上还有一层浮灰，没多少的工夫，出窑的工人们就一个个灰头土脸，头发、衣裳也都变成了灰色。他们当中，有人戴上口罩，有人用衣服遮住口鼻。他们有经验地眯着眼，准确地传递着，收工时，工人们便迫不及待地跳进育民河里。那种欢乐，在不宽的河面呈现的波涛里继续。

都说窑主是整个烧造过程的灵魂人物，但是陶景人不想当窑主，只想当窑师。窑师与看火师傅不一样，师是可以领兵打仗的人。当陶景人一个人站在冷风里想"这一窑再烧不成，我就死"的时候，他已经不再是窑主。站在窑顶上，那一刻他想着：我自己至少应该是一个称职的窑师。陶景人不知道这个想法应该跟谁说。中国砖瓦烧造行业里有烧窑师傅，这在国外的同行业里是没有的。在中国，几乎每个砖厂都会聘请烧窑师傅，原因一是受烧砖传统影响，人们认为一个砖厂，一座窑，没有烧窑师傅不行；二是人们没有把整个生产环节协调起来，最后寄希望于烧窑师傅来弥补。窑师的工作应该从验坯开始，首先判断砖坯的残余水分，禁止湿坯进窑，接下来是监督码坯、焙烧、返青到开窑的整个过程。这其中很多过程无法用现代仪器监控，经验是窑师的立身之本。为什么有工程师称号，没有窑师称号呢？陶景人想，他太需要社会的承认了。在没有烧成贡砖之前，他的委屈就已经存在了，现在烧成了，他背负了那么多，那么多的压力一下子释放出来，他真的受不了。何况工人们、师傅们工作完了，都能得到工资，得到回报，只有他，不只是赔本赚吆喝，而且是赔大发了，再烧一年的砖，他才能把欠人家的付清，自己的回报还排不上日程。陶景人认为，他是清城第一个决定开始烧贡砖的，周围人全都说他瞎折腾，之前有各种反对声音，说：老窑熄火，要成早成了，还用你？但他就是烧出贡砖，把这熄灭的贡砖窑火点燃了。

这时，来了一个天大的喜讯。大专家打电话告诉陶景人："政府出政策了，不许古建筑烂砖上墙。"陶景人接到大专家的电话，心情有些激动，出于礼貌又不好打断人家的话头。他想告诉对方，贡砖已经烧出来了，规格统一的大城砖又面世了。大专家说，进入 90 年代后，全国各地都开始重视古建筑的修缮与保护，很多地方都在兴建仿古建筑，由此催生了一个逐渐庞大的青砖市场。但是这次全国大检查，专家们发现古建筑上使用了假青砖。

这些假青砖的制造方法通常有 3 类：一是通过外加色料，或改变配料，或改变焙烧方法等，使产品表面着色，呈现出仿古效果；二是在泥条挤出之后，在泥条表面进行加工处理，使砖体表面呈现出不同纹理或颜色；三是给已烧成的砖瓦染色，用浸渍树脂、浸水等方法，进行着色。此外还有更加拙劣的表面研磨、表层涂层和施压彩砂法等。

展开来说，首先是表面研磨。这种方法起初是瓦匠用来研磨砖的砌筑面的，为的是让砖体间的灰缝变小，提高墙体的保温隔热能力。这种方法类似于我国古代建筑物上使用的"磨砖对缝"方法，只不过是将古代的手工打磨变成了机械研磨。目前，使用这种方法研磨砖体表面，能使砖体向外的表面呈现出一种特殊的效果，把表面失色的泛白层打磨掉，砖体的颜色更均匀一致。对美感的追求无可非议，但这种方法为砖体化了妆，"镀了膜"，好像砖体本身不可见人。其次是直接在表层做喷砂处理。如同给钢材除锈一样，将颜色难看的表面处理成高档产品具有的粗糙表面。这样的工艺可以消除砖体泛白层的粗糙化，而且砌体的颜色也更均匀，但这种化妆方法让砖体本身和建筑物失去苍劲的美感，剥夺了砖体本身的视觉表现。再次是浸水处理。浸水处理是为了消除砖体中爆裂的石灰颗粒。这种方法是在砖刚出窑时进行的，除糙的同时，改变了砖体的自然属性，使砖体失去了呼吸和四季变化中的活性。最后是浸渍树脂法。浸渍树脂法将可能会出现泛霜的青砖，用硅树脂浸渍，以堵塞砖体的毛细孔，不让水分进入砖体，能够有效地阻止泛霜。经过硅树脂浸渍的砖，其强度是会提高，但是，它已经不是青砖了。这些青砖墙体表面装饰方法，在我国比较发达的地区已经使用多年，但是人们把它们用在古代建筑的修复上就欠考虑。

　　陶景人听着不是感觉新鲜，而是生气了。他看到过一些让他无法容忍的对砖体墙体表面的处理方法，但人家专家不仅看到了，还总结出来了，而且在对话中明显表露出忧虑。陶景人问："为么要仿古呢？咱们有贡砖，跟建北京城时城墙里砌的一模一样。他们为啥要动心机，变戏法？他们就不知道假的就是假的，成不了真的吗？"大专家跟他解释，其实那些仿古砖也不是一无是处，它们具有强度高、平整度好、吸水率低、抗折、抗冻、耐酸、耐碱、不褪色、抗风化等优点，可以广泛用于住宅、宾馆、别墅等工业和民用建筑，而且可以按照造型变化色彩，深得建筑行业的推崇。近几年，也有人把仿古青砖用于重点文物保护单位，以及近年新发现的古建、古桥等处。某些经济欠发达地区对古村落保护力不从心，财政投入不足，使文保工作陷入被动。不维护是等死，但假维护也等于慢性自杀。

陶景人这才发现，自己的贡砖窑火复燃，还真是填补了一项国内的技术空白。

大专家说："古建修复，不仅仅需要结构稳固，还需要体现美学文化价值。"

陶景人说："他们是在古建筑上堆了瓷器，放碟子放碗，咱不能答应，那以后再去北京，再上长城，看的都是啥？厨房？"

大专家说："景人啊，所以我才给你打电话。政府已经下了命令，不许古建筑烂砖上墙。"

"好！"陶景人激动地说。

"但是，景人，把好质量关，你得让贡砖的百年窑火不只是重燃，还要千秋万代。"

"好！"陶景人嘴上答应得简单，可他心里知道，这不是一桩简单的事。

这时，一个消息不胫而走，现在一般砖的硬度是70号，有的还达不到。国家文物局曾经用现代科学仪器回弹仪对清城舍利宝塔上的澄浆古砖进行测试，古砖的硬度达到200号，比许多石头的硬度都高。专家用回弹仪测试了陶景人生产的贡砖，硬度达到100号以上，而且陶家窑的出窑率高达75%以上。这说明什么？陶景人的砖真是一绝。

有人说古建专家捎来了政府令：烂砖一律不许上墙。

可是，很多同行认为这不好使，因为各路采买已经到达清城，在不同的窑厂试着敲打烧制成的青砖。青砖发出的类似于敲击金属的清越声音他们没听过，但只要窑主一脸骄傲地说出"只有咱清城砖才能发出这么好听的声音"，订单就来了。贡砖响了，清城贡砖双名双响，山东出贡砖的卫运河畔，名也响了。

陶爸爸对陶景人说："你说红砖不如青砖，是，青砖比红砖结实，可盖成屋住着，有啥不一样？你得说得出来。"陶景人还真就开始比对。他想，那也好，不用去大北京，咱家就有宜居的好样本。他考虑窗口门口的木框非常结实，修整后可以沿用。造屋的费用他拿不出来，但贡砖是自家产的，可以不计成本。再说，村里盖房子，向来人工是不用计付的，大家都是互相帮忙，说不准，大伙儿看着贡砖砌屋住着好，陶屯先把红屋变青屋呢。村委会，未建的幼儿园、小学，还有一段时间无人管理的祠堂、庙宇，不用说远处，身边就有很多建筑可以让贡砖派上用场。陶景人脑子里有了关于家乡未来的图画，"那就先起屋，让来的人都能体验一下，用澄浆砖盖的房子有啥不同！"陶景人自信地说。

10

尾巴断了

魏建国初中毕业在家荒跑了两年后，魏建国的父亲托人送他到二中高中部当插班生。魏建国知道，父亲最想家里出个文化人。可自己对文化课实在不感兴趣，脑子里全是如何实现砖厂生产流水线化。同桌许韵清平时在学习上对他多有帮助，更难得的是，她对清城和清城烧造历史很有研究，二人说起砖厂就有说不完的话。正是因为有她，魏建国才能顺利念完高中。

一天放学后，许韵清叫住魏建国，说她一直想到戴闸看看，他一听许韵清这么说，就答应带她一起走。

现在，魏建国的自行车后座上坐着许韵清，他们相处的最安恬时刻便是魏建国在前默默地骑行，而许韵清在后侃侃而谈。魏建国真佩服许韵清的头脑。她怎么能记住这么多东西？魏建国的脑子里几乎没有文字，那里面记忆的只有机械动画和许韵清说史时的沉醉表情。他喜欢与许韵清静静地骑行在乡间公路上。只要他们俩在一起，他永远向前骑行，她永远说着书上才有的言语，这就够了，足够了。

此刻，前方红灯，魏建国下了车，回头看着许韵清，他喜欢从她嘴里讲出来的话，那些话都带着一股特殊的韵味。他联想到她的名字有一个"韵"字，后面跟了一个"清"字，把两个字颠倒过来一读，清韵，这不正是清城的韵味吗？他想跟她说的话，要比他实际跟她说的话多很多，可不知道为什么，每当他跟她单独在一起，他反而沉默了。

这时，许韵清说："运河改变了清城，清城的澄浆砖又建造了北京，为何在众多的运河城市中，偏偏是清城有这样的殊荣？我翻看地图，黄河从西高东低的大陆架走势直奔山东而来，清城正处在河北、河南、山东三省交汇处。而那条从杭州流向北京的大运河，正好从南向北穿过清城，流经清城境内。小小的清城在明清时期，凭借着京杭大运河400年的漕运码头和货物集散地的地位，和苏州、杭州、张秋齐名成为运河沿岸四大商埠。俗话说，'南有苏杭，北有临张'。尤其是明嘉靖年间到清乾隆初年，清城'帆樯如林，百货山积……绵亘数十里，市肆栉比'。"

"我知道，我们清城人称小天津。"魏建国说。

许韵清说："其实，天津也是因运河而生。运河流经咱清城州界，影响的人口达100多万。清城在北方城市中确实仅次于天津。季羡林先生是清城籍的，他曾经这样描述家乡当年盛况：'文人学士、达官贵人、贩夫走卒、赶考举子，只要是从南方进京，几乎无不通过临清。遥想当年舟舶星聚，帆影云展；廛闬扑地，歌吹沸天；车水马龙，商贾联翩。景象何等繁忙动人！'给清城依然繁华的景象里再添一笔的，就是清城贡砖。"

魏建国问："你想听我家的事吗？我爸是接了我爷爷的班，当厂长兼窑头，他还从外地请了两名烧窑的技术员。"

"我看过一些历史材料，一座官窑相当于一个独立的小王国，窑厂门两侧竖立着御赐的虎头牌和黑红棍，私闯砖厂或在窑厂闹事者，会被黑红棍打死，窑主可以不用承担任何责任。真有这事？"

"嗯，那都是早先。以前经常有因作奸犯科而被官府通缉的人，逃到清城的官窑避祸。他们只要被窑主收留，就可确保平安无事。到今天，清城还流传着'打架上官窑'的俗语。"

"那这儿的生活，可不像书上写得那么平静。"

"爷爷负责砖厂时，要招工人干活。当时社员们一听说能到砖厂干活儿，各家各户的男女劳力都很激动，纷纷要求到砖厂干活儿，家里穷、年龄大的男青年更是迫切，想的是在砖厂干活儿能有个好名声，到时候好说对象。"

"还有这事？"许韵清一听，都笑出声来。

魏建国说得更起劲了："真的，一个砖厂虽然不止一个砖窑，但一个砖窑是用不了多少人的，全厂有几十个人都很了不得呢。生产队壮劳力都想到砖厂干，那是根本不可能的。当时，为了解决人的问题，生产队队长就找我爷爷商量，可动了不少的脑筋。最后他们决定从男劳力中选用 50 个人到窑上干活儿，女劳力不当长工在窑上挂名干，可以在砖烧好时来窑上出砖，打短工。"

"男女的差别还是很大的。"许韵清说着，感到有些悲哀。

魏建国说："其实，窑是不让女劳力进去的，只是在门口出砖。窑上选人的条件还不低呢。在生产队里家庭成分不好的'四类分子'啥的，不能到砖窑上干。年龄超过 40 岁的，低于 16 岁的不能到砖厂干。队长用一个个条件限制，够条件的人还有不到 70 个，这样一来，队长的压力就小了许多。看上去问题解决得也公平合理了。"

"最后怎么选出来的 50 个人？"许韵清问。

"抓阄，最后选定了 50 个人到砖厂上干活儿。"

砖厂规模越来越大，现在魏爸爸更是直接承包下来发展联合窑。到了魏建国这里，他在思考如何利用现有条件实现砖厂的机械化。但不容忽视的是，代表着机械化的码坯机可以锦上添花，也可以雪上加霜。例如，魏建国在《砖瓦制造报》上看到，某砖厂新购进一台码坯机，用它能多码800块砖坯。为了堵上魏爸爸的嘴，魏建国特意算了一笔账：一车多码800块，一天24车，单单用码坯机一天就增加了约2万块砖，一年下来就可以增加600万块砖的产量，效益可观。魏爸爸得知后很高兴，说："这样一来，不仅可以减少雇用临时工，还保证了工作质量，讲究。"可嘴上占了上风的魏建国，心里并不踏实。因为，他在报纸上还看到了这样的消息，这种码法出窑后，该砖厂的产品合格率由99%一下子降到了75%，砖垛里的砖有不少废品，原因正是这种码法导致砖垛内部严重通风不良。魏建国发现问题出在两方面：一是机器调试人员不懂烧砖技术，二是这种型号的码坯机性能不佳，甚至还会出现塌垛现象。看似合理的建议却隐藏着令人无奈的危机。

一提到机械化，他的表达顺畅多了。但他发现，许韵清的心思现在并没在他身上，也没听进去他的话。他有点着急，他不可能说出许韵清的文史话，许韵清也不可能对砖窑门清，这样一来，他们一个说造砖，一个说运砖，一个说今，一个谈古。不过他们说的都跟砖有关，这一点，倒是让魏建国由衷欢喜。他感觉在这个世界上，在这片土地上，只有他俩最懂砖，在砖这个问题上也最谈得来，两人有一种往前推几世都有缘分的感觉。

"打砖坯累吗？"许韵清问。

"脱砖坯子，这可是个最累人的活儿。在一个平平的场地上，有一个一米左右高的木马，木马上面放着一个一次成型一块砖坯子的砖模子，砖模子是用木板扣制而成的，大小规格都是统一的。工人将和好的泥，一团团地在地上来回摔上几遍，然后逐一将砖模子填满，用手按实，把砖模子上面的泥用刮板刮平，再把砖模子端下来，反转砖模，把砖坯就近倒在地上。每一块砖坯子都是这样操作的。我想发明脱模机，当然不是用在生产那种中间带两个眼儿的机制红砖。"魏建国回答。

"我不喜欢机制砖。"

"为什么？"

"不为什么，就是不喜欢。喜欢和不喜欢一样，有时候没有理由。"

"是这样啊。那你知道怎么晾砖坯子吗？就是把脱好的砖坯子，晾晒一天左右的时间，然后把它们掀起来，一块块地以井字形立摞起来。这样一是为下一批脱砖坯子腾出地方，二是能使没有干透的砖坯子里外通风自动风干，以备装窑烧砖，同时，还便于集中遮挡，防止下雨时砖坯子被淋。我想发明鼓风机，就是不知道吹干的砖坯和自然风干的砖坯，是不是一样的。"

"肯定不一样。你想啊，自然的风有轻重缓急，鼓风机的风是一个劲儿地直给。"

"直给不好吗？"

"我不知道，反正既然有自然的，就不用机械的。那太枯燥、单调了。"

"风还有枯燥和单调啊？"

"万物生长都是有节律的，不能破坏这种和谐。"

"这你也知道？那，那……你知道不，装窑是个技术活儿，不仅仅是把晾干的砖坯子运到窑里码起来。重要的是，砖坯子在窑里摆放时，要按照砖窑的火道和走势来布局。码不好的话，既影响砖烧的质量，又要多烧炭，增加成本。装窑要由烧窑的老师傅亲自把关，确保每一块砖坯子在窑里都能被窑中点起来的火均匀烧到，以防止出窑时出了生砖。装窑是个慢工程，一般装满一窑砖需要 3 到 5 天的时间，那可是个细致活儿。"

"魏建国，你确实很熟悉砖窑啊。"

许韵清这么一说，声音不大，却让魏建国心头一震。他突然意识到她不属于这里，她只属于那个文化大院，他们是两个院子里长出来的树，也许枝叶可以随着同一阵风摇摆，但他们始终不是一回事。她是她，而他只能是他。他的心一下子收紧，就觉得阳光不像之前那么明媚了，天色也暗下来了。

两人不知不觉就来到了戴闸。"你猜，这桥闸是不是用你们家烧的砖砌的？"许韵清问。

"这还真是头回听说呢。说不定，老辈子烧的砖，刚好给这儿使上。"魏建国答。他也探出头去，跟许韵清一起望着戴闸下的流水。

许韵清看看魏建国，又看向北边更远处沿运河而下的另一道闸。这里的水是一级一级通过水闸提上去的，父亲的书里有过记载，但许韵清没有跟魏建国讨论这个问题。两人已经站在戴闸上说了那么多话，一个从近讲到远，一个从繁讲到简，一个从天讲到地，一个从地表讲到地底下的土。

如果不注意看，人们还以为戴闸是水坝。"书上说，闸门有 6 米多高，还真高啊。"许韵清说。只见整座桥都是连体的，两头是实心的，也叫墩台，它们与石防墙相连。许韵清翻着笔记本说："闸墩长 13.4 米，宽 10 米，高 5.6 米，闸墩上下游两侧筑雁翅 13 至 17 米长，只有到了中间的结合部闸门，人们才能看出它是一座桥。"许韵清又双手撑住栏杆，探出头去看着桥下。

"戴闸上就剩下一只镇水兽了。"魏建国说。他们往桥下看去，只见石雕的镇水兽整体轮廓清晰，做工精美，呈半卧形态，昂头、抱爪，尾巴长长地拖向后方，很是威风。"这得有 2 米长呢，宽半米，高也得有半米。"魏建国躺在桥边用自己的身体做参照物，比量着说。许韵清说："嗯，镇水兽在古代象征着稳定平安，寓意是不让水妖河怪兴风作浪，保佑行船安全和水闸永固。我想去那边看看。"许韵清声音变得柔和，像是在撒娇。魏建国还是第一次听到许韵清这样说话，心想，她想去看看，就让她去。

正在等他回话的许韵清，一回身发现魏建国突然不见了，他竟然跳上了桥栏板。"嘘——"魏建国不让她动，也不让她出声。许韵清顺着他看的方向，才发现她身后不远的地方有一只蜥蜴，它还动了一下头，像是要往上扑跳。许韵清从小就怕这种小动物，她连壁虎、蜗牛都怕，何况是这么大有鼻子有眼的蜥蜴？她立刻哆嗦起来，无助地看着把自己固定在桥栏板上的魏建国，魏建国突然臊得两腮通红，他松开了紧紧摽着桥栏板的手，把自己从桥上放下来。这时蜥蜴已经向前爬动了。它的头、颈、躯干、尾巴都在奋力扭动，表皮革质鳞闪闪发光。有些鳞更黑一些，更增添了他俩恐惧的感觉。

其实，真分不清是许韵清更害怕，还是魏建国更害怕，他们几乎同时看到蜥蜴细小的牙齿、舌头的形状，看到它突起的眼睛在颅顶转动。两个大于蜥蜴数百倍的人类，同时放大了自己对小蜥蜴的恐惧。他们不知道，蜥蜴的嘴不能张开得过大。他们的四肢好像完全丧失了运动能力，只有眼睛还在动。魏建国忽然间恢复了一个正常男人的思维，意识到女人更需要保护。魏建国慢慢地接近蜥蜴，可蜥蜴突然转变了方向。说时迟那时快，他飞身扑了上去，在许韵清的尖叫声中，死命地抓住了蜥蜴。魏建国发现，他的双手死死握住了蜥蜴的胸骨，而蜥蜴正在看着他。他还是这辈子第一次动手捉蜥蜴，如果是在砖厂，他才不肯用手，而是会操起板砖、捅火棍、大扳手……他闭上眼睛使出全身的力量，把蜥蜴摔在石条铺就的桥面上，抬起脚来，怀着厌恶、硌硬和被蔑视、被挑战的复杂心情，奋力地踩踏起来，一下、两下……直到蜥蜴的尾巴断掉。

许韵清突然不干了，说："你干吗？干吗要弄残它呢？多疼啊。看呀，它的尾巴断了，一点也没连着。"

魏建国的头都要炸掉了，他根本顾不上自己内心深处是多么讨厌用双手制住蜥蜴这件事。可许韵清似乎到了现在突然意识到蜥蜴是多么地弱小，她显示出了不想看到别人伤害小动物的不开心。魏建国真希望遇到的不是蜥蜴，而是一条毒蛇，如果是一条毒蛇，你那样奋不顾身她才会特别开心。错错错，魏建国肠子都悔青了，可是，让他更后悔的事情还在后头。

"谁干的？谁干的？它是我的，谁让你们把它尾巴弄断的？"一个看起来像小学生的小男孩出现在他们身后，他的身后还跟着四五个年纪相仿的男孩。

魏建国转过身来说："是我，怎么了？它刚才差点伤到她。"魏建国指了一下许韵清。那男孩看了一眼，便上前当胸推了魏建国一把，说："它是我的，受保护的。""对，保护！"几个男孩跟在后头，态度坚决地说。

"找大夫，看好了，你才能走。"小男孩说。

"对，你不能走！"几个男孩附和着，把魏建国给围住了。

"没事儿吧？给蜥蜴看病，大夫上哪找去？"魏建国说。

"村里有，窑上也有，反正你不能走。"小男孩说。

许韵清说："对，咱们把它给看好。"她加入了对方的营盘，形势对魏建国明显不利。

魏建国没想到事情急转直下，为了还自己一个清白，他只能脱下衣服，包住了蜥蜴和蜥蜴断掉的尾巴。因为这个小东西神秘而诡异，魏建国的手指根本不敢用力。他见过蜥蜴仅用两条长后肢就可以跑得飞快，跑动的同时还能用尾巴保持方向。但此刻，他不想说一句调侃的话。

村卫生所位于村委会旁边的一间矮房。大夫是位四十来岁的女同志，她怎么也没想到魏建国打开上衣，里面包着的是一只蜥蜴。但她还是顺手拿起了医用镊子，检查起来。她说："许多蜥蜴在遭遇敌害或受到严重干扰时，常常把尾巴断掉。断尾会不停跳动，吸引敌害的注意，它自己逃之夭夭。这种现象叫作自截，可以认为是一种逃避敌害的保护性适应。"

魏建国听罢长出了一口气，看着紧贴他站着的男孩。

"自截可以在蜥蜴尾巴的任何部位发生，自截断尾的地方并不是两块尾椎骨之间的关节处，而是同一椎体中部的特殊软骨横隔处。这种特殊横隔构造在尾椎骨骨化过程中形成，因尾部肌肉强烈收缩而断开。奇怪，这只蜥蜴的断尾却发生在椎骨之间的关节处，它应该是受到了外力打击。"魏建国立刻感到膝盖后窝被狠狠地硌了一下。他失去平衡，险些跌倒，幸好抱住了离他最近的男孩。

"赔！"男孩厌恶地推开他说。

"软骨横隔的细胞终生保持胚胎组织的特性，可以不断分化，所以尾巴断开后又可自该处再生出一条新的尾巴。但这只蜥蜴很有可能……"医生看着他们说，又摇了摇头。

许韵清哭了，魏建国想让她不要这样，但许韵清本能地向后退去。小男孩上前一步挡在了魏建国面前。

"戴晓军，你不能这样，人家是客人。"大夫对小男孩说。

"可他掰断了蜥蜴的尾巴，蜥蜴以后就残疾了。"戴晓军说罢，一把薅住了魏建国的背心。男孩们说："弄残蜥蜴就不行。谁弄残的谁负责。你没有尾巴，不然用你的尾巴赔。"

"你这孩子谁家的，怎么不讲理？我有尾巴也不赔。"魏建国说。

"告诉你，进了戴湾，一只苍蝇都归我管，你不赔就不行。"戴晓军不依不饶地说，"蜥蜴跟蛇是亲戚，说不定已经有谁通知到蛇了。今晚你走了，蛇要是把我们包围了，让我们交出你，我们交不出来，那怎么行？"戴晓军说罢，又加上了另一只手，两只手一起薅住魏建国的背心。

男孩们都很好奇地看着魏建国，因为在村里，男人都是光着膀子，或穿件自制的褂衩，没人穿针织的背心。男孩们因此更觉得魏建国奇怪，更把他围紧，不肯放他走了。

魏建国只好同意骑车带许韵清去戴晓军家，但许韵清说什么也不肯再坐魏建国的自行车。让魏建国没想到的是，一进戴晓军家，她竟然要求戴家提供保护，小男孩们更觉得做了一件天大的好事，立刻都变成了大人，给许韵清毛巾，为她倒开水，反而把蜥蜴的事放在一边了。

魏建国坐也不是，走也不是，尴尬极了。魏建国突然提高嗓门对许韵清说："咱走！"

"我不走！要走也不跟你走。"许韵清看到戴家有老有小的，反而在心里对魏建国投了反对票。在她看来，魏建国对蜥蜴做的事，完全影响到蜥蜴的下半生，不亚于滥杀无辜。戴晓军腰里别了把木头手枪，手里拎了根通火棍，站在魏建国面前，一副"明镜高悬"的气势。

当魏建国完全是自己给自己找面子，走进院里推出自行车，踢起脚镫子，摆出一副非走不可的架势时，12岁的戴晓军冲到魏建国面前说："她说了，她不走，要走也不跟你走。""大人说话，你少插嘴！"魏建国不无烦恼地接回去。"你走！她是我的！"戴晓军突然大声地说。"你个没牙大的小东西。"魏建国一脸不屑地说。

"我的！我的！"戴晓军根本不吃他那套，依然喊着。

11

不请自来

陶家窑建贡砖住屋的进程很快。上梁那天，是陶家特意选的顶好的吉日，这还是拉砖的运户建议，找来当地有声望、会看阳宅的先生给仔细看过算过的。这个运户近来对陶家窑上的事很是起劲，主要是看到了人家日子的红火。在乡村，起屋动土从来都不是小事，更何况陶家盖房，用的是早年间给皇帝上贡用的贡砖，这在清城是罕见的大事件。他觉得自己一个平头百姓，能赶上一次真是三生有幸。

运户人很聪明，聪明的人做出来的都是聪明的事。他眼里心里手里都是贡砖，贡砖是在窑厂里打的包。陶家窑用的是木方牢固钉架的打包方式，适合大城砖规格。但对于贡砖中的个别异型产品，则宜选用纸箱、木箱包装。对有锐角的砖块，就需要加弹性的包裹层，还要放入草垫等来进行防护。这些跟运户有什么关系呢？贡砖在运输过程中需要尽量选择平顺的路面，如路况较好的省道、国道。自派车的成本较高，所以陶家窑专门选择了有条件的物流合作单位或者个体运户，以降低风险和运输成本。运户就承接了一部分贡砖的运输业务。

陶家正在上梁，所有人的注意力都在红绸团花上，这时，运户却被告知车已经装好，他可以走了。他远远地看了一眼陶家的新屋，知道不能在此久留。头骡出了窑厂，甩头北上，他的心却留在了正东。他想，等着吧，老子也要放炮，起屋，敬祖宗。

运户赶车走到了清河边，这里的清河大桥工程在施工时出现了很多预想不到的问题，所以大桥迟迟没有修好。按说不是雨季，清河的水量不大，按往年，清河的水这时几乎开始断流了。可越到这个时候，就越显出摆渡船的重要。因为就是桥修好了，也不会让骡车和行人上大桥，那是公路桥。两岸的居民也不一定都集中到大桥上去对岸。

离大桥不远处有个古渡口，运户远远地看到一堆人正在准备过河，对岸也有些人。运户机灵抖习惯了，才不会老老实实排在队伍后面，他抱着鞭子到了队伍前头，就等着排队上船的老乡问："咋了？"

"涨钱呢。"运户回答。

"谁涨钱？这有几个钱？"老乡不解地说。

"可涨得不少呢。"说到这里，运户嗓子声就高上去了。"过渡啊，船家。"他冲着那些挤在河道里的空船喊。这时候有人向他走过来，说："急着过去？来上这边！"运户自以为经常从这儿过，但他哪能跟天天过渡的人比知情呢？那些人看着，怎么就出了个着急的过渡人，可见运户那副趾高气昂的样子，又没人愿意告诉他实情。

原来，近日渡口出现了一些投机的摆渡船。这些摆渡船的船家被刘砖头给控制了，根本不按摆渡者的规矩量活，而是由刘砖头拍板，众人为了生计，只得忍一时之气。这时刘砖头就在清城这边岸上古代码头遗留的石坝码头上坐着呢，水里的船，岸上的人，他都看着呢。一旦出现争执，他来管着平事。谁能上船，谁能摆渡，多少钱起程，按什么标准登账，全由他决定。

运户带着得意，他不管别人排不排队，也不讲究个秩序，他认为他给钱多，根本就不会与这些怕要钱多、过不去的人相提并论。他高声断喝："让开！"排队上船的老乡们坐在车上，眼睛盯着对岸，这一段河道一眼能望得见对岸，但是，这么冷的天，谁愿意在这儿等呢？运户心里正装着陶家盖贡砖屋子的事儿，他就觉得他得抢时间过河去，只争朝夕，时间就是金钱。而且他的车到了对岸就能结账，就能见到现钱，运费一把一清，这对他太有诱惑了，所以他到了渡口，也不多说也不商量，就假内行地跳下车，用手在对方的袖口里点了一下，对方见了说："行啊，还真是老江湖的架势，那好，你先上！"挪人挪车，运户拉着砖的骡车重重地上了船，船一下子吃水就下沉了不少。当时运户还很高兴，因为他身后站着好些在寒风中瑟瑟发抖不愿出高价的人，而他贵人使贵物，来了一个后队变前队，他很是高兴，但是他高兴得有点早了。

船很快到了河心，刘砖头的人就说话了："我们拉人是这个价，拉砖得是拉砖的价，一块砖按一个人的价。"运户一听就急了，因为这砖都打着木框架子呢，你怎么来计算的呢？这不明摆着是要荒算，荒算那就是毛算，那哪里还有实价？再说这架子里的砖按重量算就不合适了，因为一块砖抵不上一个人的重量，三块一定多过一个人的重量。于是他说："按你开的价过河去，我这趟不是白拉了，我还得把骡车的脚钱给搭上。那我就不过去了，你给我拉回去。"人家说："现在船到河中心了，拉回去跟拉过去是一样的距离，钱一分也不能少，你要船掉转回去也可以，运费你都得出一样的。"运户当然不甘心吃这个哑巴亏，他长这么大，只能让对方吃亏，自己是万万地、绝对地不能吃亏。而且身后还那么多人看着呢，他得硬撑。可船家已经被刘砖头的人控制，也不会向着他。

如果是在岸上，运户会抢鞭子驾车猛跑。可在人家的船上，他想不出办法。水路不同于马路，运户心里开始发毛。他心里清楚，别看这只船上只有两三个人，人家一声呼哨，能叫来远远近近多得多的人。人家势众，他只有一个人。他一个人造次，那所有的船都会把他包围了，这么多人再把他弄到河里去都不新鲜。即便骡车不要了，弃车而逃，日后连个证人都没有，他找谁赔偿损失呢？他想着怎么才能不吃这个亏，不让自己陷入被动，又保住身家性命。怎么办？这船眼看就到对岸了，到了对岸，那一切都晚了。于是，他一脚踹开了捆砖的木框子，然后把砖一块一块扔进河里。一块两块还好，真要扔掉几大木框子扎紧的砖，那真费劲，他呼哧带喘，手也抖起来了。刘砖头的人说："你这个船钱怎么算？"

运户也来劲了，说："我那砖钱怎么算呢？我的砖在河里呢，你给谁拉砖了？你得给我负责，我付船钱，是得让你给我把砖拉过河去。你现在把砖都给我拉到河里了，掉河里的砖当然不能算船钱。"

刘砖头的人说："真没见过你这么不要脸的呀，你自己把砖扔下去的，怎么能说是我们扔的。你坐在我们船上扔的砖，怎么也得计半程的船钱。你去打听打听，我们用船拉人拉东西，是为了让你往河里扔的吗？"

"那你们挣的钱，得到岸点数，才能说是你们给运过河的。"运户说。过了这会儿工夫，船已经到对岸，运户和刘砖头的人，双方谁也不让谁。运户当然清楚，等夜深了，他可以再想办法去河心取砖，可是刘砖头的人怎么也不让。运户就喊起来："拉黑客了！拉黑客了！"这就是说船家欺负人了，船家在搞事情。刘砖头的人一听也不干了，你既然这样，那咱们就来个破釜沉舟，一下上来几个人，把船整个给掀翻了，运户连人带车，带剩余不多的砖，全给掀到了河里。运户现在哭都来不及了，因为绳子一拉水一溅，甭管长套短套的缰绳，见水就紧了，他自己一个人怎么也松不开，骡子想起来起不来，就在水里泡着。他的前前后后都是砖头，它们有的撞他的车，有的撞他的身子。他游不出来，也动弹不得，他人就慌了：这可怎么办？今天的事儿大了，说不定得出人命。在他眼里，骡子也是自家一口人呢。

关键他心里还有一笔账：自己往前走走不了，结不了砖钱，往后退又退不回去，即便退回去了，一车的砖几乎都在河里，怎么跟陶家窑交代呢？一个靠口碑成事的人，往后怎么取信于人呢？他前前后后一想，觉得自己现在里外不是人，就恨不能呛几口水，把事情闹大，让在岸边看着他的人害怕，看他们怎么来圆这盘棋。没想到船队拿不到钱，根本没想跟他下棋，他们一阵船桨棍棒，把运户打得狼狈不堪。

陶景人可没想到，上个梁的工夫，一车贡砖被运户扔进了清河。可他又心疼运户，人家这不是在替自己受累吗？看看龟缩在炕头上的运户，他倒恨不起来呢。恨不起来是恨不起来，他同时认定，不能再用个体运户运砖，以后为了过清河大桥，也得雇用汽车，魏家窑就有自己联系紧密的车队，两者之间有常年雇佣的关系，这样比较稳妥。陶景人决定向魏家窑学习。运户怎么也没想到，自己竟然促成了两个大窑厂的理念整合。

魏爸爸来到陶家窑了。往日里，他总是不请自来。他喜爱从魏家窑到陶家窑这段路，路的两侧不光有引水干渠，还有高大的梧桐树。这让人走在路上可以挺胸抬头，有一种气宇轩昂的感觉。他最喜爱的是，走过这段路，可以见到陶家的儿子。他一到陶家，眼睛就不够使了，怎么看怎么都心生喜爱，有时就情不自禁地拿陶家的儿子与自己的儿子进行比较，当然这完全是发生在内心深处的，他从未向他人言说。但越比较，他就越气馁，觉得两家的孩子许是抱错了。陶景人的儿子站得稳立得直，怎么看怎么坐有坐派，站有站样。就说找对象，人家的女友是大学同学。这就意味着，陶家往后还得往上走，文化程度和知识架构在这儿摆着呢。他很眼馋陶家，甚至往陶家走一趟，都跟去了一趟高等学府一样，从这个门楼下再走出去，身上都戴着闪耀的光环。只可惜，他从这里再走回魏家窑，光环不知道为什么，从没被带进他魏家的门楣，真是奇怪。

这次是陶景人邀请魏爸爸来家里，其实也不是专门邀请，而是他在去找魏爸爸时，碰巧遇见了魏爸爸正往他家这边来。这是为么呢？陶景人没有细想，反正两人隔段时间就会遇见，就好像有一股无形的力量在帮助他们，撮合他们，他们当中谁一想另一位，想着想着，就"遇见"了。今天，他正想跟魏爸爸谈一谈，怎么才能雇用魏爸爸砖厂合作的车队，来运送自己生产的贡砖。贡砖的需求量并不大，但是古建工地的路途可不近，这是一个迫在眉睫的问题。魏爸爸作为第一砖厂的厂长，跟车队合作规律、关系稳定，所以他的经验是比较丰富的。陶景人真希望问题到了魏爸爸这里再也不是问题。

魏爸爸这次来是想和陶景人聊一聊他心里想了很久的一件事，但他不知道怎么开口，便从古砖焙烧的原理说起："古建贡砖坯经干燥后，再放进窑里，这实际上是一系列的物理化学转变过程。"

陶景人揭开茶碗盖，吹了一下浮头的茶叶，看着茶叶缓慢下行。

"这种转变取决于坯体的矿物组成、化学成分、焙烧温度、烧成时间、焙烧收缩、颗粒组成等。"魏爸爸一脸严肃地说，像是面对着全厂的员工。陶景人心说，乖乖，你这头儿开得可不妙。他感觉是时候启动一耳进一耳出模式了，于是注意力转向院子里的一只狸花小猫。

魏爸爸继续说："转变的过程中间，砖坯内生成了新矿物。砖坯的各组成部分发生分解、化合、再结晶、扩散、熔融，最后变成具有一定颜色、致密坚硬、机械强度高的制品。"

"来喝茶！"陶景人实在沉不住气了，打断了魏爸爸"背课式"对话。陶景人想，你可有多想当老师，想教训人啊，可惜你不知道，你得找对人。陶景人当然没想到，魏爸爸一个劲儿说古建贡砖的烧造原理，其实是因为他心里正想着那件事呢。魏爸爸是在跟陶景人套近乎。魏爸爸觉得，这就像两人一起坐在窑门口，两个人关系近了，就能有更贴切的话题，一起商量一起讨论。可是怎么才能让陶景人顺着自己的思路走，这也是他一路思考的问题。

魏爸爸好像自己打定了一个主意，这让陶景人感到很不安，陶景人心想，他上这儿是干吗来的呢？他是来刨我的根基的吗？陶景人不想让更多的人知道贡砖运输出现问题。他有点害怕，怕魏爸爸在他提出运输问题时，会把问题变得复杂，所以他更希望开个简单愉快的头儿，这样一切都会顺理成章，省去好些事。别看两人坐在一起抽烟喝茶，但毕竟同行是冤家，冤家宜解不宜结，所以，在没弄明白魏爸爸的真实意图前，他多少赔着小心，不敢多说话。虽然他看不上魏爸爸的联合窑和现代化机械，但他还是觉得自己被人惦记着，这终归是一个事儿。

陶景人像跟着魏爸爸进了一趟窑炉，他热得额头冒汗，脱掉了外面的衬衫，只穿着里面的白棉针织背心。魏爸爸很仔细地看了一眼陶景人，突然眼前就出现了同样穿着纤尘不染的白棉针织背心的陶景人的儿子。他揉了一下眼睛，确定自己是眼花了。他心想，读书人都穿白背心啊。

陶景人看到魏爸爸在沉思，他感觉并不轻松。说实在的，他不喜欢别人在他面前谈窑上的事，何况魏爸爸哪壶不开提哪壶，净说些术语。陶景人认为砖跟人一样，像自己家的一口人，怎么能用着这些硌硌生生的词语来表达。人用这种词语去理解砖，就是见外，就是生分，就是跟自己家人过不去，就不和砖是一个战壕里的战友。为什么这么说？因为陶景人看着这些砖，就跟看着自己的孩子和家人一样。怎么能用裂纹啊松弛啊爆裂啊这些词？这简直像在说敌人。魏爸爸还在说砖是东西，是物。这时，陶景人已经无法再掩饰他的不喜欢。他不喜欢用这样的语言来交流。可是他也不知道该怎样跟魏爸爸说，因为他还得求人家办事呢。他不想得罪魏爸爸，这不光是因为魏爸爸是第一砖厂的厂长，而且关乎自己需要的车队。

魏爸爸低头看着茶碗，喝了一口，接着说："焙烧温度达到 1000 摄氏度时，多孔砖的抗压强度比 900 摄氏度时约高 50%；950 摄氏度时抗压强度比 900 摄氏度时约高 25%。你的贡砖没这个吧？我说的是指标。"

"更高的温度，1100 摄氏度以上。"陶景人说。他差点就说出：你的窑跟我的窑不是一种窑。我的窑是我天天跟它一起做伴、说话，像是家人一样。不是你看着我，我看着你，也不是我要制服你，你要制服我，而是我们两个人要变成一体。而且我把窑都变成了我自己，我会让这个窑跟我是一致的，是你中有我，我中有你。你看你那个窑里的砖出来，噼里啪啦地断，噼里啪啦地折，那都是我做不来的事情。我们两个人根本就是从根儿上不一样的人，对砖的感情不一样，理解也不一样，结果也不一样。

陶景人看着魏爸爸，但是他又不知道怎么才能跟魏爸爸说这件事。陶景人想，跟一个从没想到过这些的人说这些也是白说，人家还得把你当精神病呢。魏爸爸可能有很多办法和很强的管理能力。因为他，第一砖厂衍生出了庞大的社会关系网，第一砖厂的市场走得好，砖头销路畅。但是陶景人觉得，魏厂长忘了自己是从哪里出发的了。这儿是清城，要想走得远，可不是路子宽就成的。

"1100摄氏度啊，烧柴能达到这么高温度？道理我都知道，但是，我不感兴趣。我喜欢的专业是企业管理。我感兴趣的，是一个学习好的孩子，脑子好使，我的儿子哪怕不用个个厉害，有一个半个的都行。我是想让你家老大认我这个干爸啊。"魏爸爸今天很累，说出这句话更让他心累，比对着全砖厂职工开大会讲话还累。他已经赋闲一段时间，近来身体不断出现一些病，先是血压不稳，吃上了降压药，后来又发现左手麻，看了中医。按说，他应该彻底休息，但是他的接班人选一直没有定下来。因为在他看来，孩子里好像没有合适的人。

魏爸爸这次来是想说服陶景人，让陶家的儿子认他做干爹，让陶广志毕业后，来他的厂里接班当厂长，哪怕先干个常务副厂长也行。这样，这个厂子无论是从理念上还是从管理上，都上了一个档次。有一个大学生当厂长，是魏爸爸的心愿。他来陶家之前，准备了一大堆的话，见了陶景人，却一句也没用上。

魏爸爸要不是说"我是想让你家广志认我这个干爸啊"，陶景人根本都想不明白魏爸爸在说什么。说了几个回合下来，陶景人发现魏爸爸是来真的，他确实想认下陶家的儿子。可陶广志是学师范的，将来只能定向分配当老师，怎么能上砖厂？何况陶家自家就有砖窑，但陶广志从来都是背对着砖窑走，从不肯踏入砖窑一步。

魏爸爸发现，他说不动陶景人。而且不光是这一件事，其他事上，陶景人一句都没有接他的话茬，连考虑考虑这种官话都没说。想到这儿，魏爸爸把碗里的茶一饮而尽，站起身来说："无论是原料还是砖在炉中的状态，咱们两家差的不是一代人的关系了。"

"爸，我回来了。"陶家女儿从外面走了进来，对着陶景人说。陶景人没吱声，可魏爸爸眼前却好似推开一扇门，仿佛看见光从陶家女儿身后照射进来。

在陶家窑，吃饭不成问题，一个窑厂养个把人也不成问题。看着运户拉着陶家窑的砖从大门走出去，人受了伤，赖以为生的骡子死了，陶景人觉得自己不能不管。虽然砖扔进了清河，可是人与砖哪个更重要？在人命关天的大事面前，陶景人还是仁义的，他让人看护着运户。

但是运户待得舒坦安逸，心里并不怎么念及陶景人的好，这段时间，他把陶家窑厂的事，里里外外、大大小小，都打听了个遍。就在这时，运户发现从陶家大门走出去的竟然是魏厂长。人家第一砖厂家大业大，他几次登门找活儿，人家理都不理他。现在，他倒有个主意，想向魏厂长通风报信，把他在陶家窑见到的事都告诉魏厂长。

"我看他们踩泥跟别处不一样，都是踩，他们踩得差不多的时候，还要人到池子里再踩一遍。"运户说。

"那是因为放进池子里的泥里还有石子，只有人亲自踩才能感觉出来。"魏爸爸说。

"他们把带劲的好泥放进砖模里，压成砖型，再把砖坯晒到一定的程度后，放入砖窑里烧，烧好后还要用冷水冷却洇窑。他们现在就是这一步不太稳定，还烧汤过好几次窑呢。"运户说，话语里有些看不起陶家窑。

"嗯，洇窑，是为了促使砖立面的红色高价氧化铁能够还原成青灰色的低价氧化铁。"魏爸爸说。

"烧窑时不光有人日夜盯着火，还派人防守得可紧呢，我站近了都被他们嚷，让站远点。"运户依然不大乐意地说。

"你不懂，工人稍微大意、分神，就有可能毁了整窑砖。"魏爸爸说。

"我想烧砖。"运户见火候差不多了，便提出来。

"那你可真不如赶车，手顺。"魏爸爸说。

"骡子没了，车没了。可为啥我就不能烧砖呢？"运户说。

"你在陶家窑上待了这么久，应该知道为啥。"魏爸爸说完，刚好有人叫他，就出去了。运户发现此地不可久留，于是也溜了。

运户在魏爸爸那里碰了一鼻子灰，转而又回到了陶家窑上，说他之前的活儿运费太少，再攒辆车费劲，想上窑打工。张德贤问他想学啥，他说学啥都行。张德贤说："你这就不讲究了。你幸亏先遇见我了，你要是先遇见陶师傅，那就彻底没咒念了。"

运户觉得很吃惊，说："为啥？"

"你知道啊，牲口行里也分着三六九等，没有谁能全做通了的。所以，你在窑厂也只能先干一样，把这一样干精了，再看能干什么。"

"那得啥时候才精啊，光踩泥、脱砖模一学就三年五载，等干好了，我还不七老八十了。"

张德贤一听他说这话，先忙自己的去了。

陶景人几次想跟魏爸爸开口说运输的事，都觉得说话的时机不成熟。他在想怎么一下子就能谈成，而且不失自己的体面与风度。其实，他往深里想了想，问题又不是个人的体面与风度，那是什么呢？陶家窑和魏家砖厂前后脚挂上自家的牌子后，魏爸爸一直在笑话陶景人如女人一样的细腻——一个摔泥烧柴的窑主，倒像刚从鸡窝里拾起新下的鸡蛋的妇人。干烧造，办窑厂，要是都像陶景人那样小心，他们不都得累死？所以，自从挂上自家的牌子，魏爸爸反而不进砖厂厂长办公室，而是满世界奔走。为什么？他认为不能在这些事儿上耽误工夫，他像蜘蛛一样去织网，一个大大的关系网。

陶景人却时常跟他讨论窑前事，如沤泥、脱坯。陶景人甚至抱怨承包砖窑后，村民自住房对砖的需求越来越少，以前需求多的时候，村民都是自主排队、自我监督，各家按排序到窑上拉砖，还会白给帮忙。

魏爸爸却在后悔，在魏建国小时候，给他买的各种玩具都是装着马达的。这小子喜欢闹动静的机械，不爱上学，比别人家孩子晚上学两年，又跟着留过两次级，别人都娶媳妇了，他还在二中上文科班。这时又有人来拉砖，魏爸爸说都排着队，先给县城里的发。村民不高兴，怕误了自己家建房的工费，问损失费谁出。魏建国这时在一边说："不就是多吃一天的伙食吗？饭钱我出了。但有一样，饭可以随便吃，话不可以随便说，你得跟大家说清楚，饭是我请吃的。"魏爸爸不由得对魏建国另眼相看，觉得他脑筋虽然不多，用的还是地方。

魏爸爸一早过来是来看火的，却发现陶家并没有烧窑。陶景人说柴不够，问魏爸爸："能不能先拿上你家的柴，帮我家窑里添添火？"

这时，魏爸爸看见张德贤骑着自行车过来，他把车在院里支上，说："陶师傅，有人来约砖。"陶景人说："说不好啥时候点火，还是先劝人家退了吧。"哎？魏爸爸心想，这是啥逻辑？你不烧交给我烧，也不能把找上门的客人给推出去呀。魏爸爸见张德贤转身要走，便说："跟他说说，要不我给他烧一窑，算你们陶家走量。"他心里盘算着，这样一来，就可以请陶景人上魏家窑，他就能暗地里派上好窑头，跟着陶景人走一次贡砖流程。魏家窑大出大进，不像陶家窑这样小家子气，魏爸爸说："你若不烧，也得帮忙让这人上我们魏家窑。人家来一趟，也是咱澄浆贡砖的名声在外。"陶景人不由得警觉起来，想到了老子说过"君子有所为，有所不为"。

同是坐在一个屋檐下，两位窑主却各怀心事。表面上看，魏爸爸眼观六路耳听八方，是个场面上的人，而陶景人却在自家的窑厂里砌着一根烟囱，想通天呢！

别人没着耳朵听，可魏爸爸把烧贡砖这事当了真。他对贡砖冥思苦想了好几天，一一想到了跟贡砖有关的人。以前他身为厂长却只是当差，不当家，不做主。当差最重要的一点，是得听上头的话，让上级满意。他具体做什么不打紧，关键是作风得稳健，账面得漂亮，业绩得突出。魏爸爸看着陶家女儿在院子里和同学玩羊拐，好看的沙包一扔一扔的，女孩的笑声也生动，魏爸爸突然说："回头，我给你送些柴，联合窑使煤，我们早前存的枣木柴使不上了。"

这时，就听见院子里有响动，是张德贤又骑着自行车回来了。他还没支好车撑子就说："陶师傅，大专家来电话，让你去开会，还让你带上咱窑上的砖。"

12

许清清

钱重不重要？这分问谁。有人觉得问这问题都多余，对戴晓军来说，钱根本不重要。

为什么？因为戴晓军从小到大没缺过钱，他当然没觉出钱有多重要。他认为在钱面前，他跟别人是一样的。但别人说，那是因为他手里一直有钱。在别人挣1角钱都很费劲的时候，他已经可以到处去派发1角钱了。而且钱给他带来了很多的好处，他身边的朋友多，多到他妈来孩子堆里找他都找不到。而且有钱的人和没钱的人，区别显而易见，两种人到了百货公司或者供销社看的柜台都不一样。没有钱，人得不到的不是好东西，而是开阔的眼界。戴晓军不想那些温饱线上的问题，想的更多的是情感上的需要。比如他很想去一趟清城市区，那里住着一个他想去看看的人，那个说话跟别人不一样的女孩，那个他叫她许清清的女孩。戴晓军就是这样，他认为许韵清叫许清清，那她就得叫许清清。在18岁的时候，有一天戴晓军突然想到，速度是一个问题，距离远大多是由速度不够快造成的。

戴晓军于是跟戴妈妈说："妈，我要开车。"他妈以为听错了，看着他说："你瞧瞧你嘴上挂的渣，还不擦掉，人家把馍吃嘴里，你倒好，家里吃馍，脸上挂幌子。""妈，我要开车。"戴晓军说着把脸扭向一边，躲开了妈妈在他脸上的一通摩挲。

"开啥车？那院子里的车不够你开吗？想推哪个推哪个，想拉哪个拉哪个。"戴妈妈说。

"我要开汽车。"戴晓军说。

他妈瞅着他说："开汽车？那得先学会开车，你去哪学开车？"

"我不管，反正我要开汽车。"戴晓军说，他还挺有理似的。

如此，戴妈妈就没办法了，因为戴晓军在戴家长这么大，还是头一回点着名地要一样东西，之前，他想要的东西全是戴妈妈递到他手里的，还有别人塞进他手里的。没办法，戴妈妈赶紧派人去找汽车。大车小车在家门口停了一街，有的司机把车停住，进家来喝水，等着戴晓军选上他的车，自己也能就势教他开车。但戴晓军只是向窗外抬了一下脑袋，连看都没看就说："宝马良驹，我要开就开自己的新车。"

一个人有底气，很简单的例子就是，他要玩，就玩他想玩的，从不在乎玩的东西价格是多少。戴晓军才不要算一下自己能不能去消费，因为他没有遇到过需要花钱而囊中羞涩的时候，自然不会犹犹豫豫、畏畏缩缩。戴妈妈这才明白儿子的心思，那有什么问题呢？买！第二天，一辆崭新的汽车开来了，戴晓军就乐了，上去鼓捣鼓捣这儿鼓捣鼓捣那儿，眼前全都是开着车去找许清清的画面。

这一切让戴晓军躺在被窝里根本睡不着觉。一家人甚至前前后后院住着的几家人，都听到半夜里那"呜呜呜"的发动汽车的声音。汽车发出的声跟狮子吼一样，大家听着都哆嗦。

"我的天哪，小祖宗啊。"戴妈妈感叹，她拿戴晓军没办法，只好给他找师傅，教他开车。

还别说，几天时间，戴晓军就会开车上路了，而且驾照也顺利办了下来。戴妈妈乐了。看得出来，让戴晓军活得肆意，是戴妈妈最大的快乐。那些半大小子半大闺女更是乐得不行了，他们都没见过这么有气派的东西。哎呀，戴晓军一脚油门，车就向前；倒挡一挂，车就向后。这些孩子就乐翻天了。在他们都要闹开锅的时候，戴晓军从车里伸出头来，哎呀，孩子们发现，车窗还可以自动落下来，不是戴晓军用手摇的，戴晓军的双手都在方向盘上搁着呢。向他们咧着嘴笑的时候，戴晓军感觉那是人间最美妙的时刻了，所有的姑娘小子都围住他，吵着：

"哥，我饿了。"

"那不叫饿，饿了吃饭。这叫车，跟哥说，坐车！"

"呀，饿了是吧？那就上车，上车就不饿了。"

"哥，不说饿，咱组个局呗。"

"在咱戴家窑，没有晓军那都不叫局。"

他们在台球案子上摆了几瓶啤酒，和各自从家里面顺出来的大葱酱菜。姑娘小子在一块那个乐和呀。你想想，围着崭新的汽车，他们那是啥劲头？不要说坐，不要说兜风，就是贴近站着，他们那都感觉跟戴晓军成了亲戚，跟汽车成了发小。他们和戴晓军站在一起，感觉清城人分成了两拨，一拨跟着戴晓军，一拨在跟戴晓军作对。戴晓军成了绝无仅有的少帅，富家子弟，无出其右。

一个人的见识、气度、自信，跟钱有关系，也没关系，因为这些是有钱也不一定就有的。戴晓军的自信来自戴妈妈的教育。戴妈妈的护短也是有底气的，整个戴家窑就像是一个小社会，她是所有人的妈，待大家不分亲疏，没有远近，凡是戴妈妈有的，她绝不短着别人。在社保还没在清城普及的时候，戴家窑上有一人算一人，家家生活都是有保障的，不一定富得人家流水你流油，但温饱总是能达到平均水平的。

窑里面一年四季最低的温度是 40 摄氏度，每块砖都得手工码放，一窑要烧上万块。30 多个人最少忙一个月，月月出窑，不得清闲……现在戴晓军的父亲当上窑主，戴爸爸是从不停歇的，他往窑里加够了柴，被窑头换下来，便提了大桶井水，给自己降温。他的生活节律不是吃喝拉撒，而是装窑、烧窑、出窑。他必须及时喝水，以防止缺水中暑，即使是在冬季也一样。为防止装卸时高温烫伤，戴妈妈发动家属们自制隔温胶皮垫，因为家属们都知道，顶着浓烈的粉尘和高温，将成品砖搬出窑炉，是一项高强度的活儿，工人根本不能直接上手。

晚上吃饭的时候，一边揭开馍皮，一边把嘴凑到小米汤碗边喝了一口的戴爸爸，和戴妈妈说起最近戴晓军总带人开车兜风的事，戴妈妈说："条件差的家庭出来的孩子，特别豁得出去，为了得到自己想要的有的甚至会不择手段。我说这话也不是说我多有钱、多富有，但是我知道，穷谁都别穷着孩子。这关系到孩子办事用身子还是用脑子。"

"嗯，虽说穷人家的孩子早当家，但人的心智不能太早成熟，得靠火候，火候不到，坏软啊！你以后少给晓军钱，得让他知道没有太多的指靠，他才会性子坚韧、坚强！"戴爸爸说。

"我就想让晓军在长大之前，把该见识的都见识过。人可以穷吃穷穿，但不能穷见识，他想见识的都让他见识。心里不缺不省，他才不会看低自己，顺境不会想偏，绝境一定逢生。我就想让晓军这辈子路不穷就行，走到哪里都有沟有渠的。"戴妈妈说罢，竟然心生惆怅。

戴家窑烧出的砖销路一直很稳定，但接下来发生的事，却对戴家窑造成了几乎是毁灭性的打击！

开车对戴晓军来说，还真像他妈妈说的那样，都不是一般的爽，而是飒！

开起车来，他从不开空调，而是四门窗户大敞，玻璃全部落到底。他要的就是这个劲，像海上冲浪的样子。很多小伙伴都围在戴晓军身边，可是自从见过许清清，戴晓军发现自己的心是非常小的，许清清一进去，谁再想挤也挤不进去了。所以他的副驾驶位置是不让任何人坐的，除了他爹娘。但他爹娘从不拉开他的右侧车门，不知道是自卑还是不习惯，就不想往这门里迈，不想坐在戴晓军身边。谁也不知道这个位置他是留给谁的，只有戴晓军自己知道，他有多想让心上人许清清坐在那里。

"嘀嘀——"文化大院楼下响起了连续的汽车喇叭声，那种带有和声效果的声响一下子就吸引了很多人的注意力。

"许清清——"戴晓军在楼下喊。

许韵清打开窗，看着戴晓军，戴晓军就像一条许久不见主人的狗子一样，欢脱得浑身上下都起劲呢，与狗狗不同的是，亮晶晶的汗水铺了他一身一脸，但他还是忘不了把向日葵花一样的笑脸朝向许韵清。

"许清清——"

"许清清——"

欢脱的狗子有些累了，但音量一丁点儿也没减。

"叫谁呢？怎么好像听着有人叫你。"许老师坐在屋里说。

"不知道，我又不叫许清清。"许韵清说。

"哟，连名字都不知道就乱叫，你少理这样的人。"许老师说着，忙自己的事去了。

"许清清，下来——"戴晓军扯着嗓门儿喊。

"你找谁呀，这儿没有你要找的许清清。"许韵清望着下面说。

"我找许韵清。"戴晓军说。

"我忙着呢。"许韵清说。

"忙什么呢？我帮你忙。"戴晓军说。

"好啊，你等着。"许韵清说。

许韵清正在校对父亲的手稿，到了楼下，许韵清就把手里的文稿交给戴晓军。

戴晓军看着那一摞文稿，感觉真费劲。于是，他抬头看着许韵清，问："你不想夸夸我？"戴晓军得意地拉开车门，做出了一个请上车的手势。许韵清看看他又看看车，没觉得有什么值得夸的，索性坐进了副驾驶的位置。

戴晓军看着她坐好，又把她的裙摆小心地提进车里，把门关好，迅速得连他都不知道自己是怎么跑到车的另一边，拉开车门坐进驾驶员座位的。

"不就是汽车吗，我坐过。"许韵清说。

"我，这车，是我的。新买的车，你，你坐过？"戴晓军都语无伦次了。

"这不是坐着呢。"许韵清说的话，还有许韵清的表现，都大大出乎戴晓军的期望。戴晓军的情绪一落千丈。许韵清却并不理他，而是仔细认真地看着手里的文稿：

明清两朝的清城贡砖生产，都有专职的管理机构和官员，明初"永乐间，差工部侍郎一员，于临清管理烧造，提督收放"，后改为工

111

部主事提领，并设工部营缮分司督之。嘉靖五年（1526年），工部尚书赵璜"请简员外郎一人莅之，三岁一代"。

雍正年间，皇帝因清城烧运贡砖开支太大，下令停烧，尽可能用北京附近烧的砖代替。但这次的"永行停止"令，不久又变为一纸空文。乾隆即位后，大修宫殿，营造"万年吉地"，所以清城的贡砖生产仍在持续。清朝后期，国事日衰，烧造之事亦日久弊深，窑户消极应付，致使贡砖质量严重滑坡。

道光十年（1830年）夏，朝廷下令"将办理万年吉地工程所需清城砖如式烧造，该抚（山东巡抚）务督敕承办之员加工妥办，总需质地坚实，按照定例尺寸作法，烧造六十万块"。军机大臣乌尔恭泰等奉谕查验清城砖，发现"质地浮松，沙眼太多"，难以选用。因这年定做的砖是修造皇家陵寝，却砖质粗陋，不合标准，道光帝十分不满，故下令将不合格的清城砖价全记在承办官员名下罚赔。此后，清城的贡砖生产日益衰颓，至清末官窑停办，贡砖停产。

1933年，民国政府欲效清廷，在清城重又开办了两处官窑，但时过境迁，又兵荒马乱，结果这两处官窑生产的青砖"皆苦陋不堪用"，只得作罢。但据说民国政府派人从之前因不合格而扔在天津汀字沽的清城贡砖里捡拾过几遍，运到京城，这批砖也有十几万块。

许韵清看完后，收起文稿，说："好了，我校对完了，你可以说话了。"这时，他们就听到对面有汽车喇叭"嘀嘀"地响，看样子是车堵住了人家的去路。

戴晓军打着火，把车往后退了一下，没想到对面的车还在"嘀嘀"，戴晓军只好再退。"人多，要不要我去后面给你看一下？"许韵清不无担心地说。

"你坐下！"戴晓军说完不动声色地看着后视镜倒车。

许韵清不说话了，看着戴晓军。她突然发现戴晓军并不是之前她见到的小男孩的样子，她感觉有些异常，有些别扭，她想下车，手不自觉地扶向了自己这边的车门。

"你坐着！"戴晓军说着把车靠边停好。

"戴晓军，你等我一下。我去去就回。"许韵清说。就在刚刚，许韵清发现戴晓军有一项特质：执着。她下车跑上楼，从父亲的写字台上抱起一块残破的老贡砖。

再回到戴晓军的车里，她郑重其事地对戴晓军说："这块是清朝贡砖，你要真想帮我，就去找到这砖上刻了名字的人。当然，是后人！"

戴晓军没想到，他人生第一次来看望自己的心上人，一点兴奋的事也没发生，却抱回来一块砖头。让戴晓军更没想到的是，还没到中午，戴妈妈就被人搀扶进了院门。她的一只眼睛用白纱布包着，包得头上一圈一圈的。搀扶戴妈妈的人都赔着小心，还有人跑到她们前面，挪开了碍事的手推车。戴晓军立刻迎上前去，伸手去扶妈妈。他急了，要问个究竟，可是妈妈头一次回绝了他。

戴晓军站在院子里，突然发现这个他生活了 18 年的家，对他来说是那么陌生，他以为他长大了，他不需要家里的大人了，但是，离开了妈妈，他什么也不是。他突然恨起了妈妈，为什么把一切都挡得那么严，围得那么好，让他几乎已经相信，他戴晓军完全可以一直生活在戴家窑这个小社会里。不，不是的，是妈妈太狠了，一下子就把他扔进了真实，在这真实里，还有人血。

掌灯时分，戴妈妈从炕上坐了起来，整个人都变了，如果不是听着妈妈的声音，戴晓军根本不敢相信那个坐在灯下的人是自己的妈妈。

戴妈妈的脸肿成了蒸馍的面团，她说话的声音像被塞进一团湿面里。她的鼻子好像从没突起过，没有过鼻梁骨的支撑，像用砖头拍扁了似的。戴晓军看着妈妈，不由得感觉到自己的五官也跟着妈妈的五官一样拥挤起来，他觉得这样动它们很辛苦。他想跟妈妈说，你别说话了，要不你也拍我一砖，让我跟你一样。其实他是想说，他去替妈妈。妈妈非常用力地接过了爸爸递给她的一根长麦秸。好不容易在爸爸的帮助下把麦秸塞进了面团一样的嘴里，就这样吸着面汤。她把爸爸捣碎的鸡蛋都留在了碗里，没有吸进去，一边吸一边发出"嗯，嗯"的声音。戴晓军听得出来妈妈吃得很辛苦。爸爸问了几次，要不就不用秸秆，干脆喂鸡蛋给她吃，可妈妈拒绝再吃。爸爸心情很是沉重，他端着碗看着妈妈，一时不知道该说什么好。妈妈却看着戴晓军，欲言又止。在戴晓军心里，妈妈好像跟爸爸都是一个人，根本就不用看。戴晓军又想起来白天见许韵清的情景，他觉得许韵清跟他就没有妈妈跟爸爸的感觉。他想，都是我瞎了眼，看错了人。他想到这里就特别想狠狠地啐一口，他赶忙跑到屋门口拉开门，这才发现嘴里没有什么好啐的。

戴晓军脑袋里很乱，根本不知道他自己现在应该做什么，他小小心儿里满是失恋的苦涩，他觉得他像妈妈一样满肚子苦水。戴晓军向前挪了几步，他也想跟爸爸妈妈站到一起去，但是妈妈把他推开了，妈妈很困难地说："你走吧，晓军！"戴晓军吓了一跳。接下来很费劲地听完才知道，那话的意思不是让他走，而是让他去当兵。

"让晓军当兵去？"屋里的所有人听见了，跟戴晓军一样吃惊。

戴晓军说："妈，你是怎么想的？你这样我哪能走？不！妈，我要伺候你，我哪也不去，我这时离开你，那我还是人吗？"戴爸爸说："你妈是托了人，这一去也不止你一个，咱窑上总共去17个。"

戴晓军本来就不想去，正在没辙，听见发小小豆子说："算上我一共17个。"戴晓军一数，还真是，他就开始耍赖，说："17个人我不去，要去就去18个，18棵青松！"

接下来谁再说什么，戴晓军都不答应。戴妈妈只好找人，找来找去，找出了一个，总算凑上了18个。

部队来人接新兵的时候，戴晓军越来越觉得不对劲，他发现戴家窑和自己家里有一股子神秘的气息，但大家瞒他瞒得水泄不通。他看着身边的人，没有一个人敢跟他对视。他的绝望不是因为大家躲着他，而是因为他们唯独把他当成了外人。他心想：这还是戴湾吗？这还是戴家窑吗？走！离开这儿，我说什么也不回来了。

部队的汽车发动的时候，戴晓军突然喊了声："停！"部队的同志都觉得新鲜，还没见过新兵蛋子头天上部队的车就发号施令的。戴晓军跑回家，谁也不知道的是，他抱起许韵清送给他的那块残破的贡砖，放进了军用挎包里。

13

带砖上会

陶景人一辈子都忘不了这次带砖上会。

他人生第一次不是对着灰头土脸的窑工，而是对着来自全国各地的专家学者讲话，周围那一双双看着他的眼睛都充满智慧的光。他，一个抱着半块陶家窑大城砖上会的窑主，发现自己个头不高，却站到了巨人的肩膀上。专家们跟他说文化部的非遗项目，告诉他澄浆贡砖可以立项，但要通过严格的审定，通过国家级评审团评审后，才能确定他是哪一级的非遗传承人。陶景人做梦也没想到，一个烧窑做砖头的，能登上文化部的大舞台，能受到国家级专家的肯定，能发出自己的声音，能把自己的名字跟那些大专家的名字写在一块儿。这让他的心情久久难以平静。

这是上天发出的声音，我陶景人走这条路，是顺了天意呢，陶景人想。他再走到镜子前看到自己时，都有些吃惊，心想，这还是那个陶屯里走出来的陶景人吗？是，如假包换。但也不是，为么呢？陶景人陷入了沉思。

大专家说，洇青之法烧制出来之砖瓦为青色，即所谓"转锈"。青砖比之红砖更坚固，且耐腐蚀，"其质千秋"。大专家让他带砖上会，还有一个目的：蓬莱阁、大明湖和杜甫草堂都进入了建筑维修阶段，需要澄浆砖。

陶景人有幸抱着他的澄浆砖，登上了蓬莱阁。这是一个什么样的历史时刻啊。蓬莱，一个美好而又古老的名字，一处充满着神话传说，千百年来令人为之神往的胜地。在这里，文人墨客，慕名云集；名将廉吏，创业守成；志士仁人，恩泽乡里。正可谓，"听览之间，恍不知神仙之蓬莱也，乃人世之蓬莱也"。

"老陶，你的贡砖用在这儿怎么样？"大专家问。

"好啊！"陶景人回。他半天没醒过神来，他没想到大专家的话像海风一样直接。这一次，他坚定了信念，下定决心了。

他想着，陶景人你不是要把你的砖砌进北京城墙吗？嘿嘿，紧抓紧挠，一月一窑。陶景人不光人精神，连裤线都挺直了，走起路来挺胸抬头不说，从后背看去都带着春风得意，带劲！他媳妇从他身后瞅着他，不知道他到底是哪里有点怪，反正是不对劲。

"其质千秋"这四个字，专家说起来和陶景人做起来显然难度是不一样的。提高贡砖烧造品质，这第一个焙烧工艺的技术要点是压力调节。因为气体倒流后的高温干燥热风，可能烧毁走火烟道的烟囱门，很容易引起窑内砖坯起火而烧塌窑顶。窑内气体倒流，还会引起焙烧带因供风不足而形成还原气氛，影响焙烧温度的平衡。为了避免这些问题，陶景人发明了加囱的办法，即加一组小烟囱。有了小烟囱之后，工人可以根据不同的需要，分时间段打开、合上其中的一个或者几个，来保持窑内压力与窑内砖坯垛子下面的压力平衡，防止发生严重的气体倒流事故。这样一来，不仅能防止窑内温度降低和窑内砖坯垛子烧坏，而且能直接提高窑内砖坯垛子下方腿子砖的成砖率。

第二个焙烧工艺的技术要点是窑体密封。窑体密封情况的好坏对窑内压力与温度的影响很大。使用时间不长的窑体，密封性一般比较好，窑体应该经常注意密封情况的部位是大窑门和二窑门。因为这些地方负压最大，外面的冷空气很容易从窑门周边进入窑内，这样不仅会降低大窑门和二窑门的温度，而且会因窑外的湿空气进入窑内，导致砖坯表面回潮，造成砖坯表面产生网状裂纹。陶家窑需要改进的是，按双窑门的操作规程操作，以免大量漏风，漏风会影响到窑内温度与小烟囱人力排烟的抽力配合。

　　光为加小烟囱一项，陶景人就费尽心思，去做窑头的工作。这可不是一般的思想工作，因为生产环节的改革动到这里，等于是对窑头的工作全盘否定。再者，原来烧窑全指望窑头看火，现在你加了一组小烟囱，一个手势下令后，人都上去了，这让窑头心里怎么想？而且加烟囱不是一下加成的，到底是加一个、两个、三个，还是加一整组，那都是通过实测窑体温度完成的。你用加烟囱的办法，等于和窑头打了一场仗，窑头的权威性都被打击了。但无论怎么说，生产环节改动的实际效果还是很理想的。

　　在这期间，陶景人怎么也没想到，第二个技术要点是由张德贤提出来的。陶景人听了后，对张德贤赞不绝口。他心说，通过这几年的共事，一个会计看出了烧砖里的门道，没准哪天他能从我头上迈过去呢。陶景人一时都不知道，是应该喜来还是应该忧。

　　张德贤对于陶景人的心理活动一点儿也没察觉，他好不容易有了话语权，这才刚刚开了头。张德贤对陶景人说："我觉得魏家窑得势，发展迅速，主要是得益于设备和窑体改造，这已经显示出机械化程度高的便利。陶师傅您真应该去魏家窑瞅瞅。您别说，都是同行，旁人不一定欢迎您去呢。我在窑厂不接触烧窑一线，人家还防贼一样防着我呢。"

陶景人听他这么一说，立时同意："嗯，倒是要好好瞅瞅魏家窑，我这就安排。"陶景人真就专程去了一趟魏家窑，魏爸爸请陶景人抽"光岳楼"香烟，这是少有的带过滤嘴的香烟，是一等一的好烟。陶景人平日里没有烟瘾，只是烧窑时盯窑费神，实在眼皮打架，他才接过窑头的"香花"烟，吸上几口提提神。陶景人最最稀罕的还是魏家砖厂的呼风唤雨，砖厂门前车水马龙，地面人流不断。

魏爸爸说："想要当好一个厂长，懂技术是基本的。但想管好一个现代化砖厂，厂长还要具备更为全面的素质。我有多年的大砖厂厂长经验，深知管理的重要性，但其中的难只有我理解，最难的一点就是人的管理。"

陶景人是头回听说，一个厂长还要管人。在陶家窑，一个萝卜顶一个坑，那根本不用管，干完质检，合格领薪，各个把头自己就把自己管了。何况上了窑，还有窑头管着。陶景人为了把谈话进行下去，只好说："管人的事……"他本想说"我不上心"，但当着魏爸爸，他自己不能先否定自己，所以，陶景人想了一下说："……是我的弱项。"还没等陶景人继续下去，魏爸爸已经抢过了话头："管人这一项，一般会消耗我 80% 的精力，之所以耗费这么大，和我的性格有关，我是技术型。咱干窑户出身，一就是一，二就是二，眼里揉不得沙子，不较真不行！不较真，出不了好砖。"

"那倒是，要求不高，是不负责任。我今天对你要求高，我还给你高薪酬，我就是希望你的工作能与我的期望值相对等。"陶景人说。

魏爸爸说："是呗。窑厂里每一道工序我都干过，实打实地清楚这里面的难点。什么样的人能干技术，什么样的人只能干服务、只能动嘴，什么样的人适合哪一道工序，什么样的人能从外面干到里面来，成行家里手，这些我再清楚不过。为什么呢？知己知彼，就会觉得人没那么复杂了。人要能不受外界干扰，静下心来研究技术和管理方案。而每一道技术难关解决了，都是因为你掌握了其中的关节点，成了这一道工序里的师傅、把式、窑头。这是我对工人的希望，是我慢慢从当厂长的经验教训里总结出来的。"

陶景人说："细致，跟你交流，能帮助咱们砖窑提升管理水平，我听着挺实在。只要你想干，那就进来，站门里。站在门外头，干不出名堂，也干不出彩。"

其实陶景人正想借助魏爸爸的管理经验，没想到魏爸爸打开水龙头就淌出水来，自己就开始讲，还侃侃而谈。陶景人挺受益，自己的话也排成横竖趟儿，等着说出来。可魏爸爸又点上一支烟，大有长话长说的意味，他说："前几年我一直在全国各地指导，今天东北看雪，明天江南赏花。这说起来浪漫，其实只有一个字：累。这么多年来，我感觉厂长服务于工序的方式有利有弊。对我来讲，利是见识多，收入多；弊是人没有管好，有多少人受多少累，很累。对砖厂来讲，你要是不能解决工序工艺之间的技术问题，同样的问题还会出现，累，你是受不完的。只有工人在入行时，就清楚流程，明白技术要领，你才能放心让这个人在这道工序上坚守。在以后的生产经营过程中，还会出现不同的问题，问题不能及时解决，砖厂的损失就在所难免。如何解决这个问题？我想，有两种方式。一是由短期招聘窑工，改为长期雇佣窑工，定岗定员。头一年，编写教材，讲解课程，在现场对工人进行一对一技术指导。如此，一项一项、一个步骤一个步骤地，就能逐步提升砖厂管理水平……"

这时运户来到了魏家砖厂，他进门一见陶景人，吓了一跳，连忙退出去。他是从陶家窑来的，陶家窑和魏家砖厂之间毕竟有五六公里的一段距离，他没想到自己在这里撞见陶景人。他定了定神，这才看清屋里还有魏爸爸。魏爸爸一见运户的神情不定，知道他有事，便走了出来。运户就告诉魏爸爸："不用把柴禾匀给里面那位，那还不够他祸祸的呢。"魏爸爸一听，原来是这事，就说："值当的吗？这你也跑一趟？"其实这一阵子，运户向魏爸爸透露了不少陶家窑的事，魏爸爸怕他说出去，忙问他："你都跟谁说了？"运户回答："跟谁说？若不是您，这院里的人我都不说。"魏爸爸说："那以后陶家窑有什么情况，你一定先来告诉我，可别跟别人说，听着没有？"运户挺不情愿。他发现魏爸爸今天跟他说话的态度跟以往不一样，但究竟是哪里不一样，他也说不出来。但他觉得，原因肯定在屋里坐着的那位身上。这时，魏爸爸见运户还不走，便从裤兜里掏出钱包，准备给他点儿钱。运户一见钱，本能地上前。魏爸爸果然是厂长，新出的五十元绿票子都有。但是运户按住了魏爸爸的手。因为在他看来，自己能受到魏爸爸的重视，比什么都值。

"如果让我知道你还告诉了谁，钱不给你，你还得吃棍棒。"魏爸爸收起钱来说。运户说："知道了。"

陶景人还想跟魏爸爸讨要几个窑上的熟手，但魏爸爸不想让陶景人发现他也在烧青砖。陶景人却看出了端倪，他说："这土配得不对啊。老魏，你在烧贡砖？"魏爸爸支支吾吾地回答："啊啊，啊……青砖容易断。"陶景人说："贡砖就是贡砖，贡砖可不只是青砖。这断砖的原因你找到了没？应该是黏土占比少了。"他心想，看来魏家窑在土的配方上太保守了。这样的砖，即使通过技术检测砌到了城墙上，时间一长也要塌。可看了看魏家窑已经使上的传送带，陶景人到嘴边的话又咽下了。

陶景人原想跟魏爸爸说说自己的想法，说说贡砖为什么与众不同。在陶景人看来，首先贡砖制砖的材料——土，就与众不同，不能随随便便找个地方挖点土，就脱坯烧砖。烧贡砖的土不能太黏，要有一定的沙粒在里面。虽然说莲花土具备烧贡砖的条件，但每一批的土和每一层的土还是有一定的差异，你认为拉过来就能烧砖，那可就大错特错了。因为烧贡砖土的配比相当严格，其精细程度不亚于配药。可魏爸爸一直站在门外，他是有心进门里来，但他只是站在门口往里看呢。陶景人就是这么认为的。

陶景人为提高烧造工艺在现有老窑的结构上添小烟囱后，还要调节小烟囱。要不怎么说陶景人是典型的"细节控"呢，他想问题是一直要想到撞在南墙上。撞到南墙，确认是南墙，听到撞墙的声音，这都不够，他还要把南墙拆掉，看看那边是不是会有解决问题的办法。只要陶景人认为自己的想法正确，别人说什么他也不会听。即便人家的经验是正确的，他也要等自己行不通才停下来。

魏爸爸就对陶景人说："你瞅瞅你那想法，多么幼稚。你都快要把你自己和你家人全砌进墙里了。你应该去发展充满无限生机的社会生产力、创造力。我就相信科学，蒸汽机改变了世界，我的联合窑也能烧出贡砖。这是时代的进步。无论是烧煤还是烧天然气，都能烧出贡砖，我还就不信了。你不服不行！"陶景人当然不听魏爸爸的话，他也不打听人家怎么过日子，他要过的是他自己的日子。他执拗地认定，一家有一家过日子的方法，他的方法是最适合他陶家窑的。

加烟囱的问题果然引发了积累已久的矛盾。窑头说窑他烧不了，他不会烧了。老火把式讲究的是火谱，是肉眼观火。随着加小烟囱，看火谱这一神秘的技能就不被看好，窑头地位有了动摇。大红色与樱桃红色的火焰，温度在700摄氏度到800摄氏度之间；樱桃红色到黄红色的火焰，温度在 800 摄氏度到900 摄氏度之间；黄红色到橙黄色的火焰，温度在 900 摄氏度到1000 摄氏度之间。加小烟囱后，人为的干扰很有可能导致这一过程延时。而窑温在这个时间段的误差，直接影响到贡砖的成色和品质。陶景人设计的操作流程是，待到 1000 摄氏度橙黄色窑火出现，关闭小烟囱，人员撤下。这时，只给窑头留下浅黄色到亮黄色的1100 摄氏度窑火出现阶段看火。所以，有了小烟囱，等于长城有了烽火台，火把式已经不再是火把式，只是拾柴添火人。

　　这一改，让陶景人更有信心。在烧造工艺的整体把握上，他总结出关于火的几条规律，他把这些跟窑头一一交代了："第一，看火动作要快，时间要短。时间一长，返火的火眼将损失较多的热量。处于负压的火眼将吸入冷空气，使坯垛顶部的火色变暗，影响看火的准确性。第二，要正确地掌握火度颜色标准，通过火色准确地推断坯体烧成温度。第三，要能分辨火色微小的差别。所谓差别主要是指同一排火眼断面上，坯垛里、外、上、下以及中部火色的不同。"

　　"第四……"陶景人到这儿还没说完。

　　"你还有第四，好，还都成经文了呢。"窑头有些不耐烦地回他。

　　陶景人才不管窑头想不想听，他继续说："这第四个就是，稳住火度，让火度不因白天、黑夜的交替而变动。火把式得懂得夜间同白天看火的区别，那就是对同样火色来说，夜间比白天要亮些。我说得对不？"

　　窑头一听自家的核心秘密被陶景人刨了个底掉，气急攻心，火冒三丈。他在气头上，心里直起逆反，哪知道陶景人不光总结出这些，还前有车后有辙，理得很圆，顺得有道理呢。这些一遍一遍地打心坎上过，直到烂熟于心时，陶景人终于有点小得意，心想：这回可行喽！

接下来他又找窑头，跟窑头说了自己总结的烧造贡砖与红砖不同的 5 个阶段。第一阶段是文火细烧。马蹄窑整个窑体呈现马蹄形，主要是根据火焰相对较短，烟气扩散半径较小的特性设计的。为了克服马蹄窑的缺点，陶景人要改造燃烧室，将燃烧室分为上下两层，每层燃烧室呈品字形搭建。在烧结初期，一般将上层燃烧室封闭，主要热源由下层燃烧室提供。这是由于在自然干燥条件下，坯体的自然含水率相对较高，此时文火细烧比较适宜。待到火从烟囱排出的烟气经冷铁板测试后，无水蒸气产生，就可以变成文火慢烧。

第二阶段是文火慢烧。这个过程，要掌握的重点是稳与慢，以防窑火的转变造成大量砖块劈裂和砖垛倒垛的出现。在没有热电偶测试的情况下，人用手抚摸窑体外壁，如果有发烫的感觉，这时可以适时开启上层燃烧室，以达到旺火稳烧的效果。从烧结工艺角度来讲，此时烧制已处于高火保温阶段，高火保温的目的是使窑内上下左右的温度趋于一致，让整窑的制品处在同一物理化学反应中。

第三阶段是还原气氛。由于坯体处在窑体内部的不同部位，传热效果不尽相同，相应地，砖坯内的盐类分解进程也参差不齐。因此，在此阶段同样需要窑内还原气氛足够，以力求温度的稳定。这一阶段，窑内温度已经达到了最高点。在操作控制上，加柴前，窑内都不能停火。加柴后，窑内的火焰呈亮黄色、白黄色，通过炉眼，人应该能观察到坯体的轮廓。必须注意的是，此时窑内不能降温。

第四阶段是还原火焰。还原火焰是空气供给不足、燃烧不充分的情况下产生的一种火焰，它的特点是气色浑浊，会产生大量烟气，燃烧产物中含有一定数量的可燃物质。

第五阶段是留下硅酸铁。硅酸铁常温下为青色，因此要保证好还原气氛的浓度，控制好窑内过剩空气系数。而保证上述两点的前提是窑头必须具备一定的基础功底，并精心操作。

　　窑头只觉得自己被陶景人掏空了身子按在地上，一巴掌一巴掌地扇着，一下比一下用力。陶景人说完，特意嘱咐窑头："在还原阶段有两种烧法，一种是烧强风，也叫'勤添薄烧'，就是带火加柴、带烟撬炉。人在窑门上看火孔，里面的情况应该是冒黑烟—黑红火—无火。另一种是烧弱风，也叫'多加久化'，就是清火加柴、落火撬炉。窑门上看火孔，里面的情况是冒黑红火—红火—蓝色火焰。"

　　窑头身上的衣裳从里湿到外，他看出来了，陶景人真上劲了，那劲头就跟刚被人给说了对象似的，脑袋里都是对美好事物跃跃欲试的冲动。陶景人说："这事能不能改造完成，就看你了，如果成了，出砖率达到90%，那你就厉害了。如果一出窑，砖噼啪碎成片，那你就啥也甭提了。"其实直到现在，陶景人对自己仍然怀有疑虑，这让他一时一刻都不敢放松，所以他并没有关注窑头的反应。在陶景人来看，窑头无论是什么反应都正常。

　　别人怎么想不知道，反正窑头从那天起，在陶景人面前已经没有以前那么神气了。后来窑头发现，他就算再高的个头，站到陶景人面前也得矬下去那么一块儿了。为什么呢？因为陶景人他虽然不是出家人，却有一种专注，古法烧造成了他的信仰，使他如同出世，心静时可以听得见窑内火头的移行。

　　但有一点陶景人没有意识到，他人还在凡尘，别人还是凡人，人们无法理解他的直接与通透。他的话时常引起众人的非议，越是有经验有脸面的人，越让他的否定意见搞得灰头土脸、颜面皆无。这让人感觉陶家窑简直不是人待的地方，起码不是让人待得舒服的地方，看似平静如水，内里鸡飞狗跳。

　　陶景人的性格，总的来说比较坦率。一条路别人走走停停，停着停着就散了，而他会为了追求完美，吹毛求疵，跟人针尖对麦芒，较真。好在他对事不对人，比较谦虚低调，即便自己总是被黑，引人背后议论，但他依然坚持自己，做自己心中最完美的事，一点儿也不打退堂鼓，不将就。正是这个不肯将就成全了他，让他一直迈向心中已有的目标，那动力才强劲呢。

魏爸爸对他说："老陶啊，在乎细节，也得观察一下身边的人啊，不懂得察言观色，那可要吃大亏的。一个窑厂厂长，不仅得心细，敢于抓小事，更要能从细节中分析判断你的想法是否可行。总不能你走着走着，走成孤家寡人了。"看着陶家大门前一片孩子脸大的各色牡丹，陶景人这才注意到这儿开了这么些花，真的好看。尤其正在给花浇水的女儿，她站在花丛中，面色红润，用花容月貌来形容，一点儿都不委屈这个词。突然魏爸爸说："咱们两家把俩孩子的亲事定下来吧。"陶景人的心还在改窑的问题上，魏爸爸冷不丁提出这个问题，让他心里一惊，人也愣在那儿了。

14

瞒不住了

让戴晓军感到奇怪的是，他复员返家到了村口，竟然没有家人来迎接他。更蹊跷的是，跟他一起返家的小豆子，竟然把他直接带到了村里小学新盖的校舍旁边，进了旧传达室。

"到了！"小豆子说。

"到了？到哪了？"戴晓军感到很诧异。

戴晓军和小豆子他们18个人，一起参军一起住营房，打过地铺上过架子床。这屋里没有铺和床，煤炉里的火烧得挺旺，却让他感觉不对劲，哪里不对呢？3年来，戴晓军一直没回过家，有两次他想跟所在的部队请假，回家看望病重的妈妈。可戴妈妈一听说他要回家，就告诉他在外边要专心，不是什么人都可以为国家握着枪。戴晓军不知道握着枪跟看爹娘有什么冲突，只感觉妈妈说的话向来有道理，而他没有不听妈妈话的道理。于是，他3年没有回家。为这，部队首长说他以部队为家，还给了他一个口头表扬。

戴晓军问："咱不回家吗？不见爸妈吗？"

小豆子一听，便忙着把话岔开了，说："哥，我也是普通人家的孩子，没有名车名表名包名啥的，不过幸好我看得开。"

"看开看不开都得活人。"戴晓军看着他说,还是满脑子问号。

"那倒是,我见人家有钱有势从来也不羡慕,见就见,过后就忘了,我觉得最幸福的,就是我有你这个哥。"小豆子说。

小豆子怎么这么有的说?戴晓军心想。他随即问:"我爸妈都住在自己家里吗?"

小豆子没话了,递给戴晓军一只掉了瓷的搪瓷缸子,里面是沏好的绿茶。戴晓军不接,不但不接,还把热茶按进小豆子的手心里,小豆子被烫得直咧嘴。戴晓军最恨谎话连篇的人,见小豆子完全是铁了心不说,便假装打量这间屋子,不再理会小豆子。他心想:为什么在这里陪我的是小豆子?因为他是我戴晓军最信任的人?到底发生了什么,还要让我最信任的人欺骗我?

小豆子又说:"真不是吹,哥,你对我比我爹对我都好。哥,你让我自在,这种自在没有负担,人不管有多少钱,只要没负担那过的就是好日子。哥,俗话说,'父母在地,吃啥,地里都长'。我父母不需要靠我养,也不指望我考大学当老板,所以我没有负担。我不像哥有家族企业,有生意上的压力,我只是希望自己不要穷得太过分,拖了戴家窑的后腿。"

"你有前腿吗?"戴晓军终于出声了。俩人就笑起来,小豆子故意手脚着地,羊一样站着,说:"哥,看,我有前腿了。"他向前伸出了左胳膊。

戴晓军多么希望,下一刻,小豆子又还原成以前的小豆子,还像以前那样跟他掏心掏肺。可是小豆子没有,他继续说:"我朋友都是普通人,我从不计较这些,他们都是我哥们儿,不会利用我,我喜欢这样普通的关系。我认为普通很好,这符合我的身份,我的为人。"

戴晓军已经完全失望了,他失望的不仅仅是家人对他的背叛。他们已经把事瞒下 3 年了，他们到底瞒下什么，他已经不想知道。连小豆子都帮着他们隐瞒，这才是戴晓军心撕肝裂的原因。

"说吧，到底为什么我们会在这儿？我爸我妈呢？"戴晓军终于打断了小豆子。

这话题转得也太快了，小豆子完全没有提防。当他发现戴晓军盯着自己，抬起的头就僵住了，戴晓军的目光仿佛钉子似的带尖刺。小豆子吓坏了，一时不知该如何作答。

"不说也行，告诉我这是谁的主意，我找他去。"戴晓军说。他搬过一把椅子，坐在小豆子对面，接着盯着小豆子。

小豆子的脑子像食堂里取餐台旁边不限量的蛋花汤一样，所剩不多的鸡蛋花，乱成了一团。他越想捞出点想法，越捞不上来。他打定主意跟戴晓军耗下去。时间，就是成功，就是胜利！但小豆子几乎耗尽了他的才智和体能，他看着戴晓军的脸由多云转阴，变成了雪坨子。

戴晓军说："小豆子，连你也把我当成傻子了是吧？"

小豆子听了戴晓军的话，吓了一跳，像是被烫着了似的。他突然急中生智，说："哥，我要靠自己打工，结婚盖房，当孩子家长，每月给孩子抚养费。"

"你心眼不全吧？老婆孩子都是你的，给什么抚养费？那叫生活费。"戴晓军说。

啊，戴晓军总算把眼挪开了。小豆子心想，再盯一会儿，他都要被吸进去了，他终于喘上来一口气，吞下一大口口水。

昨天小豆子给戴晓军倒洗脚水时，说到小学买了几台电脑，戴晓军突然问小豆子："我也想学电脑，要是一开始只花钱不赚钱，你还跟着我吗？"小豆子说："哥，你怕啥呢，反正咱们也得干一番事业，一般干事业的一开始就都什么也没有，比如刘关张，刘备织席贩履，关羽是个弓弩手，张飞就是杀猪的，他仨都没有什么大本钱，咱赔了就当从来没赚过。"

"我就恨我家里条件太好，我爸妈太成功，让人一说起来，总带一句首富家的，怎么听着都让人郁闷。我们这种人家出来的怎么了？就是爸妈生的金蛋吗？就没有一点我们自己的长处吗？"戴晓军说。

"哥，你长处可多了。"小豆子马上说。小豆子的态度让戴晓军很受用，但怎么都觉得小豆子这话里有话。

"我知道自己几斤几两，我的目标是能在30岁以前结婚，在清城盖上小楼，不要爸妈一分钱，你看我到底能赚不能赚？"

"能！那一定是我哥自己有本事，我哥用自己的本事赚的。"小豆子应道。

小豆子和戴晓军走出旧传达室，一起到小学校园东角临街的厕所里尿尿，他庆幸自己完成了戴晓军父母交办的任务，还对自己完成任务的质量有些沾沾自喜。正在这时，他们就听到旁边有人在说话。

"听说没？清城有人被骗了190多万！"

"据说还不止，那190万只是现钱，还有房子和窑呢。"

小豆子一抬头，就碰上了戴晓军的目光，他太单纯了，根本没有掩饰一下自己的心惊。戴晓军忽然明白了，他提上裤子就往外走。

小豆子急忙跟上，开始解释："哥你不要着急，我带你回家，去见爸妈，都在我家等着你呢。"戴晓军这才回过身，但已是一脸怒气。

戴妈妈不怕天下人知道，就怕让戴晓军知道，这孩子太像她。戴晓军能做出什么，她心里太清楚了，因为了解，所以才怕。戴晓军眼里一个仇人都没有的时候，他手里还提着棍子呢。这要真有个把仇人，他还不得"此仇不报非君子，大仇一报一辈子"啊。

进了小豆子家，戴晓军一眼便看出背对着屋门而坐的正是自己的妈妈。戴妈妈说着："现在这社会仇富啊，有钱人家一出事，就有人幸灾乐祸，他们看到人家出事，在心理上安慰自己，说都是为富不仁的奸商才成了富人，穷人虽然人穷但志不穷。而穷人家一旦出事了，就是体制、社会不公、不义，找一堆理由，还都是些根本富不了的理由。"

"妈，我回来了！"戴晓军说罢，就看到地上刚刚杀死的一只羊，血水还在并不平整的砖铺地面上蜿蜒。

让戴晓军吃惊的不是瘫在地上的羊，而是妈妈的眼睛。他记得3年前他离开家那天妈妈肿胀着的眼睛，这次看，跟以前一点儿也不一样了。是的，由于眼眶内缺乏眼球的支撑，戴妈妈不经意间就会出现眼皮抬不起来、眼窝凹陷等症状。"你妈摘除了眼球，在眼眶里植入了义眼。"戴爸爸说。戴晓军听罢，仍然没有从复杂的情绪中挣脱出来。

"妈，妈，你疼吗？"戴晓军大着嗓门问。

"不碍事，大夫给做了义眼，别人都看不出来，就你一惊一乍的。没事，正常，没啥改变。"戴妈妈故意轻巧地说，还眨了眨那只义眼。

清城在山东内地，没有海鲜，所以得知戴晓军回来，戴妈妈从戴湾养羊户家赊了一只羊。现在被戴妈妈带到小豆子家，小豆子家的人从园子里摘了些新鲜蔬菜弄了一桌子。除了烧肉、炖肉，还有圈巧阁、松花蛋、氽丸子、黄焖鸡、黄焖肉和杂拌，这些妥妥地组成一桌席了。在清城，无汤不成席。酒过三巡菜过八味，清城汤可就上场了，难怪到清城的外地人都回味悠长地说："到了清城不喝汤，枉自费力跑一趟。"清城的汤，连乾隆每次到清城都大加赞赏呢。只见大人孩子你一碗我一碗，个个把那汤碗都捧在手里，有声有响地喝着。

汤里面满满的羊肉味道，戴晓军守着汤锅，和小豆子一碗一碗地给大家盛汤。

戴妈妈给戴晓军两个不爱喝汤的小兄弟演示，如何把汤喝得不烫嘴。她把上下嘴唇噘成一个圆斗，先向碗里吹一口气，再向刚刚被吹凉的汤的表面一皱嘴，便把汤像吸一条肉一样吸了过来。舅舅刘砖头喝得头顶油亮亮的，那唯一一绺飞架南北的头发见了油水也滑下来了。刘砖头怕自己的仪态受到影响，在饭桌上摆弄起头发来，沾了油水的头发怎么搞也不服帖。他按住，一松手，头发又掉下来，他又把口水啐到手心里，再去按，戴晓军也在一旁帮他。戴妈妈有些不高兴，戴爸爸拿着添汤的长把勺子，极力打岔、掩饰，不让大家把注意力集中到刘砖头的头上。无奈刘砖头实在是太开心，他的手里沾了很多油，吃得也是最口水澎湃的一个，他不停地说着："这么好喝的清城汤应该天天喝，只是羊肉太贵，吃不起。我再来一碗，怕是往后只能用碗喝清水了。"

刘砖头这么一说完，戴爸爸就一直拿眼睛瞟着戴妈妈。果然，戴妈妈沉了脸，放下了筷子还有喝汤的碗。戴爸爸心说不好，忙上前去提醒她。可她还是去了院子西南角的卫生间，再回来的时候，就说她不吃了，一吃多就犯困，她要去睡一觉。戴爸爸只好把她送回隔壁他们家暂住的院子。刘砖头和戴晓军都有些扫兴，说来也怪，戴妈妈和戴爸爸一走，根本不像只有两个人离开了饭桌，好像一下子一半多的人都走了。刚刚还热闹无比、其乐融融的饭桌，瞬间冷清了。戴晓军起身给大家满酒，但大家都推说喝不完，喝完杯中酒就算了。戴晓军站在那里，使出浑身解数想把气氛带起来，但刘砖头突然站起来说："吃饱了，喝足了！"刘砖头站起来一走，饭桌这边的气氛就彻底凉了。

众人陆续散去。戴晓军的妹妹戴晓红帮着把碗筷盆锅全拾掇利索了，来到戴妈妈屋外，叫出戴爸爸，她说："我得走了！"

"都啥时间了还走？"戴爸爸担心地说。

这时，戴妈妈听见外面有人说话，转过脸来喊了一声："哎呀呀。"戴晓红赶紧跑进去，担心地说："妈，你怎么了？"戴妈妈说："我看着谁都不顺溜，别往我跟前站了，扎心！"戴晓红好不容易亲亲热热地跑过来，却听到妈妈说了这样一句，她知道妈妈不是看她不顺眼，而是认为她已经嫁出去了，就不再是家里的人了。戴晓红退了一步，但还是没忍心走，说："妈，谁惹你生气了？我豁了命也要跟他干！"戴妈妈说："生什么气呀，就是不顺眼，哪哪都不顺眼。别理我了，都站远点吧，不顺眼就别往前来了。"戴晓红想找个话茬往下聊，这样她能有理由待在妈妈身边，她真想跟妈妈说两句话。可戴妈妈说完了，便不再理睬任何人。戴晓红看到妈妈一脸烦躁，一时不知是进是退，尴尬极了。

刘砖头这时候走了过来，把戴晓红拉到一边，他说："你妈不高兴，你就别往前凑了，要不然我送你走吧。"戴晓红说："看我妈这样，我现在倒不急呢。舅舅，你说，她还能好吗？"刘砖头摇了摇头。

戴晓红说："舅舅，多亏你在，你脑子快，我就怕我说话让我妈伤心。"刘砖头说："她伤心什么呀，她才不伤心。她那心里都盛得下卫运河呢。现在她要我的命都行，我就是想让我姐撒撒气，可她啥也不说……对我最好的姐啊。"

戴晓红说："舅舅啊，人就这样一辈子了，是吧？这真让我没想到。"刘砖头说："咱都别说了，不说不该说的。"他用下巴指了一下床上躺着的戴妈妈。戴晓军不知道他们为什么会说这样的话，奇奇怪怪的。

这样一个刘砖头，3年前让戴妈妈为护着他，在下黑手的骗子们那里失去了一只眼睛的刘砖头，能让妈妈用眼珠子去心疼的刘砖头，是什么时候抚慰了戴晓红的？

戴晓红转而向爸爸说："爸，你也别难过了。"

戴爸爸说："我不难过，我挺好的，啥都不往心里去，该干啥干啥，老天爷饿不死瞎家雀，不该绝的绝不了。家有吃的你就来吃，家有穿的你就来拿，啥都没有了，过来瞅一眼。"

戴爸爸还是心疼女儿，因为女儿只有这么个地方还能来，这时候戴晓红突然说："唉，我多想回咱的家呀，咱家怎么让人给占了呢？"戴晓军的耳朵突然一下好使了，他捉住了这句话，问："咱家怎么被人占了？到底发生了什么，我们为什么现在要住在这里？"戴爸爸惊得一时不知如何回答才好，眼睛一个劲儿地往戴妈妈那边找。刘砖头很快跟戴爸爸对视了一下。戴爸爸的头突然沉下去了，但是戴晓军没有放弃，他说："怎么回事儿？为啥就把我当外人？你们都知道的事，为啥就不告诉我？"

刘砖头说："哎呀，别听晓红说，她出嫁那天从拖拉机上摔下来了，脑子不好使，跟我姐一样……"

"我妹才多大？怎么就出嫁了？"戴晓军说，他还想揪住不放。

"什么就一样？"戴妈妈突然说了一句话。戴晓军忙走到床前去问："妈，妈，你听见了？咱家为啥被人占了？我妹为啥出嫁了？还有你的眼睛……我回来都第三天了，也该让我知道了。"可就在这时，舅舅说："别累着你妈了，让你妈早点歇着。"

凭戴晓军接下来的观察，戴妈妈把刘砖头的话听得明明白白，而对他的话却故意装没听见。她这是想让戴晓军安心，想让刘砖头好受。她不想让戴晓军弄清家里发生了啥事，而戴爸爸的样子跟戴妈妈一样，对戴晓军完全是戒备森严的。

戴晓军心里很难过，他难过的是从小他就只听妈妈的话，可以因为妈妈而反抗爸爸，而妈妈怎么变成了这样。那个面容姣好、性子坚强的妈妈，怎么会变成堆在炕上的一堆布或者棉花，又邋遢，又有一股子难闻的味道。

隔天早上，戴妈妈起来洗漱，好像昨天昨夜都不曾发生任何事一样。她主动走到刘砖头跟前说："亲兄弟，咱俩有同一个家呢。"刘砖头说："嗯，我有姐姐疼呢。"戴妈妈拉着刘砖头的手，不住地揉搓，说着："你这辈子不容易！""我有姐疼，姐更不容易。"刘砖头说。

戴晓军听见妈妈叹了口气。他起身离开，他要回到原来的戴家，要亲眼看看戴家的老屋里发生了什么。就在这时戴妈妈突然背对着对他说："嘘！我看到他在藏东西。"戴晓军说："谁？藏东西？"戴妈妈说："他把咱家的好东西都藏起来了，用铁铲埋在地里，土还暄腾呢。"戴晓军看到妈妈这样难过极了，他更坚定了要去戴家老屋眼见为实的决心。

"现在的人家，不至于吃不上喝不上，挣多挣少也不是你挣来的，爹妈从把你们生下来就拼死拼活，为了给咱家最好的生活。想啥都没用，是命。命里该有的，脑袋不掉就得扛着，你有抱怨的工夫，不如和爹妈唠唠嗑。"戴妈妈说着，依然背对着戴晓军。这让戴晓军猛然喘上一口气来。

"妈，咱回家！"戴晓军说。戴妈妈依然没有转身，更没有回应。

为什么我妈不说正事？戴晓军心里的疙瘩已经从乒乓球大结成了铅球大，沉沉的一坨。他还想去许清清家，可是小豆子告诉他："你爸妈怕你在部队不安心，这才求许清清给你写了一封封的信。其实，这里面没许清清的事。"小豆子还说："放心，也没有魏建国的事。我听家人说他早结婚了，儿子都生了。"

戴晓军想在小学小卖部消费。校长答应戴晓军可以记账，店长是校长家亲戚，一开始还同意，后来发现不对，不再配合，要戴晓军立刻结账。戴晓军这才发现，周围的所有人都没钱。戴晓军大喊："骗子！"他发现不光谁也结不了账，他们还都合起伙来骗他。这是让戴晓军最崩溃的时刻，因为他绝不容忍背叛。他们的钱都来自戴家窑，戴家窑到底怎么了？现在谁也拦不住他了，他冲出小学。戴晓军谁也不看，转身来到村里邻居家开的小店，拿了打火机和两瓶白酒。出了小店突然想起一件事，车呢？他3年没见着的新汽车呢？

戴晓军一手捏着打火机，一手提着酒，进门就给爸爸点上烟。他不经意地问："爸，家里的汽车呢？"

戴爸爸抽了一大口烟，在一片烟雾里说："保养去了。"

"这倒是，汽车是得一保二保，不管你开不开，跑没跑。"跟上来的小豆子说。其实，大家都在骗戴晓军，戴晓军也知道大家都在骗他，他知道只有爸爸不会骗他，而爸爸的眼睛却狠狠地瞅着院门，那里停着一辆熊猫牌电动车。

戴爸爸说："前天晚上你妈跟我商量，让刘砖头睡到你姥爷屋里，哪还有你姥爷的屋子？她是回到几十年前的小时候了。他们之前还在一起说了好些小时候在一起的事，净冒傻气。他们笑啊笑啊，睡着了还笑呢。从聊天那情景看，你妈脑子明白呢，刘砖头在她身边她指定开心。我就在她炕边加了一张床，把刘砖头安置下。可第二天清早，你妈看着刘砖头躺在炕边呼噜山响，拉着我的手，很害怕地问：这人是谁，咋睡这儿？我说，这是你兄弟。你妈老大地不乐意，说，吵人呢。刘砖头没一点儿反应，天塌下来照睡。他是真能睡，我们都怕他哪天把脑袋瓜子睡扁了。"

"我姥爷的坟头草都长得老高了。"戴晓军说，戴爸爸没有接下茬。

回家这几天，戴晓军虽然总共没跟小豆子说上几句话，但他在内心深处不得不承认，在最最孤独无助的时候，正是小豆子的世界观影响了他，让他知道，人，除了像他和妈妈，还有第三种活法。其实，有时候戴晓军觉得小豆子很像自己的爸爸。他之前并没有和爸爸有很多接触，在家里，一切都是妈妈安排好了，爸爸总是像听了号令的士兵一样去执行，显得不那么重要。这也造成了戴晓军对爸爸的忽视。他感觉冥冥之中，小豆子就是上天派来让他知道他爸爸的那个使者，替爸爸说出了没跟他说的话。有好几次，戴晓军都莫名地恐惧，他害怕失去小豆子，甚至在梦里，梦见了小豆子发生意外的情景，一头牛疯了一样地追小豆子，那牛红着鼓胀的眼，四只黑色的蹄子猛力地往黄土里刨，眼看小豆子的腿一步软下去一步……他一觉醒来，竟然发现眼眶湿湿的。

只有小豆子清楚戴家发生了什么。小豆子想：谢天谢地，幸亏戴妈妈的工作做得仔细。如果当时让戴晓军知道那个戴家窑为他使过黑红棍的，戴妈妈用一只眼睛挡住棍棒救下来的刘砖头，正是让戴家倾家荡产还欠下一屁股债的人，戴晓军一定会用捅火棍打他，保不齐会打死他。

戴晓军也没跟谁说，就活成了默声电影里的人物。他有时默默地看向爸爸，有时默默地将饭碗递到爸爸手里，有时在爸爸划了几根湿火柴点不燃香烟后，跑到小卖部，给爸爸买来打火机，看着爸爸把烟点燃，然后假装提着篮子去菜园子摘菜，却是借机把已经流出来的眼泪擦掉。他不想让任何人看到他的狼狈,他的不如人意,他的混乱不堪。他太要强了,要强的他,为了自己曾经向家里要的汽车、摩托车,那一切可以风驰电掣的东西,而狂扇自己耳光,把自己打得眼冒金星。他还在心里诅咒自己:戴晓军,你活该!

院外传来孩子们的嬉闹声:

蹲搭蹲搭哟,你抬尾巴我抬头!

挤暖和(清城方言读 hū)那个哟伊哟,上不来气儿那个哟伊哟!

15

看清了自己

在戴晓军刚回来的那天晚上，在戴家暂住地的屋灯下，坐着表情严肃的戴家父子俩。

戴爸爸说："不管怎么说，刘砖头跟你妈并非同父同母所生。他刘家的祖上为戴家死了人，是替死，帮助戴家延续了香火，所以戴家只要有一个人在，就必须跟他们抱紧成团，这种意念比血缘还有分量，没二话的牢固。刘家和戴家只隔着一道门一堵墙，就像《红灯记》里李铁梅说的'不拆墙咱们也是一家'。"

"为啥咱家现在还供着他，他又不是菩萨。"戴晓军说。

戴爸爸说："我说，要不让刘砖头搬出去吧。可你妈不同意，她说，祖上没这个说法，咱不能破了规矩。到底是啥规矩咱没见过，但是，戴家上下都是默默地在遵守这规矩，不知道是为了尊重这规矩，还是尊重祖宗。你妈睡觉不实，半夜起来，在院子里坐着，我怕她着夜风，只好给她披件衣服，坐在院里陪着她。有时他俩坐在一起说几句话，也是你妈问，刘砖头答。我听着他们说话也挺正常，没有谁咬着谁，谁欺负谁。感觉着，刘砖头还是怕你妈，听着他语气里带着恭维。"

戴晓军心里有些空落落的，过了一会儿，他说："我走后我妈眼睛怎么处理的？"

戴爸爸说："你走那年她伤得太重了，送到医院时，眼球组织结构破裂，完全没法缝合，只能摘除眼球。她的眼就剩下一层皮了，只能装义眼。"

戴晓军还记得 3 年前妈妈有多着急让他走，他知道妈妈不想让他知道家里发生了什么，妈妈对他的担心胜过了重视自己的眼睛。

戴爸爸说："你妈不光眼睛受伤，还受了脑外伤，几场病下来身体大不如前。有一段时间，她白天坐着坐着都做梦，大呼小叫的，夜里却总是醒着，像是怕我做梦，找不着她。她的白天黑夜连着桩，黑白不分呢。"

戴晓军说："我妈是谁，那是土地爷转世，想过白天就过白天，想过晚上就过晚上。只要她高兴，还能呼风唤雨，请神唤仙呢。"

戴爸爸说："有一回半夜，你妈让我带她去戴闸，我说天还黑呢，她就生气了，说，你不会带上电棒？她自己穿上衣服就往外走。她想一出是一出，我慢一步就追不上她，越走天越亮。最后，她还真自己上了戴闸，你说多危险。那水说不深也有两米。那天是阴天，露水大，她鞋都走湿了，到家还骂人，说是我把她鞋弄湿的，还说快点着火，要把鞋烤干，她还得穿着出去呢。结果我用火给她烤鞋的时候，她一出溜钻进被窝，一觉睡到了晚上八点多。你说气人不？"

戴晓军走出戴家人暂住地，那是村里新起了院子的窑户的老屋。戴晓军回头向那老屋望去的一瞬间，突然涌起一股悲情。那屋子只有茅屋顶，甚至没有用砖垒，四周是打夯土墙，墙壁被水浸得几乎

140

就要坍塌了。这太刺痛戴晓军了，这是比他身边这家新宅院里的猪舍都不如的住处。为什么？为什么我们戴家这个清城有名的富户到了这步田地？

让戴晓军想不到的是，他回到戴家老屋去看时，戴家的房子竟然被拆了，没了。那是他生长的地方，那是记录戴家荣辱兴衰的地方。戴晓军吃惊地看着眼前的一切，两只手握得越来越紧，他只觉得一切都是那么地不真实。全家人喝羊汤那晚，那柔和灯光下的亲人们的笑脸，那亲情热切的交流，使他根本没有注意到建筑与环境，现在回想起来就像看《聊斋》一样的鬼戏。

戴家的一切都清零了。这比从别人嘴里听到的任何话都难听，比爸妈做的什么解释都难看。他回忆着3年来自己过的日子，和几天来的一幕一幕，心想，妈妈得多么努力，才能唱这样一出大戏呀。这出戏得有多少角色，有台词的没台词的，有唱段的没唱段的，他们，你们……甚至18个兄弟中的那17个，我爸、我妈、我妹、我舅舅……应该是因为我舅舅，甚至只有我舅舅，但是现在，舅舅不重要了，没有戴家了，没有戴家窑了，没有，什么都没有了。

终于，戴妈妈告诉戴晓军，是刘砖头把钱拿去让人骗走的，说要投资。戴妈妈没说具体是怎么回事。戴妈妈不想说的，谁也甭想知道，戴晓军从这件事上，知道了妈妈有多仁义。

关于这次被诈骗，就像女的跟男的处对象，属于你情我愿，只能不了了之。

戴晓军说："妈，你放心，现在我回来了，咱这辈子一定还能东山再起。"

天光大亮的时候，戴晓军清醒了。他人生第一次看清了自己，现在的自己就是一个一无所有的穷光蛋。他决定和小豆子一起去找工作，先解决眼下的生活问题。

　　经熟人介绍，戴晓军和小豆子来到一家建筑公司，在登记了基本信息后，两个人被带到了磨砖对缝的课堂。这里说话有用的不叫工头，叫项目经理，经理问过他们一些简单的问题，便进行岗前培训。戴晓军不知道干活还要岗前培训，但一看到人家发笔还发纸，他感觉这是个有文化的单位，他的心安放下来。小豆子去教室门口，那里有盖夹层厚盖的保温桶，他取来一个一次性纸杯接了热开水，站在水桶边的女老师在他的纸杯底下又套了一个杯子，说："小心被开水烫到。"小豆子回来，把女老师的话学给戴晓军。戴晓军觉得这活儿可以干，于是在合同上签字，并用食指肚蘸了印油，按了红手印。

　　第一节课是一位戴眼镜的老师傅给上的，他的眼镜片像酒瓶底那么厚。他用粉笔在黑板上写下：仿古青砖的屋面施工流程。戴晓军一看又是砖，还是青砖，刚喝到嘴里的水差点吐了出来。

　　酒瓶底老师说："仿古青砖是最常见的大青砖的一种，断面光滑，平面长方，在装修时，根据不同的砖模具，也可以修整、制作成各种各样规格的砖块，仿古青砖的应用很广泛，施工也比较讲究。那么仿古青砖的施工流程是怎么样的呢？首先根据屋面形状确定屋脊样式，进行屋脊铺筑，然后根据屋面尺寸排列仿古青砖，确定垄数和每垄仿古青砖数，并按从檐口到屋脊的顺序铺筑，最后进行山墙披水线的粉饰。具体工艺流程是：基层检查—铺瓦准备—上仿古青砖—堆放—铺屋脊瓦—铺檐口瓦—铺屋面瓦—粉山墙披水线—检查—清理—完成。"

　　记下流程，戴晓军没看到火与水，没闻到烧造的味道，他放心了。戴晓军取过小豆子手里的水杯，继续喝他的那杯水。

"下面讲一下铺筑仿古青砖的操作顺序，是从左往右、自下往上。为避免屋面铺好后再去铺盖屋脊瓦时将瓦片踩破，在铺屋面瓦之前要先将屋脊瓦铺好，这也是与其他一般瓦屋面做法最大的区别所在。铺屋脊瓦一般有3种方法：一是将仿古青砖一片一片地从一个山墙边铺到另一个山墙边，二是把仿古青砖瓦片斜成一定的角度并挤紧，三是由山墙两头向中间筑脊，先在山墙两头各平放一些瓦封头，再将仿古青砖直立从两边对称向中间合拢。此法最常用。"

　　酒瓶底老师讲得很仔细，而且在每个问题讲完后，还要问一下大家有没有听懂。大概两个小时后，他做了总结："仿古青砖的操作流程看起来虽然简单，但在施工中不可以掉以轻心，仿古建筑一定要定期保养，才能防止瓦片脱落导致屋面漏雨的情况。"

　　总算下课了，走出教室，小豆子对戴晓军说："牛市口拐弯——香巷儿。"（从牛市口走过一拐就到了香巷街，在清城方言中，"香巷儿"和"香下儿"同音，就是指吃得开的人或事物。）

　　到了工地，戴晓军才明白为什么要听这样的课。原来已经砌好的墙，砖面是花的，仿古青砖烧制为什么会出现他不知道，但是看着花脸一样的新建筑，他确实感觉堵心。幸亏这不是戴晓军家起的新屋，不然，戴晓军一定要把它们夷为平地，还站在它们面前谈什么色差？戴晓军心里有气，认为青砖不青，是灰色的，这本身就烧得不对，还谈什么装修？谁家房屋还要在青砖外面贴上一层？对，它不叫青砖，叫灰砖。在后来的课程中，戴晓军和小豆子低声议论着，实际上这是一个失败的产品，别说青色，灰色都是暗灰色，而且还不都是纯暗灰色，里面还泛白色，这就是花狗脸。

　　"对，哥说得对，就是花狗脸。"小豆子故意放大了声音说。

酒瓶底老师往这边看了眼，眼镜就顺着鼻梁滑下来了，他推了一下眼镜，便看不清是谁说的了。他的职责不是抓人，是把课讲完。老师于是又把精力放回教学上，说："首先，古代青砖青瓦的颜色与设计的过程密切相关，设计的方式不同，组成的变化也不一样，当砖最终组成墙面时，是会有一些颜色的变化。"

"放屁！"戴晓军说出了声音，小豆子立刻闻到了味道似的，用手捂住了鼻子。

酒瓶底老师还在继续说："其次，颜色与烧造过程中的温度有关。砖以黏土为主料，在坯子烘干后再干燥。黏土是一种丰富的二价铁的来源，亚铁的性质稳定，但易成为氧化铁化合物，在低温条件下，其颜色变为白色。仿古青砖市场广阔，在今天，它的生产数量和质量得到了极大的提高。但作为一种古老的建筑材料，它原本是中国建筑文化的载体，现在被广泛应用于商业、民用和风景名胜建筑中。多，意味着品质不一。所以，为仿古建筑装修，成为我们二度施工的课题，今天就讲到这里，下课！"

如果不是稳稳地听到最后，戴晓军几乎以为他和小豆子又要回到窑上吃砖头饭了。接下来的课，让他知道了他们新找的活儿是给砖头化妆，用工头的话说："这是美容，跟在大姑娘脸上抹粉一样。"这话说得多好，一心不想再吃砖头饭的戴晓军高兴极了，他终于离开了砖窑，他学的是给砖头着色的方法。接下来的课就是在工地上的，学员们手握油漆刷子，由工头来教"化妆"的步骤和方法。戴晓军和小豆子就像画匠、漆匠一样，没几天就弄得满身的油彩。

这天中午刚到宿舍，戴晓军就收到了一个包裹，原来是许韵清来找过他。她不光留下包裹，还给他留下一张字条，上面写着："晓军，从老窑址抱回的老砖进了国家博物馆。清城砖又走进了北京城，人们被故宫的霸气、十三陵的灵气所折服，然而在这些宏伟建筑的背后，都有一个共同的名字——清城贡砖。在北京城，故宫、十三陵、天坛、地坛、日坛、月坛、钟鼓楼、文庙、国子监，这些古建筑上无不闪现着清城贡砖的身影。北京修建皇城所用贡砖，绝大多数都来自清城，是清城贡砖撑起了北京城。"

戴晓军很认真地看过两遍，发现纸上没有写一句关于他俩的事情，心说，这跟我有什么关系，我这辈子不吃砖头饭，我要吃砖头饭，我就连砖头都不如。

他仿佛听见许清清说："你本来就不如砖头，咱这砖头能进大北京砌到皇城的城墙上去，你行吗？"于是，他把想象中的那个许清清给骂走了。

戴晓军和小豆子傍晚路过百货大楼时，他意识到自己出现了问题。戴晓军从小到大，想要一件东西，想得不得了不得了的，这还是第一次。因为之前，但凡戴晓军看第二眼的，戴妈妈早就在戴晓军第二眼没收回之前，放进戴晓军手里了。但这次不一样，他不是想要一件东西，而是人，他在这段路上，意识到自己爱上了一个人。对于爱，他根本没有办法。爱，是戴晓军的软肋，也是戴晓军的盔甲。他不能说，也说不出口，但他知道那是什么。他心里想着：许清清，你是我的，我的！

戴晓军人回来了，魂却没跟着。他知道他不能去看他的许清清，起码眼下不是恰当的时候。对一个从小到大没见过别人的白眼，拿脸当命，珍视自尊的人来说，他现在的家，已经不是家，而是看瓜人住的道边的临时棚子，因为之前借住的地方已经拆掉了。好在看瓜棚虽然简陋，但用的都是新材料，保暖、结实。一开始戴妈妈还和戴爸爸合起伙来骗戴晓军："住这道边看瓜棚子，是受人之托的。"戴晓军不信，谁会雇用烧了大半辈子砖窑的人看瓜？戴妈妈在他的逼问之下也终于承认，这些年来，许姑娘往部队寄的信，都是戴妈妈想好内容，请许姑娘代笔抄好，写好邮寄地址，再由戴妈妈一封一封寄给晓军的。

戴晓军点着头说："还有……"

戴妈妈说："没有了。"

"还有，还有，我就想听你们说出来。"戴晓军坚持道。但是戴妈妈看着戴爸爸，搜肠刮肚后发现，真的没有了。当时他们认为，只要瞒过一阵，等戴晓军从部队回来，一切都会按他们的意愿好起来，但命运没有跟他们言和，现实没有改观。

这时，许韵清打电话来告诉戴晓军："晓军，我爸在戴湾，也就是你家附近发现了老窑址，有本事你就把老窑火点起来，没本事，嗯，没有电了……"她说到这里，就把电话挂了。

戴晓军问妈妈："妈，开一个窑厂需要什么条件？"戴妈妈说："场地、工人、窑。""这么说，救起一家处于生死存亡之间的窑厂，就等于开办一家窑厂？"戴晓军很有底气地说。戴妈妈看着他，说："赵胡子解板——就这两锯（句）？"

戴晓军惊讶于自己问出的问题，自己竟然因为爱情改变了想法，又回到了戴家祖辈相传的生计上。但他享受改变，他完全沉浸于自己的计划中，他对将来许清清的回答充满期待，就像许清清已经答应嫁给他，而他又对许清清有了承诺。这八字还没有一撇，戴晓军已经完全沉浸在就要兑现的快乐中。

"妈，我要建个窑。我要建一个顶大顶大的窑，一窑就烧出一万块青砖。我要跟许清清结婚，生好些孩子。"戴晓军展开双臂，双手划到极限说。戴妈妈说："这孩子喝高了。"

戴晓军思来想去，要开窑厂只能先借钱。跟谁借？普天下大得很，而他的人只有——许清清。这在别人听起来有些离谱，但实际上，在戴晓军心里，许清清已经跟他是一体的人了。

他于是约许韵清出来吃饭。在桌上，戴晓军看着她说："我什么也不要，只想把戴家窑主做回来，做给你看。"他以比平时说话加一倍的语速把中心思想说完，然后，一遍一遍地在心里检查自己刚刚说过的话是否严谨有力。

许韵清调整着眼里的焦距，不动声色地看着戴晓军，心想：自己算戴晓军的什么人呢？朋友？同学？同事？什么都谈不上，同时，她也知道，戴晓军来找她后，他也不会去找其他人了。她感到自己真无能，在金钱上她帮不到他多少。可是，她也觉察出戴晓军的心意，这让她进退无措。

这一顿饭，几乎无话。两人说什么都是雷区，都是尴尬，不说也罢。好在厨师的手重，鸡丝粉皮里的芥末放得太多，水煮白菜也太咸，这成了他们聊天的主要内容。他们就吃了这样一顿心事重重又百无聊赖的晚餐，然后各自回去。他没有邀她去旅馆坐，她也没有请他去她的办公室。他们都在逃避着。他逃避着她目睹自己的狼狈，而她逃避的是他进入自己生活的任何可能。

戴晓军还年轻，他要多年轻有多年轻。许韵清一直不情愿谈起年龄这个问题，因为一个女人比男人大，这会让女人处于劣势。把许韵清放在这样一个尴尬位置的人，正是戴晓军。她心想：戴晓军，你为什么要用这样一个问题，来难为我？

饭桌上，许韵清让戴晓军明天再来。因为这时银行已经关门了，银行卡取现，一天限额 2000 元。看着他走了，许韵清决定不能不借钱给他。第二天，戴晓军果然又来找她，她把薄薄的一沓钞票装在信封里递给他。她几乎在那一时刻恨起他来，可他一看，便推开了她手里的信封。他说了句"不用了"，然后就往外走。她立刻感到心里满满都是沉重的内疚，也许戴晓军并不像她想的那样，也许戴晓军只是来试探她一下，也许……她送他到大街上的脚步就纷乱了。

这里的街道正在翻建，路被深挖开，相隔不远就有一处地方，堆着炒好的沥青砂和长长的马路牙石，到处可以看到工具和沙子，工人们你一瓶我一瓶地在喝着矿泉水。可就在这时，戴晓军突然把头向许韵清靠过来，目光凝重地瞥了一下工人们，嘴唇微微颤抖着。许韵清瞬间意识到，他接下来会有举动。是的，戴晓军想吻她。她一想到这里，本能地把身体远离了戴晓军。戴晓军是想吻她，他想用这吻来证明，他有多么爱她。但是许韵清不喜欢他，她更不能接受这样混乱环境下的匆忙的吻。这样的吻，她宁可没有。

戴晓军用胳膊有力地挽回了许韵清，他突然笑了，说："你怕我？"许韵清把脸转向工人们。瓶装矿泉水已经喝完了，他们正在往一个黑色垃圾袋里放空矿泉水瓶子。

"不就是钱吗？我会有的。"他说。

她依然沉默着。

"再见。"他说。

他向前走去，俩人一开始是一前一后走着，后来慢慢地拉开了距离。再后来，许韵清站住了，眼看着戴晓军走出她的视野，走出街心不见了，她长长地出了一口气，眼泪哗地落下来。她不知道她这样做对不对，但她知道，她不光伤了戴晓军的心，还浇灭了戴晓军对美好的希冀。

16

申报成功

许韵清是为了戴晓军来找魏建国的，魏建国一见许韵清就猜出来了。魏家已经把承包后的第一砖厂办得风生水起，办成了清城工业发展和致富的一面旗帜，魏建国最终待在了他应该待的地方。

许韵清已经进屋一个钟头，还没有谈到"戴晓军"三个字，魏建国从印有"环兴堂"字样的茶叶罐里取出来茶叶，给她沏上，盖上青花茶杯盖子，却一直担心茶没有沏开。魏建国心想，许韵清还是第一次主动登门，她衣着还是那么淡雅得体，但神情有些迟疑。她心里有事，什么事呢？魏建国心想，一定是戴晓军出事了。

"到运河岸边旧窑址附近的村庄走一走，你会很容易发现，很多农民的房基和墙基上，都砌有数量不等的明清代老砖。在戴湾乡河隈张庄村，登上村东边的运河大堤，你会看到堤内河滩上一个个微微隆起的高坎，那都是古砖窑的遗址。许多村民上几代的先人都有'匠籍'，是专为皇家烧砖的窑户。村里现存的古民房不少，仔细看，你能发现不少砌墙的老砖上都有烧制留下的印记。"许韵清说。

"我知道，志书上有记载，在明清两代，清城有东、西吊马桥官窑72座；东、西白塔窑官窑48座；张庄窑、河隈张庄官窑72座。

一共有192座，每个官窑都是2个窑，共计384个窑。"魏建国说，他生怕自己记误，还特意拉开办公桌的抽屉，取出笔记本，核实了一下，他心里十分清楚，在清城，再没有谁比许韵清父女二人对本地历史更熟悉了。

"嗯。"许韵清不无欣赏地看了一眼魏建国，继续说下去，"从留下的砖铭印记看，明代中期以后和整个清代的清城砖窑场有4种人：工人，被砖窑厂雇用的劳动者；匠人，被窑厂雇用的直接从事造砖的劳动者；作头，窑厂生产的参加者和生产的直接组织者、指挥者；窑户，这人虽然不是窑厂及其生产资料的占有者，但有管理窑厂、招雇工人的权力。魏建国，你家祖先应该是窑户。"许韵清呷了一口魏建国给她沏的茶，感觉到哪里不太对劲，但岔开的思路还是被志书中的历史取代了。她继续说："据志书记载，当时所有官窑，每一座官府都划给40亩地，专供窑户取土、盖窑、堆柴、存放砖坯和成砖之用，按192座窑计算，官窑的总占地面积7680亩。如果按每窑生产用工最少50人计算，光纯粹造砖的工人就有9600人。""那少了，怎么也得上万，吃砖头饭的还不止一万，上十万、几十万都不止。"魏建国说。"哎，魏建国，你听过一首诗没？康熙时客居清城的江南文士袁启旭曾经赋诗吟咏：秋槐月落银河晓，清渊土里飞枯草。劫灰助尽林泉空，官窑万垛青烟袅。"许韵清说。魏建国憋不住了，直接道："说吧，什么事？是不是戴晓军让你来的？"

许韵清说："这倒不是，但确实跟戴晓军有关。"

魏建国说："实话实说，咱好实事实办！"

许韵清发现，魏建国可不再是那个当年被自己嫌弃的同桌，而已经成长为一个地道的山东大汉。

魏建国把许韵清和戴晓军带到海边，是用了与许韵清一起合谋的小诡计的。"你看蓬莱古城，也叫古登州卫。"魏建国开了头，便看了眼许韵清。许韵清立刻心领神会，顺手翻开手头的资料，上面记载：卫所制度是明朝的一种军制。明代自京师到郡县，均皆设立卫、所，外统于都司，内统于五军都督府。她一面翻一面介绍。戴晓军不管这些，他盯着魏建国和许韵清投在地上重叠的身影，恨不能上去一把把他俩撕扯开。许韵清一见，只好把话题一转，说："戴晓军，你知道为什么今天咱们到这儿吗？因为卫所军队都有固定的戍所，戴湾的戴家就是其中的一支。你们戴家窑的前身就是朝廷派到地方的军队。你现在知道，为什么戴家窑都没了，而戴家窑的人一个都不走了吧。"

　　魏建国说："那是以前，我们要看的是现在，咱们一起去看看新修复的蓬莱古城上陶家窑的砖。"他刚说完，戴晓军眼睛都睁圆了，问："你是说咱清城的陶家窑？"魏建国走上前，用手一一指着那些见棱见角的贡砖，点点头。

　　戴晓军心说，我们戴家窑也能烧。我一生下来就是闻着砖窑的味儿长大的，不要说我，就是我家院里的老马、公鸡还有猫狗都会闻呢。我爸现在还在窑上，他一天也没离开过砖窑。但是，戴晓军什么也没说出口。"你知道戴家窑为什么那么容易转手吗？因为你妈当初定的就是戴家窑人随窑走，你爸现在就在负责戴家窑一天也不停烧！"魏建国说。戴晓军有点恨魏建国了，他心想，凭什么你认为你什么都知道？凭什么你对我这个从戴家窑的泥土里长起来的人说这样的话？

　　魏建国并不说话，他甚至拦下了想开口的许韵清。

　　过了一会儿，魏建国说："把土和泥变成砖，是个要命活儿，你真嫩了点。从土到砖，每个生产环节都能说清楚的人已经没几个了。

我在砖厂干活儿，从头到尾，都是脑袋、身子一起累的，每个工种都不只需要娴熟的技术，还有不要命的力气。就说选土、和泥、脱坯、立坯、上垛、装窑、封门、封天窗、烧窑、开门、破天窗、出窑、码垛……这还只是当年那些马蹄窑烧造的大致流程，里面具体到底有多麻烦，你肯定想都想不到。你长这么大，只是闻闻味，你对砖窑还没有亲身的感受。你想干砖窑，和你真干砖窑之间，相差十万八千里。现在起一处窑手续就得多少，手续跑下来了，你连一台马达、柴油机、抽水机都没有，也没工人。每个工人需要配用顺手的铁锹、铁叉、抓钩，还有尺子一样的竹披子刮马，这些你也没有。再说，做贡砖还得洇窑，得配上扁担、水桶、架子车，一连二和一连三的坯斗。那可不是只用你的鼻子就能干的，你又不是大象。"说到大象，许韵清乐了，戴晓军也阴转晴，他们仿佛都来到了亚热带地区，眼前是丰饶的水草，他们都变成了长鼻子大象。

"整个窑厂的活儿，都是靠人拉、手推、肩扛去出苦力。以前的人，为了多挣钱，不分昼夜，不知热冷，拼了命干。"魏建国说。

戴晓军突然发话了："这我行！"魏建国看了一眼戴晓军，又看了一眼许韵清，他什么也没说。

魏建国记得，有天夜里突然下起大雨，一家人都在屋里睡觉，只见魏爸爸一个人冲出门去，往砖厂跑，原来那里有没能入窑的毛坯。结果三更半夜的，全家无论大小，都跟到砖厂，你抱草苫子，他扛塑料布，魏妈妈举着手电筒，大呼小叫。一家人深一脚浅一脚，没命地往坯垛上铺盖，生怕淋了坯、倒了垛。坯垛要真倒了，不光是力气白出、工钱白付，关键订单都是订好的，耽误生产计划，麻烦可就大了，他们还要补上前面计过数的坯子。

生产进度不容你有反复。一般打坯这活儿只能在春秋两季干，夏天遇雨得停工，冬天一上冻也得停，两季要打出一年的砖坯，这还不算全砖厂其他工序的活儿，一年四季一环紧扣一环，不能停。烧窑也不能停，假如一停，窑皮凉下来，再重新烧热，就得多用很多煤来温窑。如此一来，成本就高上去了，直接影响砖厂的利润。更重要的，人家客户也是根据砖头数量安排建筑施工进度的，你一窑跟不上一窑，就会影响人家施工进度和预算收入。赶不上进度，不光白干，还得挨罚倒赔，那下次谁还找你订砖？

"晓军你可能不知道，窑厂也好砖厂也罢，每个环节的工人都需要有非常过硬的技术。这行没有成文的技术手册，全凭言传身教，口口相承。师傅领进门，工人自己还要领悟、琢磨。"魏建国说到这儿，把眼光移向远处的海面，那里有一艘驳船拉着煤，与出港邮轮相交错，吃力地吐着柴油发动机特有的黑烟。

"我想知道土变砖的方法。"戴晓军说。

魏建国一听，心生叹息，这问题也离办窑厂相差得太远了，但他还是一一道来："烧砖的关键是这第一步：选土。烧砖用的土，取地下二尺深的生黏土。这层土的颜色略深于地表土，据说光形成就至少要 8 万年。当时，地球气候温暖湿润，生物作用使这时期形成的土柔和有黏性。挖出来的黏土，经过露天阳光照射，雪雨冻蚀，内部松化，土粒细密。"

戴晓军认真地听到这儿，突然嘴一弓，似有些得意。但魏建国并没有放过他，继续说："先说一下老式砖窑的形状。里面通身两丈多高，底径六尺，内径一丈二，顶部内径不下五尺，两门一窗。最下部溜地皮儿的底门，是一个宽六尺、高七尺、进一丈的拱形通道。内部离地面四尺左右有一个平台。平台靠底门的位置，设了一个三尺见方的烧火算子，算子是用比胳膊还粗的生铁铸造成的。算子下面是空的，是透气漏煤渣用的。腰部一个门，连着与底门成 90 度角的通道，通道过烟用，高五尺，进深五尺。顶部是一个直径不下五尺的圆形天窗。腰部最粗的内部，有 4 个内径一尺上下，能直通顶部的出烟的筒子，窑肚子外层从下往上，是五尺多厚的用泥土垛起来的窑皮。"

"完了！"戴晓军像是对自己说，然后长出了一口气。在魏建国看来，那意思应该是"总算完了"。

魏建国看到戴晓军心不在这儿，想换个话题。许韵清拿手给魏建国作了个揖，又伸出右手，做了一个请的动作，那意思是让他继续。

魏建国不想再说什么，他知道，自己说的话戴晓军未必听得进去，但魏建国的停顿让戴晓军立刻察觉了，许韵清赶紧追问一句："刚说完窑的结构？"她说罢，用右手一掀一掀地示意魏建国快说。

"不烧，能叫砖窑吗？接下来是烧窑。坯码好后，把底门烧火算子以上部分用土坯墙封住，留一个一尺见方的烧火口。先用柴火在烧火口烧半个小时，检查一下中门、天窗、4 个烟筒子的烟道是否冒烟通气。然后，把中门用砖坯垒起来，再用麦秸加泥糊结实。封门之后在烧火口开始正式点火，用大烟大气烧半个小时之后，用一尺厚的莲花土泥封住天窗，压实。剩下就可以放大火连烧 7 天左右。"魏建国盯着戴晓军说。

"啥时候到火候儿啊？"许韵清看着失神的戴晓军问。

魏建国答："得看对着烧火口的那块窑砖什么成色。既透明，又没有烧琉，才算刚好。你要烧贡砖，还得洇窑。洇窑是等砖坯烧熟了喷水洇透，得 7 天左右。洇窑之前先停火，封下门和烧火口，再把 4 个出烟筒子的上口封住。再沿着窑的天窗口，用麦秸泥垛一个一尺多厚、四尺高的圆形围墙。围墙里面摊一层一尺厚的莲花土，用脚踩实，之后慢慢往圆形池子里的草垫子上倒水。开始池子里的水深半尺，第二天水深保持一尺，然后每天保持水深增加。水深最深不能超过一尺半，最浅不能低于一尺，水洇得太急或打漏子，窑门易憋崩，连砖带窑都完了；洇得太慢容易回火，砖的颜色说红不红，说蓝不蓝，也就是烧煳了，这样的砖头没人要。到了最后一天，必须让窑顶的水能洇到窑腿子，然后就等着出窑吧。"

魏建国知道，洇窑占了烧砖行当里的两个"最"，一个最不容易，一个最危险。他告诉戴晓军，最不容易的是洇窑。两个人一周时间昼夜不停，从水井里打出水，用肩挑着，绕着环形窑皮，爬40度左右刨了坑的斜土坡，再十分谨慎地把水慢慢倒进窑顶水池。尤其遇到雨雪天气，人不担水，空手上去都是难事，别说挑两桶水往上走。这里头的辛苦，只有干这活儿的人才知道。

"洇窑还最危险。烧窑师傅最怕窑顶打漏子，窑门憋崩。因为底门窑洞稍微大些，烧窑时，洇窑的人夜里都睡在里面。到了冬天，更是有七八个人在里面过夜。扑哧，窑门憋崩了，跑都来不及，人就坐着土飞机给掀出去了。砖和窑毁了是小事儿，通道里面的人不死也得残废。"

戴晓军听到这里，愣了很久，突然问："你的窑啥样？"

"我们的窑一般有2到4个口，按功能划分有出入装卸口、煤炭燃烧口、观察口和排烟口。"魏建国回答，心里觉得奇怪，戴晓军是戴家窑的人，怎么这事不问他自己的爸妈呀？

戴晓军突然说："我想见一个人。"

魏建国问："谁？"

戴晓军说："陶景人。"

直到他们仨回到清城，直到许韵清被魏建国送走，戴晓军都是沉默的。戴晓军没想到自己见到魏建国与许韵清在一起，竟然表现得如此平静，但他内心里如火山熔岩一般的烧灼，难耐。一个声音告诉他：许清清，你是我的！他真希望自己能追上去大喊："许清清，你是我的，我的！"

这些话他只是默默地对自己说，又像是在告诉天和地。他不知道魏建国为什么没有答应带他去见陶景人，但他有了志向。我要起窑就烧大城砖，一窑 1 万块，他在心里对自己狠狠地说。他哪里知道，他最最想见的陶景人，一窑才烧 3000 多块大城砖。

站上蓬莱阁的仨人更是谁也没想到，此刻在他们的家乡清城，陶景人正在忙着一件大事——澄浆贡砖工艺申遗。3 个月前，陶景人举着电话问："这申请，只带砖行不？""只抱着砖肯定不行，你得写。申报非物质文化遗产，那是需要走流程的，何况你还报得那么高，一下子文化部，一下子国务院的。"工作人员说。陶景人放下电话，申遗倒计时开始，眼下这一行动还是一个谁也不能言说的秘密——天机。近来，陶家女儿跟魏家的二儿子魏建城关系很近，陶景人都有些心惊肉跳，生怕家里人一个不留神，天机泄露。3 个月来，陶景人吃不下睡不下，心里的一切都只能一个人坐在窑边，在窑门的半坡上，跟太上老君密语。

陶景人把"清城贡砖烧制技艺"的申遗材料报上去后，就把自己当成了贡砖文化的传承人，他的思想就变了，人们看到的陶景人还是陶景人，而在他自己心中，他已经不是从前的陶景人了。他知道了非物质文化遗产有什么文化价值，非物质文化遗产同时包含着传承。文化传承不是简单的复制，有融合也有创新发展，最终形成文化的积累。陶景人发现，他的生命，不止于烧造，不止于办窑厂。

非物质文化遗产的申请是有条件的。陶景人得准备资料，这次申请的工艺技术，陶景人得从头来整理，他从泥从土，从澄浆、脱模出坯，一直想到了砖坯需要阴干，要用苇箔或苇席苫盖。见过砖窑晾坯的人会说用草苫子，但陶景人说的是用苇席，因为苇比草结实，更耐湿。此外，陶景人开始开动脑筋，琢磨贡砖以外的事，思绪在他的脑子里纷纷扬扬。

贡砖有城砖、副砖、平身砖、斧刃砖、券砖、望板砖、线砖、方砖等，每块砖的规格有二尺、尺七、尺五、尺二等，重的达七八十斤，在古代，用黄裱纸包装封签，借运河之利运至京城。当年运送贡砖是皇差，上贡的砖都是一等一，世间最好的。不然你敢送给皇上？那是送砖还是送命啊？人想做贡砖，就得先摸摸自己长着几颗脑袋。陶景人想到这儿，下意识地摸了摸自己的后脖梗。

魏爸爸就有些欢喜，眼看着最不听他话的魏建国结婚生子，已经有了老二。虽然这个二孙子属于超生人口，让他被狠罚了一笔，但每当二孙子湿漉漉的绵软小手一抱住他的脖子他的脸，他都恨不能把自己的脑袋摘下来给二孙子，二孙子如果再带着鼻涕哈喇子地亲上他，那他身子都全软了。没办法，这就是一物降一物。

两家儿女订婚的事被正式列入日程，魏爸爸主动来找陶景人，他的理由是火大不能时长，一窑橘红旺火，顶多烧3天，不然就烧过了，恋爱中的孩子也如是，日子长了怕火候掌握不住。而且，魏爸爸以武训精神为尺子，以书香门第为标杆，想着这事总不能让人家女方家主动。在来陶家之前，魏爸爸是对魏家旮里外外有过交代的，他想着一定要让陶家满意。许是夜晚太过紧张，弦绷得太紧，极容易断掉，所以，在考虑万全，又补充万全的情况下，这就出了事——魏爸爸中风了。这还是魏建国的妹妹看出来的。她发现，父亲喝汤总是往下流，她给擦了一下，还以为是餐具不合适，又给他换了把勺子，但还是滴滴答答。她这才发现，父亲的嘴歪了。送到医院后，魏爸爸对自己发生的情况很是不满，他解释说："昨晚上忙呵，太累了就睡下了，着了夜风。"陶景人发话了："你别操持了，订婚宴我来办，往最好了办。""好！嘿，真是泰兴永的买卖——说一不二呢。"陶景人的媳妇头一次当着外人夸他，陶景人那是觉着倍有面子。

陶景人骑着他的小摩托，他天天都要往返于存土坡—澄泥池—脱砖窑厂—砖窑之间。订婚宴的事，他是当着魏家人的面拍了胸脯，但落实的事，还得由他来干，一来自己儿子忙着公家的事，二来，不能让女儿自己给自己办订婚宴，这于情于理都不合适。陶景人先到中街道，老板一听满口答应，可订婚宴的食材不同日常，店里不一定有，陶景人拉了单子，估了一下，就等着订婚当天中午一桌好菜上桌呢。

陶景人要求高，这在陶屯是出了名的，论上纲上线，谁也抵不过陶景人，这让他得罪不少人，也赢得了不少朋友。日后等他成为省级贡砖非遗传承人，那地位一下子就高上去了，人们大多也都认可了他要求高，甚至还有一部分人认定，没有他这样高标准严要求，那贡砖早就让人忘掉快一百年了。能把丢失了一百年的事想起来，放到高坎上去，那这个人一定有了不起的地方，人们这样想着，平日里对陶景人的负面情绪，竟然销声匿迹。

订婚这天，陶景人把大家都发动起来后，便到堂屋里，继续男主人的工作，他亲自把泡好的茶端给准亲家。"听说你那第一砖厂已经用上了制砖机、传送带呢。"陶景人客气地说。"还有自动打包机。"魏爸爸真不会唠嗑，他歪着嘴，吸溜着茶，还要吹牛，"设备的投入资金占比大，老二建城也爱鼓捣机械，我没反对。这一来，能多见见，二来能会修。这都需要行家里手，我都由着我们家老二。这一点我是有私心的，烧砖将来靠什么？你？我？都不行，是人都不行，得靠完好的工艺设备来实现砖厂的工艺顺畅，生产安全，劳动效率高，降低粉尘和噪声对工人的危害。用我的话说，我不怕你老陶不爱听，设备对现代化的砖厂来讲，起到举足轻重，甚至决定性的作用。"

陶景人就不乐意了，他想，讲么呢？我不爱听。陶家窑也不出事故。对我来说，到什么时候，人都是第一重要的。要到了窑厂，那都是一顶一的人。

"老陶，你看，我就知道你不爱听。过去办一个窑厂，问要多少地多少人。现在办一个烧结砖厂，问的是需要哪些设备。"魏爸爸说着说着就说到自己的一亩三分地去了，他一一夸赞了自己砖厂的先进设备和领先工艺。陶景人就接了个电话，去门口提篮里取了酒和菜。

魏爸爸不知道是不是仗着自己身体不好，话多得就差让陶景人也买下他第一砖厂里用的那些设备。他在手机里翻找着，好像今天不是订婚宴，而是企业并购，甚至是重组上马的誓师聚会，今天喝酒吃饭就是为了两家窑厂联手，一起踏遍芳草，走向美好明天。魏爸爸是真的高兴，只要说起设备，他的话就如同滔滔江水，嘴歪不是事儿。他讲起话来，会让别人忘记他的嘴一直歪着，反而让他在众人注视的情况之下，滔滔不绝。

魏爸爸真不是来卖设备的，虽然就要订婚的老二准备正式开一家做砖窑设备生意的公司，但他只是觉得从这个角度切入，自带几分高明、高傲和高贵。说起这些，让他觉得自己跟陶景人老是差点什么的感觉消失了，他们之间完全平等了。他知道这有点自欺欺人，但他才是清城第一砖厂的前厂长，曾经的"国家队教练"。曾几何时，他的砖完全可以代表清城，而且，能在根本没有煤炭的清城，主烧燃料为煤，那是一件多么厉害的事情。那些用加高了车厢板的载重汽车拉来的煤，堆积如山。它们走在公路上首尾相连，如同汽车组成的专列，车上的煤块像发亮的皮毛。这些都是他做到的。

陶景人都感觉到杀气了。他想，这哪是订婚，这是开杠，这是玩命，魏爸爸这是要拖着第一砖厂的家当压他。陶景人不傻，被别人当成傻子，他可以忍，但得看时候。拿现在来说，这个时间地点这些人，都不合适。他想，因为你看中了我家的闺女，结婚女方为大，订婚也如是。你口口声声来订婚，我花钱办了订婚宴，我把你搬到炕上，就快打板供上了。你有钱有势，你有吹不完的牛，你的嘴歪了就厉害了？

"哎，我的手机呢，我听见它响呢，又是啥设备到了？"魏爸爸说着，自己用胳膊撬起上半身，摸到了压在自己身子底下的诺基亚，打起电话来："没事。秋天？他也这么说，它不是后来好好的嘛，货一直没送来，还跟我说他再送就送机器人。让他把他的话收回去，我不要后来，我要我的订单，马上把我订的给我送到，别一会儿十八一会儿回到两岁半，人和机器都得跟说明书一样靠谱。"

陶景人心想，180年前订的货也要吵到今天来，魏爸爸一定中了机器的毒，毒火攻心……气得嘴都歪了。他看着魏爸爸极力为自己的结论找依据，还别说，越找越对碴儿，再找找，兴许连只破碗都能锔上呢。陶景人心想，你本来就不上窑，你让工人自己上窑，现在连工人都不再上窑，尽鼓捣些铁家伙，你满院子满窑都是铁，你是造砖还是造铁？

这时，院子里传来女儿的声音，说是魏家老二魏建城把什么铁家伙开到机井上去了，村主任不得不拉了电闸，大伙都在等着他把机井修好，不然影响到全村人喝水，所以他一时半会儿来不了了。魏爸爸不以为意，他说，那就修，村里就等着这个机会，等着把机井里的水泵换了，那水泵老是劲儿小。陶景人无法相信，在今天这么重要的日子里，魏家二儿子撞坏机井，魏爸爸的心得会是这样。那小子真是一匹没有拴住的马，毫无必要地，两家人的订婚宴全得等他。

此刻，魏爸爸已经从炕上下来，走进院子里，透过窗玻璃，可以看到他走路时肌肉的颤动。人为么要结婚呢？陶景人突然心里烦乱起来，在窗前伫立良久。他浑身发热，而热气大多来到他的脸上，从他掺有灰发的黑密头发覆盖着的头顶上升腾起来，在发尖凝成水珠。

这时，张德贤抱着专程跑去买来的尿（读 suī）包肉跑来，他一边跑一边喊："陶师傅，陶师傅，成了，成了！'清城贡砖烧制技艺'申报成功了！'清城贡砖烧制技艺'入选第二批国家级非物质文化遗产名录了！"可不是，展开报纸，那里明明白白地写着："陶景人的'清城贡砖烧制技艺'被列入第二批国家级非物质文化遗产名录……清城澄浆砖的名声再次享誉世界……而陶景人也成为清城贡砖非遗传承人，是中国澄浆贡砖文化第一人，也是文化部认证的唯一省级传承人。"

3 个多月焦虑的等待给陶景人独自放在窑里干燥了仨月，不要说是砖坯，就是金子，恐怕也没有杂质了。陶景人真想多听几遍张德贤的呼喊。他想，听听，这才是天大的好消息，而且百听不厌。有一次吃着汤面，陶景人就坐在炕沿上，盘着双腿一格一格地把手里半导体收音机的各个波段听完，他希望能从那里面听到关于他的事，不管要等多久。那时见到这场面，媳妇说希望陶景人的脑子能正常些，别整天想那些不当吃不当喝，一点也挨不着的。

"行了，我听见了，我这就给大专家打电话，告诉人家一声。"陶景人说。"打过电话了，他说他过几天就去省里开会，到时候他会来见你。"张德贤说罢，放下尿包肉就往外走。陶景人的媳妇说："在家吃吧！今天是个好日子。"陶景人把报纸看了个真真切切，让贡砖窑火永远烧下去的使命感也就跟着来了。

"趁着大家都在这儿，我想和大家一起庆祝这件大好事。"陶景人到了院子里，对着魏爸爸说，"否则一会儿你又走了，那我们啥时候才能庆祝一下。"魏爸爸早已经跟着张德贤把话听了个真真的，他看到陶景人的手已经握成了两个拳头，关节又白又硬。

魏爸爸胸有成竹地说："在清城，咱两家的砖加在一起就没谁了。"

陶景人看着他说："还有一件事要和你说，你儿子找过我了，魏建国想给戴家窑的戴晓军说情，刚刚在厕所里说的。可戴晓军经验、场地、窑、钱，要啥啥没有，都不是纸上谈兵，那是吐沫谈兵，我不看好戴晓军。你告诉魏建国，还是让戴晓军烧红砖吧，空心砖、磁化砖都行，用点煤矸石，就是别碰贡砖。有我这头牛在地里拱着就行了，你别跟人嚼舌头，这根本就是锅市马市——两市（事）。"完了，魏爸爸心说不好。这倒不是锅市马市，他根本不关心戴晓军的事，但是儿子为什么有事不跟自己亲爹商量，而是去找一个外人……魏爸爸的嘴角顿时起了一个泡，只觉得本来就歪着的嘴唇又高出来一些。

陶景人继续说："再有，清城贡砖烧制技艺入选了非遗名录，加上旅游业兴起，国家对古建筑物的重视与修葺，清城贡砖需求量一定会增大，订单会逐年增加。"

魏爸爸说："你一定会达到年产300万元的规模。"这还是保守估计，他想。

陶景人说："不，我的计划是年产达500万元的生产规模，成为全国古建筑维修用砖基地。"

正说着话，陶景人发现，魏爸爸向一边倾倒，他赶忙来扶住他，可还是晚了一步，魏爸爸突然倒在地上，陶景人的女儿发出惊讶的声音跑了过来……魏爸爸不光吐了，他口眼歪斜，而且失禁，泄了一地。

魏爸爸被众人送到了医院。陶景人刚到家，女儿代表魏家就给陶景人跪下了，她求父亲在火把式这件事上帮帮魏家。这原本是魏爸爸事先心里盘算好的，没想到他突如其来地病倒了。

魏家窑已经用上了制砖机、传送带和自动打包机，但缺少一位好的火把式，这是陶景人已经知道的。在魏爸爸的语气和气势里，魏家窑的强大远不止是机械设备带来的。陶景人这时才发现，魏爸爸并不像表现的那样强大，他是怀着隐忧来的，第一砖厂的隐痛他比谁都清楚，但他就是不说，他希望陶景人说，可陶景人当时并没有理解他，只觉得他盛气凌人。

原来是为了火把式啊，问题表面越简单，内里越复杂。这碗砖头饭，还得是这伙人来吃呀。

17

接　班

魏爸爸又被送到医院住下。他夜里不到两点就醒了，头脑清醒，还知道饿了，说："可惜了尿包肉，那可真香啊，可惜我没吃上。"魏建国就乐了，说："回头想吃多少随你。儿子让你管够！""干吗要回头？我现在就想吃。"魏爸爸说这话时，像个小孩子，为了强调自己心情的迫切，还抬起手来指指嘴，这才发现，手背上分别插着输液管和监测仪连线。他接着说："真饿呢，怎么就觉得已经睡了好几天？"

魏建国用开水烫过毛巾，想给父亲擦脸，这才发现毛巾在洗脸盆边上搭着，已经晾了一会儿，盆里的水也有些凉。魏建国放下毛巾，提着空暖瓶去开水间打来开水，倒进洗脸盆，重新把烫热的毛巾拧出来。给父亲擦脸时，他俩的脸几乎贴着。这在平时简直是不可能办到的。父亲顶天立地，除了生孩子、奶孩子这两件事他不能做，其他什么事全是自己做。魏建国长这么大，还是第一次跟父亲这么亲昵，在他的记忆里，老魏家父与子之间，永远是等级森严。

魏建国说："爸，这儿好吧，特护级别呢。刚进来医生还以为你脑子坏了，后来才发现是腰有问题。"

魏爸爸说："腰？我腰咋了？"

这时，护士推门进来，说要备皮，抽血化验，为明天的手术做准备工作。她另外嘱咐他们，魏爸爸过了中午就不能进食了。她还摘下输液的吊瓶，说得给魏爸爸换个房间，便于术后观察。如此，魏爸爸从六人间换到了两人间，魏建国感觉良好，可魏爸爸突然紧张起来，他一个劲儿地看邻床。邻床上躺着的那位，半天也没吭一声。魏爸爸怎么就觉得，那个一声不吭的人是自己，而自己才是邻床。

魏建国说："爸，没事，我出去给你买尿包肉，明天手术完，医生说可能还需要静养仨月。伤筋动骨都得一百天，何况是腰？"

"医生不是说，过了晌午就不让吃了？还买它干啥？"魏爸爸说。

"明天就要手术了，今天给你好好补补，你做手术的时候有力气喊，疼就喊出来，喊大点声！"魏建国说。

魏爸爸这才正眼看看魏建国，好像刚认出他的大儿子似的。可这点心里的欢愉很快被即将到来的手术紧张取代了，魏建国一走，他又沉睡了，也不知道是因为担心还是疲倦。

第二天早上，魏爸爸6点半进的手术室，快12点10分才出来。魏爸爸是在手术室里醒了麻药的，他的各项指标都在正常值内。医生说手术很成功。魏建国用纸巾给父亲擦去了脸上的冷汗，看来魏爸爸还是有点紧张。麻药醒了，他的嘴并没有太醒，依然歪斜着，看上去满是委屈。

到了病房里，魏爸爸才慢慢地说："进去之后我就躺着，等着医生做准备。往手术室推我时，走廊里冷，都打完麻醉了，医生趴着做后背消毒的时候，我冻得牙直打战。要不是光着身子，我都想跑。"魏建国在父亲面前笑了，说："打哆嗦还跑？"

"吓人。医生都害怕，说我心率190多。"魏爸爸说。

"爸，那你是不是真跑了一趟，只是自己不知道？"

"光着腚眼？臭小子，你倒想看你爸笑话。哼！"

"爸，我就说说，过瘾。"

"说说也不行。打完麻醉，手术不疼，啥都不知道，医生想咋切咋切。天王老子来了，我就这么光身躺着。"

"爸，你知道你手术了几个小时？"

魏爸爸有了睡意，眼珠一下一下往里沉，手指却一伸，两伸，魏建国知道他在努力跟上刚才的话题。

魏建国问："爸，你在手术室待了5个多小时，其实真正的手术时间也就不到40分钟。还冷吗？"

魏爸爸从手术室回来之后，刚移到病床上，他还真有些冷，只是魏建国这么一打岔给忘记了。魏建国忙着给他盖被子。现在魏爸爸身上盖严了，他还是觉得冷，脖子往被子里一缩，好像要打哆嗦。魏建国赶忙脱下自己的军大衣，给魏爸爸盖到棉被上，压实。但是等了好一会儿，魏爸爸也没缓过来。

魏建国说："可能麻药劲儿还没过去，等全过去就好了。我问过医生了。医生说，全麻就是全身放假了，麻药过去了才开门呢。开门得一个门一个门地开，血流到哪哪就热乎了，不信？"魏建国抬起手腕看了一下手表，说："到不了晚上，你身上保管全是汗。"魏建国说到这里又笑了，调侃道："爸，你可别又光着腚眼子跑出去。"

手术完第二天，魏爸爸在床上躺着，还不能一直平躺，得侧卧。魏爸爸的腰部有点酸胀的感觉，他说："腰里扯得慌，倒不如疼呢。"

"躺的时间太长了，都有点不得劲儿。"魏建国说着，把在热水里烫过的手伸进被子里，在魏爸爸后背上一点一点地划过，"医生说，你恢复得最好，是心态好，也是身体底子好，还祝愿你早日康复呢。"

"火把式的事……"

"放心，爸，陶家给派了最好的火把式。"

"是啊，等我出院了，先去谢谢陶景人。"

出院结算时，魏爸爸才知道，他的腰椎已经不是简单的突出，而是脱出了。看到这个诊断结果的那一刹那，他又哆嗦起来。这回哆嗦的不是身体，而是心。

这次从医院回来，魏爸爸就变脸了。他要魏建国来到近前，不是为了让他抓背，而是为了宣布，经过自己的再三考虑，他想让魏建国把砖厂的工作全部接过去。魏建国一听，先声夺人，他说："爸，那你得依我一个事。"

"说！"魏爸爸没有迟疑地答。

"我想给砖厂建隧道窑。"

"啥？"

"爸你看啊，土窑和隧道窑都是用来烧砖的设备，土窑费工费料不环保，烧制技术不易掌握，容易出生砖和焦砖。隧道窑是从外国引进的高新设备，环保节能，省时便捷，能提高砖的产量。隧道里温度平衡，烧出的砖因为火候一致，经久耐用。同等条件下，隧道窑出砖成品率高，二级砖较少，好处多了去了，就是投资比较大。但我想建！"

"你还想上天呢。"魏爸爸说。他一听就生气了，心想，魏建国这是接班吗，这是谋反。他的腰狠疼了一下，汗就下来了，他在床上侧着身，谁能想到昔日指挥若定、叱咤风云的魏厂长，现在却像个坐月子的女子，风吹不得，雨打不得，肩不能担手不能提。都这样了，他还有什么资本跟儿子叫板呢？

魏建国兴致勃勃地说:"我想做青砖,像陶家窑一样。贡砖硬度高,抗拉、抗折、抗碱性能都比红砖强,而且市场价格高。咱干吗有高坎不上呢?"

魏爸爸说:"你以为我不想?我都没想通的事,我看着陶家窑我都……"他吸了一下口水,继续说:"他们那是有技术,你得有懂技术的人。你少在那儿异想天开!"

魏建国说:"我看了一下,大型青砖烧制,需要制作各种形状砖坯,需要占用大量土地和风干房,依靠自然风风干各种湿坯,冬天气温低,需要2个月以上时间才能自然风干,夏天需要30天以上时间风干。传统自然干燥砖坯工艺比较落后,这使得老砖窑生产规模小,成本高。我看中的设备,克服了这些手工业时代不能连续生产、能耗很高、污染严重、不能产生规模效应的问题。我觉得,达到一定生产规模后,我们第一砖厂完全能在贡砖生产上达到产能第一。"

魏爸爸沉默良久,他没想到这个他本不看好的儿子,不务正业的儿子,还真让他看走了眼。儿子是什么时候在脑子里琢磨起贡砖的事的呢?魏爸爸也暗暗窃喜,他想,真要按魏建国这个思路,魏家窑好像还真能再进一步。但他还存着担心,因为魏建国说的这些毕竟是一个打小玩轴承的孩子对机器的一知半解,一知半解害死人。你不明白一件事,还可以找能人。你以为明白,但谈不上专业,更谈不上精深,那你一窑烧一万块砖,也得毁一万块砖。这不是小孩子闹着玩。想到这儿,魏爸爸的神情又还原成第一砖厂魏厂长那样了。

魏爸爸在父子交接中的考量不是没有道理。魏爸爸认为应该"上动下不动,下动上不动;内动外不动,外动内不动"。这话什么意思呢?"上动下不动,下动上不动"是说的人为上,窑为下,人动,就不能动窑上的事儿。他们父子交接，这在一般企业里是高层人员变动，等同于大换血。而在魏家窑这样的家族企业里，换领导也是头等大事，因为一个人有一个人的做派和办事风格，即便魏爸爸"垂帘听政"，那也无法掌控未来。内动外不动也是如此，内动是动人员管理，外动是动硬件配套。做管理的得有张有弛，不能上下内外全动，那不等于闹地震了？果不其然，魏建国要接班的消息一宣布，魏家窑局势严峻。

新来的陶家火把式并没有把魏家窑当成陶家窑，他一到魏家窑就感到这里啥都生分。陶家窑地熟人熟物件熟，他待顺了，跟进自己家一样踏实。而第一天到了魏家窑，他想喝水，正渴着呢，水杯不见了，问谁谁也不知道，急得他火蹿，可没人跟他一起着急。这要在陶家窑，陶景人就是捧来自己的水杯，也得让他喝上这口救命水。3天后火把式才听说，自己的水杯可能是被运户拿走了。他没找运户，而是找了魏建国。魏建国听后说："我这就去买几个带把带盖的搪瓷缸子。"他给上窑的工人每人发了一个。火把式干渴了3天，倒给魏家窑全体工人谋了福利，他为自己不值！火把式遇到的不光这一件事。在陶家窑，工人都让陶景人给"管直了"，把工具放得跟梳妆台上的胭脂香粉、篦子头油一样规矩，也各自帮衬。可到了魏家窑，装窑的只管装窑，出窑的只管出窑，运输的只管运输，谁跟谁都不连着，谁也不多瞅谁一眼，谁都只顾着自己鼻子眼前那点事儿。这也让火把式感到不适应。火把式一想到魏厂长的病可不是一时半会儿能好的，魏建国也不拿他当体己人，他感觉自己被派到魏家窑，应该是被陶家窑给流放了。他开始觉得自己的腰不对劲，怀疑自己是不是被传染上了魏厂长的腰椎间盘突出。后来火把式私下一打听，得知这毛病不传染，他又把心放下了。魏建国一天到晚老是跟他说这说那，虽然魏建国极力拉近俩人的关系，时常给他放点好茶叶，或者故意留下一盒烟，但他还是觉得让一个儿子辈的呼来唤去，掉价！火把式竟然犯起了头疼，刚开始托着头看火，后来见熄火涸窑，竟然溜回家，消极怠工了。

患了腰椎间盘突出的魏爸爸，身体突然就散了，哪里都不像以前那么绷着，不再以直视、直腿、直背散发出国王一般的威严。现在，魏爸爸已经换上了家居服，症状严重的时候他坐卧不安，时常让人觉得他几乎就要喊娘，但他忍住没喊。很多时候，特别是睡觉的时候，魏爸爸都不敢翻身，而是侧身趴在被子上。而且不要说走长道，他就连弯腰的能力都丧失了。他身体的部位像是换了防，应该直的地方弯了，原来弯的地方直了。他哈着腰站着，提不起气，好像血管和肠道都变得下坠，这让魏妈妈心疼。她背地里跟魏建国商量，问还有没有更好的办法，她看不了一个生龙活虎的人，突然就……可魏建国问过医生了，他毫不夸张地说："妈，这种病没有可能恢复原状，能得到及时控制都很难。"

"儿子，最坏有多坏？"魏妈妈问。

"身体出现残疾。"魏建国回答。他看到泪水从母亲眼眶中涌出，他突然发现，母亲老了。她好像昨天还是那个在小文化广场扭胶东秧歌的女人，爱美爱笑，今天突然就变了一个人。他安慰母亲道："妈，正规医院成功做了手术，以后咱给我爸定时检查，按时服药，不会太坏的。"母亲把头埋进魏建国的怀抱里哭出声来，像极了一个受了委屈的孩子。

魏建国发现，他接过来的不只是砖厂，还有整个魏家。他要操心的不光是父亲，还有母亲。他真怕他们这么走着走着，人就没了。所以他听医生的话，仔细和家人交代生活中的注意事项，比如，父亲一定要注意不能睡软床。以前父亲逮哪坐哪，躺哪睡哪，现在不行了。魏建国带着弟弟给父亲买来最好睡的硬板床，枕头也换了半软不硬的。他嘱咐自己媳妇，别做辣的饭，要做也要给爸单独留出一碗不放辣椒的。而且他特别注意父亲的那口念想，不让他喝酒。另外，他决定增加蔬菜和水果。这些父亲以前不爱吃，现在必须想办法，换着样地做，直到他满意吃下为止。魏家人听完魏建国的交代，都知道了问题的严重性。如果魏爸爸病情加重，得不到有效控制，那他就卧床了，再起不来了。听到这里，魏家上下像是全都得了腰椎间盘突出，体感明显。

魏爸爸太了解魏建国了，魏建国一点儿也不想放下他在第一砖厂率先实现机械化的梦想，他的手工轴承和飞轮改装已经小有名气。可父亲告诉他："第一砖厂交给你，你得干出个第一的样子。现在摆明了第一不是你，只要有他（指陶景人）在这行里，你就不是第一，魏家窑也不是陶家窑，它只能是第一砖厂。"

魏建国不以为然地说："我说烧贡砖你不让，那贡砖不是砖？除了加了泅窑，它还比咱烧的多啥？你放心，我只要说我能干，我就指定能养家。"

魏爸爸从枕头底下取出一块青砖"咣"的一声扔饭桌上，说："这才是正道。使你那轴承增速弄出来的，还是贡砖啊？"

父子明里交班，暗里都顶着气。魏建国本身就是个玩命自律的人，最懂得坚持之道了。他平时性子温和，处世淡泊，喜欢钻研自己热爱的事情，沉浸在自己的小快乐中，只要自己觉得满足，就有一直坚持下去的动力。现在他到第一砖厂主事，也是一样地坚持。

其实魏爸爸也是愿意为自己的目标付诸行动的人，只要下定决心

171

去做一件事，就会一直坚持下去。在这一点上，爷儿俩没冲突，也没有分歧。魏爸爸知道魏建国的坚持哪怕最后是没有结果的，他也甘之如饴，持之以恒。就像让魏建国上二中文科班这件事，魏建国没考上大学，但魏建国结识了许韵清，也知道了很多清城的历史，反而在走出文科班以后爱读文解史，经常在魏湾文化站跟几位老师谈古说今。因此，魏爸爸心里也感到很欣慰。

某日，魏爸爸等了魏建国一天，直到天擦黑才见他进门，赶紧问："你说说，你打算怎么烧青砖？"魏建国说："那有啥难的？学呗。现在不光陶家窑，好些窑一听说陶家窑烧青砖挣钱，都想烧呢。"

魏建国知道，爸爸总拿厂里没成方圆未见规矩的事说事，就是想知道他对烧贡砖这件事的整体设想。这让魏建国有点反感，他相信用人不疑、疑人不用，自己被亲爹怀疑，这可真撮火。如果双方换位，那魏爸爸应该比现如今的魏建国还烦恼。魏爸爸没有跟魏建国换位，但他突然意识到了，他们父子两人的关系，就跟自己与陶景人的关系一样。当初魏爸爸也是这么个态度对陶景人的，两人虽然每次见面没带着家伙别着枪，说话却都带着擦枪走火的劲头。如果没病这一场，魏爸爸什么时候才能发现自己对陶景人是妒忌的？他妒忌的程度还很深，对陶景人有了成见，觉得陶景人在防着他。魏家说要一个窑头火把式，人家陶景人把最好的火把式派给他。将心比心，魏爸爸真做不到。这么一路想下来，他心里的气顺多了，觉得自己也能跟陶景人一样心平气和地说话了。看着魏建国气急败坏的样子，反而感觉像看到了陶景人面前的自己，只在话头上争那一口高一口低。

"烧青砖的窑，都是用的老窑，筒子状的马蹄窑。你说要上的新式窑，烘烤调试与烧造条件，都得你一人摸索。一旦烧结窑炉烘烤调试出差错，那摸索的过程就都得你自己消化。你陶大爷干的就是这

172

个。现在眼高手低的人多的是，光看你陶大爷烧大城砖挣钱，都不知道大城砖为什么难烧。"

魏爸爸看着魏建国说："一慢，二看，三通过。多去观察，切身经历，认真领会。在烘窑进程中，加热速率快了，温度节制难度就大，稍不慎重，就会给窑炉内的青砖坯子造成不可想象的后果。窑炉是厂家的热供心脏，不是摆设。在烘窑调试进程中，你就得把青砖窑炉的调试计划加上，还得重新调制黏土、黄土、沙土的比例。你清楚不同之处是啥不？隧道窑青砖是在黏土里直接添加可变为青色的原料。而土窑烧制青砖是靠洇窑，你的隧道窑……"

魏建国明白魏爸爸的担心，两种窑不仅仅是外形上不同，还有很多技术参数需要比照。父亲担心的是烧出的结果。原来，父亲虽然对陶景人强势，摆着家大业大的架子，却是什么都清楚的。父亲在心里佩服陶景人，在暗自跟陶景人比高低。

魏建国想，那为什么不联手呢？魏家出资金，陶家出技术，这不是两全其美的事吗？那还干吗要去考虑烘窑规制与调试计划有分歧时，会发生的倒霉的连锁反应，比如窑体开裂，热工混乱，窑体漏气，形成气密性差，窑体构造变形，偶然形成部分坍毁，或压力温度无法节制等。这一系列不良反应，轻则让整条生产线瘫痪，重则可能引起炸炉。这是魏建国这些天来观察与思考的结果，他跟谁也没说，一个人承担着所有的压力。

魏建国一当上代厂长，那动静可不小。他每天一早骑着自行车在厂区里满是机器的地方转，不知道的人还以为他是来练习骑自行车的。他这个机械爱好者接盘砖厂，砖厂的气象与魏爸爸当家时大不相同。走进第一砖厂，知道的人认出这是砖厂，不知道的人还以为进了

173

改装机械设备的机械公司。厂里到处都是图纸和没拆箱的大设备。过去晾砖坯的空场地划出三分之一作为新厂房，用来安新设备。新厂房的吊装、铺顶迅速，几个方案落实下来，对面 50 年代的红砖厂房显出了苍老。

魏建国蹲在新厂房门口，看着一道之隔的旧红砖厂房，就像看着魏爸爸在这红砖厂房里进进出出。它们与新厂房格调不搭，而且占着绝对的地利，让他只觉得碍眼。这些红砖厂房是他小时候无比自豪的地方。爷爷在这里当厂长，爸爸在这里当厂长，现在他又在这里当代厂长。他这个代厂长，看着红砖厂房，就像看着第一砖厂的起点，魏家窑正是从那里一步一步走到今天的。魏建国的双脚踩在这条 6 米宽的新铺的水泥路面上。崭新的一切，把那个年代同现在之间切割开，对比出落后与先进。他魏建国新建的厂房高峨，设备先进，而魏建国心里的蓝图，让他动起了红砖厂房的心思。他规划好了拆掉红砖厂房之后第一砖厂的发展路线，首先成为最先进的砖厂，然后成为山东第一，华北第一，再到中国第一……

魏爸爸早知道魏建国在心里憋着什么。魏建国越不说话，他越担心。但魏爸爸转念一想，起码只要自己在这高靠背的太师椅里坐着，魏建国就不敢把第一砖厂咋样。想到这里，他的心情明显好多了。

新厂房盖好那天，魏建国请魏爸爸来看。魏爸爸不等魏建国张口就说："告诉你啊，别打那几排红砖房子的主意。你动动试试？"魏建国一点儿都不想在别人面前跟父亲顶撞，一来，他从小就是个很讲礼貌有礼数的孩子，二来，他知道就是齐天大圣，也折腾不出如来佛祖的手心。他心里有一堆话来反驳父亲，却一句也没说出口。他并不为这个跟父亲道歉。他想，嘴上不说，我还不能活动活动心眼啊？我的亲爸，你怎么能威胁我说"你动动试试"？我是你亲儿子，你能把我咋样？过去是你让着我，现在轮也轮到我让着你了。魏建国知道，自己要真把这几排猫吃鼠咬雨水泡胀的红砖房给拆了，父亲也不能咋样。但是魏建国非常孝顺，他知道这几排平房已经在第一砖厂立了半个多世纪，今后可能不再会是砖厂的主要办公区和车间，干吗要跟这些不起眼的建筑较劲呢？

魏爸爸不去对面的新厂房，魏建国请了几次，他也不去，他就坐在自己红砖厂房的厂长办公室里，坐在用了几十年的水曲柳清漆木桌前。魏建国是怕伤到父亲的自尊，才没有让人给自己办公室的门钉上厂长室的牌子。这种孝顺，在外人眼里是很难懂的。

腰椎间盘突出是中老年人比较常见的疾病，但是到了魏厂长魏爸爸身上，那就是一枚勋章。医生说了，这是一个人很多年工作特别忙碌，坐在椅子上，一上午都不起来的结果。从一开始的腰背酸疼，到腰椎间盘突出的病症出现，要经历一段漫长的时间。病症的苗头一旦出现，就如同宣布了"晚期"两个字，腰椎间盘突出很难被治愈。而且魏爸爸这次是在中风后着了夜风，就真应该引起足够的重视了。魏建国很内疚，他之前对父亲关心太少，都不知道魏爸爸在什么时候落下这么个病根。作为长子，他是有责任的。

接班的问题同样困扰着陶家窑。陶家在中学当老师的儿子陶广志，单位精简事业编，他回到了窑厂。他给自己布置的论文题目是：论清城砖窑之出路。

陶景人说："按说，烧一窑贡砖需要一个月，一座窑每年最多烧12窑，贡砖产量有限。人活着没问题，但就看你想咋活。"

陶景人告诉陶广志，这些年，随着各地旅游业的兴起以及古建筑物的修葺，清城贡砖的需求量大增，订单逐年增加，但产量成了贡砖销售的瓶颈。"前段时间山东台儿庄古城全面修复，有一个300万元订单的大买卖，但由于产量有限，咱家窑愣是没敢接这个订单。"陶景人说。

陶广志看着父亲，怎么看怎么觉得父亲就是个小业主。尽管父亲已经是省级贡砖非遗传承人，他经营的贡砖窑厂如今已建了8座窑，场地也扩大到了40多亩，但这样的生产能力，依然无法满足市场需求。虽然父亲把泥巴活儿烧成了艺术品，砌在世界文化遗产里，但陶广志觉得，这些与他的理想无关，他的理想是教书育人，桃李满天下。

陶广志之所以冷硬地站在局外，从不掺和父亲做的事，一是怕耽搁自己在学校里的正常工作，二是他怕真伸手上阵，备不住就像进了奥运会的比赛场，选手一上场，那可就得玩真的。他怕他自己给自己弄得没有退路，所以一直怕让父亲给"沾"上。

大学毕业后，陶广志被分到了清城市中学工作。现如今，陶广志回来了，砖窑再一次与他相对，他已经不是当年那个儒雅英俊的少年，腿也发沉，眼睛也不太好使，颈椎也时常出来作乱，落枕都成了家常便饭。唯一令人高兴的是，新农村建设开始了，过去的罐儿窑、马蹄窑已烟消云散，成为历史，魏家窑都烧起了联合窑。但回到陶家窑时，他一步就迈进了历史。他看到陶家窑，都不敢掏出手机来拍照，怕传到网上去，让他这个人民教师的朋友圈里的人当个话题来喷。他虽然双脚踩到了陶屯的土地，自我感觉依然良好。陶广志认为，教师是职业，烧窑是生计，教师是人类灵魂工程师，而灵魂显然高于肉体，当教师高于烧窑。陶广志毕竟亲历过教改和如何从老师、学生、家长那里赢得信任，他认为，人民教师的阅历是人生不可多得的财富，他要用这笔财富走得更高更远。

陶家窑此刻窑火正旺，窑头火把式却在跟陶景人较劲！陶景人说："你有病你就在家养病，没病你就到魏家窑上岗。"可火把式偏不，他说什么也不去魏家窑了。陶景人这个气哟，说："你又不是一棵树，一辈子种那儿了，人挪活树挪死。再说我又不是真的想挪你，只是人家魏厂长生病，他家里的人青黄不接，我派你去帮忙，你说你斗的哪门气？"这弄得陶景人不得不上魏家窑上盯火去了。别看陶景人嘴碎，他的意见大多是很有建设性的。张德贤总结了陶景人的说话方式，就是散点多，语速快，各有各的细节，点到为止，你爱听不听。所以陶景人跟别人意见不一致时，往往两方谁也说服不了谁。更何况无论你说什么，火把式只当耳旁风。若不是为了整个贡砖窑厂，陶景人也不会心心念念地想往魏家窑走。

陶广志长这么大，从没在家和窑厂以外的地方见过父亲。在他看来，学校才是自己所有人生烦恼产生的地方。家里的事，他可以避而不谈，听而不语。但学校不光是讲究师尊的地方，也是玩嘴的地方。你要传业解惑，就不能只像长明灯一样照亮别人，还要讲究语言逻辑与技巧。从窑厂办公室看向屋外，他看到父亲迎着凌厉的雨站在窑门不远的地方，在很有脾气地与窑头争执。陶广志推开门，径直走向父亲。他在选择推门这个动作时，有些彷徨，他犹豫这样出现在父亲的工作场合，而不是生活画面中，会不会有些突兀。他转到父亲的身后，背对着风，浓烟在他的眼前晃动，然后仓皇消散。

父亲向他这边移了一步，表示知道他来了。陶景人的湿衣服贴在身上，这让他显得格外疲惫。陶景人拿过捅火棍，大步走开，上了窑，看着窑顶上的烟气。陶广志急切地跟了上来，他不知道在手里抓一件什么东西比较好，于是他从窑边的坡道旁拾起了半块砖头。他们的动作，让人觉得像是一条小拖船跟着巨大的航海货轮进入港口，他们在选择某处锚地，为了停泊在那里。陶景人和陶广志不论是分开看，还是放在一起看，都是不容置疑的父子。他们有着相似的身板，白净的国字脸膛。一个人拥有这样的形象，无论在电影里还是现实中，都看起来忠实可靠。

儿子走到跟前时，轮到陶景人犹豫了，在这块让他尽显气节、付出辛苦的土地上，他第一次感到心有余而力不足。他想告诉儿子，他累了，可他又不能直说。就在陶景人畏缩的时候，他发现自己的决定是正确的。因为，魏爸爸是身不由己才做出让贤决定的，而他跟陶广志第一次站在窑上，第一次站在窑膛里燃烧着熊熊烈火的窑顶时，他才发现自己一点儿也不了解儿子。于是，他又把刚刚迈向儿子的脚收了回来。陶景人的手碰到挡烟囱的挡板，用手上抓得紧紧的捅火棍把挡板稳住。陶广志却全然没有犹豫和畏缩，他走上前来，接过父亲手里的捅火棍，毫不犹豫地打开了烟囱门。陶景人突然以陶广志无法想象的速度搪开了他的手，关上了烟囱门，说："不能开，正在蹿烟，热度马上就从上到下贯通，你一开，冷风一进，就变了，全变了。"陶广志说："我知道。""你知道什么？"陶景人说。父亲的手在关上的烟囱门旁抹着，嫌这样还不够尽心，又从地上抓起一把泥，往缝里抹，就跟怕孕妇动了胎气似的小心。陶广志还想说什么，但并没有发出坚定的声音，于是他往父亲跟前走了几步，几乎要撞到父亲的身上。他是如此急切地要跟紧父亲，全然不在意父亲对他的揶揄。

自记事起，陶广志就没怎么跟着父亲，在他的印象中，他们父子是一起来过窑上的。他也认为自己是熟悉窑的。可父子一起看过的，是没有烧砖的窑，是睡眠中的窑，那就像是从天上看下去，地下一个个黢暗洞穴。陶广志看到过很多砖头，也看到过人们从窑的肚子里搬出过很多砖头，但他没想到父亲会不管不顾地阻止他。干燥的烟气烤着陶广志的脸，父子之间没有隔着火光，窑的烈火只存在于它的肚子里。他们站在这里时，可以听到窑里火苗遇到湿气掠过时，响起的火花噼啪声。陶家的爷儿俩就在这只有砖窑才能发出的气息里，完成了父子的第一次精神博弈。

陶景人都有些起急，他想：烧窑的人家里，为么要出个一心上学的娃，娃为么要学文化？

父子俩就这样站在窑边，他们其实谁也看不见窑火，又都拿窑火说事。"你闻到什么味了？"陶景人说。陶广志看也不看父亲，在全神贯注地贪婪地吸进气体，感受着。陶广志的身后是火把式的目光，这本是陶家父子最应该有的交流，却被火把式看成了动乱的缘起。晚饭火把式刚喝过面疙瘩汤，这一夜到天明的十几个小时和每天的这段时间一样，毫无新鲜新奇。火把式要看着他的窑火，看着那像只橘子一样鲜亮的火光。渐渐地，真正的夜降临了。火把式感觉到天空的无限就存在于他这座窑的上方。他起身看向天穹的无垠，又坐回座椅里，重新走进只有他才有的秘境。

陶广志走了，陶景人洗过澡便来到办公室。桌子正对面，是那窑门口坐着火把式的地方。陶景人看不到星星眨眼，但分明看到天上的星都望向他，都在轮流凑近窑火。窑火的上方，天上似乎有一道光。陶景人熟悉窑厂的夜晚，这里没有河水的流淌，没有辘轳声，没有鸡鸣犬吠，有的只是上上下下跳动的窑火，和它们浮动出的热浪，热浪像光波一样，传得很远很远。陶景人在想如何说服陶广志。他曾担心自己也像魏爸爸一样，突然就山一样地倒了，他更怕自己无法说服陶广志，因为他叫不醒装睡的人。陶景人不时能听到草丛和澄浆池里不知名小虫的鸣叫声。他敢说，窑是醒着的，夜也是醒着的，可他的家人，他的儿女，在这么静的夜里，是不是也会醒呢？他的家人不知道，那些小小的虫子的世界是多么丰富多么活跃。他还看到了北斗七星、南斗六星是怎样不断地变换着位置。什么时候起露水？什么时候雾气滋生？什么时候是启明星最亮的时刻？什么时候出现黎明前的黑暗？陶景人端坐在一片窑火红透的天光里，体会着盼望天明的心情。

卫河水有那么清吗？陶家窑有那么静吗？陶景人想，莲花土得晾上一年，才能去掉它的土性，才能最后去掉土中的气泡。把它们和成稠密的泥团，摔进砖模后，打成砖坯，然后等待阴干，这过程也要7个月到一年。最后，才能装窑，装进窑里的才能烧成砖。陶景人从窗口向联体窑望去，却没看到火把式。是的，火把式的椅子里没有坐着他本人，火把式呢？没来，为么呢？

这次陶景人真急了，神仙见了没有窑头火把式的窑，也不会成全啊。陶景人让人四散去找老窑头，一去才发现他病得很厉害，又受了风寒。他本想回家找点驱风寒的药，没想到一进家就起不来了，送到了医院，查出得了急性心肌炎。陶景人马上找来张德贤，让他去把老窑头的3个徒弟都找来。可老窑头最终没能留住一条命。一周后，他在临终前把徒弟叫到床前，断断续续给他们交代了很多窑与火的经验，希望能给认下师傅的徒弟们留一碗饭。在讲到如何判断窑内的砖是否烧好、是否该停火时，老窑头已经讲不出话了，他用手比画了一下：平着两指，竖着三指。老窑头走了，却给他的徒弟们留下了一个疑问：什么是"三两指"？这种听起来像是烧窑人传说的故事，没想到在陶家窑正式上演了。

陶景人不得不自己找答案。古代烧砖人是怎样通过"三两指"判断出砖是否烧好的呢？这个问题困扰着当时在场的人。

中国传统烧砖技法很多都已失传，原因一是新技术的不断更新，旧技术被淘汰了；二是大多技术经验是烧窑人的饭碗，他们将其秘不外传；三是烧砖人一直处于社会底层，文化程度不高，很难将技法形成技术理论以文字流传下来。截止到目前，即使在现代的砖厂，烧窑仍然需要依靠经验。特别是火把式掌握的对各种火情的描述，诸如：点火、前火、中火、后火、边火、里火、上火、底火、大火、小火、老火、嫩火、欠火、过火、返火、生火、实火、虚火、飘火、控火（赶火）、接火（走火）、滑火、站火、凉火、蹲火、闭火、滞火、清火、浑火等。这些关于火的描述都是靠多年的经验悟到的，很难用文字准确地描述出来，也给"火里取财"的烧窑技术蒙上了神秘的色彩。

"三两指"只是其中的一个问题。而陶景人现在要做的，就是破解"谜"底！

陶景人玩命钻研，如果不是与父亲近距离地接触，陶广志根本就不知道父亲还有这样一个属性。陶景人太自律了，对自己狠起来，简直就是没有感情的机器。

陶景人不会轻易被外界的事情所诱惑，只要认准了一个目标，就会一路走到底。他相信只要努力，哪怕自己走得慢，也一定能到达终点。有了陶景人的带动和言传身教，陶家窑上的人都非常自律，不仅严格要求自己，也会带领身边的朋友进步。他们会手拉手一起坚持、努力，饱尝辛酸，但求最好。然而，旺盛的市场需求倒逼着市场做出反应，让有些人盯上了贡砖，甚至已经有人暗暗倒腾陶家窑的砖票，赚砖票的提成。

哎，这真是，御史巷的锅饼——吃不透。（清城御史巷有一家锅饼铺，烤的锅饼厚，一口咬不透。此语形容对某事不甚了解，拿不准。）砖票比好砖还抢手，怪！

没有陶景人自讨苦吃，就没有贡砖的重生，确实是在陶景人的悉心营造之下，清城贡砖产业得以发展，使老城砖焕发青春。那时陶景人还没有想到，自己已经处在重燃600年窑火的历史关键时期。人们走进陶家窑，就看到一派热火朝天的忙碌景象，几十名工人各司其职，有条不紊，排列有序的贡砖码放得十分壮观。贡砖每天都从这里发往国内外，随着它们的出发，有人知道了贡砖的家，更多的人闻着味就来了……

　　清城火车站前的广场上，有一张颇具煽动性的"嘴"，它所诉说的一切，就像当年有人在西伯利亚发现了金矿一样："那不是钱的事，也不是挣到钱挣不到钱的事。蓬莱阁知道不？始建于北宋嘉祐年间，中国的四大名楼之一。那上面都是贡砖，贡砖是皇帝用的。"有人往那人手里塞烟，还有人递火，他抽口说"来劲"，接下来说得也更来劲了："蓬莱阁始建时，就有仿旧一说。咱清城陶家窑更牛，能在今天照样烧出宋朝那样的砖，我们陶总陶景人说了，人能说假话，唯有砖头不能说假话。该是什么样，就是什么样。"

　　这话竟然是运户说出来的。为什么他要这么说？贡砖一砖难求，产生了一种叫砖票的东西，由此也就有了倒卖的营生。显然，近水楼台，陶家窑真正的压力来自内部，从运户带头主动要到窑上干开始，到现在每天来登门求艺的人络绎不绝，一天天没个安生。陶景人知道是得立规矩了，他萌生了建立贡砖教育基地的想法。

　　陶景人说干就干，选了一间空房当贡砖展览室，之后他还让陶广志给贡砖教育基地设计一块展板。这举动意味深长，陶景人想拉儿子一同来管砖窑。陶广志答应得很痛快，毕竟是学霸，一提到文字、展览，他不在话下。量房定位，选字体字号……一切都进行得有模有样。正在这时，一个电话改变了一切，陶广志扔下展板，去竞聘中心学校副校长了。陶景人正在接待市教委的考察组，人家要考察贡砖教育基地，确认学校与社会的联合办展情况，哪里想到仅仅一墙之隔的展览室里，所有的展览内容根本没有就位。陶景人的设想是要有模有样，不能让人家来一趟，光看见一地的纸。陶景人借催开水的时机向展览室这边看了一下，心就凉了，只好让张德贤负责招待，自己带着媳妇，把展板上的文字和照片贴好。有人看出了端倪：陶广志是不会干砖窑的。只是谁都不敢把这个想法跟陶景人说。

真是一家有一家的烦恼。陶景人按陶家的传统，是想将贡砖烧制工艺传至儿子陶广志，再让他传给孙子陶芯的。陶家的贡砖传承线非常清晰，就是从祖爷到爷爷，从爷爷到父亲，从父亲再到陶景人。陶景人的父亲是在 1949 年前后成为传承人的。到 20 世纪 60 年代，低成本红砖的大量出现对贡砖形成了巨大冲击，市场开始萧条，陶氏砖窑一度停产，但这种传承从未断代。到陶景人这儿，尽管他掌握着完整的贡砖烧制工艺，但制砖此时看上去已是夕阳产业。即便如此，陶景人在市场不景气的背景下仍然扛住压力，让陶家窑恢复了贡砖烧制。陶景人一个人全面负责生产、销售、管理，在传承问题上，他延续老传统，想让他唯一的儿子继续从事贡砖生产，让陶氏砖窑传承无忧。陶景人不光能接受现代思想，还能学习借鉴新经验，对传统烧制工艺不断进行改革，他告诉儿子："下一步，把传统的手工碎土改为机器碎土，这样，可以实现生产效率大提升。"陶广志并没有为竞聘的事有什么内疚，他认为去学校当副校长，那才是他的正业，是比结婚还重要的终身大事。陶景人看着不说话的儿子，长出了一口气，说："你真是拿豆包不当干粮啊！"

"蓬莱阁修护之后的墙，新砌上去的砖，都是贡砖。咱国家有规定，别的砖、烂砖，都不让上古建筑的墙。"在清城火车站站前小广场上，运户说得有根有梢。

"咱陶家窑重燃窑火，点燃的不是单单一座烧贡砖的砖窑，那意义太重大了。大城砖砌进蓬莱阁，那可是天下江山第一楼。"运户说得自己都腰杆壮起来，他都不知道自己到底是在为陶家窑站场子，还是在为蓬莱阁做宣传。

陶景人知道，运户成了捐客，正盼着陶家窑给他带来油水和进项。人一得意就有些上蹿下跳，运户甚至都认定营销的事非他莫属呢。因为运户给过陶景人很多建议，也拉了一些社会关系，说白了，砖窑的事运户根本看不上，他热衷的依然是一桩桩买卖。关于土地，关于项目，甭管事情成不成，酒桌他是没少上。在外人眼里，运户都成了陶景人的心腹！运户一听说陶广志又去学校当上了副校长，就建议贡砖一定得传承下去，传承就得正式举办仪式，正式拜师。他对陶景人说："陶师傅陶总，我举目，你有纲，你吃肉我喝汤。"瞅他那副得意的样子，俨然一个陶家窑二当家呢。

陶景人真不觉得贡砖火爆是件开心事，因为这不是应该炒作的东西。他眼看着一家又一家砖窑投产、转产，清城，甚至附近县市的砖窑都开始生产青砖。尽管面临国内不少同行企业的竞争，但陶家窑的贡砖凭借过硬的质量和独有的特色在行业内站稳了脚跟。陶家窑最初只有一座砖窑，现在已经增建至 8 座，平均年产量能达到 300 万块。即便如此，贡砖仍供不应求。贡砖烧制受天气影响比较大，在冬季，砖块容易断裂，因此生产必须暂停。而在雨季，砖模容易受潮，这会直接影响脱模质量，生产也得叫停。另外，贡砖生产的工序烦琐，以一窑砖为例，制坯大致需要一个月，烧砖至出炉同样需要一个月，满打满算，一座窑每年最多只能烧 12 次砖，产量很难提高。

陶景人没有想到贡砖到了今天，遇到了幸福的烦恼。面对大批量的订单，他经常忍痛拒接。可是，今天，张德贤接到的订单却是北京故宫修复用砖订单，而且是长期订单，陶景人再也坐不住了，他要抓紧干起来。

18

新窑头

陶景人郑重地燃起一炷香，看着香火在一支支香柱顶端殷红的燃点上跳跃。他记得父亲说过："燃香为敬神拜祖，切不可用嘴吹熄，吹视为大不敬。"陶景人默默地看着一炷香燃完，这才说："单数为阳，阳为尊，尊即呈敬意。一支为平安香，一炷为红运香。"终于，香与火都平静下来，升腾的烟默默地在空间里飘散着。陶景人的眼泪就下来了，他喃喃地说："都说烧贡砖，只有砌进北京城墙里的才能叫贡砖。陶家列祖列宗，不肖子孙陶景人，把贡砖烧成了，送进京城了！"他还有许多话要说，可话都哽在心口。他捶了几下胸口，气下去了，话也下去了，只好一个人跪在八仙桌前，任凭思绪万千。

修复故宫要用陶家窑的砖！这让陶景人心潮澎湃。故宫就是明清年间的紫禁城，它是砖木结构的建筑群，其所用材料均是当时最好的。它的外城墙的砌砖叫澄浆砖，尺寸比一般的砖要大，长48厘米，宽24厘米，厚12厘米，每块重24公斤。据考证，自从明代开始建设北京城，清城每年出窑贡砖约1200万块，但最终用到北京城上的贡砖不过100万块，贡砖的淘汰率超过了90%。紫禁城城墙总共用了约1200万块澄浆砖。

陶景人跪着，心中虔诚地说：祖宗啊，北京故宫城墙迎来了中华人民共和国成立以来最彻底的大修。故宫城墙修缮，都是"整旧如旧"，其中替代用砖是关键之处。陶家窑的砖要正式上京了，陶家老祖，保佑咱的砖是一顶一的好砖，让北京城千秋万代！陶景人郑重地说完，深深地给祖宗连磕了三个响头。

第二天，一到窑厂陶景人就听说，窑上来了一个不请自来的新窑头。这人听说陶家窑的老火把式没了，就来求职。陶景人把小摩托停在办公排房门口，刚要推开自己办公室的门，就从旁边会计室窗口，看见张德贤正在狭小的会计室里打转。陶景人来到关着的会计室门前，刚要推门询问，忽然门"砰"的一声从里面推开了，只见运户像平地刮起的旋风一样出现，对陶景人说："有个男的说他是窑头，在我车上呢。他非要搭我的车，让我给他拉到陶家窑来。"

窑厂所有的人都站在各自的地方往这边看。张德贤站到陶景人前面，挡住了运户的路。他们又走到门口的那张桌子边上。来求职的这个男人过了一会儿走进屋里，年龄看上去有50多岁了。这个家伙矮小敦实，黑脸膛泛着红光，鼻腔短粗，一双眼睛也很小，嘴里叼着根木烟斗。陶景人看他浑身上下都是煤屑，又看了一眼运户的车，才发现不怨这个人，那车厢黑黑的，应该是拉煤的车。这个人的一只裤脚塞在雨靴里，领口的一只扣子掉了，露出红胸膛上白棕相间的胸毛。从他的靴子上看，他应该刚刚在大雪地里走了一小段。他的秋衣是湿的，窑厂的热量使他的身上发出了刺鼻的带着湿气的味道。那味道立刻填满了办公室，让陶景人觉得无法接受。张德贤看出了不妙，忙拉着这人往屋外走，他们一走出屋子，屋门外的冷空气就立刻吹了进来，把这种气味推来操去，很快就冲淡了许多。但，这时呛鼻子的气味细分成了多层次的味道，陶景人还闻到了狗屎鸟粪和汗的臭味。

"听说你是窑头？"陶景人的话刚说出口，这人就又来到他面前说："运气不好，我还没吃早饭呢，能用它来换点吃的吗？我这条围脖可是羊毛线织的。"

陶景人一言不发，过去拉开抽屉，从里面拿出一串钥匙。窑上是不开伙房的，工人大多自己回家吃饭，道远的自己带饭，只有窑头是个例外，窑头可以做一些简单的饭或者加热自己带的饭。陶景人感觉身后那人的那双眼睛看着他，他突然不想去使用这一大串钥匙中的任何一把钥匙了。他想到曾经有一回，他在窑厂看父亲指挥着拖拉机，拖拉机拖着的圆木突然撞上半开的窑厂大门，疯狂地弹飞出去，猛烈的冲力让圆木正好压到奔跑的父亲的腿上，压住了两条小腿。直到父亲喊来工人，他们才把他的腿从圆木底下拉出来。圆木的另一头撞在门框上，门框被撞得几乎完全变形，拖拉机驾驶员也被震得差点从座位上掉下来。那时，他看到父亲的双眼里全是恐惧和惊异。此时，让陶景人感到不适的，不是背后的那双眼睛，而是如此苦厄的困境似乎总是会重复出现，如此熟悉。

大风已经把屋门吹得关上了，窗户也因为热气留下不少水痕，此刻陶家窑又被疾风暴雪冲击着，风雪在陶家窑的上方绕着围成一圈，像是在等待着陶景人的决定。陶景人靠在办公桌前，迎面就是这扇窗。窗户不是门，他像是被逼得走投无路了。他还是什么话也不说，而他的思维正在高速运转，眼下所有的路都被他自己否决了，因为他明白在每条路的尽头，都有让他痛心的事实在等着他。好像有一个声音告诉他："决定吧，陶景人，你的拖延是没有用的。"外头的卡车发动了，陶景人没有动。卡车发动的气味已经从院里四散开来，钻进本来已经让陶景人无法容忍的办公室里。

陶景人对自己说：以后不会有更好的机会了，你自己决定吧！窑是要烧的，没有窑头怎么行？老窑头已经死了，他不可能再从窑厂大门走进来。这个男人不过是想吃几顿饱饭，可我的窑不是仅仅为了解决这个问题的。当然，也可能没有窑头，陶家窑在这个冬天就死了。但要我为这降低窑头的标准，万万不行。要是降低标准，不要说陶家窑的青砖成贡砖用在故宫修复上，就是故宫以外的订单，我们也拿不到。我们不是慈善机构、养老院。我一个人在这里照顾五六十人的生计，难道陶家窑还没有一个窑头重要？想到这里，陶景人走出房间，把两袋简装方便面递给那个男人，说："你走吧，我把你留在这儿，对他们不公平。"

"我说了他不会要你……"站在院子里的运户说，这话让正准备关门的陶景人听到了。他立马打断运户："你闭嘴，先帮他把方便面泡好，他没吃饱。"见运户满配合地进屋就开始忙活，陶景人又说："至少泡个方便面，比你说废话有意义。"

今天陶景人经历了太多，围绕老窑头的死，他想了很多很多。他发现不能再这样下去，可又一时想不到根本的解决方法。他就像清城那些被黄河水冲刷的土地。水患暴发时，那些土地上生长出来的记忆，几乎是被水灭顶的，一笔勾销。灾难过去后，会有生命一点点地往上攀爬，在缝隙中摸索，抓到下一个裂口，然后，一切重新开始。陶景人感到自己眼前出现了一根诱人的细枝，就忍不住去抓。但陶景人心里清楚，很可能这根枝没有他想的那么有用。它既没有连接其他植物，也失去了连接土壤的根系。就在那一刹那，他突然感到有一股力量袭来。为了承受这股力量，他已经绷紧自己的身体，准备好承受那不可避免的巨大冲击，以及即将到来的一切，准备好滑落、淹没。是劫，就度。他停了一下，盯着想象中的那一根枝看了片刻，猛地打开门，迈入了呼啸的风中。只见车斗里站着围着羊毛围巾的所谓窑头，他手里还紧握着方便面，僵在那里。

"我就是窑头。"陶景人说，他的语气出乎意料地轻柔。陶景人还用眼神示意运户，让他把车开走。等到他们从窑厂大门口出去，围观的工人已经走开了一半。陶景人没戴帽子，也没穿外套，在风中走过，像把斜斜插进风口的刀子，他一动不动的身体本身就在劈刺。他的裤管被风扯动着，像打光了子弹的枪管和阵地上风中摇曳的破旗。

砖窑的窑口遮蔽了风雪，里面很宁静。张德贤站在第一道窑门的门框里，这里通往窑门的通道长长的、空空的，给添加燃料的工人留出了充足的通道。张德贤看着窑膛。陶景人凑上前去，抚着张德贤的肩膀，什么话也没说。张德贤取出支膛的架子板，用它们架起放柴的垛子，由于两人之间的空间狭窄，他不时地蹭着陶景人的胸口。虽然陶景人已经 60 多岁了，但他依然腰板像钎，身体强壮，脖子的力量使他从背后看上去跟年轻人一样。只有张德贤亲眼见过他的悲伤，如果能替代他，张德贤更希望把陶景人推离窑门，让他站到窑顶上去。

"我看行了。"张德贤对陶景人说。窑门洞里很闷，很安静，有一股烟气和秸秆混合的味道，几乎是香甜的。

"柴我联系好了，打个电话就给送来。"他用背顶着陶景人说，几乎要把陶景人背了起来。陶景人躲到一边去，又怕张德贤失去了支撑而跌倒，忙伸手扶了他一下。张德贤站在隔板另一头看到陶景人看他的眼神，那里头有亲切有怀疑也有期许。张德贤在这种混合的不确定里，侧身走到陶景人站着的地方，说："我在窑里干过，只是那窑烧的不是秸秆。"说着，他仔细检查了一下陶景人手里的一段秸秆。陶景人吃了一惊。

"你这板子架笼不错。"张德贤说。

陶景人说："我再给你加一份工资吧。你以后也不光记账，干脆当我的干儿吧？"他说完盯着张德贤。张德贤把头埋进棉衣的衣领里，似乎过了好久，一句话也没说。陶景人立时就后悔了，人不能讲真话，真话伤人，人不能动真感情，真感情使人卑微。为什么自己非要一个干儿呢？他发现这个念头不只是出现了一天两天，它居然已经盘桓在自己心底很久了。今天不经意地就说出来，这是把两人拉近还是推远了？他真怕在这个节骨眼儿上伤了跟张德贤的感情。陶景人想，自己真是太直了，也没打个圆场。他有些为自己的莽撞行为而后悔。

就在这时，张德贤突然说："陶师傅，那不如让我认下你这位师傅吧。你就当正式收下我这个徒儿，一朝为师，终身为父，认干爹干吗？"

陶景人一听，心底一震。再没有什么比这心灵碰撞出的火花，更吸引人更让人兴奋的了。他心里乐开了花，可事情来得太过突然，他的诗性在肚子里顶了顶，终于没有上来。他对张德贤说："你去盯着老窑头的徒弟，你得懂得使水用火，而不只是记账。杜绝脱岗与睡岗，少出事故多赚钱。""知道了。"张德贤应着，腿往外走。这时，陶景人又跟上一句："勤看勤动勤思考。"张德贤点了点头，动作小得几乎察觉不到。"那就这样，"张德贤说，"加1000块钱，这笔买卖就成交了。但，失败了，你赔的可不止1000块钱。"张德贤看着陶景人，陶景人看着他，目光里掺杂了太多的情感。陶景人一句话不说，打开了窑厂大门，头也不回地冒着风雪朝家的方向走去。

其实，在陶景人走后，张德贤下班是一路哭着回家的。是的，他一点儿也不后悔认下陶景人这个师傅，而且他早有此意，却一直不知道该怎么开口。他不要认干爹，那多少有依傍之嫌疑，传出去不是一件光彩的事。两人成为师徒，那就大不一样了。师徒才是与血缘关系最近似的传承。他太激动了，因为他在陶景人那里得到了信任。张德贤之前在国营砖厂干过，对业务很是钻研，但就因为爱去窑口了解工艺，他被人提防暗算，在结账时，发现少了1万元现金。因此，他受到了行政处分，全额赔款，还被开除了。但他不服，为此还打了一场旷日持久的官司，虽然他最终赢了官司，但并没有因此回到会计岗位，厂里只同意给他办停薪留职。他不被信任，名誉扫地。这种心理上的压力一直影响着张德贤。现在，终于有人用信任的目光看着他，这对张德贤来说，如沐阳光，如临春雨，他感觉到他那停止生长的生命，又滋出了芽，他又要拔节、生长、发育了。张德贤暗暗地对自己说：只要陶景人相信我，我死都愿意死在窑厂。他紧赶几步，跑上坡去，看见了一轮初升的朝阳，它暖暖的，好似在抱着他。他放声地痛哭起来，哭得酣畅淋漓。

　　就在陶景人有了新窑头张德贤的时候，柴禾成了比窑头还大的大问题。张德贤建议烧煤，陶景人不同意，他认为祖制改不得。但张德贤说，改进是可以的。

　　张德贤认为，清城的老祖们不用煤，并不一定是因为煤不行，原因在于鲁西一带不产煤炭。百姓日常用炊，全凭庄稼秸秆及杂草，其中豆秸最多，因为用豆秸烧饭，省时省力。而豆秸灰烬又是最好的农肥，许多农户指望用此肥田。他说："陶师傅，你得想长远，两年还行，三年往后，咱们的青砖窑场还能烧什么呢？"

　　让陶景人悲伤的，不光是豆秸，不光是枣木，还有人——青黄不接的贡砖烧窑人。

屋子里几乎没有一丝声音。陶景人的媳妇一声不响地去炉灶间洗茶壶茶碗，又把开水壶移到陶景人住的屋里，就听见陶景人已经骑着小摩托走了。他这一走，到了窑上，又是成宿未归。大家都在心里替他捏把汗。

陶景人的媳妇从炉上提起开水壶，把开水分别倒进几个暖水瓶，她把水倒尽，把空壶放到煤炉上去，只听空壶里"嗞啪啪"的爆裂声，她又把滴过醋的清水倒进空壶，水垢被瞬间剥离、除去。这之后，万籁俱寂，陶家人谁也没有再动。

随后，天上的云彩变红了，陶家人好似被一种神奇的力量所吸引，都挤到了院子西面，看向窑厂的方向。啊，没错，点火了。陶景人不出意料地上窑边的小坡，摆供、上香，然后才正式点窑火，是那种先冒起黝黑的烟的火。立刻，有一股臭烘烘的烟气混合着飘来。陶景人媳妇走出院子，不太喜欢闻那股许久没闻过的味，她吃惊地站在院门口的门楼里，从青砖缝的间隙里探出头来。陶广志也披上外衣从屋里出来，听到母亲上下两排牙齿不住地碰撞，他的牙齿也跟着碰撞起来，都分不清到底是谁碰撞的声音更大呢，于是他抱紧了母亲。过了好一会儿，他拉上母亲的手，让她进屋去。

这次试烧煤块，陶景人是咬着牙进行的，但凡有一点可能，他也不会改变，这话他在上香时都跟祖宗说过了，也向窑神倾诉了他的无奈。因为火一烧就停不下来，所以，他一定要搬进办公室，哪怕让他挤牲口棚，他也必须住在窑上。因为他犯了大忌，同时换了燃料和窑头。虽然张德贤跟他没有二心，他也相信张德贤会全力以赴，但是，换的两样都太重要了。张德贤往窑门里添煤时差点绊倒，不过，在陶景人把地上的一块柴拾起来后，很快一切又恢复了平衡。

烧煤的味道太呛人了，张德贤引火时就呛了好几口。他已经分不清身上的衣服原来是什么颜色。张德贤一会儿操作一囱，一会儿操作二囱，还时不时地跑上窑顶。他再次爬到窑顶上去的时候，在转弯时看到了陶景人。他迅速把脸扭了过去，避开了强劲的风雪。陶景人静静地站在坡下的窑门边柴棚那里，看着张德贤放下小囱闸板，又把挡板掀起来。挡板放下之后，就见一股热气从小囱里吹了出来。张德贤一脸黑煤灰，他的牙齿显得分外洁白。张德贤抹了一下头上的汗，对陶景人笑了一下，陶景人也对他笑了。张德贤顾不上说话，拉了窑门上的牵绳，去看门上的火，他等不及跑到近前，便拽了几下牵绳，踏上了窑门口的挡板，就听到自己的双脚在那块湿板子上发出空空的声音。

"行了，这煤好，火上得快，升温平稳，情况不错。"张德贤说。

"坐下，歇会儿！"陶景人递给他毛巾说。

就在这一刻，张德贤迟疑了。他收回腿，定在了那里。陶景人用力拉了一下牵绳，毫无作用。张德贤帮他拉了一下，绳子才放松下来，张德贤上前把运煤的斗子取下来，原来这也是张德贤的发明。

为了用煤窑烧青砖，他们事先设计了一种连续烧制窑，这种窑包括顺次相连并形成闭环的多个窑体，相邻的两个窑体之间设有烟气通道，烟气通道内设有可开闭的余热烟道，烟气通道的侧壁设有烟气孔，烟气孔处设有烟气闸。说它是母子窑也好，情侣窑也罢，它的设想并不是凭空捏造的，而是从有经验的成功烧煤砖窑学习来的。这项技术目前还处于摸索状态，所以，张德贤在布置好后，教工人们对窑门进行密封，因为烧制初期可能会有一氧化碳渗出，容易造成生产事故。他让工人们都撤下去了，没有什么可商量的，张德贤手里拿着一氧化碳监测仪，可以让数据说话。

还原后密封是红砖转青砖的技术关键点，从窑顶到窑门都必须严格按事先制订的流程操作。这个阶段由陶景人负责。

在主持烧窑时，张德贤要求陶景人把办理营业执照需要的资料备齐，让他有点事做，别那么紧张。陶景人越紧张脸越白，能把窑场的工人都吓得不敢吭声。张德贤说的话在理，在村里承包砖窑时，陶景人还真没想到这一层。陶景人把全部身家都投在窑上，他的经营行为需要得到法律保护。他怎么也没想到这个主意需要他的会计出。别看陶景人平时嘴比手快，手一头嘴一头，话到手到，其实他心地纯洁，人很善良，心里透着懦弱。

张德贤最了解陶景人，陶景人自尊心极强，而且观察力、判断力也很强，对人对事总是一针见血。如果陶景人从谁手里抢过活儿，那么，他肯定是对这个人的功夫十分瞧不起。他不会盲目要求别人一定要做到，他会先以身作则。如果在他面前先感受到的是压力，那你一定是新手，成熟的老工人感受到的则是公平。不服气的人觉得陶景人爱出风头，服气的人则与之惺惺相惜。张德贤想，这也许就是陶景人说的人与人、人与砖之间的感情交流。

陶景人掌灯时分进了魏家院门，做侧卧美人状的魏爸爸突然让全家起立，立刻拜师。陶景人吓了一跳，这哪是串门，这是兵变。再说，在你魏家门里行拜师礼，这不合规矩和常理。他没有动，魏爸爸只得让孩子们先出去，各忙各的。等人走了，陶景人又想，只要能把贡砖烧出来，规矩不规矩的有么重要？

"你有本事啊，能把老陶家的砖砌到北京的城墙上去！牛！不拜你拜谁？"魏爸爸扭着身躯说。这让陶景人暗自发笑。

陶景人说："我是来向你请教的。论烧煤，你比我有经验，我这窑上起了煤火，不知道行不行？"

魏爸爸一听，竟然坐了起来，急忙说："你咋不早说？走，咱俩这就去窑口。"

自从戴家出事，戴家窑就出现了拖欠工资现象。戴家窑的工人们实在没活路了。几年来他们多次讨要被拖欠的工资，都没有结果。今天几个递砖女工去讨要工钱，竟然遭到窑厂上的人抡着棍棒殴打。戴晓军回家看着屋里有几个头上、脚上、腿上缠着白绷带的女工，另一间房子内，两名上了年纪的婶子竟然躺在母亲的床上，其中一人腰部用绷带缠着固定器，看来伤得不轻。

戴爸爸一直在找砖窑现在的负责人，要求结清几年来的工钱，但几次讨薪，他们都在核算砖块数目上有分歧，双方核算的生产砖块数目相差 70 多万块砖，价值重大，导致结算工作搁浅。这次去讨薪，是因为女工们已经实在拿不出给孩子的学费和课本钱。戴家窑现在的负责人却说，该结的工钱早就跟你们结清了。

"没有一点生路，我们不给他们出白工。""那怎么办？我们要见窑头，人家都不露面。"大家说着，一下子乱了起来。

"停工！"戴妈妈说。

第二天早晨再没有人往窑厂去，窑厂派人来说："负责人要求工人先开工，然后支付工资。"

"不！这话我们听得多了，别把我们当傻子。"戴妈妈说。

窑厂派来的人只好答应戴妈妈，按戴爸爸等人再次核算出的砖块数目发工钱。这一次两方核算，出现的差距更大了，清算工作仍未完成。就在戴爸爸他们走出厂门时，门口来了一辆白色面包车，门一开从上面下来一个光着上身的男子，冲着戴爸爸他们走来，上来就拉扯戴爸爸。众人一下子就乱了,人们相互拉扯,不时发出呼喊、哭叫声。这时,有人发现了4名手持棍棒的男子。戴爸爸他们只好顺手拿起了砖头。很快,手持棍棒的男子冲进人群中,抢起棍棒向戴爸爸打来。戴爸爸手握砖头,一头撞过去,顺势抱住了其中一名男子,让他的长家伙失去了用武之地……不一会儿,几名男子扔下棍棒,钻进白色面包车迅速离开窑厂。而医院诊断证明:戴某,59岁,左侧第九肋骨骨折,胸部及左小腿软组织损伤;其他40名伤者均有不同程度的软组织损伤、轻微脑震荡等。

这次讨薪惊动了政府,司法所介入,认定窑厂确实存在拖欠工资问题,责成窑厂负责人尽快核算工资并支付,将拖欠50名工人的工资清付。但司法所也了解到,窑厂前期已经支付给工头刘砖头20多万元,核算后,窑厂只欠工人9.1万元。另外,窑厂负责人需要支付全部医药费。这个案件还要进一步调查。

19

从零做起

　　魏建国是主动推开戴家的门的。他给戴晓军带来了扶持资金申请表，让他试试。戴晓军看着表没动，他抬头看着魏建国，见他不出声，自己也不出声，两人就那么两座山似的对峙。戴晓军是在问魏建国：你什么意思？魏建国读出了戴晓军的疑问，说："我知道你想办砖窑，你需要资金，这是一个途径。"

　　"我没有抵押，什么也没有，办不了扶贫贷款。"戴晓军说。

　　"我知道，押的是你的人品，还有你的砖窑。"魏建国说。

　　"我现在哪有什么砖窑，你倒打起砖窑的主意，早了点吧？"

　　"没有好啊，说明烧砖你还得从零做起啊。"

　　魏建国以为自己说些鸡汤话能激起戴晓军的斗志，没想到这样反而引起了戴晓军的怀疑。这时，戴晓军说："你能借给我钱吗？"魏建国很是意外，一向把面子看得比命重的戴晓军，已经说出了最软的话。

　　这太突然了，完全超出了魏建国的预期。两人对视后，也就是3秒的时间，戴晓军突然站起身来，向外走去。魏建国立刻喊："晓军，戴晓军！"

"喊啥？"戴晓军站在门口，背对着他说。

"你是我朋友。"魏建国说。

"别！我受用不起。"戴晓军想说，戴家窑没了，我戴晓军算个什么，能让你高看？可他却没有说。魏建国也没再往下说，他怕自己一个不当心，再让刚刚被救上岸的戴晓军一转身又翻回河里。

戴晓军一夜没合眼，心事像那一缸子烟头一样，乱七八糟。

收下人家的钱，戴晓军的脸挂不住。他坚决不接受任何人的施舍，更何况他不仅仅要接受钱，还要接受魏建国的人情。虽然这20万元不是借款，而是脱贫贷款，要上政府论证会，还要在网上公示，但他觉得太丢人了，丢人都丢到整个清城去了。

接受，是一种态度，也是一种能力。但戴晓军怎么可能接受呢？都说上天要降大任于斯人，必先苦其心志……可戴晓军心里是恐惧的，他怕有一天他的苦难都被他受完了，上天告诉他，这前面看错人了。如果是这样，到头来，一切的一切，就只剩下了活该！再说，戴晓军现在是什么情况？他家没家，业没业，谁肯给房无一间、地无一垄的人钱，还是20万元的巨款？他知道人在倒霉的时候，有人请你喝口水都有可能是在下套。怎么可能有人凭空给你20万元？把脑袋想扁了，戴晓军也想不出个所以然。何况他还跟魏建国争过女人。那可是魏建国的初恋啊，初恋是多么纯净美好的事物。他可以不相信魏建国，但他相信爱情。如果，是许清清来给他20万元救急，那他一定把她娶回家。可戴晓军又往自己头上浇了盆冷水，他知道他连做梦都不该这样做。他没有资格做任何有色彩的、有激情的、浪漫的梦，他这种活成叫花子一样的人，怎么可能配做梦？他用沾了清水的柳树枝狠狠地抽自己，一下两下，越抽越猛，直到只剩下枝条，叶子抽精光。

坐在卫运河大堤上的戴晓军，周边都是野生的葶苈，那十字花科的植物，几乎无叶的长茎上顶着繁茂的白花。远远看去，戴家一带显得越发凄清。

这天早上，戴晓红回来了。

下雪后天更冷了，戴爸爸找来塑料布，把窗子钉了起来，又去窑上铲了些煤，借小车推了回来。自从讨薪事件发生后，政府加大了管理力度，承包砖窑的负责人就跑路了，窑没人烧也没人管，戴家没钱买过冬的煤，就上窑厂去推一些。那也不是太好的煤，掺黄土掺多了，杂质比较多。谁拿好煤做煤饼？但煤怎么也比草柴秸秆耐烧些，他们在屋里架起了铁炉子，很快就把屋里烧得暖暖的。

谁也没想到会发生煤气中毒，戴晓红被发现时，人已经快不行了。戴晓红晚上起夜，身子一软倒在地上，她感觉到有一丝凉气从门缝吹过来，就往门口爬。她想喊人来救命，竟喊不出来。她的四肢一开始还能动，后来也动不了了，脖子一硬，头也动不了，只剩下脑子还清醒。脸贴着地很凉，她看了一眼炉子，才发现火乏了，屋子里飘动着丝丝缕缕若有若无的烟。她忘记按父亲说的，睡前看火加煤。

戴晓红被送到医院后，医生马上将她送进高压氧舱，打甘露醇。戴晓红被救活了，但第一次吸高压氧时，戴晓红的耳膜有来回倒的声音，医生怕出问题，建议不要继续做了。到耳鼻喉科一看，她果然耳膜充血。医生开了点滴耳朵的药。住院时，戴晓红睡觉总会惊醒，神经衰弱，但过两周没什么反应了，她就出院在家养着。

戴晓红回家坐车时，途中呕吐、头晕得厉害，只好下车走回家。她一夜睡不踏实，总做噩梦被吓醒，吓得出一身冷汗，再怎么躺也睡不着了，越躺头越疼，越躺心里越难受。过了两个晚上，她又感觉自己没事了，想回去上班，但一坐车，又晕又吐。她晚上总是噩梦不断。家里人只好请了卫生所的大夫，大夫来了说，这是神经科的病，可以扎针。大夫建议最好去大医院彻底检查，抓紧时间对症治疗，争取早日康复。扎针又吃了几服中药后，戴晓红感觉还不错，就又想到单位去上班，结果一进车间，就感觉噪声不是一般的大。她听了感到天翻地覆，心惊肉跳。而且听的时间长了，她不光耳朵疼、头疼，心都跟着哆嗦。这次她没再回戴湾娘家，在婆婆家待了三天，又没觉，睡不着。往后，她精神恍惚，身体每况愈下，眼睛不受控制地抽动。这把婆家人都吓坏了。戴晓红的情况越来越不受控制，她夜里已经不再做噩梦，而是整宿合不上眼。用手捂住眼，眼皮抽动得根本捂不住，她整个人都憔悴了。

讨薪事件后，戴家窑没再烧窑，窑就像一堆烂砖扔在那里，一声不响。戴晓军的心比砖窑还凉，他陷入黑暗。他不想吃砖头饭，但一次一次被砖头砸中。砖头像一座大山压在戴晓军的身上，让他透不过气来。

戴晓军骑着自行车，后座上带着戴晓红，去卫生所扎针。这条路上曾经走着许清清，他想着。透过没有树叶的光秃秃的枝丫投到柏油路上的影子，戴晓军在此情此景下想到的浪漫和神秘都是疼的。他的牙疼起来，然后是腮，然后是流不出眼泪的眼皮。天真冷，天空像被冻住了一样，干巴的蓝，一朵云也没有。他机械地蹬着自行车，风在不知不觉中涂抹到他脸上，冻得他想哭。

戴晓红自从煤气中毒后，脑子便一天不如一天，好像那些从生下来就积累起来的记忆，一块一块地在分崩塌裂。戴晓红从婆家回来后再也没有回婆家，倒不是她自己想不起来，是婆家派人来办了离婚。

"她回不去了，她爷们儿不要她了。"戴妈妈心里特别明白。出了事后，婆家许久没人来过，那时她就知道，自己的闺女得自己养了。

戴妈妈神志清醒时，在戴爸爸面前，她是不自信的。她只剩下一只眼，还大病了几场，对一个要强的女人来说，她仿佛是受到了自己身体内部的攻击。她有时看着戴爸爸，就觉得他可以重新再找一个。他的身体硬朗，而且从不服老，他真的不老，才50多岁……可那天早晨，她亲眼看见他出门端着洗脸盆去打水时跌倒了，坐在门槛外面的砖头垫道上。

戴爸爸梳着偏分头，长相英俊，身形朗逸，这也正是让戴妈妈痴迷的地方，她本质上是个浪漫的人，跟她的父亲一样。她父亲一看见戴爸爸，就同意戴妈妈嫁给他，说：除了他，你谁都不准嫁！于是，这个不多言不多语的男人来到这个家，硬是把她的话，那些说也说不完的话，全听进耳朵里去了。戴爸爸甚至感觉到，是戴妈妈的光环照亮了他的一个个夜晚，他托这个女人的福，不光有了家，还在她的坚持下儿女双全。在政策都下了死命令的情况下，她生下戴晓军和戴晓红。那时戴爸爸说："都不知道用啥交罚款。"戴妈妈说："你别傻了，你是不是看上县棉纺厂的工人？""哪有？"戴爸爸满脸通红地回。戴妈妈就乐了，说："县棉纺厂那里我可有熟人，你在那里找女工，我就让熟人用棍子揍你，我给了人家10斤小米，不怕他打不死你。"戴爸爸说："我哪能干那事，你真给了人家10斤小米？那我可得赶紧去要回来，你坐月子还得吃呢。""那你去试试吧，不试，你也不安心！"戴妈妈就乐了，乐得直飞眼，眼梢一挑一挑的。

这天，戴爸爸从外面回来，戴妈妈一直在等着他，看到他摘下帆布手套和防尘帽便叫住他。这些日子戴爸爸一直在躲她，可还是让她给堵到了。戴家暂住的瓜棚西边有一片臭梧桐野生林，别看臭梧桐这名字不咋的，可花开得娇艳。戴爸爸把戴妈妈抱上车，推上她，带着戴晓红一起去看花，每当他们来到这里，就有说不完的话。从西边运河河面上吹过来的风，有一点鱼身上才有的腥腥的味道。其实，让他们说笑的并不是眼前的事，而是很久以前的事，比如戴爸爸做的那些傻里傻气的事，比如戴妈妈故意让他出的丑。

戴爸爸说："怎么咱俩就成了一家呢？"

戴妈妈说："你娶了我这个媳妇，咱俩咋不是一家呢？"

戴爸爸摇摇头说："有时一想起来，就觉得这件事不可能，应该是个笑话，让人发笑的。咱们俩，你那么富有，我那么穷，最后真结了婚。他奶奶的，真神奇。"

"是不是又想那个棉纺厂的女工了，她叫啥？啥妹？我终结了你们之间的友谊，得，思念也结束了。醒醒吧。"

"我不是想她。都多少年了，你还提她，我都不知道她叫啥。"

"你瞎说，我保证你知道，你不光知道，还在心里念叨她，别想骗我。"戴妈妈以胜利者的姿态说。

戴妈妈并不生气，可有了忧愁，一个女人失去了容貌，失去了健康，甚至还会丧失自理能力……戴爸爸看出了她的心事，说："你啊，别瞎想了，咱俩都活成一个了。你的嘴就是我的嘴，我的眼就是你的眼。信不信，你要我就挖出来给你。"戴妈妈突然抬起头来，想着戴爸爸有了她的嘴，而她有了戴爸爸的眼，她的眼圈有些湿润。

她突然发起呆来，看着一朵大大的粉艳的臭梧桐花，花瓣在微风里一点一点地不停地变形。戴爸爸想到自己的女人是一个多么精明、能干的人，家里和外头都能独当一面，现在……他怎能不难过？

"戴晓红傻了。"戴妈妈说。

戴爸爸说："不可能，我早晨掏炉灰，让她躲开，她还说脏呢，好赖她都知道！"

戴妈妈说："她连我都不认识了，这不是傻了是什么？"

"她那是一时恍惚，她还叫过我晓军呢，你不信？"戴爸爸走到戴晓红跟前说："晓红，你叫她什么？"他指着戴妈妈。戴晓红安静地看了戴妈妈一眼，低下头去。戴爸爸又问了她好些话，问她饿不饿，喝不喝水，要不要跟爸爸一起去河边看鱼。她都回答得清清楚楚。戴爸爸直起身，戴晓红就跟过来，嚷着去看鱼。戴爸爸对戴妈妈说："你看，晓红好着呢！"

别看戴晓军不爱说话，但是不吭声不等于他不走脑子不观察，他听家人说话听得真真的，心里知道父母亲在担心什么。虽然他们整天过着简单的日子，但他们心里是清醒的，人一清醒就会担忧。戴晓军倒希望妈妈是糊涂的，这样一来她的担忧就会少些。

这段日子里，戴晓军时常做梦，被梦境困扰，有时因为知道是在做梦，而又无法从梦境里逃脱，吓出一身冷汗。有几次他梦到自己从高空急速坠落，那个过程极其痛苦，因为他知道自己落地必死，而在没有任何束缚的情况下无法自救。这种无奈深深地击打着戴晓军的灵魂，戴晓军仿佛中了恶毒的诅咒，发作时痛得死去活来。如果有黑色的诅咒焰火，戴晓军的灵魂就是被这黑色焰火灼烧着，不能解脱，煎熬难耐。戴晓军对自己的折腾，已经不是想不通这么简单，他想得自己整个灵魂和肉体都快全部蒸发成烟，遁地消散。

在魏建国送来扶贫贷款的消息后，戴晓军不断地重新审视自己和砖窑。作为一个原本对砖窑没有感情的人，他不明白自己为什么要来看砖窑。就像自己的魂儿被勾着，有时是白天，他突然就想到这里走走，有时半夜突然醒了，他想到的第一个画面也是砖窑。他不明白，为什么有一种喜欢，竟然是在感情变得糟糕甚至焦灼的时候开始的。是砖头可以吃吗？不，砖窑意味着戴家，关系着戴晓军的人生定位，关乎与之有关联的所有人的生存。他遇到对人类来说最严峻的问题：生存。在这濒临死亡的气息里，戴晓军踩到了砖，他蹲下身伸手去摸，那里竟然是连绵不绝的砖。他意识到这些是自己从没见过的砖，因为这些老砖头上有人的名字。戴晓军立刻想到，这卫运河边上的塘泥烂地里有过古老的砖窑。他用脚尖蹚着带露水的草向前走，走啊走啊，眼泪止不住地流下来……这是曾经的马蹄窑，他摸到了平整的古窑床……这时，他仿佛听到一个声音在说：戴晓军，你就在这儿起窑吧！

戴晓军做梦也没想到，教他展开人生思索的竟然是砖窑，能使他强大的竟然是砖头，他内心的天空渐渐明朗。

20

贡砖上墙

北京大专家打来电话，告诉陶景人贡砖已经上了故宫的墙，效果完美。贡砖不仅质量达标，而且受到很多的高度赞扬。大专家最后说："祝贺景人老先生，您如愿以偿了！"陶景人客气地回复后放下电话，他的双手和下巴立刻哆嗦起来。他听到了心脏跳动的声音，一开始他并没有意识到那是从自己身体里发出来的。他接连打开又关上几扇门，发现几个房间都空无一人，他这才想到，那应该是自己的心脏发出的声音。陶景人走到老座钟前，用右手的中指和食指一起按住自己左手手腕，发现心跳声与脉搏惊人地一致，他同时证实了自己对刚刚接到的这个电话内容的反应。

一百多个日日夜夜，陶景人一直在等，今天终于有人告诉他贡砖已经上墙，效果完美。他想：我终于如愿以偿了。北京——我谢谢你，故宫——我谢谢你。紫禁城，啊，你是我的心脏我的命啊。

陶景人猛地拿起桌上放着的一瓶卫河陈酿（白酒），想打开瓶盖，可手抖得实在厉害。他只好把酒瓶放在桌子上，用右手按住左手打开了瓶盖。他一口一口地喝着，酒和眼泪都顺着脸淌下来。他觉得浑身燥热，打开立式电扇，解开上衣，对着电扇直吹。他想找个人说说，可是他觉得自己现在的样子太激动了，怕别人看到他吃惊。于是，他步履蹒跚，身体摇晃，从床铺底下一盒一盒端出了烧造贡砖以来顺手烧的砖兔、砖虎、砖青蛙，还有小狗、小翠鸟、小山羊、大公鸡。他把它们从盒子里取出来，一排排地摆到桌子上。有一只小山羊的腿裂了，他拿来胶布，把山羊的腿粘结实。陶景人看着它们，就像是看着一群真正的小家伙，他说：

"你们看看我这手，我这脚，我这一层层脱下的人皮。我都不是人了，是千年蛇妖啊。我一层一层地脱皮，脱掉一层又一层，我早已经不是我了，我把我的命都摔进坯烧成砖砌到墙里了。我的命啊，再也不是我的了。也是，有了贡砖，我算什么？等我老了，不能动了，人们会说：'来来来，儿孙后生，看看紫禁城的墙，这上头有万年不腐的砖！大家伙儿都得记住这墙。'但谁能记住我陶景人？谁能告诉大家这世上曾经有过这样一个人，他叫陶景人啊！"

陶景人看到院子中间不知谁丢了一块残砖。它也许是从拉砖的车上掉下来的。陶景人伸手去取地上的残砖，没想到这时，他的腰部发出了一种声音。他暗叫不好，伸向砖的手臂立刻软了下来。陶景人想，我的身体早就不正常了，但没人知道。只有我一个人关心我烧的贡砖能不能砌进北京的城墙，现在事情成了，我异常平静。你们看，我听电话多平静，我回答得多礼貌。但我知道，存在另一个我，一直支持、鼓励我坚持。他推着我，他押着我，他听见我一个人时的泣不成声，他知道我把心血用在了一件什么样的事上。他薅住我的身体，就像薅住一只蛤蟆，把我的腿拉得长长的。我说，我累啊。我说，我想歇歇啊。可他不看我，也不理我。我不敢叹气，我怕窑听见。我不敢哭，我怕窑被我的眼泪弄潮了，砖不好烧。我是一个不能哭的人，可我也有眼泪，我用手把它们收集起来，给我对面站着的另一个我。

他还是不看我。夜里人们睡着的时候，我听见他在哭，就蹲在窗户底下，月亮下面，那儿有房檐风。风把他的眼泪吹到窗纸上，湿了一片。风一直吹着，那片让泪水打湿的窗纸越来越湿，生出一片软糯。直到太阳出来，刺眼的阳光照在窗纸上，那里才一点一点干了，只留下一片淡淡的印迹。

陶景人的媳妇要是看到他留下的眼泪印迹，一定会说太难看了，别人会以为是猫蹿上去尿的，要换了那块窗纸。陶景人一定不让换。陶景人对自己说，留着吧，只有我得记住我被我自己感动过。一看到这一小片印迹，我就会再到窑上去，我才能知道，我不再是一个人，这世界上还有人看着我。那个我，不让我放弃，不许我偷懒，监督我每天都按时上窑厂，去做我该做的事。

他告诉自己，陶景人，你是有理想的人。这世上有一个好东西，叫"如愿以偿"，不论你在见到它之前，遇到多少艰难险阻，多少失常意外，你都想得到它。如愿以偿来之不易。为什么你受着别人受不了的累，担着责任，受着排挤，非要烧贡砖？他心想，如愿以偿，老百姓都想如愿以偿。他想听到别人说，都说祝贺陶爷爷如愿以偿。

"梁任公先生曾说：'人生最快乐的事，莫过于看着一件工作的完成。'在工作过程之中，有苦恼也有快乐，等到大功告成，那一份'如愿以偿'的快乐便是至高无上的幸福了。"这是梁实秋说的。但其实，人生又哪里有什么真的如愿以偿，它只不过阶段性地递送给我们一些微薄的奖赏，又突如其来地向我们索取一些残酷的报偿。在很多人心中，他们所谓如愿以偿的人生都是没有代价的人生。世上哪里有那样的事呢？

陶广志用这些安慰父亲，是想让父亲就此与砖窑作别，他还说：

"世间最美好的四个字莫过于'如愿以偿'，这却是最难得的。你自己设计的砖雕小件，心尖宝贝似的谁也不让动。谁动跟谁急，真急！爸，就歇歇吧，你这样的一顶一好人，滑城头一份。谁也比不上你，也追不上你了。"

"你的嘴皮子也应该歇歇了。你说的那些都是从书上抄的，剃头的扁担——不长。"陶景人说。

"咋不长，那是印来印去多少年都得看的。"陶广志说。

"我烧的砖也是要砌在北京，多少年都得看的。"陶景人说。

陶广志知道自己说什么也没用，索性一声不吭了。

"吕寨的蛤蟆——闭气。你看，你没话讲了吧。"陶景人说，"古建修复开始了。大专家说，禁止烂砖上墙，一定要扭转不好的局面。这叫古建第二次复兴。咱们陶家窑开始尝试烧制贡砖，也发现过去的几十年里，烧窑的传统手工技法只有三分之二沿袭了下来。烧制贡砖，试验洇窑，得现在的人自己摸索，自己补上缺失的这三分之一。虽然困难重重，但这些工艺的空白我都补上了。我现在六十多岁，是干不了几年了，但只要有人愿意干，我就愿意教。烧制贡砖需要人接班。"

陶广志马上说："我可没工夫。我得好好培养你孙子，让他将来考上清华、北大，考上全中国最好的大学，不能让他输在起跑线上。"

陶景人见陶广志闭口不提接班，转身走了，走前说："你倒不是输在起跑线上，你根本没想跑。"苔荒砖老，败壁生秋草。陶景人看着眼前的世界，心生惆怅。这时，他仿佛听见儿子在训小孙子说："不能输在起跑线上。"陶景人定了定神，发现自己坐在窑厂办公室里，心想，这话么意思？我陶家窑不就是在闹人荒吗？谁愿意欣然去接受一个必输的未来？起跑线？现在儿子不是儿子，老子不是老子，说什么起跑线呢？

陶景人正在举棋不定，突然发现张德贤一天都没回办公室，他就问运澄泥的工人："看见张会计没？"工人说："他在窑上看火呢，昨晚没走。"陶景人悄无声息地来到窑门口，蹲在不远处看得见张德贤的地方，观察他的操作。只见张德贤一会儿看看窑门上的火孔，一会儿在一层，一会儿上二层，高高低低地添柴，还把手贴到窑壁上。过了一会儿，他又把脸也贴上去，听着窑里的动静。陶景人真没想到，张德贤对窑火这么门儿清。

让他更吃惊的是，到了晒砖场，竟然一个人也没见到，只看见砖坯很精神地立在场地上。他就问捣坯的工人："脱砖模的人呢？为啥没见人摔坯？"工人说："他们干完就回家了，张会计说这叫岗位管理。"

陶景人之前的管理方法是人盯人，只要进了窑厂，只要他陶景人出现的地方，就等于是有问题，就等于需要严肃处理，陶景人必须教导，然后亲自示范，充分体现言传身教。他知道工人对他有议论，但他想，得让人人明白，端陶家窑的饭碗，吃砖头饭，就得一是一，二是二。

陶家窑有了张德贤这个传承人，应该说是过了发展中的一道坎。但陶景人心里还是紧提溜着，没着没落。到底能不能把自家窑交给一个外姓人呢？他心里也没底，因为如果这样能成事，为什么砖窑传统都是血缘传承？自己也是从父亲那里传承来的，父亲从爷爷，爷爷再从他的父亲……他只得带着一肚子心事去找魏厂长，心想第一砖厂实行的是企业化管理，企业化管理，人影没一个，活儿都干完了，这不比我人盯人还好使，得把这个办法从魏厂长嘴里听来。

陶景人又想了想，各家有各家的难，跟别人说不清楚，自己的问题还得自己面对。他跟他那伙烧造小动物在一起的时间更多了。

陶景人的媳妇看着陶景人这样，有些发愁。陶广志说："没事，世界卫生组织的专家说，老人的脑细胞变少了，大脑的重量也减轻了，所以他们的精神无法集中，学习和工作能力减弱。我查了一下资料，心理学家说，老年人的好奇心特别重，玩具可以满足他们的精神需要，会给生活增加许多调味剂，不仅可以提高生活的质量，还可以促进健康而延年益寿。"陶广志用老师的语调，说得有板有眼。陶景人媳妇从陶广志手里抽走了毛巾，说："心理学家知道个啥。从今往后，你别老往下看，别眼里只有你儿子，没你爸。"

这才几天啊，张德贤已经有了白头发。以前当会计他还穿得工整，身上不是夹克就是西服。现在张德贤吃住在窑厂，有时工人来了，他正在刷牙，有时到了晌午，他才发现自己还没吃早饭。但张德贤一边看火，一边看书，眼界开阔了，他发现魏家窑虽然有清城机械化程度最高的窑，但那只是轮窑，不是隧道焙烧窑。隧道窑是目前自动化程度最高，且各地政府首推的焙烧窑。隧道窑一般是平顶式，分为不可移动窑和可移动窑。可移动窑和不可移动窑工作原理基本相同，窑体通过圆形或椭圆形轨道不断前行，前边纳入砖坯，后边吐出成品砖完成焙烧过程。常用的是不可移动窑，窑体分为焙烧室和干燥室，焙烧室包括预热带、烧结带、冷却带，系统抽取冷却带热量进入干燥室对砖坯进行干燥。干燥室的砖坯自动纳入焙烧系统。这种窑自动化程度高，设计先进的能达到全程监控并自动化装出窑，降低了工人劳动强度并节省大量的人力。它的缺点是投资巨大，日产量10万块标砖的规模，总投资要400多万元，生产维修费用过高，生产成本控制难度高。

按照现在的生产规模和市场竞争的残酷程度，陶家窑占有的利润空间太小，攒下来的那点钱，也根本谈不上拿来升级换代。何况没有大投资者对砖窑感兴趣，而中小投资者对隧道窑的高成本望而生畏。张德贤只能告诉自己，不要去想隧道窑，很可能会搞到血本无归。

那么轮窑呢？晾晒型轮窑的技术比较简单，对砖的成型水分、成型硬度没有太高的要求，内燃料的掺配比例比较随意。每窑产量一般在 4 至 5 万块标砖。缺点是它受气候环境影响较大，尤其在冬季和雨季时生产不便。而且这种轮窑的污染气体排放量大，属于淘汰型砖窑。据说，很多地区已经在关闭小轮窑。另外有一种轮窑，采用前烘后烧的方式，完成烧结工艺。它的产量高，一般能达到每窑 8 万块砖左右。但是它的结构复杂，建窑成本相对较高。魏家窑就是这种，但陶家窑要不要效仿，值得考虑。

张德贤把隧道窑和轮窑考察清楚，向陶景人做了汇报，希望能够参照技术指标，通过技术换代来吸引投资者，进行集团性集约经营。但陶景人不同意，说："咱烧的澄浆贡砖，不光透气性强、吸水性好，能保持空气湿度，耐磨损，还要万年不腐！依我看，生产规模不重要，重要的是保证质量。"

陶家窑的故事，总是关乎澄浆贡砖，关乎品质，关乎严格技术标准与惜售。在以此为背景的陶氏父子的较量中，有两代人生命轨迹的暗合，也有性格的冲突。最终，血缘的熔炉化解了许多，最起码没有进一步激化矛盾。

陶广志知道，他对贡砖一点也不感兴趣。从重点中学重点班毕业后，陶广志没有听从父亲意见学会计，他当时就不想因为父亲的原因，给自己贴上任何标签，所以大学他读了师范，学了数学。陶广志从没想过进窑厂，虽然他从小到大衣食无忧，一切都来自这个"香喷喷"的砖窑，但是他对砖窑没有任何好感。他的鼻子从来也没有闻出过父亲、爷爷挂在嘴边的"香喷喷"，反而对这种烟气有些嫌恶。因为他上大学第一天，就有同学把鼻子凑过来闻他，说他身上有一种味道，这种味道好难闻。他回宿舍后立刻脱下衣服，把它狠狠地按进水盆里，洗了又洗。不要说让他以砖窑为荣，他听到砖窑两个字都会厌烦。陶广志从小就知道读书，离开家的时间又太早，从小学就开始寄宿，没有太多的家庭生活，也没有领教太多的人情世故。难怪他只对数字感兴趣，只要能在黑板上演算，他就特别投入，特别开心，甚至忘记了自我。他相信，如果他不是生在陶家生在清城，他肯定能在数学领域有所建树。

陶广志的反叛，不只针对父亲陶景人，他对砖窑的反感还蔓延到了清城的那些窑主和厂长身上，他甚至不喜欢魏建国，曾说："魏建国总是以文化人自居，其实胸无点墨。我反对妹妹嫁给魏建国的弟弟魏建城，因为这是有企图的联姻。"

陶景人也开始被重新审视。人们震惊于陶景人看重张德贤，陶家窑由此备受争议和奚落，许多工人选择了离开。陶景人觉得，如今看来，这倒成了明智之举动。

"小子，你是不是认为我是学习成绩不好才来烧砖的？"陶景人这话一出口，以老师自居的陶广志这才意识到，父亲提出的问题无关于智商和情商，好像是超出了父子讨论的范畴。但他陶广志是要赢的，而且赢人赢出了习惯，哪里肯输，何况在父亲面前。于是他沉默着对自己说：让你有这种感觉，确实没错！要不然怎么我能当老师，你在烧窑呢？

陶景人见陶广志不说话，越发地失望。他说："小子，你数学学得好，跟你自己一毛钱关系没有，那是因为你遗传了你妈。你妈织的毛线活儿，甭管是阿尔巴尼亚花，还是孔雀花，一针都没错。你妈织起正反针，带线带的，手利索着呢，多大的腰围配什么针数，她那叫一个明白。哎呀，婶子大妈都找她。"陶景人的媳妇头一次听他当着儿子夸自己，而且夸的是数学领域的天赋，她拉拉襟子，把胸挺起来，腰杆也直了。但是她听到下面的话，就愣住了。陶景人说："你现在用的这些东西都是我和你妈给你的，有本事你用你自己的。你自己没有，那怪不得旁人。"

这位数学老师没有立刻反驳他父亲，陶广志真的过了过脑子，想了想，结果发现：除了数学，除了一身的砖头味儿，他还真没啥。陶景人总算扳回来一局，但他心里无限沮丧。他能让莲花土上墙，砌进故宫，但没办法管好自己的儿子。最后，这位父亲只能在媳妇谈起这件事时感慨道："他不怎么听我的，说服他很难，得讲道理，但有时候我跟他讲道理，讲着讲着就成了他给我讲道理。他是老师，会引经据典，本来就是做这个的。"

"那你就不跟他讲道理，揍他！"陶景人媳妇说。

"我？我揍过谁？我跟他讲情怀，他说他没有情怀，怎么讲？你看看，他那心呀，放在哪不好，却偏偏要放在没的讲都讲得很有道理的地方。"

陶景人是想跟儿子说说陶家窑的，但跟儿子的谈话总是卡在老地方，陶广志就像《青松岭》里的枣红马，一看见信号就疯了一样惊了。陶景人想，可惜了陶家的老大，广志你这么聪明，却不知道你爸爸我已经确信了缘分这件事。你爸爸跟砖有缘，跟人没缘。虽然咱俩父子一场，但也就是父子。陶景人想到这里，立刻觉得万箭穿心。好在，张德贤终于跑下了所有的手续，改变了陶家窑一直以来沿袭的乡知村允的村办厂制度，陶家窑成为在工商局正式注册的股份公司。

在成为陶屯贡砖制作公司的公司经理之前，陶景人的身份是自然人，陶屯贡砖制作公司正式挂牌后，陶景人就是法人代表了。成为法人代表的陶景人穿着蓝布棉大衣对全体员工说："我们是公司了，公司是么呢？就是企业。这个企业，就要有企业行为，而不再是我决定你若不做就批评你，我们会制订整套制度来约束每个人的行为，奖罚分明。"

法人代表兼总经理陶景人在这之前如此对全体员工讲话，用的总是软软的腔调，而现在他说话带了筋骨，用词都显得强硬了。陶景人对细节的要求竟然写出了十几二十条，这些要求经过张德贤的总结归纳，体现在工序项目之中。他一个工序一个工序地总结，工人们发现，他不是陶景人了，就像一条趴在桑叶上的蚕，抬起头来，一天到晚吐啊吐啊，有吐不完的丝。

为了把贡砖公司办好，陶景人跑了十几个部门，申请增加使用土地，想将现在的窑体总量再扩大一倍，但是没有得到批准，因为国家有农田耕地使用红线。最后陶景人只好与张德贤一起开会，研究将贡砖赚到的钱全部放进二次投资。强势和冒险的特质，随着遗传，成为陶家父子血液里的一部分。只是陶广志还没机会显露而已。

陶景人看着儿子，他的新羊毛衫下摆钩脱了几根线，没有及时缝上，已经把附近的几圈线连带了下来。陶景人去招呼媳妇："干么呢？你一个当妈的，也不管管他的衣服？"媳妇把儿子叫住，让他脱下衣服，拿到灯底下把破损处拆了，看怎么把窟窿缝起来。

羊毛衫是陶景人的媳妇用年底分红买的线自己织的。她自己的还没织好穿上，儿子的已经穿出了一个窟窿。她扔了一件自己的棉背心给他，怕他着凉，然后一圈一圈地把掉了、断了的线头接起来。陶广志看着妈妈，像是第一次看着妈妈拆他的羊毛衫，他看到妈妈的手，心头涌起悲哀。妈妈怎么就变成了这样？她年轻时是个能干又爱笑的女人，左邻右舍没人不佩服她。可现在，她得戴上花镜，她得认真得眼都不眨，她加着小心，生怕一不留神织错了，旧窟窿补上，又出现一个新窟窿。刚好妈妈手边的毛线球滚到床下，陶广志借机低头去拾毛线球，解除了母子无话可谈的尴尬。

遍地开花的贡砖窑生产的贡砖质量参差不齐。能跟陶家窑一样生产出标准贡砖的砖窑，一家也没有，但跟陶家窑竞争贡砖订单的，遍地开花。尤其是运户，他感觉自己在陶家窑待的时间也不短了，一个砖窑上能听的能见的，都听过见过了，自己当个窑主也不会比陶景人差多少。何况，他想，在年龄上，陶景人跟后起之秀们怎么能比？他自己怎么也是从陶家窑上出来的人才，是骡子是马拉出来遛遛，还怕啥？他要成事，不能只是赚信息费，老是看着人家数钱。运户听说陶家窑被土地封住了发展不了，而魏家有可以再建十几二十个窑厂的地，于是他有了想法。

魏家窑的地是第一砖厂还未被承包时的国家核准用地，第一砖厂转成股份制后，土地从国土资源局以租代买，10年后由划拨到租用，再到产权变更，划归魏家窑。而魏建国接了几个项目投产后，就把重心转移到了文化旅游产业上。他了解民俗，结识文化人，反而没把砖窑的用地放在心上。魏建国一听运户要借地开窑，就告诉他："这儿只产贡砖……"运户抢着说："我也想开皇家窑，吃贡砖饭。"他说，他查了一下，他祖上也是开砖窑的，魏建国问他是陈窑、李窑还是张窑，他答不出来，但他坚持说他家祖上是吃砖头饭的。魏建国心说，你真是编筐的，编圆了自己坐里边也跟着打转。但他还是划了50亩地，同意运户加入。运户不光借地，也借着魏家窑的土和资源，说是开砖窑，实际还靠一张嘴，干着之前的买卖。可青砖烧起来并不像他想象的那样容易，花大价钱挖个好匠工，也不像他调教牲口那么简单。看到粉碎在地的不成形的灰砖，他真的比看着死去的牲口还心疼。

魏建国就从头给他讲起：先要晾土。晾至6到12个月，然后是碎土、澄泥、熟泥、制坯、晾坯、装窑、焙烧、洇窑、出窑等工序，而烧青砖则要多一道工序，那就是洇水。因为青砖烧制不易，且每窑的产量不高，所以，青砖要比红砖贵好多。他说，别把眼只盯在利上，得多从自己的窑里找门道。运户很不以为意，因为魏建国说的这些，他都耳熟。魏建国还想说，贡砖的青灰色是靠高价铁还原成低价铁而显现出来的，青砖发白说明还原反应不够彻底，但他没说。他知道，人脑子里没有的东西，你生填是填不进去的。

以前是瞅热闹，现在得找门道。运户身份转变了，想的内容也就变了。他突然发现自己出来早了，怎么自己以前总觉得陶景人太絮叨，话听着不顺耳，横竖不对，四六挑理。现在换成了自己的窑，运户觉得自己可比陶景人还狠，还话多，还嘴碎。结果显而易见，有人建了窑就需要人手，抢人手的目标当然是陶家窑，于是，各家都来陶家窑抢工人。陶家窑不光失去了订单，还失去了掌握贡砖技艺秘密的工人，这让陶景人在感到可惜的同时，未免有些心慌。

正在这时，清城文史馆的工作人员把清城贡砖的资料送来了，说是放进陶家窑，现在应该叫清城贡砖教育基地。工作人员开车导航到了陶屯，没有找到陶家窑，他们正在犹豫呢，就见前方来了一个中年人。巧了，那人是陶广志。也许是出于好奇，也许是之前根本不相信砖头还真能办基地，陶广志打开了办馆资料。

在清朝，皇帝的墓地属皇家钦工，因此各地各级官员不敢怠慢，为其烧造的清城贡砖，虽然出现了各种质量问题，但他们并没有将不合格的砖块用于工程施工。事实证明，乾隆皇帝的清裕陵绝非豆腐渣工程，1928年军阀孙殿英盗掘东陵时，使用了大量的炸药，才将裕陵地宫打开，这足以说明其坚固程度。山东清城每年有几十万块的砖被漕船送到天津，工部坚持采用逐一排查的方式，来确保最后使用的砖块为合格产品，每一块砖都经过前后两次测量和敲验。质量管理也落实责任制。从清政府对清城贡砖的质量管理中，可以看出清代的砖瓦等建筑工程物料，从最初烧制到最终使用的全过程，都处于政府的监管之下。上至管理官员，下至窑户运丁，所有参与人员均被记录在案，且各环节的责任比较明确。虽然在当时的历史条件下，官员转嫁责任，对窑户运丁层层盘剥等弊事层出不穷，但是质量责任制确实起到了督促窑户精细烧造、运丁谨慎运输、官员严格质检的作用，最大限度保证了贡砖的质量。

清城贡砖从乾隆八年至十一年（1743年—1746年）连续出现质量问题，很大程度上是清政府管理制度不够完善和行政效率低下造成的。乾隆八年是万年吉地工程开始的第一年，这一年，清城贡砖合格率达63%，这个合格率不能满足工程质量需求，但作为主管部门的工部和万年吉地工程处并没有及时采取措施，导致的结果是此后的砖块合格率逐年下降，至乾隆十一年，合格率下降到只有46%。乾隆十一年底，直至乾隆十二年（1747年）初，朝廷用了将近4年时间，才真正采取有效措施，在解决贡砖质量问题上见到具体成效。乾隆初期，清政府的建筑工程典章还并不完善，许多工程问题出现后没有成例可以参照，有关官员惧怕承担责任，因而出现拖延敷衍等现象。

陶广志看了大量的历史资料，被浩大的工程所震撼，被他嫌弃的砖窑，与砖窑有关的父亲，还有砖窑独有的味道，这一切都与澄浆贡砖息息相关。原来澄浆贡砖是这样一项伟大的事业。他赶紧打开电脑去看有关故宫、圆明园和清东陵的介绍。他心中除去震惊，还有遗憾，他不应该……突然，陶广志听到有人喊他。

"什么事？"陶广志问。

那人说："快去窑上看看，你爸被人打了！"

陶广志立刻冲了出去，脑子里只闪现着一句话："爸，我是你的儿子，你儿子来了。"

原来是运户来陶家窑挖工人，张德贤不在，陶景人就亲自去阻止。陶景人心急嘴笨，嘴笨的人自然会找辙，他的手就上去了，这一拉一扯，就发生了肢体冲突。陶景人被推倒了，顺着窑坡大头朝下栽下去，被送到镇医院时，他的血压高压达到了168。陶广志看到闭着双眼躺在病床上的父亲，第一次感到父亲真的老了，而且不是一点一点老的，是一下子老的，老就老到位了。他坐在父亲病床前，一直守着，没白天没黑夜地守着。在这样的父子相守中，他似乎开始内疚，不禁问自己，是不是考虑自己太多了？以前他不认为这是错，但现在，他有些后悔了。

21

熄　火

陶景人住院的时候，清城博物馆的工作人员打来电话说："陶总，您做得对，您在咱清城竖起了一面旗帜，也可以说是砌起了一根烟囱，给清城贡砖立起了高度。"

陶景人说："没用，我这窑规模定型了，产量上不去。别人给钱多，工人都走了，还带走了熟练的匠师、把式，等于我这几年给人家培养人了。"

这时魏爸爸来了，他说："你可得好着呢。刚才这同志说你是旗，竖起红旗不能倒，小车不倒只管推。"

陶景人说："老魏，你的愿望我实现了。我在办学校，砖头学校。"

魏爸爸说："这很正常，原来只有你一家，现在成立一家挖你一家，市场就一百份，不分你分谁呢？"

陶景人一听，说："嗯，也对，你说到点儿上了。有文化就是不一样。"

这时，张德贤来了，他一见病房里有别人，脚步迟疑了一下，还是被陶景人看见了。陶景人叫他："德贤！"

张德贤说："陶总，有个消息，我不想告诉你，这真不是一个好消息。"

"你说。"

"国家要清理高投入、高能耗、高污染的企业了，也不知道是不是真的。"

陶景人一听，只觉得天塌了！

接了第一砖厂厂长魏爸爸的班，魏建国还真就不信邪呢。他想，我们魏家窑怎么就不能叫窑，只能叫砖厂？刚接手的时候，魏建国就知道政府要清理"三高"企业，于是先行摸底、整顿，在砖厂内大规模地进行了窑体节能改造，配套上百万元的环保设备一步到位，还专门请各监管部门领导莅临指导。因为他知道准信儿——环保不达标的窑厂会被一律关停！

陶家窑也得到了相关政策信息，但当时陶家窑正处在人员变动的风口，陶景人没有太把政策信息放在心上。听说魏建国接班后，魏家窑节能降耗，陶景人很是赞赏魏建国对人员和账务的调整，却并不认可他刚试验成功的联合环保窑。陶景人经过儿子儿媳10多天的细心照顾，终于痊愈。这天他来到窑上，张德贤一身一脸的煤末子走进办公室，对他说："看来是要动真格的。"张德贤拿来了确切的证据，国务院讨论通过的《中华人民共和国大气污染防治法（修订草案）》被摊开放在陶景人面前。

陶景人不太相信，说："我们是清城唯一的贡砖生产基地。现在是啥情况，我们的订单多到无力承接，产量才是贡砖生产的瓶颈。皇窑都是马蹄窑，高七八米，咋环保？保烧制，懂不懂？今年咱主要得烧出大城砖和九斤头，用在古建筑墙体和大殿的窗台上。"

张德贤想说什么，不得不把话咽下去了。因为他知道，陶景人想好的事，一定有沟有渠，谁也扒不开豁子。

从表面看，魏家砖厂厂长魏建国把砖厂经营得风生水起，厂里有自主品牌。谁会想到，他有心要把现代化砖厂办成古老贡砖文化的传播基地？魏建国之前是有顾虑的，他知道父亲和父亲的父亲都是窑主，但窑主不等于作头，窑主相当于行政领导，而作头才是技术专家。那么多古建筑要以旧修旧，又有国家红头文件禁止烂砖上墙，他突然有了动员陶家窑的人来魏家窑的想法，于是找到陶景人。

陶景人的底气来自他的贡砖生产基地，可以根据客户需求生产不同规格的贡砖。而且清城贡砖烧制技艺已进入第二批国家级非物质文化遗产名录，陶景人认为，仅靠一个基地延续一门技艺的传承，仅靠父传子、师传徒这样家族式的传承，清城贡砖要走更远的路很难，只有呼吁社会建立保护研究机构、技术开发基地，进行规模化生产，清城贡砖才能真正获得新生。这让陶景人再一次检验了自己对传承的态度，他依然感觉重担在身，开心不起来。他之前去争取土地，但由于国家规定了耕地使用红线，他没有成功，只能在原有的 40 亩地上又建了 4 个窑。"现在还是 8 个砖窑，去年一年生产贡砖 200 多万块。"陶景人说。魏建国听了失望，他明白，陶家窑已经定型，好似一个人成年，长不了个了。

运户来陶家窑挖水把式，说要把他安排到新窑这边。水把式并没有动心，因为他知道，依运户的人品，他不可能让自己到新窑那边，只等着派自己去盯最后一道工序——泗窑。运户用人恨不得他们 24 小时连轴转，这种狠劲儿是出了名的。

"我腰不行，不能脱坯干重活。"水把式说。

222

"来来，来！"运户脸上像刚刚开过千朵万朵的菊花，他殷勤地说，"啥都不能让你干，哪能让你干脱坯那些粗活重活。"只要水把式往前走一步，他就知道水把式动心了，还是想来。

"我没有脱坯的经验，这既是技术活儿，又是体力活儿。不行！"水把式往运户跟前边走边说，运户脸上的笑容就继续呈现绽放状。

"我看到你在陶家窑参加过好几次洇窑。"运户说。

"按说，洇窑也是体力活儿加技术活儿，但技术有烧窑的火把式和窑头掌控着，一般人也就只剩力气活儿了。"水把式好像自己也想通了。运户的奸诈就在于他能等，等你把内心的焦虑都烧透了，也就剩下那点灰了，那他还不是一口气吹之。

在砖窑上干过的人，谁不知道砖坯做够一窑后就要装窑，一层层码放在炉膛的坯架上，然后点火烧制。当熊熊大火将土坯烧熟后，就要封炉了，将炉口、灶口及窑顶全部密封，不再添煤炭，然后从窑顶慢慢地放水洇，一边缓缓地降温，一边通过洇让通红的砖瓦变成灰扑扑的颜色，到这儿才算成品。水把式的技术就在这一个"洇"字上，不是"浇"，不是"泼"，不是"沤"，而是根据火候慢慢洇渗。洇好了，满窑砖瓦全是灰扑扑一个色，味道喷喷香，一敲叮当作响，人疯抢，价钱高。水把式太重要了。下水急了，或水走不到，要不一窑货花里胡哨，要不炸货，要不水浸货，一窑砖就算完了。因此，只要是烧澄浆砖的，有一个算一个，都知道水把式的厉害。运户真烧起窑来才知道"火不下底"是贡砖产量低的主要原因，合格率低带来的就是成本问题和市场问题。他此前的乐观是盲目的，看马跑和自己养马不是一回事。他当然知道到哪里去抢人，所以才重返陶家窑。

张德贤发现运户又来挑唆水把式，他直接走向前去。"'小富靠打拼，巨富靠命运。何知其人富？财气通门户。'你围绕着陶家窑干了不少事，别以为别人不知道。"张德贤不客气地说。这要换了旁人，就知趣地散了，运户却不走也不说话，就那么瞪着张德贤。张德贤见他不说话，也不理他，对水把式说："走，咱屋里谈。"一个"咱"字切换了内外，他们往屋里走去，把运户晾在了门外。

张德贤趁陶景人不在，把心里话全跟水把式说了："大家都了解陶总的为人，他对大家严格要求，不是专为跟大家怄气。想怄气在家不好吗？他干吗非要开个窑厂用来怄气？说句给你出气的话，那叫吃饱了撑的。他是喜欢体贴自己，但他也没少担待别人。人各有性格，谁身上都有缺点！这么些年了，他还是很有能力的。你说是不是？要不他怎么能成了文化部批准的省级贡砖传承人呢，是吧？"他从烟盒里掏出了烟，递给水把式。没想到水把式的气还没有消，也是，这么大的窑厂只有一个水把式，几乎让陶景人给使残了。水把式说："我要不是为了洇砖，为了将来让孩子接班也吃上这碗砖头饭，我还能受着姓陶的？我都不使腿走路，肯定在地上爬。"

因为洇窑要连白带黑彻夜地干，一会儿不能大意，所以，窑边的棚子房就成了水把式的住地，一是为了水担满池后他可短暂伸伸腰，休息一下；二是为了让他半夜吃顿加班饭。这饭是陶景人让人专门给水把式做出来，再用提篮装着送来的。每当这个时候，水把式就特别舒心，独自吃下这上贡一样的特别餐食。所以，要说陶景人没有人性，那真是冤枉，他对自己更狠，而只有他，没人疼没人偏爱。张德贤特别想参加洇窑，一是想掌握技术要点，二是想借机跟水把式联络一下感情，三是能蹭顿加班饭，这对他来说也是改善生活。

洇窑这活儿很累。一只木桶，为了结实、耐用，被打造得异常笨拙，不算两只桶的自重，一担水足有八九十斤重。一夜断断续续要担十几二十担，人没点体力，真干不了这活儿。水把式带着几个徒弟，一开始还能一起走，后来就拉开了距离。有的人一趟就是别人的两趟，甚至三趟了。这就意味着打水也是自己一人干，沾不了别人一点光。越落单的人，反而越累，越累就越落单。

运户又一次追到井边对水把式说："驴马配，还得给个工夫调情呢，你这么挑水也太没情调了。"水把式听出他在嘲笑，不理他。"有必要吗？这么牲口一样地让人使？"运户说。他这么一说，水把式动了上水泊梁山的心。他仔细想想张德贤的话，也觉得陶景人不是坏人，但一个吃砖头饭的水把式，根本犯不着跟谁过不去，也根本用不着看别人的脸子，到哪都是一个涮砖的好手。再说运户给的钱比这儿多三分之一，往后还跟营销额挂钩，在这儿不过是上一天班给一天的工资。这阵子不是没人找他，也没少人找他，但他们给的钱基本跟陶家窑差不多，还就是运户财大气粗，高看人，据说他上面有人。谁有粗腰还抱大腿，谁又跟钱有仇？怪不得运户这阵子不倒砖票，也不找人排砖号。别看他开窑投入大、产出少，还没挣着钱，但他脑筋活，这个窑他攒得值，转手一卖就是利，可比烧砖来钱快多了。水把式看也看明白了，想也想通了，他实际是想参与运户的左手进右手出，但苦于没有资金，现在人家大能人高看自己，他给脸不要，那还不是把财神爷得罪了？说不定自己还能得着百分之几的干股，他这些天亲眼看见运户出高价带走了好几个工人，等于是卖人头到各家新窑上，只有他，才是运户自己的新窑想留下的人。

陶景人喜欢从细节上研究一个人的品行。对陶景人来说，不管理想多浪漫，前途云雾多浓，这些从来都遮不住他的眼睛，他对窑厂上每个人的优缺点都看得一清二楚，而且总能知道问题的核心所在。别看他爱吟诵诗句，能对着一片树叶说上半天话，他的身上似乎弥漫着幻想的彩虹，但是，他飘你不能飘，他逍遥你不能逍遥。在你刚沉迷安逸的时候，陶景人会义正词严地告诉你什么是"失之毫厘，谬之千里"，因为这是他人生的座右铭，他坚信每个不起眼的小细节都可能是决定成败的关键。他总是一言不合就抠细节，而且他看到的细节一定比其他人多得多，每个细节又都被他分解成若干个小细节，然后都会一一拆解开。一个小细节不合格，就要推倒重来。这让他的工人很受挫，更让他的火把式、水把式没面子，因为人的职位越高责任越大，需要负责的细节也越多。这真是人不疯魔不成活，陶景人由陶诗人变成了陶改改，对每一道工序都严格要求，有的还细致调整，细致到了令人发指的地步。

脱坯的都是正当年的小伙子，身强力壮，一天也不过能脱几百块。他们头天天黑前将泥泡上，第二天起早就上场脱坯，一边脱，一边晾。张德贤来验坯时，他们赶在后晌泡泥前将脱成的坯垛起来，然后腾开场地再泡第二天的泥，如此日出日落，很是辛苦。但是，只要计上合格的件，那他们就得着了钱。架起来的坯要好些日子才能晒干或风干。现在就要到雨季了，时常会在半夜里下起急雨，为了防雨，工人们自己都配备了一些塑料布。这很考验脱坯的人会不会看天气。白天天气好好的，也许晚上就有雨袭来。会看天气的，下工前就将坯架捂好，但这样也未必全防得住。某天好好的云、好好的星星、好好的风，但黎明前突然来了一场雨，突然到工人们根本想不到，突然到他们根本来不及出门。于是出现了窑工的"悲惨诗"："雨过天晴太阳亮，砖窑工人走出房。眼不见来可悲伤，几天功劳见阎王。"

让陶景人感觉不妙的，是他在宣布收张德贤为徒后，自己不得不去一一盯活儿。窑场鸡飞狗跳，人们对他收徒这件事耿耿于怀，工人们暗中论资排辈，陶家窑有一股暗流涌动，前景堪忧。张德贤提议，陶家窑可以引进现代企业管理机制，谁领活儿谁承包，包工包料包时间包质量。陶景人也希望张德贤能发挥些作用，骂不是白挨的，脸子也不是白甩的。陶景人支持张德贤，剔除工作质量差的，奖励工作质量好的。还别说，这么改革调动了工人的积极性，陶家窑的工人生产质量反而上去了。那些听了运户的忽悠，狂浪归家，一心等着陶景人找他们回陶家窑的工人，希望落了空，都恨运户那张嘴呢。运户依然什么快钱都赚，一毛两毛不嫌少，一百两百不嫌多。做事没熟人，他就请客送礼。

陶景人见订单大，更加慎重，陶家窑一年一窑出 12 窑，生产是有数的，不能加急，加急会出问题。

让陶景人感到不是滋味的是，一方面，陶家窑由于场地限制等原因不能进一步扩大生产规模，眼看许多大单找上门来也不敢接；另一方面，由于市场前景好，清城又冒出了好几家青砖厂，部分砖厂急功近利不按照传统工艺进行生产，大大降低了所产青砖的质量，还靠打低价牌相互抢生意。

以前清城贡砖仅靠一家贡砖窑厂烧制，仅靠父传子、师传徒的家族式方式来延续技术传承。从长远来看，杂砖多，好砖少，清城贡砖制作技艺传承堪忧。头顶"国家级非物质文化遗产"的荣誉，脚踩得天独厚的莲花土制砖泥料，肩扛着"撑起北京皇城"的盛誉，恰逢全国各地兴建仿古建筑的商机……很多人都据此推断，清城贡砖一定能快速做大做强。然而这种"顺理成章"的想象，常常被现实击得粉碎。纵观全国，非物质文化遗产走向市场，背后都有政府的政策扶持和资金投入，如果仅靠民间传人自发闯市场，很难做大做强。从业者甘于守拙和良心纯正的匠心文化与精神需要得到保护。

陶景人心无旁骛，只是不希望自己的窑厂再成为"培训学校"，面对每天走进他办公室面试的不同青年，他真是不知道自己到底是高兴还是不高兴。

面对清城贡砖市场的诱人利润，土窑突然从地里冒出来似的，一个接一个建成，这样的土窑成本低，快速扩张到了城外省外。恰恰就在此时，国家下大力气抓环保，不符合国家环保要求的土窑被强制拆除，民间利用土窑烧制青砖的路子行不通了。土窑的大批拆除，又导致了贡砖市场新一轮的供不应求。陶景人看到政府整肃澄浆砖生产环境，很是欣慰，但是清城的"传承人"接连出现，这让他始料不及。"不挣钱没人干，真挣钱抢着干。"很快，家家都搬出了老祖宗，场面有些失控。清城贡砖的竞争，看似在"专业人士"中展开，这让不了解情况的人看得云里雾里。无论陶景人的心有多疼，工人还是一个接一个走了。

让陶景人更加没想到的是，环保部门的第一张罚款单到了，上面写着处罚理由：排放的二氧化硫超标。

陶景人拿着罚单去找张德贤商量怎么办。

"师傅，刚收到台儿庄古城启动修复计划的订单。他们向咱们订购 300 万元的贡砖……"张德贤说不下去了，现在他们不光是面临产量有限，无法扩大生产规模的问题。这样罚下去，等于是陶家窑点火就挨罚。不点火咋把砖烧熟？不烧熟，咋能在指定时间交货？

陶景人只能咬咬牙，放弃了这个大订单。

"什么味？"陶景人过了许久后说。

"什么？你是说一种陈年木头才有的气味？"张德贤使劲闻了闻说。

"嗯，我闻到了。淡淡的，那是快死的人才会有的特殊气味。如果陶家窑就此熄火，砖窑就死了，所以燃料才发出这样的气味。它们在默默地哭泣，因为它们知道砖窑死了，它们也要死了。"

"你说的是死亡的气味？师傅，死亡的气味人类的鼻子是闻不出来的。"

一阵扫地风袭来，师徒俩不约而同地缩紧了脖子，他们坐在办公室门口，刚好东方出现了一轮大月亮。那天也真怪，竟然有一轮血红的月亮，它沉沉的，像初升的太阳一样压在东方的地平线上，他们师徒二人都抬头看着东方，看着那轮血红的月亮，接下来一句话也没说。

熄火令张开了一张网。国家的政策是关停红砖厂，要在建筑工程中逐步淘汰黏土成分 20% 以上的墙体材料，在全国县城城区开展禁止使用实心黏土砖的工作。这不是一个人吃药，端杯水一仰脖咽了的问题，是要大家一起吃药。

安装环保系统需要的资金，不亚于产业升级花费的钱。这巨大的资金缺口可难坏了陶景人。

"你知道么是袋式除尘器？"陶景人问张德贤。

张德贤没有回答，他发现，陶景人前一段时间还是黑白相间的头发一下子全白了。他人也坐不住，需要靠在椅子背上。陶师傅是一位老人家了，张德贤想到这里，心里真不是滋味，但他没有表达出来，而是告诉陶景人："师傅，你好好歇会儿，我去给你倒些水，天热，人不能渴着。人渴着就跟树一样，就黄梢，就……"他说着拿起陶景人面前的水杯走了。

其实，张德贤之前转了一圈，也弄明白了环保部门的态度。他们把用煤矸石烧结的砖厂、窑厂都划入了监控范围，结合砖窑实例，分析了煤矸石烧结砖生产线，检测了焙烧过程中废烟气污染物的排放状况，提出了相应的治理措施，希望砖厂和窑厂能重视窑炉废料造成的污染问题。

为了安装减少污染物排放的袋式除尘器，陶家窑增加的投入不小，但这没有解决根本问题。张德贤去考察环保窑，回来一算账，陶家窑需要追加的投入，要花掉陶景人十几年的全部承包收入。他都不敢跟陶景人说了。这是他师承陶景人以来最严峻的时刻，从昨晚到现在，他把能借钱的人都想遍了，小本子上列的名字，从他家、媳妇家，延展到了自己的五服之内和媳妇的五服之内。

隧道窑窑顶投煤被严格禁止后，魏建国主动给自家窑上环保设施，这话说说容易，真做起来，投入相当巨大。魏建国毅然决定，为了不留后患，必须一步到位，给砖厂用上最好的环保设备。窑厂可以分批安装设备，以解决融资难的问题，但分批的话，设备会来自不同的厂家，相互之间的工艺衔接很成问题。魏建国不想分步走，正好避开了这个问题。

人们在议论着："这世界真是变化快，没想到砖窑砖厂现在都归环保局管了。"

陶家窑当然知道魏家窑的底子，现在人家成了清城的香饽饽——环保标杆企业。以前你可以跟环保部门哭喊"达不到"，现在有魏家砖厂达标了，而且生产平稳，这说明了什么？这说明环保意识深入人心，收到碧水蓝天的实效。

第一批"三高"企业还没整治完，第二批针对"散乱污"企业（场所）的整治攻坚号角已吹响。为保持蓝天，有些窑厂甚至要永久停业！

这天，又有人来陶家窑检查。陶景人赶紧迎上去。来人并不接他递过去的烟，也不听他说的话。陶景人觉得他是给故宫烧砖的，是不是可以网开一面，等烧完这窑砖再停火。可是检查人员说必须停！

陶景人只觉得脸上皮都没了，一阵阵发麻。他耳朵都像要竖起来了，说："开什么玩笑？这窑火刚点了几天，怎么也得等烧到火候啊。"

陶景人见张德贤去一边打电话，知道他去核实情况了。陶景人就想，陶家窑向来不声不响，小磨压香油自家香，也没招谁惹谁啊，这事一定还有解决办法。

但是，过了一会儿，他看到打完电话的张德贤走过来，张德贤脸不是脸，鼻子不是鼻子，到陶家窑以来第一次乱了方寸。

张德贤说："上面说，真得熄火。"

陶景人慌了，说："啊？那咱这窑里的砖没烧透咋办？"

"说得抓紧。检查要是来了，连等都不等，直接用水扑灭。"

陶景人赶紧去喊窑头停火，让窑自己凉。他都不知道该心疼窑，还是心疼砖了。那是一整窑砖啊，无论是窑还是砖都得报废。

陶广志说："上苍不会让所有幸福集中到某个人身上，一个人得到了爱情未必拥有金钱；拥有金钱未必得到快乐；得到快乐未必拥有健康；拥有健康未必一切都会如愿以偿。这是人生哲学。"

陶景人说："你不烧窑你当然快乐。用不着你抬出人生哲学。你不做还能输？你输么呢？你儿子起跑，你跑了？"

"拿我撒啥气呀，有本事去跟环保局说理去。"陶广志倒是不愁嘴里没词。

陶景人肺都快气炸了。他觉得根本不是环保局，而是这个小子要了他一窑砖的命。没这个小子不乱阵，他想。

陶广志说："一样东西，如果太想要，你就会把它看得很大，甚至大到成了整个世界，占据了你的全部心思。我的劝告是，最后无论是否如愿以偿，你都要及时从中跳出来，如实地看清它在整个世界中的真实位置。”

陶景人手里没有家伙，身边要是有啥能抓能拿的，他肯定会毫不犹豫地扔向陶广志。陶广志还在说：“人这一生所想要的，并非都能如愿以偿追求到。”陶景人听了，他的手就上去了，想一巴掌打在儿子肩头。陶广志听见声音，刚好一转脸，陶景人这一巴掌就打在儿子脸上，白脸膛上立刻印上了鲜红的手指印。

“爸你咋打人啊？”陶广志委屈地说。

“我咋打人，对，我打的就是你，你根本不是人，你，你是个小狗把大门。”陶景人气极了。

这都是什么呀，吵架也不会，陶广志心想。他真想教教陶景人，可真怕再把他心里的火撩起来，就没往下接话。但陶广志心里存着很大的委屈，他的嘴一瘪一瘪的，脸都快变成绿苦瓜了。

这时张德贤开着汽车到了院门口，他走过来说：“今年清城整治991家散乱污企业，其中有712家涉‘污’企业被要求限期关停取缔，数量历年最多！”

陶家父子的争论突然显得没有必要了，因为陶家窑到了生死存亡的时刻。陶景人甚至都没有追问一句，陶家窑有没有被划在这712家涉“污”企业里。

很快，根据安排部署，淘汰类企业要在今年一季度末自觉完成清理整改，有关部门将从4月起至5月底，开展淘汰类企业的“两断三清”清理工作，即断工业用水、用电，清除原料、产品、生产设备。6月至8月底，政府要完成全城涉“污”企业综合整治工作。

张德贤说：“师傅，咱们也被划进去了，你知道吗，最近全城已经关闭取缔违法违规企业194家，停产整顿149家，处罚990万元。

由此可见，未来环保政策将越来越严，企业在环保方面的投入会越来越大！"

陶景人实在坐不住了，巨额的违约罚款都是小事，失去信誉事大过天。他只好跟张德贤商量对策，最后意见集中在求人过审。

张德贤是在一场同学聚会上，偶然知道同学中出了一个"清城名人"，他对这个同学并没有什么印象，而这个同学提了刘砖头，还说他们都是道上的。这引起了张德贤的兴趣。

张德贤在开元山庄摆了酒，和陶广志一起招待这位"清城名人"，他们押上了30万元现金，那是陶家窑全部可以变现的家当。

这顿酒喝得成功圆满，因为"清城名人"亲口说了："这酒不能白喝，我不仅让你烧窑，还可以让你烧煤。"

但没过多久，张德贤就带回一个坏消息。

"师傅，这回咱请名人花的钱，都打水漂了。"张德贤泄气地说。

"假的？"陶景人听完一屁股跌坐在了椅子里，差点坐不实，身子跟着闪了一下，张德贤赶紧上前扶稳他。

"'清城名人'，他根本就是个骗子。早知道咱还不如用这笔钱完善设备。哎哟……"张德贤欲哭无泪地说。

"那咱的钱还能追不？"陶景人问。

"追啥？人都跑了，公安局正在网上全国通缉呢。"张德贤说。

22

马蹄窑出砖

在卫运河沿岸，古窑址经过清理样貌已经初现，瞅热闹的人们见除了拾些断砖，没什么大便宜可占，都纷纷退去，卫运河左岸只剩下了考察研究的一行学者。

戴晓军的心里反复思量。建一个烧清城贡砖的砖窑，不同于建一个普通砖窑。多大的规模，首先得看你过去用哪些设备，现在需要增加哪些设备，其次是投资多少。目前，因老窑址占用的只是滩涂，而非湿地，用地申请手续很快就办好了。从市场调研和预测来看，由于政府对高污染企业的整顿，戴晓军准备生产的清城贡砖市场供小于求，销售不成问题。但戴晓军忽略了一个重要因素——原料。取莲花土，国家有规定，只有在黄河清淤的时候窑厂才可采土，十年八年也不一定赶得上趟。

没有莲花土，等于没有贡砖。原料决定了生产贡砖的工艺、设备，也决定了投资的规模。戴晓军在设计砖窑之前的一项重要工作就是寻找土料，还得进行一系列的理化指标检测及小样实验。这些检测要解决很多问题：确定原料是否适合制砖，得出干燥、烧结的理论数据，检查原料中的有害物质及确定相应的处理工艺等。得到了制砖原料的实验数据，戴晓军就形成了建马蹄窑的构想，依此，戴晓军再确定厂区布置，选定设备。

"戴晓军，你必须确定生产原料的可靠性和稳定性，这是最基本的，也是最重要的。"戴爸爸说完，并不久留，因为他知道，一声不吭的戴晓军已经听到了。戴晓军有其他意见会直接反驳，他不说话，就是在思考，在想办法，别人再说什么，他也听不进去。所以戴爸爸自己关上门走了。

有一家自己的砖厂，这对别人来说是发家的根本，对戴家人来说，这事关生计，他们既不能冒险，又不能图见效快。

当生产建设完工需要点火试烧时，新窑的原料却出了问题。这种先例不是没有。以前，曾经有周边村民将砖厂拟用的土丘提前买下来，谁想用，就得高价购买。砖厂迫不得已远距离自采原料，可这样增加了运输费用，砖厂又没有预留存土用地，最后不得不低下头和村民商量。也有采泥取土方式不规范，原料取样不科学、不真实导致的失败案例。不干不知道，一干吓一跳。戴爸爸说："有砖窑做小样实验，只取了表层原料，当大规模开采土料时，发现深层土料成分极为复杂，无法用于烧砖，结果陷入被动。也有砖窑负责人想要依据实验报告起诉，可看到实验报告上的一行字后，就打消了起诉的念头，这句话是：本报告只对来样负责。实验室不能负责将来砖厂的实际生产。所以靠谁？你自己。晓军，到什么时候都别忘记，这事是你自己要干的，怨不得别人。"

戴晓军怎么也没想到八字还没一撇，他先让土给难住了。戴晓军本身是孤独的，想一个人待在一颗孤独的星球上，在这颗星球上变成一棵树，或变成一棵草，让藤蔓把根扎进他的身体再长到地里去，和泥土融为一体，没有感情，没有价值……他真不知道应该怎么办，他从小就说不吃砖头饭，现在发现他确实对砖头一点儿也不懂。如果看明白了砖头，弄懂了砖头，他会勇往直前，这样戴家就能新生。可这个过程很苦、很涩，堪比专为折磨人而设置的精神酷刑。肉痛可以哭出来，但心痛却不是眼泪能解决的。这种痛，真是让他无可奈何。

戴晓军想起前段时间站在百货大楼里的抓娃娃机前，死死盯住那只他心爱的粉色小象，它有弯弯的长鼻子，还有金色的眼睛，可是抓娃娃机的三只爪晃过来掠过去，没有抓上来它，于是他憋着劲投币再试。三只爪一下子把小粉象抓紧，升到一半时，却松开了小粉象……戴晓军把衣袋里的钱全换了抓娃娃机游戏币仍没有抓出来，他紧紧地抱住抓娃娃机，眼睛一眨也不眨地盯着那只小粉象，不肯挪开……有一天晚上，戴晓军梦到自己变成了一条鱼，他看着鱼钩上他最喜爱吃的饵（黄鳝），明知那肉段下面是一根倒扎的鱼钩，但他还是一口咬住黄鳝，当即鱼嘴就冒出了一股一股的鲜血，把附近的河水都染红了，他用力地晃着鱼身子，叭叭横甩尾鳍，但是钩子并没有放过他，他有一身鳞甲却对此毫无办法。太疼了，由于失血过多，他浮在水上，背鳍、臀鳍、胸鳍和腹鳍都动弹不得……

戴妈妈年轻时的大胆，在戴湾一带是出了名的。她当赤脚医生，会给人扎针看病，她除了看病，还接生、卖药，德州、聊城都不少跑，最远到过河北张家口。她的生活是起伏动荡的，后来她就遇到了戴爸爸。戴爸爸那天正在跟他的祖父一起接诊，戴妈妈排在队里，等着就诊，实际上是想看看戴爸爸的祖父怎么给这个孙子徒弟上课，中医都是这样把望闻问切言传身教给下一代的。于是，一来二去，戴妈妈成了戴爸爸的媳妇。戴爸爸来到了戴家窑，逐渐学会了烧砖，从此再也没有离开过砖窑。

在戴晓军全力办砖窑时，戴妈妈中风了，在医院住了10多天也不见好，但还是出院了，主要是家里钱紧。戴妈妈中风可把戴爸爸累坏了，他白天看窑，晚上几乎只睡豆腐觉。他没法睡实，因为戴妈妈脑子里正在上演戴氏春秋，戴妈妈时常大呼小叫，有时喊放开晓军，有时喊别带走砖头。帮助戴妈妈康复这件事，戴爸爸一天也没放下。戴爸爸加固了从垃圾堆里拾来的椅子，让戴妈妈用它练习"移动"。刚开始，他真心疼戴妈妈，她的手完全没有力气来支撑没有任何知觉的身体，有好几次，她人还没有从椅子里抬起身子，汗水已经把衣服都湿透了。好在他们俩都有些中医的常识，了解各穴位与各经络之间的关系。慢慢地，戴妈妈可以站起来了，可以鸭子一样走到戴爸爸搬到不远处的椅子那儿了。慢慢地，戴妈妈不再每天发脾气，戴爸爸也不再偷着长出气。

戴爸爸看着戴妈妈从有胆有谋的大人物，活成了戴晓军小时候的样子。从前，她在家什么事都自己做主，在外面当着戴家窑的家，现在她不知道自己老了，以为什么都能干，她以为她还能行走八方呢。他想到这儿，倒不担心老伴的任性，他担心的是，这种任性若放到儿女身上，那将是极大的危险。他开始担心戴晓军。戴晓军现在正骑在虎背上呢。

新窑工地干得热火朝天，但戴晓军知道，他现在一差钱，二差原料。这两样差下来，等于八字没一撇。

一天，戴晓军在临时搭建的简易房里，看到了无事不来的魏建国厂长。

"原料预掺配配比不行啊，这几种原料都是制砖原料吗？"魏建国问。

"嗯。"戴晓军回答。

"在料场提前按比例混拌原料，然后再把它们放入澄浆池。预掺配的目的是将多种原料均匀混拌，这是保证产品质量的必要工作。"魏建国说。

"嗯。"戴晓军还是这么回。

"这项工作失误，会导致砖坯在烧制时内部的干燥收缩程度不一致，最终影响成品砖的强度。"

"嗯。"

"你牙疼吗？"

"嗯。啊，不。"

"预掺配的最大工作难点在掺配方法上。预掺配应该由铲车司机完成，你不能忽略质量而简化这一项，错误地认为通过破碎、筛分、搅拌、陈化取料等等就能代替它。这一步骤出现的问题，需要工人在后续众多工序中补救。一旦进入制砖程序后，问题就没有补救措施了，产品质量无法控制，你只能老实接受损失。"

"我没有莲花土。"戴晓军突然话题一转。

"嗯。"魏建国说。

"我也没有铲车。"

"嗯。"

"我也没有烧贡砖的窑头。"

"嗯。"

"你现在知道我是浑身'牙疼'了吧？让我说着了，我就不该吃砖头饭。"戴晓军叹息道。

看起来戴晓军与魏建国是一对活冤家，很不对付，无论魏建国怎样请求和解，戴晓军就是无法被感动，戴晓军生活在自己的世界里。魏建国在登戴晓军的门之前，也反复问过自己要不要来，但他在回过神之后，发现自己已经来了，而且稳稳地坐在戴晓军面前的三条腿椅子里，第四条腿下面撮着没有撮稳的烂砖。戴晓军之所以没有把折断的那条腿接上，让椅子回到四条腿，就是因为担心坐在上面的人会坐久。

戴晓军的第六感告诉他魏建国要做什么，甚至魏建国已经做了什么。他们两家八竿子打不着，他怎么也想不到春风得意的魏建国会把自己的脚迈到戴家湾来。不会轻易追随别人的戴晓军，就没给魏建国好脸色。戴晓军去追随别人，是有前提条件的，首先这个人要深得戴晓军的信任，其次这个人要有足够的能力，有成功的潜质，能让戴晓军心服口服。戴晓军知道，魏家窑已经顺利完成技术改造，并获得成功，这成功包括接到了北京圆明园的订单。

在戴晓军眼里，魏建国来登戴家窑的门，就是跟黄鼠狼给鸡拜年一样。戴晓军想，他想让我跟他一起走单，烧大城砖。戴家窑还没成型呢，别人不知道，魏建国还不知道？他想，魏建国你看不出来吗？为什么还要找上门来？可戴晓军不知道的是，魏建国心里有一杆秤，他看的不是砖，不是窑，而是砖窑上的人，戴家窑有这么多忠心耿耿的人啊。魏建国放下话和 20 万块钱就要走。

戴晓军说："放钱干吗？"

魏建国说："有用！给你用！"

"我用？我用不着。"戴晓军还在拒绝。

"用吧，没有利息。"魏建国说完，人已经坐进汽车，马上开车走了。

戴妈妈拿出戴晓军和戴爸爸穿小的毛衣，一圈一圈地拆线，那是两种不同颜色的粗棒针线，分别织进两个男人的毛衣里。她现在要把它们拆下来，用相同的线给刘砖头织毛衣。戴妈妈早就想着给他织一件毛衣，可是，中风让她的行动按下了暂停键。现在，她把拆好的线按进放了碱面的温水里，不敢泡太长时间，不时地将它们提起来，看看上面的挂针痕迹有没有除去，以免过久的浸泡影响她新织出的毛衣的美观。

戴爸爸不同意她操劳，她病刚刚好些，身体才有些起色，他怕她再累着。可戴妈妈坚持要织。

戴爸爸说："你也不看现在都什么时代了，哪还流行穿这个？"

戴妈妈说："我给你织了？"

戴妈妈找出长长短短的棒针，它们有的已经裂开，有的不成一副，她挑挑拣拣，用不同的棒针织起了不同部位的织片。但在织的过程中不是这里掉了一针，就是那里没有拉紧，她只好拆掉重新开始。

经过反复的拆与织，那些生长在不同针顶上的织片，像临近春节剥开皮放进器皿里的蒜瓣，长出了一片郁郁葱葱。看着自己手里用旧针旧线新织出的小生命，戴妈妈也一天天欣欣向荣起来。

戴爸爸说："人家未必要。"

戴妈妈说："我给他织的，他敢不要？"

戴爸爸只好给刘砖头打电话，刘砖头说："别让她织了，这会要了她命。"可戴妈妈还是把毛衣织好了。戴妈妈把剩下的线收好，一抬头看到戴爸爸正穿着新毛衣，还挺合适。她说："老东西，我说你老跟我拌嘴，原来是你想穿啊。"戴爸爸说："我帮他舅舅试试，万一你给人家织的不合适，那多不好。"戴妈妈说："有什么不合适？你心里老想着不合适，啥时候能合适？"戴爸爸一听，这嗑不能再往下唠了，于是把毛衣脱下来，交给戴妈妈，戴妈妈先一点一点把毛衣铺平，又折叠好，装进一个塑料袋。戴爸爸发现塑料袋底部破了一个大洞，他去找了一个完好的塑料袋。回来后，他看着戴妈妈一动不动，吓了一跳，忙用手去她的鼻子底下试。戴家已经很久没有什么好消息了，他心跳快得不行，拿手试了一遍又一遍，反复确认戴妈妈还有喘息，原来她已经睡着了。

新戴家窑远远看去，已经高出了地平线。十几个兄弟找了不同的渠道借钱，但是对借钱这件事本身，戴晓军就是不同意。因为知道戴家窑底细的人，是不会轻易把真金白银给他们的，怕血本无归，而真能拿得出钱的人，要的价都狠。基本上扣除利息，钱到戴晓军手里甚至只有六成。看着魏建国放在他桌子上的钱，戴晓军还是不敢相信。17个兄弟都到齐了，他把钱拿了出来，说："咱戴家窑起步就要烧大城砖。可咱一没技术，二没设备，最主要的还是没钱。整个戴家窑只剩下吃饭的嘴，如果不是还有地，大家温饱都成问题了。我怕的是，以后借的钱利滚利，咱们到头来给人家干，白干不说，咱这温饱反而成了问题，怎么办？"大家都说听晓军哥的，等于18个人一个脑袋，戴晓军苦笑了一下。

戴家办的是手工生产的大型砖窑。一台卷扬机把几辆连在一起的翻斗车，沿着轨道送到远处的一个低洼地里，有几个人在那里等着。等车滑到合适的地方，有人嘴里吹着哨子，手一挥，上面就停车。低洼地里的几个人赶紧把土装进翻斗车里。卷扬机一开，再把翻斗车拉上来，上面有人把翻斗车里的土倒进沤泥池里。沤过的泥会被定时捣进下面的大槽，接下来经过人工踩踏，然后複放进澄浆池。工人再定时用一个巨大的搅拌机，把澄好的泥浆搅拌均匀，泥干了就加点水，黏了就加点沙。配好的泥浆搅拌均匀了，就顺着一个出口用滚筒挤出去。这挤出去的泥条，像包饺子擀皮前醒好、压成的面剂子，躺在传送带上向前移动，它的宽和高就是一块大城砖的宽和高。一卷一卷的"面剂子"被送到晒场，那里有人胳膊上戴着套袖，手里拿着油布，卸下来这些"面剂子"，赶紧用油布把它们盖好，这样一来，砖坯从头脱到尾，第一块和最后一块的温度、黏度都是一样的。但有一样，戴家窑的工人平均年龄都在 60 岁以上，他们不放心让小孩子们干这活儿，一来小孩子们说的话多分神，二来起步阶段太关键了，他们怕有个闪失。

临时建筑这边，18 个曾经在部队打拼过的战友一筹莫展。钱，成了他们最大的问题。好在魏建国不光放下 20 万元现金，还给戴晓军撂下话："土先用我的！设备新的没有，旧的你需要什么拿什么，保证好使。"现在，这 18 个人一件事没办成，魏建国一个人几乎全办了。好像只要用上魏建国给的东西，戴家窑都可以直接放鞭炮，点火烧窑了。戴晓军还在犹豫什么呢？是的，戴晓军觉得这不大对劲，不太真实，因为他跟魏建国没这么大的交情，甚至还曾经是情敌。他觉得如果不是自己在中间搅和，魏建国的媳妇应该是许韵清。一想到这一层，戴晓军更觉得魏建国没安好心，这里头一定有阴谋，可他又说不出阴谋的目的是什么。他想，我戴晓军有什么呢，还让魏建国惦记着？

戴晓军看过魏建国的砖厂，那里叫砖厂比叫砖窑正确，人家一水的自动化设备。传送带上这点事，在魏家窑只是开始，人家还要有一个推排子车的工人，把一块块湿漉漉的砖坯，装到排子车里，然后工人一按电钮，排子车飞一样顺着下坡道开到不远处的砖坯阴干车间。这边的车间里有一些女工等候着，排子车一到，她们就把砖坯卸下来，按指定规格把它们码成一垛一垛的。砖坯和砖坯之间留有一定的空隙，为的是能够通风阴干。真好看，到这里，魏家窑的一堆泥一把土，已经是艺术品了。

点火程序是魏建国给列的。一、开启排烟机。点火时，应先开排烟机，使窑内形成负压状态。未开排烟机之前，严禁点火，以免火箱车向外蹿火烧伤操作人员。二、点燃易燃的材料。用少量的柴油与棉纱点燃铺在火箱车燃烧室内的木柴。要注意少加柴，以防火势太猛。经过一段木柴小火之后，再加煤燃烧。三、适时调节风量。适时调节排烟机的风量和火箱车的进风闸板，保证火箱车的燃烧室内有一定的空气流入助燃。

"这是什么玩意？"戴晓军看不懂，排烟机他知道，柴油、棉纱他也知道，火箱车是什么？他手里拿着一截干燥的松木，紧抽了几口烟，琢磨什么是火箱车。

戴晓军继续往后念。点火后对火箱车的操作调整如下：一、适时加大风量。逐步适时加大风量，加速燃烧，提升火箱车内的温度。二、调整火箱车内的压力。点火时，火箱车内处于微负压状态，随着温度逐步升高，气体膨胀导致压力增高，火箱车内有可能会出现正压状态。为此，要适时调整排烟机的抽力，维持火箱车内始终处于负压状态。

戴晓军嘴里的烟差点烫着他的手，他心说，俺的乖乖，火箱车就是砖窑，魏建国弄得跟要打仗似的，明白了。戴晓军长出一口气，再一睁眼，他吓了一跳，所有60岁以上的工人都站在他面前。戴晓军一下子站了起来，说："怎么了？出啥事了？"

为首的一位说："窑烘完了，烘了两次，在点火前，把窑壁和窑顶的湿气都排出去了。你看看去，都干膛了。"

戴晓军说："这么说，可以点火了？"

工人说："我们点火，再烘一次，这样能加速升温，更好地排除窑体的水分！"

"好！好！好！"戴晓军说。

"好什么？"戴爸爸这一问，大家都愣住了。

一位工人说："老戴的意思是，窑头呢？没有火把式，你点什么火，烧什么窑？"

戴晓军的脑子突然短路了，他看着面前的人，却听不到他们说什么。反正只要不是窑头火把式，他们说什么也没用。戴爸爸赶紧打电话给魏爸爸，魏爸爸又向陶家窑求救，让陶景人给戴家窑派窑头，火速增援。陶景人很奇怪，他说："你不告老还乡，咋又挂上帅了？再说戴家窑跟你有什么关系？我这儿都把窑厂办成贡砖学校了，工人跟走马灯似的进进出出，还是快进快出。"

"你办学校是应该的，天降重任，我想办还没资格呢。"魏爸爸说，"我可跟你说，你是清城的贵人，你是贡砖的贵人，你看……"

"好，你别在那儿夸了，再夸就把我夸上天了，我给他们派去一个最好的火把式，行了吧？"陶景人说完刚要放下手机，又拿了起来，继续说，"你个老奸巨猾的老东西……"他刚说到这里，就听到那边抽泣起来，陶景人也跟着落泪了。

终于盼到了出窑的那一天，戴家窑的窑门一开，里头一水儿的青色大城砖，让人们都看傻了。60多岁的老窑工们个个摩拳擦掌，18个战友只觉得眼前热浪翻滚，人人一头热汗。"走！节省时间！"人群中不知谁喊了一声。老窑工们几乎同时加快了动作，砖窑的温度还没降下来，他们已经钻进窑内。很快，靠近窑门口的砖被一块块传递出来。戴爸爸发的手套根本隔不住烫手的高温，一副手套不一会儿就破了，递砖的人却没有一个吭一声。大家都在传递着大城砖，每个人的双手十指都被磨破了皮，露出嫩肉，渗出血液。最要命的还不是这个，而是呛人的青砖粉尘，砖窑里尘土飞扬，进去没多会儿，他们个个都成了"青人"，满身砖头粉末，吐口痰、擤鼻涕都是青色的。清城贡砖人，与贡砖是同呼吸共命运的。砖里有他们的血汗和青春，他们的身体里有青砖在流动。

窑里一水儿的老窑工，其他砖窑根本不用这样年龄的工人，因为人家要的是负责管理机器和技术的工人，再怎么也要找一些年轻劳力，谁还用这些人呢。但戴家窑工人的劳动场面井然有序，他们好像经过磨合期的机器一样。戴晓军往窑里看了一眼，发现这根本不再是砖窑，而是一个仙境。那些看不出鼻子、眼睛，与青砖浑然成一色的工人，简直就是飘飘欲仙的仙子。他们太陶醉了，根本没有发现戴晓军这些后生在看着他们不停地递、送、接、摞。他们像是人形机器人，毫无偏差地重复着程序。这时候的他们太全神贯注了，一声突然的响动都有可能打扰到他们。

但戴晓军也明显地看到，他们渐渐开始体力不支。一块大城砖五六十斤重，他们的疲劳在递、送、接、摞的过程中逐渐积累。有人上前想接下父亲手里的大城砖，被父亲骂走了。戴晓军实在看不下去了。他想，这时候再不出现，他还是战士吗？还是人吗？戴晓军扫了一眼身边的人，发出了号令："一起行动！"他身边的人几乎同时点头，并戴上了手套。可窑里的长辈们突然转身全都背冲着窑门，用身体组成了人墙，把窑门给堵严了。戴晓军他们进不去，面对的是亲爹亲叔亲大爷，谁也不敢硬闯。戴晓军不由得向窑顶望了望，他想着，从上面向下，也许能占领有利地形……就在这时，小豆子不知从哪里蹿到窑顶，只见他一跃，跳到了离窑顶最近的上层大城砖上。热气是往上走的，那里最烫，小豆子刚站上去，他的鞋底就开始化了，他赶紧挪了几步，但脚下的融化并没有停止，很快传来了嗞嗞的声响，小豆子的脚下已经升起了黑黑的烟。他向前突然栽歪了一下，就在人们以为他要冲下来的时候，他却突然抱起了一块大城砖，他看着站在窑床上的老师傅们，似乎想加入他们递、送、接、摞的行列，成为第一个新的递砖人，但是，他抱的砖实在太烫了，他的手套冒起了烟，他的身体本能地歪斜一下，双手却坚持住，将砖抱得更紧了。不，不只是双手，他是将砖整个抱在了怀里，还用上了左大腿……

"扔，扔！小豆子——快扔掉！"戴晓军大声喊道。话音未落，砖在小豆子怀里爆开，粉碎了。

23

你是烟囱，你是标杆

　　小豆子抱住青砖没有松手，因为他舍不得，这可是戴家窑在老窑址上建新窑后出的第一窑大城砖。可砖却在他手里爆开了。

　　只见小豆子咬牙忍着，举着被烫伤的手，来到递、送、接、摞大城砖出窑的队伍末尾。他出了一身汗，汗使他成了一个水人，衣服很快塌在他身上，裤腿也缚在腿上。他看着戴晓军，嘴动眼睛也动，却只流下两行泪水。

　　"你说什么？大点声！"戴晓军急得不行。

　　戴晓军话音未落，小豆子倒下了，周围十几个人呼喊着"小豆子"。戴晓军推开守门人围起的人墙，冲进了窑膛，冲上了窑床，迅速把小豆子抱出窑来。剧痛使小豆子只能靠在戴晓军身上哆嗦，戴晓军紧紧地抱着他，怕他挣脱，怕他二次受伤。小豆子的鞋子和脚上的皮粘在一起，他浑身上下流淌着汗水，湿得跟刚从河里捞上来似的。

　　"小豆子，让你把砖扔掉，你为什么不扔掉？快，把平板车拉来，送他上医院。快呀！"戴晓军奋力地扑打着小豆子的肩膀，可当他看到小豆子的脚，戴晓军的手再也打不下去了，他抽泣起来……正在这时，小豆子突然使劲鼓了鼓腮，一字一顿，用力地说："的——吃——拴——"

有人说，小豆子说的是"大城砖"。也有人说，小豆子说的是"得吃饭"。

可是，现在没人关注小豆子说什么，因为，人们看到小豆子身后，那些刚出窑的砖头像被施了魔法一样出现了诡异的裂痕，而且裂痕越裂越大，紧跟着，整垛砖都轰然倒塌了……

戴家窑自从用上了魏建国的钱，就等于被拴上了套。背上债还得拉上套，这真有点大骡子大马的意味。但此时，戴晓军反而不怕了，他的脑回路突然清晰了。现在的戴晓军，已经不怕戴妈妈去养羊的人家赊羊了。记得他回来那天她赊过一只，送戴晓红去医院那天她又赊了一只……以前他真怕给人赊欠一辈子，夜里做梦都能听见羊叫，何况是欠魏建国 20 万块钱？如果失败，他将再无出头之日。他想，戴晓军，你必须排除万难。他知道，他得对得起这一片人心，为此，他得豁命！

同样是马蹄窑，魏建国没想到戴家窑说是从古窑址起窑，却与老窑址的窑膛直径不同。原来戴晓军建的是一个巍巍壮观的马蹄窑。作为一座"标准"的窑，陶家窑只有戴家窑的三分之一多一点那么大。

魏建国验砖时发现，戴家窑的砖合格率并不高，若不是单窑产量大，根本无法弥补这一缺陷。在魏家砖厂，各种原料是需要提前严格拌混的，而从戴家窑的澄浆池取料后的断面来看，那里各种原料分层严重，形成"彩虹"分层断面。魏建国派来魏家砖厂的原料预掺配工程师，工程师发现戴家窑用的原料未均匀混拌，因此砖在成型干燥后，断面上也有螺旋纹。

在成品砖中，魏建国又发现了问题，那就是干燥不合理导致的产品脱皮。在产品出窑后，外层砖出现大量脱皮，脱皮产品虽强度高，但外观不合格。魏建国从现场观察中发现，脱皮砖多出现在靠外位置，内部砖未受影响。脱皮砖的出现位置很有规律，主要集中在窑床迎风面和两侧面的一小部分，且呈对称状，其他部位未受影响。工程师通过进入窑膛现场分析和观察，初步判断出，砖坯在晾晒过程中由于大风高温天气，外皮脱水较快。砖坯内的水分差异大，外皮收缩而内部水分较大，经过焙烧收缩，表皮与砖坯彻底剥离。

　　戴晓军觉得魏建国这个人很奇怪，说他聪明吧，确实不笨，但他怎么能跟自己曾经的敌人和平相处呢？戴晓军想不明白，但有一点他知道——自己绝对不可能成为魏建国。戴晓军想好了，无论魏建国是恩人，还是仇人，还是竞争对手，他都会保持一颗平静的心对待他，无论做观众还是朋友，他一定要跟魏建国走下去。他下定决心，没有南墙只管往前走，遇到南墙，拆掉它继续往前走，就算是遍体鳞伤又怎样？

　　有想法的不只是戴晓军，运户也对魏建国很有想法。他找到魏建国说："我在你这地里开窑厂，你为什么舍近求远，去帮戴晓军起窑？"

　　魏建国说："你是在我的地里开窑厂。但你我都在工商局注册了，从法律意义上讲，你我都是法人代表，经营的是独立的经济实体。我们之间只有租地合同，相当于我是你的房东。我还帮你存了土，因为你没有采矿证。但是，我不干涉你，你也不能干涉我。"

　　运户没听魏建国具体说了什么，但听到了魏建国在用词里强调的你、我，心想，他倒分得真干净呢。于是，运户说："武训的脑袋——莫轻弹。哼！"武训的脑袋——莫轻弹，这句话中的典故是，武训为了筹钱修义学，除在街头乞讨外，还甘愿自己忍受屈辱让人弹打脑袋，以此来换些铜钱增补修义学的经费。可是，谁要弹了他的脑袋不给钱，那他是不会善罢甘休的。运户虽然扔下这一句，但其实他完全没有理解这话到底是怎么回事，他只知道有这么一句拎出来就说。魏建国就想，你呀，都没搞清楚来龙去脉，你以为武训的话是砖头，想扔哪扔哪？

魏建国这些年没少读书，一开始真看不懂，后来他颇有长进，已经陆续地看了许多文史哲方面的书。

"哦，哦，睡觉觉，老马猴——叼耳朵。狗吃了、猫咬了，俺小宝宝睡着了。"魏建国的媳妇在院子里哄孙子睡觉，唱着儿歌。"逗，逗，逗虫虫，虫虫咬了指甲疼，飞喽！飞喽、飞喽！飞飞喽……"

魏建国放下书，他觉得他面临的问题并不比孙子的到来更简单。他觉得自己突然变小了，现在他终于知道，父亲为什么怕他拆掉那几排红砖房，因为那里面关着一个年轻的生命，那生命属于父亲。

清城市政完成了城市水系规划案，准备打造一环绕城、三河穿城、七水嵌城的水系结构。一环绕城，指的是小运河、南关河、济津河构成的水环围绕着清城。三河穿城，指的是卫运河、六分干渠和济津河穿过城区。七水嵌城，指的是七个湿地与湖库，即胡姚河湿地、卫运河湿地、金泽湖、银河湖、运泽湖、济津湖和歇马亭湖处于城区内。这可不是简单的规划，这其中包括整治河流的内容。例如要规划保护元运河河道原始形态，维持现有堤岸，结合元运河两岸生态绿地建设，保护其历史风貌、自然环境。严禁拓宽、裁弯取直等破坏性保护行为。同时，要开发古城文化旅游线路和现代风貌旅游线路。这一切让魏建国热血沸腾，他觉得，这些水文规划所带来的变动正在向魏湾扑来。

在建设完联体轮窑和窑厂环保达标以后，魏家砖厂生产制度健全，岗位职责明晰，工种与工种之间没有什么技术秘密可言。魏家砖厂年生产贡砖900万块，也建成了国家级非物质文化遗产的传承基地，成为山东省文化产业基地之一。

只可惜，尽管有了如此成就，魏建国还是碰了一鼻子灰，他去帮陶家窑，人家不需要！陶景人一口回绝了魏建国，把门关得咣咣响，差点把魏建国刚迈出的左脚给卡在门与门框之间。魏建国有点不服气，不用说别人，张德贤就狠向魏家砖厂取了管理经。还别说，魏家砖厂良好的生产设备和劳动组织管理状况，跟魏建国这个当厂长的能力是分不开的。魏家的名言就是：我们的企业管理机制，可以让个人管理形同虚设。

魏家砖厂属于大中型砖瓦企业，设计生产各类砖的总能力达到了年产6000万标块以上，是清城第一家在生产工艺技术上达标、环保达标的砖窑（厂）。而陶家砖厂还在苦苦探寻之中。用于砖窑的天然气精燃烧嘴，材质（特别是烧成带的材质）能承受长期高温，有良好的保温性能，结构严密，不漏气，并有利于窑内气流的合理分布。但陶景人仍然怀念烧豆秸棉柴，只有那样，他才感觉自己能延续对窑的不间断的、同呼吸共命运的情感。虽然张德贤跑了很多路，找了很多厂家，最后选择了天然气精燃烧嘴，但这个方案还是第一时间被陶景人给否定了。

其实，精燃烧嘴等燃烧设备具有许多优势。一是它们的恒温效果好，使用寿命长。二是效率高。一般情况下，砖窑煤改天然气使用的精燃烧嘴等燃控产品不会破坏窑的基本结构，施工简便，效率高。三是生产厂家可以根据不同窑炉温度及使用氛围的要求，生产用于不同温度的燃烧配套设备。但这些资料没有派上用场，张德贤第一次感到无能为力。陶家窑始终没有环保达标，依然在黑暗里蹉跎。张德贤当然知道陶景人为什么摇头，为什么否定他的建议。他知道比孙悟空还精明的陶景人是比谁都想干到头里去的，他没有别的心思，要做就想做得比谁都好。陶景人缺少的不是雄心，而是钱。

戴家窑面临的最严重的问题，是砖的质量不合格。魏建国跟戴晓军说，有问题找陶景人。可戴晓军还是决定再烧一窑，他很想独立完成工作。在无干扰的情况下，他觉得自己更能接收到砖窑里的所有信息。但问题还是出现了。虽然之前魏建国给戴晓军分析了一些原因，但是第二窑砖还是出现了断裂的问题。这天晚上，戴晓军突然想到了许韵清交给他的那块砖。这阵子他忙了窑上忙家里，忙了家里忙小豆子。他把这块残砖取出来，把灯关了，他相信这里面一定有信息，会把所有的一切告诉他。但是他坐在砖对面看了半天，后来打开灯继续看，还是没有看明白。这半块砖头，怎么看还是半块砖头。他想了很久，依然想不出来，他把半块砖重新用《清城日报》包起来，就跑到陶家窑上去，想看看陶景人能说出什么。

"什么事？"陶景人不看那半块砖，虽然态度上不是漫不经心，但他也并没有看戴晓军。戴晓军有些气恼，但陶景人又没说什么令人气恼的话，这是陶景人厉害的地方。戴晓军突然看到，陶景人的八仙桌上放着两只空茶杯，他提着茶壶提梁正在往茶杯里倒茶。可陶景人是怎么知道戴晓军会来，刚好准备出了茶和茶杯的呢？

戴晓军问："按说魏建国他爸跟你齐名，魏建国为什么让我来找你呢？"

陶景人说："嗯，是这样。他为什么让你找我？我把有关澄浆砖的工艺技术都报给国家了，国家级第二批非物质文化遗产名录里有，你可以看。大家都知道了，没有秘密。你让我讲，我也顶多是讲这个。"

戴晓军说："但是，就是不对，按你说的烧就是不对。我照你写的方法烧造，结果出窑后，砖都是裂的。你不告诉我，申请完了也没有用，在哪申请的也没用。"戴晓军的话狠狠打击了陶景人。

"我都申请下来称号了，把它列入国家非遗名录了，你说没用？"陶景人很生气地说，"你倒是说说，么没用？呃，我把我烧造的经验总结出来，把知识全都贡献给国家了，么是没用？"

戴晓军说："让砖说话。你说话就是没有用。"

陶景人非常生气，这么多年来，他一直被尊敬地称为贡砖传承人，第一个把贡砖工艺技术申遗成功的传承人，这是他第一次被人当面否定。陶景人的气顶到天灵盖了，他白净的国字脸膛都红成了猪肝色，他无法容忍来自这么一个刚把窑支上、乳臭未干的毛头小子的指责。他放下茶壶，穿上鞋，突然就想到：还真是我要负责任，他说这一窑砖都是按我的技术烧出来的，那要是这样，就不止这一窑砖，今后会有很多出问题的砖。我还真得把这个事情想想明白。陶景人告诉自己：不要以为你是传承人了，就万事大吉。你是烟囱，你是标杆。

戴晓军理直气壮地跟陶景人吵完，回家以后，他才明白自己跟陶景人为什么不一样。戴晓军想起来，陶景人家的八仙桌上放着一排排的砖雕砖塑的小动物。陶景人就像护着自己的亲儿子一样，把它们当怕摔怕碰的小婴儿。陶景人对陶家窑的物件都充满了护犊子一样的爱。而他戴晓军从来都没有想到会去爱这些砖，只是想指着砖头吃饭、赚钱。戴晓军甚至还有一点恨砖，他也恨魏建国，他到现在还是把魏建国当成自己的敌人，就觉得这世界无利不起早。想到这儿，戴晓军眉宇间的"川"字舒展了。他想：我连砖都恨，那砖还能跟陶景人烧出来的一模一样吗？

陶景人在戴晓军走后，发现了戴晓军忘记带走的半块砖。这是块老砖，等取来眼镜一端详，他才发现这砖有一种熟悉的感觉，它就好像是很久以前陶景人自己烧的砖。可是掂掂，看看，他发现这确实是有年头的砖，而且上过用来防水的桐油。陶景人不敢怠慢，他心想，戴家这小子，带着这块砖来，明明来办两件事，说了一件就走了，结果两件都没办成。就在这时，他看到老砖上头有半个"景"字。怎么是我陶景人？他心里不由得一惊，再仔细一看，又不太对，倒是上面那个完整的字出现了，是"陶"。陶景人心想，我的天啊，这是我家祖上的砖，顶着"陶"字，陶字前面还有"作头"二字。他想，这真是天意，老天爷通过这块砖头，通过戴晓军来传话，说的是："陶景人，你给我听好，你办事不能眼高于顶，你要把这件事办清楚。好事你得往好里办，没办好你就得意，这可不行。"陶景人想了想，他真得把工艺技术的每一项都写得明明白白，让谁看了都能做出贡砖，让砖不掉皮、不裂缝。

让戴晓军想不到的是，他前脚到家，后脚陶景人就骑着他的小摩托来了。陶景人喊戴晓军一起去戴家窑周围和窑膛里捡砖。在戴家窑，陶景人戴上眼镜，看了个仔细，问了个底掉，然后得出结论：烧结砖表面的裂纹不仅与焙烧工艺操作有关，而且与成型、泥料和原料都有关系。陶景人说，不能只认为是烧造过程存在问题，只有广开思路，才能及时查到裂纹的原因所在。

戴晓军这才从心里竖起了大拇指。因为这两次烧窑，他只点火以后盯，还真没注意装窑之前有什么问题。陶景人看了澄浆池和沉泥池，认为有些裂纹的诱发原因是冷却不当。他发现戴晓军的大窑比一般的窑要高，这完全遮挡了窑后的晾晒场，砖坯长时间存放在这样的地段，导致内部湿气凝结，就跟月子里着凉一样，砖坯在这个时候就坐下病了。但产生裂纹的最根本原因是泥料最初配土的比例有问题。戴晓军看着陶景人问："那怎么办？""改！"陶景人只说了一个字。

陶景人又拿起一块砖，发现它上面有成型性裂纹，说这是踩泥过程中有异物导致的。"另外，"陶景人继续说，"要想烧出好砖，在装窑时，砖坯的含水率应小于2%，砖坯应在预热带缓升温、慢脱水。砖坯在预热过程中如果升温速度过快，坯体内会产生大量的过热蒸汽，当这种过热蒸汽的压力增大到大于坯体结构强度时，就会使坯体产生裂纹。"陶景人还告诉戴晓军，要注意烧成裂纹的辨别。

戴晓军赶紧拿来了笔和本子，准备记录。陶景人说："烧成裂纹分为炸纹、网状裂纹和发纹3种。炸纹是制品表面产生的不规则的炸裂纹。产生炸纹的原因是含水率高的砖坯在预热带升温过快。网状裂纹的形成原因是砖坯在预热带因凝露、回潮或急剧升温脱水。发纹是制品表面出现的几乎是直线的细长裂纹，产生的原因是制品在冷却带遭遇急冷。"

戴晓军把这些话一字不落地记下来，他心疼自己草率烧出的两窑砖。但这个念头稍瞬即逝，因为他非常清楚，如果没有这两窑砖，他真请不动陶景人。只有跟着陶景人就事论事，认真分析，正确辨别，他才能知晓裂纹成因，及时采取有效措施，杜绝问题再次发生。

有天夜里，魏建国的梦中出现了一个机器人，它告诉他自己叫鼎鼎。他们俩还在一起对话呢。第二天，魏建国盯上了数码雕刻机，魏家贡砖基地已经开始了砖雕生产，但还没有用上数码设备。把数码技术用于砖雕，这真是时代不断发展，他才有可能见到的。参观设备生产厂家时，他身后有"人"问："你好，请问我可以帮助你吗？"魏建国转身一看，那"人"竟然是自己昨晚梦见的机器人。

魏建国问："你叫什么呀？"机器人说："我叫鼎鼎。"这居然跟他梦里的一模一样。

魏建国想，不同形式的仿古砖在经过雕刻之后，都具有很高的欣赏价值，能让房屋整体变得更加好看。他认为，砖雕是好看又好用的产品，相比一般的仿古砖更有古典艺术气息，更具有清城的地方特色。

魏建国答应与许韵清一起研修贡砖历史，建立贡砖博物馆。他还加入了中国砖瓦工业协会。魏建国如同投入一场恋爱之中，人只要心里有爱，就像从谁手里抢回失去的时光一样，焕发了青春。魏建国感觉还是文化有意思，因为文化有美感，这使他上升到一个新的境界。他决心不仅让澄浆贡砖走向全国、走向世界，还要让更多的人知道大运河畔的魏湾、戴湾，在让订单从全国飞来的同时，还要让人们走进清城的历史。

魏家贡砖基地新来的女讲解员正在练习魏建国写的讲解词："在古代，大多数人在建房子的时候都采用青砖，因为青砖不管是硬度还是强度，都远远超过红砖，而且青砖的密度大，不易变形。它抗冻，抗氧化，防水泡，抗风雨剥蚀，常年不腐。青砖的透气性非常好，吸水性也很好。现在在一些古老的建筑里，我们还能找出一些有着上百年历史的古青砖，它们比石头还要硬，这个质地的青砖，才可以做砖雕。"

这时，机器人鼎鼎充好电，它缓缓地向魏建国走来。

24

众人瞩目

陶家窑还陷在深泥坑里。这坑是陶景人自己给自己挖的。他想恢复特种砖的生产，虽然特种砖的市场需求量不大，但他一心想把所有类型的贡砖都烧出来。眼下陶景人不能停步，他站在文史专家一边，已经成了提高贡砖质量的专家。陶家窑的贡砖出窑率始终保持在行业内的高水平。

陶景人记得，自己以前拾的残砖里有斧刃砖、副砖和券砖。许韵清告诉他《明会典》里的话："永乐以后各处窑座：临清窑烧造城砖、副砖、券砖、斧刃砖、线砖、平身砖、望板砖、方砖。"

陶景人想瞅瞅这些不同的砖都用在什么地方。许韵清说，得等她从戴湾、魏湾寻找完文物回去，她再帮他找建筑物上的照片。她记得宋应星在《天工开物》里写过："若皇居所用砖，其大者厂在临清，工部分司主之。初名色有副砖、券砖、平身砖、望板砖、斧刃砖、方砖之类，后革去半。"清城砖的种类，《明会典》提到8种，《天工开物》提到6种。许韵清说："《明会典》和《天工开物》共同提到的6种清城砖中，有副砖、券砖、平身砖、望板砖、斧刃砖、方砖。副砖应是与城砖配套的砖。券砖是垒砌各种券门（道）所用的砖。斧刃砖是专为大式建筑及小式建筑砌拱券、山墙檐口、部分下碱（下肩）以及地面铺墁所用的砖。平身砖是砌墙用砖。望板砖是屋顶铺墁用砖。以上后4种砖，尺寸比城砖小，比铺地用的方砖也小，属于古建筑用砖三大类中的小砖类。"

"《明会典》中提到而《天工开物》没有涉及的砖有两种，城砖和线砖。其中，城砖因主要被用于城墙建筑而得名，还被用于重要建筑的基础部分及大式建筑的屋墙部分，属于古建筑用砖三大类之一。线砖在文献中记载较少，具体用途现已不明。清城主要以出产大城砖而闻名，大城砖是清城砖里最重要也是影响最大的产品。从某种意义上说，如果不出产大城砖，'清城澄浆砖'的生产也就没有价值了。"许韵清说。

"这么说砖上城墙，咱的大城砖垒成了北京城，内里还有这么多的辅助呢。"陶景人说。

"嗯，城是最大的墙。"许韵清说。

"这就对了，你看的那些书都能证明这个。我烧造的砖，也来帮你证明。"陶景人说。陶景人已经住进青砖房舍20多年，他可以深有体会、实事求是地说出青砖房的特点，他说："我没开窗，你感觉憋闷吗？"

"没有。"许韵清说。

"青砖透气性强、吸水性好，我往地上洒水，它能在这屋子里保持一定的湿度，四季不燥。你感觉好吗？"陶景人说。

"那当然好，我觉得你就像澄浆砖的父亲，甚至是母亲，生养了它们。每一块从你手里诞生的澄浆砖都有生命，像女娲手里的泥，放在地上，就是人祖，就是人类。"许韵清说。

"我哪生得了？"陶景人一拍肚子说，"咱没那能力。"

许韵清笑了，说："那戴晓军要加高砖窑，你帮不帮他？"

就在这时，陶家窑出事了。水把式又喝多了，在砖窑顶上闹事。这正是陶景人面临的第二个坑：人的升级换代。环保行动带来的一系列变化，动摇的是几百年来人们对燃料汲取方式的认识。当火把式不再是不可动摇的窑头时，心里最震惊的不是陶景人也不是张德贤，而是水把式。再加上运户不时在一旁挑拨，他感到一种刀架在脖子上的恐惧。陶景人一直以为水把式能与他共渡环保难关，可是他想错了，因为这世界除了他有难关，人人都有自己的难关。

陶景人不得不与水把式斗法。火把式的死在很大程度上已经让水把式看到了自己悲剧的未来，但较之火把式，水把式的骄傲更为隐蔽，他也更年轻。

张德贤和陶景人一起把喝醉的水把式送回家，在回去的路上，张德贤一路无话。他跟在陶景人身后，只觉得陶景人看上去没有以前身板硬朗，也不像他一贯给人年纪看上去比同龄人小很多的印象那样。"师傅，"张德贤在喉咙里咕噜了一声，继续说，"我找到无烟砖窑的秘密了。"

"这种砖窑包括环形砖砌炉体、炉膛、风道、风口、透光窑棚。环形砖砌炉体内设有环形风道、中间风道和引风机，风道内等距离分布相对应的进出风口与炉膛相通，进出风口均配有闸门，在环形砖砌炉体上设有炉膛和与砖坯相配合的移动组合保温墙及保温盖，在环形砖砌炉体中间风道上方设有带台阶的工作台。"他突然说不下去了，哭起来。陶景人转过身来，从衣袋里取出一包纸巾，是新的。他不知道如何打开，就把整包都递给了张德贤，说："风大，这窑也太折腾人了。"张德贤一边抽泣一边抽出纸巾说："它结构设计科学合理，保温效果好，既节能又环保。"

陶景人不说话，心里有了主意，他就是三顾茅庐，也要找回水把式。

张德贤却在试验一种用水管进行泅水的方法。这种方法用支脚架排列好水桶，水桶下部均匀安装排水管，通过窑心墙的上表面设置耐火层。窑心墙的两侧上端设置一对凸台，凸台的上表面纵向设置溢水槽，凸台的外侧下部设置斜面，窑心墙的下表面两侧均匀分布导流槽，水桶与窑心墙之间设置保温层。窑体下表面纵向中心线处设置长方形水槽，两侧均匀分布导流孔，窑体的上表面前后两端中部均设置温度控制器，中部设置支架，支架内设置储水罐。储水罐是比水桶更大的装载体，通向窑体上表面两侧均匀分布泅水系统，储水罐的下端与泅水水桶之间设置出水管。这个方法是可以申请专利的，使用"管送"点泅法，使烧砖过程中浸水的位置、速度和流量受到严格的控制，从而提高了烧造质量和安全性。

虽然有了张德贤的研究与发明，陶景人还是要找水把式。陶景人带着张德贤他们一起来找水把式，他跟水把式说："加水的目的是么呢？目的主要是降温、定型。这道工序必不可少。砖瓦颜色好不好、耐用与否，也全看这一道工序做得怎么样。这要是没个把式，还真是件难事呢。"可水把式想的是运户在他耳边的叮咛："你是水把式，你不是只加水，你知道你在做什么。你这个岗位是成砖的关键，你得知道自己的身价，他给你的钱不够，你得争取。再一个，你知道的秘密不能告诉别人。"

"那我的喷水阀被人偷了怎么算？"水把式终于说出一句话。

"你知道是谁？"陶景人追问。

"不知道！"水把式当时就觉得心里憋屈，整个陶家窑都不对。

"那好，这事交给我。"陶景人说。

当天回到窑厂，陶景人就组织窑厂全体工人开会，什么会？"选贼会"。他说："水把式的喷水阀夜里被盗了。窑厂里的被盗案，先不向公安局报案，咱发挥民主，开大会让大家投票选贼。"人们你看我、我看你，都不会顺顺当当地写这个选票，陶景人让张德贤反复动员，好话歹话说尽，还是没人写，只好订了10板托板豆腐，宣布谁写了选票谁拿走，在这儿吃回家吃随便。有人开始写了。张德贤说好是无记名投票，要求大家写什么也别把自己写上。大部分人胡乱写上几个字交差，领了托板豆腐走了。也有人心眼多，自己写完，故意让身边人看，不说话把纸条展开，以防自己写的与选上的人相同，想要证明与己无关。豆腐很快领完了，场地上还有特别老实的人，万般无奈，真把自己名字写上了。陶景人当然明白，这样的"选"贼不会有结果，贼是要"抓"的。其实，平日里窑厂确实有手脚不干净的人，爱顺走点东西，趁人不备翻人家衣兜。那人还真瞅得出来的紧张。陶景人想做的不是开会，也不是给托板豆腐打广告，而是想观察，看在他的窑厂里谁在承压时有反常举动。

这时门外有汽车响，有5个人奔砖窑而来。走在前边的是负责环保工作的科长，30多岁，中等身材，一只大口罩遮去了一半的脸。他们身上和他们的车上都有带蓝道儿的标识。他们边走边聊，边指指点点，让人一看就知道，他们对陶家窑的地形非常熟悉，完全是轻车熟路，必是这里的常客。他们是为了环保验收来做监测的。

"监测颗粒物只是在污染源下风向2米到50米内，而不是在厂界内？"张德贤上前去问。

"颗粒物监测分厂界和车间两大部分。"监测人员说。

"验收监测过程中，什么时候测厂界？什么时候测车间？"张德贤又问。

"一般验收监测都针对企业的特征污染物和国家重点控制的污染物，做厂界无组织监测。"监测人员回答。

张德贤这才明白，原来的三人行变成今天的五人行，是因为有第三方介入验收。验收合格了，但环保局的检查结果是不合格，因为环保设备是环保局指定的。陶家窑前期的环保投入又打了折扣。

我的天，再不合格，又要考虑上马新的环保设备，这么对付，什么时候是个头儿呢？张德贤真希望陶家窑也像魏家窑一样一步到位。魏家窑的环保改造看起来一次投入大，但改造完他们能够迅速点火生产，只要生产正常，资金很快就会回笼。但陶景人坚持一步一步改造，只能承受更大的损失。

贡砖制作技艺复杂，环保监控严格，这两项都比不了现实里的另一项挑战：青砖窑如雨后春笋出现，运户四处敛砖却敛不上来，他就开始造假。张德贤开车带陶景人去看别人怎么抢单：手机上树，还有放倒电线杆子的。有人说，这些手机是由"清城贡砖合约送货司机"挂上去的，目的是抢夺订单。张德贤把车停下，到人堆里问："抢到订单了？"话一出口，他身边一下子围上来好几个穿西服打领带的人，七嘴八舌地说："老板要什么型号的？""要什么窑口出的？"

"你们有什么窑口的，说来我听听。"张德贤故意上前问。陶景人拉住他，不想让他再靠上前去。因为陶景人感到这些握着手机的人身子都烫，体内燃烧着可怕的欲望。可张德贤这一问，他们说手上的砖，有魏家窑的、陶家窑的，啥窑口的都有。陶景人一听，睁大了眼睛。张德贤知道，若不是让陶景人亲眼看见这场面，自己怎么说陶景人也不会相信。张德贤告诉陶景人："昨天有老板来电告诉我，说这儿有一伙人告诉刚来清城的外地人，他们的平台把清城的砖全买断了。他们还有烫金加工的代理商授权书，烫金字做得很漂亮，上面写着'贡砖专卖'。"

这时，有人尾随来，要加张德贤的微信。简单寒暄几句后，那人切入正题，说他们手中的贡砖型号众多。他还说目前清城做贡砖的窑口很多，相似度很高，只有他们平台最规范，对砖要求最高，提供的产品质量最好。

张德贤问："你们有魏家窑的授权书原文件吗？"

那人说："没有。"

"没有人家窑口的授权，你干的是什么买卖？"

"我们就是要求他们各窑口配合我们做。"

"冒牌的，也能在网上平台销售？"

"你是买砖的吗？你这话说出来，要对我们平台负责任的。"

"我是做砖的，我是要对砖负责任的。"

"你是老板，那太好了，我们正在做五折砖让利，你的砖头愿意上我们平台吗？现在有优惠，宣传费全免，保证流量，好评达到85%以上，90%也行，100%也行。"

"我们不打算去冒这个风险，我们有自己的砖窑，还有正常顺畅的业务渠道，不想为了卖砖而破例，再把整个贡砖产业害了。我们不想被有关部门邀去喝茶，然后被罚到破产。"

但那人好像觉得张德贤很好玩。怎么有人这么笨，这么死脑筋，放着快钱不挣，还要对贡砖负责，谁用你负责？

这时又有人过来，要求接下他们窑口的砖。陶景人很是紧张，张德贤却不慌不忙地从西服内袋里取出一个金属名片夹，打开盒盖拿出来一张，递给来人，说："这才是供砖大户，你买他的，如果出现质量纠纷可以直接上政府平台举报他。"来人如获至宝，立刻连声道谢。张德贤见那人走远了，立刻打开手机，给运户拨了一个电话。听到"对方正在通话中"，他不由得笑了。"你在干什么？"陶景人问。张德贤回答："走，我决定自费印几盒名片，帮他们把业务运转起来。"说罢，他打开手机，找到刚刚跟他加了微信的人，发了一句："得到内部信息，清城贡砖平台存在严重问题，以后再联系。"然后删除了对方的微信好友。"但是没用，"张德贤给陶景人分析，"人家施工单位是有进度的，费用下来了也是着急看成果的，你认为你保证了质量，但市场不这样认为。市场要的是营销数量，要的是流水，而营销人员要的是与任务完成额匹配的提成。"

陶景人不愿意听这些，也不愿意看到所谓市场的乱象。他见到的、听到的不禁让他担忧——那些砖窑，谁来把关呢？2008年6月7日，"清城贡砖烧制技艺"经国务院批准列入第二批国家级非物质文化遗产名录。烧制技艺申遗成功，技术转为开放，为什么还有人有章不循？陶景人现在工作的重点不是自建贡砖教育基地展览室，主动接待八方来客；他更希望在烧制技艺层面总结出可以适应操作的规范，定出统一的标准，就像"砖作"一样，那是烧造行业的一把尺子。张德贤都看在眼里，而且他铁了心要支持陶景人。张德贤如果没有看到陶景人是怎么为做好一件事而折磨自己的，他不会有这样深沉的感动。但张德贤不知道的是，陶景人心里闹人荒，闹得更厉害了，那是他对清城现有澄浆砖行业从业人员的担忧。

过了几天，陶景人在饭店设宴，和张德贤一起请水把式吃饭。酒过三巡，陶景人说："我想把洇窑这道工序中的操作要点总结出来。"水把式一听陶景人这话，手里的酒杯就端不住了，他心想，这是鸿门宴啊。

陶景人接着说:"我想把洇窑程序一一列出来,写清楚,让后人照着做。"水把式心说,那不等于把我的防御工程图奉献了,你当我傻?

酒喝下去,菜吃下去。最后,话也咽下去了。水把式说是上卫生间,其实已经走了,再也没有回来。陶景人张德贤师徒俩在包间里无声地坐了好一会儿。这是陶景人第一次在窑厂外请匠人喝酒,他想的是让水把式青史留名,可水把式显然没有站在他这一阵营里。他只能回忆水把式在陶家窑的一招一式,凭借这些回忆把这些工序记录下来,写成水谱。

用什么来把关质量?当然是现代企业管理方式。谁来负责现代企业管理方式的执行?当然是人。张德贤看到,只用了短短两年时间,魏家砖厂就办成了全清城首屈一指的大企业。其间,过程是艰辛的,投入是巨大的,魏建国以企业的方式管理砖厂,这让魏家砖厂终于走上正轨,全国各地的订单如同雪花一样飞来,企业利润迅速增长。年初,魏建国接到了北京圆明园的一个大订单,供货时长 8 年。魏爸爸为这个订单兴奋不已,因为一旦完成这个订单,魏家砖厂便有可能向集团迅速扩大,傲视群雄。

就在魏家砖厂上上下下摩拳擦掌,所有人都铆足了力气,准备大干一场的时候,魏建国突然做出了一个让大家意想不到的决定——他已经向几个关系不错的同行发出邀请,希望大家能和魏家砖厂一起完成这个订单。这些同行中包括戴晓军。市场在呼唤清城企业之间形成新型的企业运作模式,合作共生,创新共赢。由此,张德贤曾提议成立横向联合的清城贡砖企业协会。

魏建国嘴上没答应张德贤,但尝试对这一次的大订单进行了布局。他的决定一经宣布,魏家砖厂内立刻响起一片反对声——这么大的订单,魏家砖厂又不是没有生产能力,跟别人分享,凭什么?魏建国并不想多解释。他心中是有考量的，魏家砖厂收获的利润在增长，可魏家砖厂与同行之间的关系却越来越疏远，不仅超越了本地的名窑陶家窑，也将附近地区其他砖窑甩在身后。很多同行的生意已经到了举步维艰的程度。他们表面不说，实际对魏家砖厂的怨言越来越多。这让魏建国心里很难过，其实他也是想以自己的亲身经历和胆识，带动身边人一起发展。可是，由于观念不同、起点不一，他们还是不能共谋发展，更不要说共同富裕。这在别人那里，可能是还没想到的问题，但魏建国已经苦恼了很久。他认为，做事业不仅要赚钱，也要学会和别人一起赚钱，为行业营造一个更好的经营环境。有人对魏建国的举动指指点点，也有人被他的行为深深地震撼。魏建国接手魏家砖厂后，也不是一帆风顺，也曾经遭遇危机、陷入困境，加入全国性的中国砖瓦工业协会后，正是同行们纷纷伸出援手，给予帮助，才让他走到现在，这让他感慨颇深。全国各地的同行，有很多根本不认识魏建国，也在协会的带动下，竭尽所能给予他帮助。以前，有人误解魏家砖厂家大业大，是私吞了改革红利。一次性完成环保改造，让魏家砖厂再次成了众人瞩目的焦点。但是，当魏家砖厂陷入困境，人们惊奇地发现，魏建国的人缘和魅力居然可以使他在关键时刻得到那么多人的帮助。这跟魏建国重情重义是分不开的。甚至有企业家说："如果不帮魏建国，我的良心会不安。"只是，让魏建国想不到的是，张德贤正在他的身后紧紧相随。他在亲戚朋友中筹到20万元，而且获得了后续可直达50万元的增资额度，这些都是魏建国潜移默化的结果。

在答应魏建国一起给圆明园烧大城砖时，戴晓军就产生了一个想法：他想在大砖窑的基础上加高窑身。大家都为他捏把汗，觉得这太冒险了，怎么可能有那么大的膛，那么高的窑？无论老窑工们对戴家窑有多深的感情，多笃定的信任，他们对无法眼见为实的事物，还是不会有任何幻想。他们可以踩泥脱坯背柴挑水，累死都行，就是不会跟着戴晓军做梦。窑厂里所有的人都沉默无声，又都默默盯紧戴晓军办公室那扇房门。

戴家窑成为第一个每窑砖产量达到 4 万块的大窑。窑上的工人们可以不要钱只记账，让戴晓军什么时候挣到钱什么时候给。这让戴晓军更有负罪感，他已经告诉戴妈妈，把家里能住人的地方都腾出来，准备今年冬天跟大家一起挤一挤。戴妈妈一听就明白，和戴晓红一起收拾起来。这些人都是曾经在大运河上护船，后来专门烧窑的军人的后人，打明朝就落地了。现在他们都已经是第几代清城人了？

戴晓军说："加高窑，一窑出陶家 6 座窑的砖。"

魏建国说："对，咱俩头回想到一起。那你有建窑的钱吗？"

"我不想贷款！"

"那好，我再买断你的砖，直到还清 30 万。"

这时，小豆子来找戴晓军，说有事要告诉他。戴晓军还没反应过来，没想到小豆子直接掏出了和戴晓红一起拍的大头贴。戴晓军记得他跟小豆子打工的时候，见到市百货大楼一层有拍大头贴的。戴晓军问："你跟我妹妹去百货大楼了？"小豆子不回答，只是乐。这时戴晓军发现不远的地方，戴晓红站在那里，脸上满是不好意思。

戴晓军脸上的笑容瞬间没了。他上前拎住小豆子的耳朵问他："你对她怎么了？说，你把我妹妹怎么了？"只听戴晓红尖声地说："哥，哥，不要啊。"她慌忙跑过来，揪开戴晓军的手。戴晓军一放手，小豆子就假装跌倒在地，戴晓红竟然心疼得直扑到小豆子身上，护住小豆子。

戴晓军什么都清楚了，这个看上去老实的小豆子，竟然在他的眼皮底下，偷走了他妹妹的心。戴晓红刚一转身，戴晓军就狠狠地踹了小豆子一脚。戴晓军凶巴巴地说："小豆子，你给我等着。你胆敢对我妹不好，看我不弄死你！"小豆子听到前一句真吓坏了，可他听到后一句后，怎么就觉得这有点像大舅哥在说话呢？

　　戴爸爸对戴晓红的好，那是一如既往。小时候戴晓红若有半个趔趄，他都疼得心像被车轮碾过。在窑厂长大的孩子大多跟着父母，夏天灼阳烤，冬天冷风飕，汗液像把衣服拆洗过一样，让衣服失去了本色。星星点点的汗渍，和长长的海岸浪头打过的沙滩一样分层，很是显眼。在冬天，戴晓红爱跟着父亲，因为刚出家门父亲就得把她揽在怀里，或者放到肩膀上。这样，在过结冰的沼泽一样的存水池塘时，她就会听到窑火在圆木劈开的断面里噼啪作响，风时而尖声呼啸，但沉泥的土却冻在地上，逶迤地跟在后面。她听见父亲粗大的喘息声，哈气像前进中的火车，长长地向身后甩去，他用反毛皮鞋踏破池塘晶莹的冰雪，冰雪像是被踩坏的镜子，发出咔咔的声音。

　　父亲还在戴家窑上干活的时候，戴晓军也曾经急步从父辈们身边走过，"砰"地甩上汽车左前门，并不拔下钥匙。戴晓军最最得意的时刻便是，让引擎一吼，车轮向前一窜，然后在窑厂通往公路的泥泞中留下两道深深的车辙，就像巨大的蜗牛爬过留下的两道黏液。车开走很久，车流尾气仍然滞留在空气中，味道很重。

　　直到这时，戴晓军才意识到他的汽车并不在他身边，而问题浮现的时候，他也已经知道答案了，于是他向喧哗的大砖窑快步跑去。一进窑膛，戴晓军就发现青烟爆腾，很难看清什么，他的呼吸也变得困难。对他来说，同样困难的是相信自己的妹妹会跟上小豆子。

在他看来，戴晓红始终是一个没长大的孩子，没想到她已经又要结婚了。戴晓军怎么可能阻止小豆子爱戴晓红，那是他无法做到的。想到这里，戴晓军又有些嫉妒小豆子。他居然能在转瞬之间对戴家起这么大的作用。

"制坯之前的澄泥，还是不能随意，得有章法，没有现成的规矩，就立一个！"陶景人说。陶景人来到戴家窑，他是魏建国用车接来的，亲临现场，亲自盯泥。

陶景人看了看澄浆池，用手摸，用指捻，最后还是脱下鞋袜进到池里。戴晓军看着他，身边的十几个战友也一起看着他，这是戴晓军的命令，让他们一招一式都不能看错。检查过澄浆池，陶景人又去看土，看水，看醒泥，在他做完全部的检验时，天还没有亮。

天不亮，脱坯人就开始摔泥。当时分出了一老一青两个年龄组，分别练习，这些人的动作都经过陶景人的指导。如果第一组练习失败，那么第二组马上换下第一组，再往砖模里面滚上细筛过的砂土，去完成下一个周期的操作。

在陶景人看来，在所有工序里，人是关键的因素。只有合格的工人，才能在晾土、沤泥、踩泥、摔打、脱坯、晾坯等工序后，制作出可供烧焙的成品坯。脱坯既须用力，又须有技巧，大城砖坯每人每天仅能脱二三百块，这是一个成熟脱坯师傅的日常工作量。陶景人检查了立好的大城砖坯的手感，一个行家在每一道工序里，都能看出未来成砖的品质。

工人一般都是上午脱坯，下午整形、码架。整形是先用砖模后背的平面，把摊在地上尚可塑的砖坯平压一遍。然后把砖坯在地上竖起来，用一小块木板逐面拍打，使其更加周正，没有毛边。经过半天的日晒、风吹，砖坯基本定型。然后工人把它们码成长条形坯架。坯与坯之间，架与架之间，都要留出适当间隙，以利均匀通风。

这真是技术活儿，戴晓军每道工序都干过，才知道手笨的人根本做不来脱坯。有人看着机灵，脱了半辈子坯，也脱不出能入窑的精品，只能脱垒围墙、盘炕的粗坯。何况，戴家窑烧造的是一水儿的大城砖，这么大又这么重量级的砖，这个不对，那个不对，一拨儿就刷下多半老窑工。"这不行，真的不行。"他指着那些注定成不了精品的砖坯说。于是，戴晓军安排工人准备第二天的泥，有专人用小车推送到场地，就近打水，洇料。累了半天的把式下午不再脱坯，好好领会陶景人所讲的要点。

戴晓军这窑不咋样，可工人一顶一的是踏实肯干，陶景人不由得在心里为戴家窑伸出了大拇指。

25

技术活儿

陶景人终于向外公布了消息，他要在陶家子嗣之外，任命徒弟张德贤为陶家窑副总。

环保窑终于上马，张德贤在经过环保设备企业培训后，点火上窑，第一次成了陶家窑环保窑的窑头。他是自学过大学企业管理专业课程，还考取了注册会计证的新一代窑头。陶景人发现，张德贤自从点火后，一直就没到办公室落座。

这时在窑上，有人问张德贤："坯垛中间过火两侧欠火，咋办？"

张德贤说："这种情况是中间码坯太密、两侧间隙太大造成的。坯垛两侧和窑墙的间隙，是为了确保窑体安全，不得已而留设的。但间隙不能随意扩大，因为如果窑内的风量大部分都从两侧间隙流走，就会造成坯垛两侧欠火，中间码坯太密，通风不畅，局部高温，从而导致中间过火。"

"那咋办？"

"坯垛和窑墙的间隙别太大，码坯别太密，坯垛中间留出走火道，用来平衡通风量。"

"好！"

"温度稳住，不能忽高忽低。"

"知道了。"

这时，子窑炉又发生了内部温度过高的问题，高温带和保温带的窑车地发白，砖发亮，预热带顶上三层砖发红。有工人想掀开火盖，让冷风顺着火眼孔进来降温。张德贤赶紧制止了，说："冷风进入后，随温度上升向上走，冷风不可能沉到底。你不能光看温控表的温度降下来了，就以为问题解决了。因为只有上部的三四层砖降温，中部、底部根本降不了温。上部三四层砖欠火就会出哑声砖，下部出老火砖或焦糊砖。你一定要知道，像你这样掀开火盖放风降温是一大错误。正确的方法是加快出炉，同时风机拉风减慢或者停掉，把窑背高温带跟保温带的火盖全部掀开放火，然后把火往后移，火面缩短，让火慢慢往前走。掌控得好，还能出好砖。记住，打开风机加速放火，保前火，这叫失后保前。总之，你切记6个要——胆要大，心要细，要勤快，火温要吃准，措施要妥当，处理要果断。"工人回答："好！"

陶景人来到窑厂，看到张德贤面对突发情况处理得相当得心应手。陶景人还不知道这个大徒弟正在学习股份制的相关知识，张德贤的目标是把陶家窑建设成为现代化管理制度下的股份制企业。

这时，陶景人就听到窑厂大门外有争吵声。他过去一看，工人和几个陌生人在争吵，眼看着要推搡。陶景人赶紧上前询问来人是什么情况。

原来，为首的这人姓王，儿子今年结婚，老王答应盖房。听说清城的砖全国有名，老王心想，要盖就盖好的。他从清城把砖买了，砖上完梁，说怕太干，浇点水。结果水浇下去，第二天天不亮，他就发现墙裂纹、砖扭劲，房都说不好哪天塌呢。老王说："这幸亏没结婚，这要结婚，遇一场雨，我那儿子儿媳还不就全没了？"陶景人听了摇摇头。老王一见，说："你还不承认，砖就是从你这儿买的，我问了别人知道陶家窑上的砖好，我还花了大价钱呢。"

陶景人说："你别急，我带你来看看。我的砖别说下雨，下冰雹都不怕，除非使枪对准了砖头打，那响声都不是子弹打墙上的声音，是子弹和子弹对射，全是金属声。"说罢，陶景人自信地带老王走到打了包的大城砖跟前。老王一见，愣住了，说："诓人呢你？"

"么呢？"

"你卖给我家的不是这大块的，是小砖头。"

"不可能，我这窑上的大城砖都是统一规格，有大有小随意出，那还是大城砖吗？"

"上当了，一定有人在冒充你们卖砖给我，是谁？看我不使砖头拍死他。"老王气愤地说。

陶景人说："这样，你遇到堵心的事，找到我门上。我能证明卖砖人不是我，我也尽力帮助你。我认识一个能人，他见多识广，在这行里属他消息灵通，我带你去问问他，看能不能找到这个骗子。因为我想知道冒充我家的李鬼是谁，他坏了我家的名声。"

陶景人带着老王去找魏建国。魏建国正在接待许韵清等人，讨论在魏家贡砖基地增加老物件以便展览的事。可看着陶景人着急，魏建国还是提前赶了过来。陶景人帮助老王把事情陈述了一遍。魏建国的眉头紧皱，他想了想说："你这个情况应该报案，但我建议你不要打草惊蛇，你先回忆一下，你来清城都接触了谁？"

老王想了想，火车站，网上平台，优惠折扣，下订单后包邮。他说："我没见到窑主。唉！"

"他坏了我的名声。我必须找到他！"陶景人气愤地说。

"他不光坏了你家的名誉，"魏建国看着远处高高堆起的莲花土说，"那些土是10年间，在政府开放开采时段存下的。我去过黄河源头，那也是莲花土的故乡，黄河像一条巨龙，从黄土高原而来，它带来的土，在清城转了一个大弯，铺在这广袤的华北平原。"

"这样，你住在我这儿，你慢慢找到那个卖给你砖的人，把他交给我，我来处理。"魏建国说。他想起一个人，但他不能在没有证据的情况下去怀疑。魏建国也下了决心，决不放过一个让清城贡砖蒙受污名的人。

魏建国看着万分悲愤的陶景人。毫无疑问，这事仿佛一脚踹在了陶景人的心口上。魏建国走上前去，递给老王和陶景人一人一支烟。老王接过去就从自己衣袋里取出一个买一送一的简易打火机。而陶景人手里的烟，被他掉了一个头，又掉了另一个头。陶景人想起当初运户在陶家窑上折腾的情景。运户曾经说："你陶景人立了规矩，我还就不受规矩束缚，七十二行，我就要干第七十三行！"

3天以后，魏建国刚到砖厂，就听到运户窑厂那边有吵嚷声音。办公秘书跑来报告："那边被人堵上门来了，说他们砖头都是碎的。"

魏建国一下子站了起来，事情果然不出所料，打着陶景人名号卖砖的是运户。因为运户办窑厂，没有莲花土取土资格，这本身就是建了一个空中楼阁。他又粗制滥造，把魏建国好心匀给他的莲花土很快用尽。接下来，由于胶泥价钱贵，运户多加沙土，少放黏土。他这个一心想一口吃下天的人，一定会铤而走险。但魏建国没想到，运户竟然敢冒充陶家窑。他为什么不冒充魏家窑呢？一是陶家窑名声在外，二是魏家窑是他的大后方。想到这儿，魏建国狠拍了一下自己的脑门，自己怎么就开门招进了暗鬼。

魏建国赶紧赶过去。果然那边是老王带人来索赔。可老王说什么也没用，运户的窑已经歇业不干了，砖窑在转卖中，只有他未成年的儿子看摊，还在卖剩下的半价砖。

"你爸呢，问你呢。"魏建国上前问。

"很多人都在找他，人早就不见了。"儿子泄气地说。

"跑了和尚跑不了庙，"老王说，"那牛吹的，吹破了吧？幸亏他跑得快，不然，让他躺碎砖里头，尝尝他烧的砖塌梁的滋味。"

运户并没有走远，老王看到他，说着就挥拳上去了，嘴里说："打死你个塌梁货！"

"你骂谁呢？"运户话刚出口，右腮已经挨了一拳。他坐在地上还嘴硬："怎么了？当初有人打我一拳，我何必走到今天？"于是，运户豁出去了，追上打他的人狠狠地打下去，还说着："我让你醒醒，醒醒！"

"嘿，你倒来劲呢？赔钱！赔砖！"老王气愤地说。

魏建国把双方都叫到自己的办公室里。

这可真是不是冤家不聚头。陶景人也来了，他心情复杂地看着运户。

"砖，我来赔。"魏建国诚恳地说。

"什么？"在场的人都以为自己听错了。

魏建国说："一来他以后烧不成砖。二来我把地租给他开窑，也应该负有监督责任，以后再出租场地，我先得考察负责人的人品和道德。三来这样塌掉的不光是你们的房，还有我们清城澄浆砖的名誉，我们输不起。四来你老王跑那么远的路，就为清城的澄浆砖而来，我们也应该谢谢你的信任。我不是在为骗子买单，我是为你这份诚心诚意买单。你需要多少砖，我这就排单，尽快给你补上，工费我出。"

陶景人很感动，但是他还欠着债，他还没有答应用张德贤筹集的资金入股。他想担一份责任，可他没有钱。魏建国很理解陶景人。说实在的，做生意，谁也不想赔钱，可这件事出在清城，出在他的窑厂重地，他责无旁贷！

陶景人终于明白魏爸爸为什么那么崇尚读书明理。别看魏建国没念多少书，但愿意跟书亲近的人，总差不到哪儿去。他又想起儿子，要是陶广志在场，受受教育多好啊。可他又想到儿子的一身傲气，等吧，他对自己说，让岁月的锉刀再打磨打磨吧。谁不想家里出个魏建国？但他只有一个儿子，他不能把儿子怎么样。

"来吧，我来确定一下你家建房用砖的规格。"魏建国拿出一本车间生产调拨单说。老王用手比画了一下自己使用的砖。

"你这个是民用红砖的规格，我们厂已经不生产这种砖了。这样，我们现在生产一种仿古青砖，规格跟你这砖差不多，而且我们的砖模压有四边，砌出来的墙效果更好。"魏建国说。

"那结实不？"老王问。

"放心，我给你的，可以保十代。十代以后，我不在了，问我的子孙吧。"魏建国信心满满地说。

老王听笑了，在场的人也都笑了。

"陶厂长，我建了一个清城贡砖网站，你看你们陶家窑的信息，要不要一起放到平台上去？"魏建国说，陶景人摇了摇手，心想怎么又是平台，就是那个倒霉的平台差点用塌房砖把我给讹了。

按张德贤的见识，他真想再找人筹钱，一是为了加10亩地，二是为了增加产能，把陶家窑做大做强。早些年魏建国加入全国性行业协会给张德贤一个启示，张德贤心想，清城为什么没有自己的贡砖行业协会？这次发生的事更加坚定了他的这个想法。如果有这样的协会统一管理的话，他们就可以避免运户做出这种行为，减少魏建国这样的牺牲。

让陶景人引以自豪的，一直不是自家窑厂的规模。他已经快80岁了，儿孙满堂，天伦之乐，这些他都有了，现在他只想把澄浆砖的烧制技术再分解细化。这具有教科书一样的意义。他想做这件事，那就去做！人的精力是有限的，他决定放手让张德贤指挥全盘，奉行疑人不用、用人不疑的原则。

张德贤说："现在制度上墙，责任到岗到人。"张德贤知道腾笼就得换鸟，陶家窑目前迫切需要的是成熟的管理人员和懂得设备操作的新型技术工人。因新型环保窑推行的时间短、地域性强，人才基本不流动，陶家窑若想招收到成熟的管理人员和技术工人几乎不可能。从目前应聘的人员报名表来看，他们百分百是新手，在环保窑方面的管理经验和生产技术是零。要想依靠这些人发展，陶家窑需要克服困难，要准备好经历长时间的适应和磨合。拥有新型环保砖窑的企业，都要为此付出一定的时间成本和金钱成本。

如果能组织管理人员和技术工人进行岗前培训，投产后请设备生产厂家派驻专业技术人员提供技术支持，陶家窑的技术力量就可以尽快成熟。这等同于让他们用陶家窑的新设备练手，风险也可想而知。但不大胆实践，陶家窑永远不可能拥有合格的管理者和生产工人。要知道，丰富的管理经验和成熟的生产技术也是要花真金白银才能得到的。有个别砖厂因没有对工人进行岗前培训，工人缺乏安全意识，厂子刚投产就发生了因工伤亡事故，给企业造成不可估量的经济损失和社会影响。企业只能歇业停产，留下惨痛的教训。所以，张德贤想到陶广志，那个副校长，那个把教育看成眼珠子一样的人。张德贤找到陶景人，说出了自己的想法，同时表明了自己的态度，他觉得陶家窑占天时享地利，差的正是人和。陶景人立刻明白张德贤指的是什么，于是让他起草一个员工教育培训计划拿给儿子看。陶广志看了看说："职工培训方案我来写吧，这行我熟。"

陶广志这次是认真的，他的教案为两部分，一是针对管理人员和技术工人进行的岗前培训，让管理人员明确知道怎样管理有利于安全生产，让维修人员明确知道如何保养和维修设备，如何尽快处理设备故障，增强操作工人的安全意识和操作技能。二是针对新工人进行的培训。在这部分培训中，他想把理论与实操相结合。他计划请专业化管理水平较高和技术成熟的师傅到现场，并让熟练工亲自操作设备，把他们多年生产过程中总结出来的"小窍门""小绝活"传授给新工人，缩短新操作工的"成手"时间。特别是，需要熟练工给新工人讲解什么样的设备容易发生什么样的故障，发生故障应该怎样在最短时间内排除，以缩短故障影响生产的时间。

陶广志很快完成了培训方案，把它交给张德贤。张德贤很佩服陶广志的专业能力。他虽然有实践基础和管理经验，但在教学方法的运用上比不了人家陶家儿子，他想，这也许就是上苍派下来的天兵天将。天将降大任于陶家窑！

这时，有人来找张德贤。大家都知道张德贤成陶家窑二老板了，很多人要求入股。这些找上门来的人，有些是老板，也有不少伪装成老板的掮客。他们一进屋就口口声声地说他们正在发愁钱没有地方发挥作用，都看好陶家窑。张德贤故意问他们："你们知道莲花土吗？"他们一起摇头。张德贤又问："那砖头达到什么标准才能砌到北京的城墙上去呢？"他们还是摇头。张德贤继续问："那你们想为澄浆砖做点什么，又能做什么？"这回他们不摇头了，也不再盯着张德贤看，他们心照不宣，知道这趟怕是白来了。

让张德贤想不到的是，这些人并没有就此罢休，而是屁股一沉，准备在陶家窑扎下去了。张德贤想：这些人是要画饼画到天上去？

这时，张德贤听到一个声音，粗声大嗓异常豪迈地唱："路见不平一声吼，该出手时就出手。"

张德贤就怕起哄，他本来有些准备，想兵来将挡。这一哄唱，他把脑子里准备好的话全忘了，记忆最深刻的只剩下这句"路见不平一声吼，该出手时就出手"。

张德贤在冷风里站了一会儿，原本清清静静的办公室，现在里头坐着一堆画饼的。他们中有人知道自己在干什么，也有人故意装不知道。张德贤理了一下头绪，回忆了一下刚刚的场面。屋里有一位说："给我 100 万，我明年能赚 500 万！"另一位立刻把过滤嘴香烟从嘴里拔出来说："1200 万，给我 1200 万，我一年能赚 4800 万。"有人就说："这账头不对，100 万赚 500 万是赚 5 倍，1200 万赚 4800 万是赚 4 倍。"有人认为不对，反驳道："4800 万那是多大的数字？那随便乘个 2 都快 1 个亿了。"也有人说："你这说的不对，那你要给我 10 万我赚 100 万，还是 10 倍呢。"张德贤听罢，心里就乱了。张德贤心说，那你们都这么牛了，还来我这小砖窑干吗？还融资？还稀释啥股份？这时屋里响起了铿锵的歌声："路见不平一声吼，该出手时就出手。"又有人说："各位老板听我说一句，我要用说话来征服你们，是的，不是在这儿说，而是在互联网上说。我就是能超越你们，不信是吧？"

张德贤发现，自己犯了对市场现状了解不足的毛病。这种误判是经常会有的，但最近，随着资金筹集期限的迫近，他的学识积累显

279

然出现了不足。一开始，他见陶景人一个投资人也不想见，还劝陶景人："万一哪个钱多的就想在咱陶家窑的地里砸个坑、挖口井，咋办？""那你愿意，你接待吧。"陶景人说，他眼不见为净，走了。

张德贤无法判断这些人到底有的是"资产"还是"低值易耗品"。他推门进屋时听见有人说："今年是打基础的一年，按照我的预估，明年陶家窑的产值至少翻一番！"

"那是多少？"另外一人问。

"这就不是你们估计的那么保守，至少成倍翻。"吹牛的人说。

张德贤心说，呵呵，套路！张德贤挤过去，用钥匙打开抽屉，取出几张单据，走了。此刻，心旌摇曳的投资人们仍在滔滔不绝地讲他们来陶家窑考察时，曾经遇见的各级政府官员，讲他们对陶家窑是多么支持。

"我们可以包装澄浆砖，在全国各地的省级以上展会布置展厅。"

"到时候我把省级一把手请来，让媒体替我们宣传，父母官对我们有多器重！"

"副省长也来！"

"对，还有轻工委领导。"

"应该是重工吧？澄浆砖那么重。"

"你没事吧？轻与重是按分量算的吗？"

"那就上不了轻工业品展会。"

"那要是上了，就足以说明我们澄浆砖产品厉害，啥会都能亮相，未来可期！"

张德贤听着这群人扯东扯西，觉得自己这办公室就是一个展厅，而且是这些所谓的财主共享的。做企业，不能靠一张嘴，吹牛吹不出贡砖，闲谈也谈不出产值产量。他说："砖还是得一窑一窑地烧，这是实打实的硬功夫，光说你和哪位领导关系很铁，有什么用？"

人群里的某人说："哎，上次我们办展，有人说军区有关系，结果他们的产品很快拿到了军队大订单。"

张德贤心想，我的天啊，都吹到哪儿去了。后来他们的话题就越来越多，都扯到IPO、控股窑、上市日程了。某个人说："也可以转成军工概念股。"这时有人问了一句："军工四证你也能办？"屋里突然静了下来。但似乎没有人觉得这是幕间换场，他们对领导和各种关系依然滔滔不绝。

走出办公室，张德贤惊讶地发现，窑厂又来了几辆车。他们见院里已经停满了，便直接把车停在窑厂院门外，步行经过晾晒区，走了过来。这些人西装革履，几乎都有高管的派头，都是来陶家窑谈投资的。这让张德贤不由得打了个冷战。没人再看醒泥，没人去窑上看泗砖，他们就是要放钱在这里，好像那些钱比窑重，比砖多！

本来打算离开的张德贤不得不把新来的客人请进屋里。这时，屋里的人都站了起来，一个想当大股东的人说："我们老总的意思，是问问估值。"

"路见不平一声吼，该出手时就出手。"又有人在喊这句话。

想当大股东的人说："我们公司投资4.8亿，主投主控。"那个出价4800万的舌头都忘记收了，看着说话的人，好像在问，就外面那几个窑？

"你一出现，我就知道这事落地的声音小不了。"某人这样应和道。

想当大股东的人说："是啊，我们公司本来是只想投2.4亿，刚刚听说涨到4.8亿了，投吧！"

张德贤心想，这都是在说胡话吧？画饼也没有这么画的。他们都打定主意，画出的饼价要高。但饼只是在想象的空间里才看着美好。

"行，你们要投多少，都先打到我们账户里吧。"张德贤这样说。刚刚还说得有鼻子有眼的一群人，像是瞬间失明耳背了……平心而论，张德贤知道这些人在炒作，他们知道资本运作的方法与技巧，才会过来打开办公室的门。可是陶家窑是想增资，增资后陶家窑的具体发展状况毕竟还只存在于设想中，没有经过商业化的检验。未来陶家窑在规模化生产和标准化技术的现场运用、后期推广方面，还有漫长的路要走。张德贤这个早添华发的中年企业家，知道商业不是简单地耍嘴皮子，越是实在的公司，越要遵循实际，稳扎稳打。

终于有人开始讨要陶家窑的资料，说要带回去再讨论，便想告辞。此时，对方早就安排好的摄影人员冲了上来，大家对着镜头热情洋溢地笑着，还被要求摆出竖大拇指的、献爱心的、手拉手的姿势。

这群人一走，又剩下了一院子的窑火。张德贤突然笑了，真是多余，好好烧窑不好吗？"资本"从来都更像一个游戏，首先画张饼，然后吹一口气，借助风力，再把这张纸上画的饼吹到天上去。

水把式找到了陶广志。水把式说："人家都知道陶家窑是你爹在坐镇，坐镇是坐镇，以后坐的谁家的镇还不知道呢。你再不回去，让外人坐下江山，你再想赶他都赶不走了。赶紧去把位子坐好，用屁股把椅子坐定，不然，陶家窑以后再也没有你的椅子了。你有屁股没用，人家那么多屁股都围着呢，天天都带着上亿的资金。我听说，现在好几位金主都看上了陶家窑，说陶家窑是个好地方。好地方就遭人惦记啊。"

其实陶广志是很瞧不起水把式这种人的，因为他当年像"叛徒"一样，墙头草，两边倒。但是今天他不能无视这个人的话，因为在众多的乡亲当中，没有人对他掏心掏肺地说这样的话，就连他自己的亲娘都没有。陶广志知道水把式在陶家窑干了那么多年，地上的水，砖上的水，都是砖和窑的活路。陶广志并不看水把式，但是把他说的话都听进去了，是真听。陶广志第一次主动为了陶家窑上的事去找父亲。他觉得，股份制注入资金也得有个章法，这是环保达标后陶家窑的新课题。

看到儿子主动来找自己，陶景人知道了问题的严重性。这无疑动了陶家窑独资经营的风水和根基。经儿子这么一梳理，陶景人对张德贤热衷的招商引资，有些犹豫了。他想，如果魏家的设备、戴家的工人，加上陶家的经验，这该是一盘对澄浆砖今后发展多有利的棋局呀！可眼下各家只能自求活路，各顾各的。那时陶景人还不知道"格局"这个词。他只知道天时地利有了，欠缺的是人和。

运户把自己的窑厂转手卖出去了，除去租金，赔了个底儿掉，自己成了贫困户。他媳妇因为过惯富裕生活，已经看不起身边的人。现在，生活落到谷底，她不想去扶贫项目提供的工作岗位，怕过往的恩怨又招来挤对，让自己抬不起头，她向自己的男人哭诉起来。

当年运户是自由的，他可以倒砖，倒砖票。几乎全清城一半的砖，都是经他的手卖出去的，他得到的风光和实惠无限。可自从自己做砖窑，运户学到了如何看清自己，他让他媳妇看看街道上还有没有骡车。

运户说："人家魏建国家的工程车辆都是做什么的？我想当运户，当个司机人家都不要，得考驾驶证会操作才行。"

媳妇说："那你就考一个。"

"啥，你这个年纪，我这个岁数？"

"我这个年纪，你那个岁数咋了？人家陶景人都快八十了，不是还在窑上？"

"唉。"

运户想，男人倒霉的时候就不能在家待着。但仔细一想，当整个世界都离他而去时，他发现只有这个女人在可以害他时没有出手害他，这个与他没有任何血缘的人，成了人世间他最值得信赖的最亲的人，是与他唯一相关的人了。从此，运户一家人从鲁西南的大地上消失了，没有人知道他们去了哪里。

26

父 亲

市博物馆已经腾出了整个二层，为清城的非物质文化遗产策划展览，这无疑将成为文化旅游的宝贵资源。可是曲儿好唱，笛谁捏呢？目前，魏建国的贡砖博物馆其实就只有一座空房子，一座与东侧扶贫项目车间外观一样的厂房。房子外面堆了好多包装好的大城砖，砖垛前插着好些厂旗，厂房的玻璃墙里挂着几台机床的照片。如果特地把这儿当作一个文化旅游景点来逛吧，真没必要。这个砖窑附近的村子里面，都堆着好多好多的土和砖。贡砖博物馆是不对个人开放的，都是教委或者乡镇政府带着人来参观。作为旅游者，谁会这么老远来一趟呢？有些人感觉，烧窑的跟文化和旅游扯不上啥关系。

第 38 届世界遗产大会上，中国大运河申遗成功，其中清城市的明运河和元运河两段河道，运河钞关和鳌头矶两个遗产点均入选。这之后，清城国家级文物保护单位有了两处：一处是以元运河文化为载体的，元运河上保存最为完整的桥闸遗址——元戴闸桥；一处是河隈张庄贡砖窑遗址，现存的清城贡砖窑遗址之一。让魏建国犹豫不决的是魏湾的文旅定位。贡砖的品质没有问题，施工单位没有问题，可贡砖基地作为文化旅游项目，吸引旅游者的动力来自哪里呢？这是魏建国没有想清楚的地方，也是许韵清担心的"两层皮"的问题。

在魏建国加入中国砖瓦工业协会，另辟蹊径的同时，陶景人还在自己的路线图里行走。他想着：我要把澄浆砖生产中每个流程完整的工艺要求固定下来，让它们专业化、标准化、常态化，然后再次申遗。陶景人没有想到他这个想法，等于把清城贡砖的产业秘密告知天下。他才不去想里面有什么危机，眼下良莠不齐的出砖品质，才是他最最担忧的。

魏建国不管陶景人是否把再次申遗当成他此生唯一的夙愿，这个愿望陶景人如果不能完成，会不会直接成为他此生最大的遗憾。魏建国去找陶景人，就是为了叫他停下来。

魏建国说："别再把这最后的秘密昭告天下，你看行吗？你再写明白些，从今往后清城的贡砖就再也没有产业内核了，就连裤衩都脱给人看了，就裸奔了。"

"我不管光不光腚眼，我都不再指望我自己的儿子接班了。"陶景人说。

魏建国知道陶广志迟迟不愿接班。魏建国心说，不能因为你摆不平自己的儿子，就坏了清城的整个产业。可他不知道应该怎么对陶景人说。

魏建国跟陶广志谈过，陶广志认为这不是他的问题，起码他自己不这么认为。魏建国看着陶广志，觉得他们父子之间的差异，源自思维的差异。他们各自从自己的认知层面去思考，结果，陶景人看重的是质量上的统一要求，也就是严格行业准入标准，而陶广志之所以不愿意答应父亲接班，主要是出于对小作坊式的家族企业的担忧。

二月凛冽的风从卫运河上吹来，两个山东汉子，站在鲁西南的广袤田野边，并不像看上去那么休闲。山东人的礼义道德不允许儿子与老子起碴子，所以，陶家窑的经营只能听父亲的，哪怕这辆车在失控中一直开向死亡。相比在父亲光环之下的自己，陶广志更喜欢那个站在讲台上的自己。讲义是自己的工具，教学成果是众所周知的事。所以，为了展示自己，陶广志去竞聘副校长，去代课要教数学，只为了学生叫他一声"陶老师"。上课的时候他说："同学们可以发表犀利的评论。"然而，面对激烈的岗位竞争，他表现出来的并不如自己想象中的那样犀利，反而多了几分惆怅和踌躇。最后一次上示范课的时候，他站在讲台上，看着下面，突然决定不讲了。直到这时，他才发现自己更像父亲，是喜欢田园、自在、自然的。他本以为从事教学能够让他减轻压力、逃避压力，只可惜他选错了解压的方向，站到了压力更大的一边。

虽然魏建国对砖厂和砖窑这两个名词的区别感到非常困惑，但当他看到陶广志站在自己面前时，他才意识到，自己的父亲还是先于陶景人接受了工业化的管理理念和思维方式。魏建国的第一个反应是，不能分化陶家父子，虽然这对父子并不像魏家父子这么团结，能求同存异，在企业发展方向上达成一致。这第二个反应，就是不能瓦解陶广志的斗志。也许，陶家父子所经历的，正是清城地区砖窑产业升级和时代裂变的体现。改变是大势所趋，历史车轮前行的趋势，谁也不可能拦住。今天陶家父子的行动，说不定，正是因大势而驱动的。

在清城遍地都在喊振兴非遗时，陶景人却淡出了人们的视野，哪怕在陶家窑，他也是不断地退出管理。一件小事打动了陶景人：正月十五那天，陶家窑的两个员工拎着陶家窑给的元宵礼盒，上了公交汽车。有人问起元宵是从啥地方买的，陶家窑的工人自豪地说："是我们砖窑上发的。""叫啥窑？""陶家窑。"这些年来，陶家窑的名越来越响。有人说，看人家陶家窑到时令发元宵。有人说，人家陶家窑啥时令都有的发。

陶家窑给工人们发福利，是为了发出与他人方便的信号。陶家窑对陶景人算什么呢？算对他人品和事业心的奖赏。虽然陶景人在当地不是大财主，买这点东西的钱也算不上大钱，这却让陶广志敏锐意识到，陶家窑需要他，需要更多的现金流抵御随时可能出现的风险。陶广志决定转战陶家窑，无论是风是雨，他都要跟父亲站在一起，而且他带来了自己的儿子。

儿子在上小学，还不太知道窑是啥样子，今天他们父子一路走，两人就用了提问与回答的方式来对话。每次儿子提问，陶广志都在搜肠刮肚，穷尽自己的语汇，来让窑上复杂的事物，变成易懂的小学生话语。陶广志想到了自己所受的教育。这些他已经掌握的方法，让他能在儿子与砖窑之间，搭起一座桥。

多少次，陶景人站在自己的办公室里，都期待着儿子能来。别人的儿子都是父亲的绑腿、腰架，可他的儿子却像一个名词，没有任何属于他的意义。今天，陶景人看着窗外，看到有一个像他儿子的男人带着一个小孩子，向这边走来。他知道他又看错了，便低头去看黑布鞋面上的一个泥点儿。"爷爷——"陶景人听到了一个熟悉的声音，就是这一声，让他意识到今天自己没有看花眼。儿子和孙子的出场远远比陶景人想象的要隆重得多。很多工人都停下了手里的工作，看向这边，意识到这是一个不可多得的时刻。

陶景人拉开门，微笑着取下花镜，伸展双臂，对小孙子摆出了接纳的姿态。

父亲，永远都是儿子的第一座山。父亲可以举起儿子，也可能会成为儿子人生中的第一道坎。陶景人的眼睛里流出泪水，久久不绝。

那些泪水已经不知道存在了多久，等待使它们几乎变得干涸了。但是奇迹发生的时候，它们出现了，好像就是为了迎接这一次盛大的相聚，它们终于汇聚，紧紧簇拥在一起。陶广志在自己有了儿子之后，他渐渐感受到，那个很少跟自己发火的父亲，心里存着一颗原子弹。陶景人为这，暗暗地流了不少泪。他心里想：儿子啊儿子，你是我的亲儿子，可你为什么就不懂得我的心呢？你以为我为了砖窑无情无义，六亲不认，可我这是为了纯净心灵，去只做这一件事啊。

陶景人带着儿子和孙子走在陶家窑中，在环保形势下，烟尘清零，陶家窑利用天然气烧制青砖，全部生产过程采用全封闭式。陶景人开始讲天然气烧制青砖采用的气氛控制理论，讲气氛控制中根据一氧化碳浓度，又分为强还原和弱还原。他哪里知道儿子对窑厂的认知，只是停留在《物权法》上。虽然陶广志带儿子来了陶家窑，但陶景人看得出，他并不喜欢土，特别是加了水的土，烧成砖的土，无论把它们放在哪里，陶广志依然是一脸的不喜欢。对一个本来反感的事物的爱，不是从平地培养起，而是从海沟起步的。但陶广志来了，他不仅仅是向陶家窑、向自己的父亲和儿子宣告了主权，他还让陶景人坚信自己的诚心。

"我要把每个步骤的完整的工艺标准要求定下来，达不到国家统一标准的砖就不能叫清城澄浆贡砖，我这就准备再次申遗。"陶景人说。陶广志看着陶景人，突然觉得父亲是完全陌生的，像是从一个历史缝隙里掉出来的人，肩负着从那个时空带来的特殊使命。他人生第一次被父亲决定再次申遗的样子惊呆了。

"墙是最大的城，城成就了国家。作为一种特殊的文化遗产，每座城都具有自己的脉络血统和传承。在古代，建设城郭是一件至为神圣之事，它涉及建国立基，安邦长治，正名昭世，因此需要上告天帝鬼神，以示凭照。"

许老师写完这些，往册页之间放了一个用干枯的银杏树叶做的便笺。但合上册页，那莫名的美好，便消失不见了。

电话响了，大专家到了清城招待所，许老师只好锁上门，走出自己的蜗居。谁也不曾想到在清城，在这个文化大院里有一位通晓清城历史的许老师，还有他那从小酷爱历史的女儿许韵清。

此时，许韵清正在和文物科的同志讨论把带时间、窑址和人名的清城贡砖放置在哪里，他们已经找到了 5 块完整的砖，其中有两块昨天送往北京国家博物馆了。文物科的人认为，应该再去了解一下陶景人的情况。于是许家父女又陪着一行人来到运河一带村庄。

魏建国驱车来到清城市区，看到市区里有一段运河刚刚整治好，河边有石堤、杨柳、广场。这是明清时期的运河，鳌头矶已经在运河边存在了数百年之久，岸边是清城博物馆。博物馆中，二层陈列了几块有代表性的清城澄浆贡砖，挂着传承人陶景人的照片。

作为运河船闸旧址的月径桥，现在是一座两步就能跨过的小砖桥，河边有一棵根深叶茂的槐树，一个老人将鸟笼挂在树边的铁丝上。他说这棵树有三四百年了。在清城的地图上，这棵树的名字是唐槐。魏建国对这里的老旧之感产生了兴趣，他有一种预感，他能为清城做点什么。但一到了具体的落脚点，魏建国又迷糊了。戴湾和魏湾相隔不远，都是清城运河边的镇。魏建国帮助戴晓军是因为乡情，他却从不多言。他知道戴晓军还没有和他一起讨论文化的可能，不想给戴晓军压力。戴晓军就像一只没有毛的斯芬克斯猫，一紧张每一根神经都快要炸开了。魏建国还知道戴晓军的敏感太伤人也伤己，往往是杀敌一千自损八百。

戴晓军不知道的是，在他用尽全力捂住脸上的伤口时，魏建国已经成立了魏湾镇电子商务发展领导小组，把贡砖作为尖端产品在互联网上登记注册了商标。贡砖已经远销河南、河北、山西、安徽等地。同时，魏建国开设了贡砖展室和砖艺体验馆，开发了贡砖技艺体验项目，其中可体验环节有澄泥、熟泥、制坯、晾坯、验坯等。魏家砖厂研发的具有文玩功能的砖雕产品，在农户家庭内进行初加工，以增加他们的收入。此外，政府采取"截污、清淤、驳坎、绿化、配水、保护、造景、管理"八位一体的改造和保护手段，使中国运河清城段的生态、文化、旅游、休闲、商贸、居住功能得到强化，使其成为一道亮丽的风景线。

在建立网站的时候，魏建国第一个要放上去的内容就是大运河。大运河整条河流长约 1800 公里，有约 2500 年历史。吸引人们的不只是大运河，还有沿运河星罗棋布的城市。运河是申遗的主体，而这些运河边的城市又是运河文化的主体。现在，魏建国认识到他当初对许韵清的看法是不全面的。少年的他心中，不是单纯对一个女孩有好感，也不只是有着对善良和善解人意的珍惜。他的心里有着更丰富的东西，有对故乡人文的倾慕和肃然起敬。

魏建国开车带着戴晓军来到运河边，看到两只白色的水鸟，它们走走停停，好像看好这里，要安家。

"真美。水质好，水鸟来了。"魏建国感叹。

"等沿线景区建好的那天，我们一起去博物馆，看看运河老照片，多了解一些咱们中国的运河文化。你知道博物馆是谁布展的？"魏建国说。

"许韵清？"戴晓军充满挑战地看着魏建国说。

魏建国点点头说:"圆明园新增了贡砖订单,数量和规格都变了。这可不是个小单,时间要求紧,还必须保质保量。接,有难度,不接,那咱还是清城人吗?"

戴晓军看着他,那眼神里已经包含了一句话:"接!"

千响万响的鞭炮从窑这头一直排到运河边,戴湾镇政府领导主持了隆重的魏家砖厂点火仪式。那阵势都有了奥运会开幕式的感觉,燃烧的巨大火炬,在一个个有声誉有名望有人气的人手里接力传递。

戴晓军的大窑也准备点火,来的都是戴家窑的人。戴晓军刚要把新窑的火直接点燃,戴妈妈拦下他说:"等等,你得先在旧窑根儿上点火,得把古窑点醒才能烧砖。"戴晓军少有的俏皮,说:"妈,这你也知道?"戴爸爸说:"你妈能耐大,知道的多着呢,只是你不知道!"戴晓红和小豆子笑了,众人也都笑了。这时司仪拍打了两下麦克风说:"下面请我们的大诗人陶景人,为大家即兴朗诵他刚刚创作的一首诗,《百年澄浆把梦圆》,来,大家鼓掌——"

只见陶景人走上前去,用手轻扶了一下麦克风,掏出老花镜戴正,字正腔圆地吟起诗:

"戴窑圣火亲手传,七月点燃鲁西南。
小运河边古窑厂,四万大砖颂歌甜。
盛世路上红旗展,大运河畔众人欢。
四海宾朋同盛宴,百年澄浆把梦圆。"

老话说,装窑汉和泥儿,出窑脱层皮儿。30天后,人们重新聚集到戴家窑,今天是出砖的日子。

可是,谁也不知道那硕大的窑膛里到底装着什么。戴晓军解封完窑门，站在窑门口不动了。那些碎与裂的惨象——浮现在他脑海里，他不敢想下去了。人群鸦雀无声。好像只有戴晓军一个人呆呆地立在运河边，那汩汩的声音，让戴晓军想逃离，又无法泅渡。他侧向窑壁，紧紧地把头贴在窑壁上，越贴越紧。这时，有人扶了一下戴晓军的肩膀，那人是戴爸爸。只见戴爸爸挤到前边，换下戴晓军，伸手打开了窑门。

"有碎吗？"戴晓军问，他不敢看。

戴爸爸看出儿子不是在做样子，他的两条裤腿抖得厉害。

"没有！"戴爸爸说。

"有裂吗？"戴晓军埋着头问。

"没有！"戴爸爸说。

"有半块砖头吗？"戴晓军说。他已经抬起头来，但依然不敢看向窑里。

"没有！"在场的所有人和戴爸爸一起说。戴晓军突然转过身来，嘴巴抿成一条线，快走几步上前，来到窑床前。那一刻，他仿佛陷进刚烧结的澄浆贡砖堆里，觉得自己也成了其中的一块。

"出窑！"戴晓军说。

"出窑！"窑里窑外的人们齐声吼着。窑厂像是终于迎来了主力部队增援的前沿阵地，士气万丈。

热气腾腾的砖抱在军人一样迈着整齐步伐的人们怀里。他们像抱着一个一个刚出娘胎的婴儿。一个大家庭中，再没有什么比见到新生命更激动人心的事了。这时，戴晓军一回头，两眼突然光芒四射，他看见了人群中的许韵清。他竟然不顾一切地冲上前去说："许清清，听说你和你对象吹了？""谁告诉你的，耳朵真尖。"许韵清说。她懒得理他，把脸转向一边，刚好看见魏建国跟他媳妇孩子站在一起，又把脸转回来。许韵清说："我父亲不同意我嫁给身体不好的男人，他有神经官能症，我父亲强烈反对我们结婚，他怕我将来不幸福。""就是。"戴晓军说。他本是无意中应了一声，突然心里高兴起来，甚至喜形于色呢。这让许韵清有些不自在，她说："你是笑我年龄大变丑了？"戴晓军忙说："没有没有！"但他还是按捺不住地乐出声来。许韵清哪里知道，戴晓军表现出来的只是他此时心情的一小部分，他开心得已经不得了了。

许韵清说："现在社会、工作，还有家里给我的压力都很大，我挺烦的。我现在也觉得一个人孤军奋战，像现世的堂吉诃德。"

"什么？糖吃了？"戴晓军傻里傻气地说。

"我走了，相对象去。"许韵清说罢要走。

戴晓军一听就急了，说："你怎么能相亲呢？别人相对象是别人，你这么高尚正直伟大的人，怎么能相对象？"

戴晓军追上去的脚步有些凌乱，他都顾不得身边还有很多人，眼里所有人的面貌都退潮一样消失了，在这片汪洋之中只有一艘白色的帆船，上面坐着他的许清清。

2016 年，山东省文化厅发布第三批 4 家山东省文化产业示范园区，第五批 23 家文化产业示范基地评审通过名单公示的通知。其中，清城市魏家湾贡砖文化传播展示基地获评省级文化产业示范基地。这时，陶景人开始着急了。他着急不是因为清城贡砖省级文化产业示范基地花落魏湾，而是因为一直走在前列的陶家窑陷入了被动。

清城贡砖烧制技艺是陶景人申请的国家级非物质文化遗产，魏家湾贡砖文化传播展示基地却位于魏湾。在这十几年的时间里，魏家砖厂升级为有限公司，已经拥有资产 280 余万元，技术工人 70 余名。

魏家砖厂继承了传统的青砖烧制工艺，沿袭了碎土、澄泥、熟泥、制坯、晾坯、装窑、焙烧、洇窑、出窑等工序，烧制的成砖体现了"不碱不蚀、击之有声、断之无孔"的优良特点，并注册了"安泰"牌仿古青砖的商标。这一品牌被聊城市建委认定为优质产品，产品用于聊城"中华水上古城"的开发建设。魏家砖厂的产品远销河南、河北、山西、安徽等地，山东境内就先后用于滨州市无棣县县衙遗址、潍坊市五道庙、泰安市东平县万里故居、聊城市东阿县曹植公园、烟台市龙口市南山旅游景区、威海市乳山市旅游景区等工程的修缮与建设。

让陶景人无法释怀的是，魏家砖厂生产的贡砖产品被用于故宫修缮项目，并出口到日本、韩国，这些事迹被山东省和国家级媒体报道。魏家砖厂还合理利用国家专项资金扶持政策，把清城文化资源优势转化为产业优势、经济优势。这些都是陶家窑不具备的。每天，窑展与砖雕展厅前，学生们从贴着教委专用标识的车辆上下来参观。有几位电视台记者走进了老窑区，那里分东西两侧陈列着 8 座古老的马蹄窑。魏建国已经把砖模和写着窑体各部位名称功能的宣传板钉到老窑上。有人问："人饥求财，人富求名。千百年来，上至帝王将相，下至平民百姓，似乎总想把自己的名字留给后人，留给历史。你是不是这样想的？"魏建国看了看手拿录音麦克风的记者，没说什么，而是打开了安放数码雕刻机的房间，告诉记者："这里还在开发砖雕、仿古建筑构件等产品。后人要的，还不止这些。"

陶家窑依然是耳挖勺炒芝麻，香一口是一口。陶景人坚持的是小窑高效砖。他知道他的砖是要运到北京的，到了工地要一块一块地磨，要严丝合缝，放到桐油中浸泡，最后才会定格在大殿或城墙的关键点上。这样经过反复挑选的清城砖，给人的视觉形态是老成而傲慢的，似乎总给人一种自然而然的疏离感和排斥感。人即使想和它亲近，它依然是矜持的，像国家的骨骼，又像是王臣的脸面。不知从什么时候开始，只剩下陶景人一个人的时候，他会发呆，发长长时间的呆。

魏建国每次来找陶景人，都像怀着很重的心事，陶景人知道魏建国比他父亲想得多也想得杂乱。相由心生，想也由心生啊。陶景人看着魏建国，只觉得，有时爱做公关的人，面具戴久了偶尔也会摘下来，但摘下来却发现，自己的样子怎么长得跟面具一样了。这也不是一件坏事，之所以你会拿出另一个面貌面对人，一定是觉得那个样子适合你，那就顺其自然吧！

魏建国刚好赶上了一个转换跑道的好时机。他的重心已经向文旅倾斜，他在沉迷于他所要做的事业，必须注意很多可能或不可能与之发生关联的人和事。他有一种危机感，不知道明年的此时会站在哪一条线上，所以他决定大胆接受新事物，摒弃过去应该告别的一切，掉转船头驶向更广阔的水域，因为昨天再安全也保不住今天不会出问题。

"城与墙的尊严，正是清城贡砖的尊严，"陶景人说，"烧造的人不是把泥土变成砖，是让砖自有英雄之气——如同打造一把轩辕宝剑。"

"我们联手打造吧！"魏建国提议。

"我只是想为生产贡砖培养些人才。"陶景人说。陶景人发现，自己是喜欢魏建国跟自己一样的心存高远。其实魏建国观察力很强，他会通过观察陶景人的言行举止，推测陶景人的心理活动。比如，他进屋后，陶景人并没有从茶盘里取出新茶杯，而且自己的茶水早就见底，并没有及时续上。他看到这里，心里有数了，陶景人在想对策。是什么事让陶景人这么伤神呢，在自己家里还要费尽心思？魏建国想邀请陶景人加入他的朋友圈，但也在考量陶景人的加入会不会打破他原有的朋友圈的和谐。其实，没有了亲情、爱情、友情的支撑，魏建国根本连一天都无法生存下去。只不过魏建国对待陶景人、戴晓军他们中的谁，都需要有谨慎的态度，他可不愿意将自己好不容易建立起来的朋友圈毁于一旦。

陶景人也从魏建国一进门就在打量他。陶景人也是一个平常不怎么显得出来，但事到临头，总会被命定的感觉左右，而失去理性分析的人。两个人考虑的都很多，又心思缜密。他们虽然面对面，却是同一盘棋里的对家，手执棋子，相隔界河，心里各有各的棋谱。

"我这就叫，道法自然，合于天道。"陶景人说。魏建国心里一惊，高啊，这不正是工匠的最高境界吗？泥与土，本来是最普通不过的物质，经过水与火的交融才不平凡起来，原来陶景人才是那个业界高人，他服！但是，光服没有用，魏建国想，我怎么才能赶上他，超过他呢？如果清城的贡砖只有一个第一名，那就等于没有竞争，没有进步，没有走向更高更远的动力。陶景人是真没看清这一点，还是不想……

魏建国久久地看着陶景人，那神情，像是走进了陶景人看大城砖的心境。

27

娘家人

　　陶景人的心情是迫切的，他要找戴晓军，他想把跟澄浆贡砖扯得上干系的年轻人都找到。陶景人觉得他不能只当法人代表，当总经理，他还是清城人，他要在他生命走到尽头的时候，让澄浆贡砖活着，让它的技艺手法活着，让它的传承文化活着。他突然感觉这是一件有如神助的大事，暗自矫正了航向。

　　陶景人挖掘自己内心深处最最深切的期待。从一个窑，到两个窑，到再加两个窑，后来再建一个联体窑，可以说，500岁的澄浆贡砖重生了。如今，儿子和孙子都在窑上帮他烧砖，但他还是高兴不起来。因为他知道自己的身单力支，影响骨肉都需要这么多年，何况一点儿关系都没有的陌生人？怎么才能让他们像自己一样去端正对澄浆贡砖的态度，去对澄浆贡砖的未来负责？这才是陶景人最最担心的。如果不从长计议，不为长远考虑，那明天清城烧出来的可能是空心砖，而再也不是澄浆贡砖了。可就在这时，竟然有人要称老大，称第一，称最正宗，陶景人看看，笑了。他还是烧他的窑，谁来诚心请教，他就教，不跟他打招呼的，他也不多心，不去管。看过黄河水的都知道，龙王有它自己的主意，有水道河床，它不想走，就自己走出来一条。陶景人喜欢黄河，因为黄河给了水以性格。水和在泥里，才是那么个味道。这是莲花土的命，是澄浆贡砖的命，也是他陶景人的命。

　　戴晓红结婚的前夜，小豆子邀请戴家人来到新布置的洞房里，在那里挂上了戴晓红和小豆子在清城婚纱广场拍的巨幅结婚照。小豆子家准备了好些好玩的好吃的。当戴晓红往里屋看的时候，小豆子用双手捂住了她的双眼。戴晓红作为新娘，是不能在结婚之前进入洞房的。戴晓红知道是小豆子，便拼命地挣扎。这时，一个长得不知是肩膀更宽，还是胯骨更宽的女孩从外面走了过来。她走到近前，上下打量着戴晓红，然后，用手按住戴晓红的肩膀。说来也怪，不知是不是被她按到穴位，戴晓红竟然不出声，还平静了。

　　"这是他大眼睛堂妹，不经常回来，你们都不认识吧？这不是她堂兄明儿结婚，才得信儿回来的。叫婶儿。"小豆子的妈妈介绍道。大眼睛堂妹并不叫戴妈妈婶儿，她一声不吭，依然用那双黑多白少的大眼睛上下扫视着戴晓红，都让戴妈妈瞅出她的不友善了。

　　戴妈妈说："我们晓红听不懂话，只是能叫爸妈。但她想说的话，小豆子都能听懂。"戴爸爸也看出了大眼睛堂妹的粗鲁，她起码不应该用那样直接的眼神上下扫客人。戴爸爸说："晓红的脑子时常不清醒，是跟不上趟，不是听不懂话。"戴妈妈扫了一眼那个大眼睛堂妹，直起腰来看着戴爸爸说："你的话咋跟这么快？"戴爸爸就乐了，说："高兴的事都是赶着说的，坏事才出口慢。"

　　戴妈妈听完笑了，戴晓红看着戴妈妈，也笑了，笑得少女一般，带着羞涩。戴爸爸看着她们的样子，自己都不知道为什么，也笑出来。大眼睛堂妹没笑，可这屋里没人注意她的高低眼。戴妈妈说：

"赶紧吧，我们见一面，吃完饭，还得回家赶活儿，明儿还得再来办婚事呢！"戴爸爸说："是这样呵，那快着呢。发现没有，咱们晓红这些日子说话办事都变快了。"

戴妈妈说："快吧，就怕她病得更厉害，谁也不认识了。"

戴爸爸说："那不能，她眼里还有谁？现在是小豆子，往后是小豆芽。"

戴妈妈拧了戴爸爸胳膊一下，说："你就不能不呛我？"

戴晓红就这么跟着爸妈来小豆子家了，进门就笑，这是爸妈在家嘱咐好的，但她也许光记住笑了，忘记了说好的见了公婆三鞠躬。现在，她满眼都是小豆子，早把给谁鞠躬的事忘到脑后去了。戴妈妈忙说："来得匆忙，没带什么。"说完示意让戴爸爸把礼往桌上拿。小豆子一家人这才想起来，光忙着安排接待，还没给新亲过礼。小豆子爸爸说："瞧你们客气，陪嫁礼单我们都看过，东西太多太多了。"戴爸爸心里明白人家这是在客气，自己的女儿中了煤气，还生养过，小豆子是头婚，这里面婆家不挑，已经是福分。他这当爹的心里真不是滋味。小豆子爸爸看着小豆子妈妈说："已经够多了，按说应该我们送，你们回，这礼这么讲究，我们可不能怠慢。"小豆子妈妈不爱言语，但谁都看得出来，小豆子家里真手拿把捏的是小豆子妈妈。戴爸爸说："给你们添麻烦了。"这话有些重，小豆子妈妈听出来了，马上说："这话就太见外了，孩子们从小一起长大，都是自己的孩子，哪里是添麻烦？"

这时，小豆子把沏好的茶端上来了，贴着戴晓红的耳朵假装说话，戴晓红听不见，只觉得耳朵痒了，就躲，就笑。所有人的目光都被吸引到他俩身上，人们这才发现，主角是这样沉浸在甜蜜的幸福中。

戴晓军从外面进来说："小豆子，别看你娶的是我妹，但你们都是我的人！"

小豆子笑了，戴晓红也跟着笑了。看着难得穿了一身新西服打了易拉得领带的戴晓军，小豆子不住地夸他帅。戴晓红表示同意，于是俩人又躬甜起来。

戴妈妈把头转向戴晓军，笑道："少说这个！你们都是我的人！"

大家都笑了。

小豆子爸爸说："这话不假，《红灯记》里李奶奶说得好，'不拆墙，咱们也是一家'。"

今晚的酒席，别看是摆在小豆子家里，但大厨可是打清城市里请来的，女方的娘家长辈第一次到男方家，按照婚俗就是要男方家满摆酒席招待的。

"洞房里还得放冰箱、洗衣机、电视和电扇。"戴爸爸指着地上贴着"冰箱""洗衣机""电视机"字样的砖头说，他是按家电尺寸量出地上的位置，再放上砖头的。舅舅刘砖头在沙发上打起呼噜，戴妈妈对戴晓军说："舅舅累了，扶他去里屋床上躺躺吧。"小豆子爸爸听见了，摇着头说："洞房里都是东西，还是上我屋吧。"于是，小豆子爸爸起身进了他和小豆子妈妈的屋，一阵紧收拾。小豆子妈妈也不跟过去，说："抽烟，喝水，小豆子，再拎瓶开水来。"

过了一会儿，小豆子爸爸收拾完了，对戴晓军说："搭把手，咱们收拾桌，准备吃饭。"

菜上桌了——烧肉、炖肉、松花羊肉、黄焖肉、肉杂拌、清氽丸子、圈巧阁、黄焖鸡，这是清城著名的"八大碗"。菜一一摆上了桌，那个菜量，说是碗，其实装满了小号和面的盆。客人上桌了，老人们说话说多了费力，拿起筷子后都不说了，一个劲儿地往嘴里夹菜、放面，咀嚼。

剩下的时间里，戴妈妈跟刚刚被叫醒的刘砖头叙旧。孩子们都无心用耳朵去听，反而鼻子的功能发挥得更主动一些，他们闻到火候精当的炖肉和蒸碗的香味。

第二天天还没大亮，蒸花馍的人来了，戴妈妈在家坐镇。她人不在窑上，戴家窑上的事可什么都知道。在古代，你一定是个军师，早有人这么夸她。今天戴妈妈不动手，照样可以蒸出最有面子的花馍。

结婚为什么要做花馍？主要是为了讨个彩头。人们用能吃的染料把面给染上色，捏做大红喜字、紫红玫瑰、粉艳荷花、翠绿的莲蓬。做花馍是为了新人以后能够生活条件好，将来过日子不愁吃不愁穿，生活像这花馍一样多姿多彩。蒸花馍的人先做了一个空心面轴，再把捏好的面花堆上去按结实，最上面再放上枝繁叶茂的花朵和莲蓬。

第一只凤凰花馍做好了，她们又开始做百鸟朝凤大馍，先做一只九寸盘子那么大的馍，然后再把寓意吉祥富裕的牡丹花开、孔雀开屏、喜鹊登枝和百鸟朝凤馍一起放上去。结婚的花馍一般都会蒸很多，只要前来参加婚礼的人，新人都会把结婚花馍赠送给他们，让他们带回家去。花馍等于是一种回礼，所以花馍的外观非常好看，主人家把花馍做得越多姿多彩，越有面子。

今天来了不少高手，她们受到奶油蛋糕这种西式点心的启发，把花馍盘成了一层一层的，每一层都有一圈奶油花一样的装饰，还用了车厘子和菜汁染成的面做了绿叶，让这花馍更有立体感和高级感。戴晓军都看呆了，招得那位嫂子直说他："快把媳妇领家来，到时候我给你蒸大花馍。咱戴家窑，烧砖使大窑，结婚也蒸大馍。"戴晓军没有吭声。他不吭声归不吭声，嫂子们把话说出来，倒是痛快呢，得意呢。

戴晓军站在衣柜前对着穿衣镜系领带。戴妈妈把戴晓红的东西分了类，把小零食、洋娃娃、小花发卡、眉笔、唇膏等小物件都装进了茶叶盒。戴晓红一直不想把这些都收拾干净，她想把它们都放在娘家，这样一来，她还在娘家留有痕迹，她还是娘家的一分子。戴妈妈还把一件自己心爱的印有红色和绿色圆点子的腈纶棉背心放进了提袋里，这是今年过年的时候大年夜里戴晓红说冷，戴妈妈特意给她找出来穿的。戴妈妈一看到这背心就想到了戴晓红怕冷，把它塞进提袋就是怕来年的年夜里戴晓红不能回娘家，想着她再感到冷时，可以把它从提袋里取出来，穿在身上。戴晓红不肯要这个背心。最后还是戴妈妈用力将背心按进了提袋，还剥了一只大白兔喜糖塞进戴晓红的嘴里，戴晓红才接受了。戴晓红说糖太大了，她咬下一半，把另一半糖塞进了妈妈嘴里。戴妈妈的腮不知道为什么一夜之间就陷下去了，半块糖在她的嘴里，翻滚了几个个儿，怎么也放不平。戴晓军不敢再引她们说话，一来怕妈妈人老了说话费气力，二来怕戴晓红真的哭了。

剩下的时间，戴晓军穿着齐整地看着妈妈给戴晓红梳头，她们说起了往事。比如，以前戴家很多亲戚都想来投奔她，她一律对他们好吃好喝好对待，然后再告诉他们，只要留在窑上，怎么都能混上口饭吃，这是姥爷的主意。戴妈妈的年龄并不是最大，但她后来成了戴家人和刘家兄弟姐妹们公认的"姐"。

婚礼上的人并没有想象中的激动，倒有互相赌气的意味。主持人问："这18个兄弟是哪头的？算娘家人还是婆家人？"因为小豆子也在里头，小豆子就说不上来了，他紧紧地站到戴晓军身边，大家就乐了，说："那新郎也是娘家人。"小豆子被人从兄弟们的队伍里推出来，大伙这才发现，还不如让小豆子站在兄弟的队伍里边，这一对十七的阵容，让小豆子太过孤单，看起来像受娘家人的气似的。

小豆子站在对面，看着像太阳一样对着他的张张笑脸，他想到他的状况，觉得还分啥婆家娘家，都是一家。他这么想，人们也能理解。

这边婚礼仪式完毕，该请亲人入席，戴妈妈怎么也找不到舅舅刘砖头了。小豆子家开小铺的姐夫说，他看见刘砖头进小铺买蜡烛，就向派出所举报，让警察把他抓走了。戴妈妈问为什么抓他，这人说刘砖头是通缉犯。戴妈妈指着他的鼻子说："结婚当天抓娘家人，真行啊你！"

戴妈妈还入啥席，好酒好菜在她眼里都冒着火苗子。她要见到刘砖头，就是枪毙，也得她去陪着上法场，不用别人。她到了派出所，方知事情的缘由。警察把刘砖头带来，是因为 5 年前，从外省市流窜来一伙人，利用涂改后的两张银行承兑汇票骗取清城市某窑厂经营者 1 948 420 元。经专业机构鉴定，涉案的两张银行承兑汇票为变造票。前几日，经上网追逃，其中一名犯罪嫌疑人已被抓获归案，但还有一人在逃。

戴妈妈没听出这案子跟刘砖头有啥关系，她问："为啥抓刘砖头？"

"你还不清楚？他就是那个网上被通缉的。"警察说。

"不可能，他这 5 年在哪儿，他 5 年前在哪儿，我都知道，他根本没去过外地。你说在哪儿逮住那同伙的？"

"石家庄。"

"石家庄不在清城你抓什么人呢？他一直跟我在一起，那呼噜打得要人命。你们为啥抓他？"

派出所一联网对比，才知道他们抓错人了，可刘砖头跟那个通缉犯长得实在是太像了。

这次回来后，戴妈妈告诉刘砖头："累死我了，你都不知道我跟警察说了多少话，至少5遍都是一模一样的话。你还是在家别出去了，省得警察又把你逮走。"刘砖头说："我乐意让他们逮我走，我发现我不属于这里，这里办喜事，可我已经连让人高兴的事都没有了。我还是进去吃牢饭，省得麻烦你。"戴妈妈不乐意了，说："这都是啥话？你咋知道没有高兴的事？告诉你，这事说不定还真跟你的喜事有关系呢。"

于是戴妈妈带刘砖头来到小豆子家隔壁的院子，这是戴家窑给当初拆自家房子盖新窑的窑工们盖的房子，其他院子都已经有人入住了，只有这西边顶头的一座小院还空着，小豆子办婚礼用这座小院存放物品，办完事，这院也腾出来了。戴妈妈用钥匙打开门，从钥匙孔里取出钥匙放在刘砖头手上。刘砖头并没有拿，钥匙掉在地上，小金鱼一样地蹦跶。就在刘砖头弯下腰，伸出大拇指和食指准备去捏住它时，戴妈妈说："这房是你的，由兴住吧。里头铺了地暖，打开，屋子就热了。"刘砖头就没有捏住钥匙，说来也怪，那把小小的钥匙竟然真的"活了"，它刚还在刘砖头手里，一下子又不见了。

28

放　土

　　陶景人看着在窑厂泥土地上飞奔狂跑留下深深浅浅脚印的小孙子，决定给小孙子讲课。是的，这个念头在突然变清晰时，吓了他一跳，陶景人发现自己变成了陶老，怎么就变着法儿地想给人讲课。这就像儿子为他买来200度的花镜，他戴上后，突然看到了儿子脸上络腮胡子的毛孔那样，让他吃惊不小。倒不是陶景人对一个男性会长胡子这件事缺少常识，而是他突然发现，自己的儿子居然这么真切地立在自己面前。戴上儿子专门为他买的花镜，陶景人明白自己真的老了，已经是八十有二的年岁，用儿子的话说，他属于资深老年人了。他从眼镜盒里取出花镜，才认识到砖窑是他的道场，他得对得起由老师领着来看澄浆贡砖的小学生们。现在，陶景人发现，自己竟然也看到孙子像陶广志小时候的样子，他心里的情感真是复杂。

　　陶景人更希望小孙子能好好学习，将来有出息。这小家伙还不知道，将来他的肩膀上会压上什么。陶景人看着小孙子写毛笔字的样子，觉得还真像是那么回事，他取过一张小孙子刚写的字，就往贡砖教育基地的展室里走。

　　"爷爷，你拿它干啥？"小孙子问，随着他的脚步紧跟其后。

陶景人用钥匙打开办公区南边的瓦房门，告诉小孙子："来，爷爷让你看宝贝。"

"啥宝贝？是奥特曼吗？"小孙子问。

陶景人心里一凉，谁会知道他的心愿呢？也许手里小心翼翼捏着的那张小手写出的毛笔字，也不知道他的心意吧？"我爸爸给我买了尤莉安，可我把葛雷给摔坏了。"小孙子说着，在做他自己认为的努力。陶景人站在排房中打开门泻了一地的阳光里，根本不知道应该把一时冲动拿来的毛笔字摆在哪里，在陶景人看来，它是这里的第一篇手写文字，那字迹很是稚嫩，却来自陶家的后代，第六代传承人，这才是最最重要的。他想，澄浆贡砖带着我们的骨血，传承者应该为它留下一些值得用笔墨写下来的内容。"天有时，地有气，材有美，工有巧。合此四者，然后可以为良"，"材美工巧，然而不良，则不时，不得地气也"。这是《考工记》中记载的判定产品质量优劣的标准，陶景人是什么时候把它们记下来的，他倒忘了。人的心真小，他心想，好些事都挤不进去，他只能把重要的放进去。只可惜，什么才是重要的，在这件事上，仁者见仁，智者见智。

在陶景人的带领下，祖孙俩登上了两座并排的贡砖窑。陶景人指着这些窑说："这是当年爷爷自己建的第一批窑，叫马蹄窑。"

"马蹄马？"

"不是马蹄马，是砖窑外形像马蹄。你看那边还有4座缸子窑。"

"缸子窑。"

在一座刚刚烧制好澄浆贡砖的窑的窑门里，陶景人随手拿起了两块砖，互相敲了敲，金属声立时可现。陶景人问："好听不？""好听，我也要。"小孙子说。他的手紧把着陶景人的手。陶景人心里一热，说："哎，你可拿不动。不信爷爷把它们放在地上，你试试？"

陶景人把砖放在地上，小孙子俯身去试，果然没有拿动。陶景人在心中发出了深远的感叹：这贡砖技艺不能断送在我手里，到时候还得靠你呀。

正在这时，陶景人听见细碎的脚步声，有小学生往这边来，与此同时，他听到了儿子的解说声："所以，蓬莱阁的贡砖供应订单，我们从2003年开始到现在还没有完成。江北古城这个订单签订后，陶家窑就不敢再接订单了，没有那么大的生产能力。按现在的状况，我们开足马力生产，目前已经接到的贡砖订单，也需要等到明年下半年才能完成。烧制一窑贡砖需要一个月，一座贡砖窑每年最多烧12窑，产量确实是有限。1988年，窑厂厂长陶景人同志在这里建了第一座窑，如今陶家窑已经增加到有6个基地。但目前我们的生产能力仍然满足不了市场需求，清城贡砖在继承的同时更需要发展。从明初到清末，清城贡砖的生产辉煌了几百年，清末以后萧条了近百年。清城贡砖停止烧制后，历史上出现了一个文化产品谱系的断面。正是陶景人同志坚持探索贡砖制作工艺，结合本家祖传造砖的传统工艺，经过无数次的试验，最终掌握了贡砖制造的各种工序，为贡砖续上了家谱。这门传承了几百年的技艺，我们正在期待着它的再次辉煌。"

陶景人彻底沦陷了。他没有想到自己的儿子把贡砖的身世讲得这么明白，看来儿子是下了一番功夫的。

"哦，爸，你在。你看他们是中心小学的，来参观咱们的贡砖基地。我讲得不全面，还是你讲吧。"陶广志伸手介绍，"这就是我父亲，清城贡砖第四代传承人。鼓掌，我们请老先生给讲讲好不好？""好！"小学生们说。

在陶景人心里盘桓了许久的关于澄浆贡砖的讲述词，把它们述说出来的机会竟然在这种情况下降临。这要在平时，陶景人说话之前是要先清一下嗓子的，因为一直不说话，吃不准在众人面前嗓子发出的音色与音量。但他今天没有清嗓子，直接说了起来："8座窑，正常情况，烧制一次总计可以出4万块砖。从碎土开始到出窑，贡砖制造大大小小有14道工序，前前后后有40天，这是一般的砖不能比的。"陶景人娓娓道来。没想到一讲就讲得大家都认真地看向他，他不由得继续往下说："烧砖其实是比较有学问的，一道道工序很讲究。这中间的秘密只可意会不可言传。烧砖烧到20多天的时候要停火，熟练的窑工要去闻砖窑里冒出的烟的味道，他们用鼻子一闻，就知道砖烧好了。"

有小孩提问："怎么掌握这个味道呢？"

陶景人笑着说："这个我只能告诉徒弟。清城贡砖的意义不在于它用于建皇宫还是建设一般建筑，而在于它的传统制作工艺的传承。要想父传子、师带徒，把这种技艺传承下去，清城贡砖就要走商业的道路，不然，它只能被放在博物馆，仅限于供人观瞻了。"

"下一步你们有什么打算呢？"又有人提问。

"下一步，清城要把砖窑建设成集生产销售、文化展览、生态旅游于一体的文化遗产胜地，新建、改建砖窑，修建窑厂围墙，建造贡砖展厅和停车场。我们还希望能建设古城墙和古大门，硬化美化路面，对窑厂进行绿化，努力造就新的文化景观。"陶广志说。

陶景人听着来自儿子的讲述，他突然发现，儿子和孙子从来没有抛下自己，没有离他而去。是澄浆贡砖，是它把陶家的子孙们紧紧地留在了这片土地之上。他陶景人何德何能，是贡砖，贡砖才让陶家的骨血一直奔流着。

"在断烧100年后为颐和园和故宫送澄浆贡砖，这无疑掀起了一场复兴澄浆贡砖的热潮。尽管面临国内不少同行企业的竞争，但清城贡砖凭借过硬的质量和独有的特色在国内市场上站稳了脚跟。陶家窑从最初的一座砖窑增建至 8 座，平均年产量能达到 300 万块。即便如此，贡砖仍供不应求。"陶景人讲到这里，已经完全克服了被众人瞩目的紧张感。他看着儿子，原本有些怪罪儿子让他讲课的草率，现在，倒觉得儿子是有意安排，把他适时推到众人面前，让他完成了角色的转变。此刻，陶景人心里反而有些感谢儿子，如果不是这样拉他出来，他什么时候能正式出场亮相呢？正如儿子预料的，更多的订单来了，整个清城的贡砖生产厂家达成一致，统一号令：宁可不做，也不能因短视毁掉贡砖。

有人问："你喜欢烧砖吗？"

陶广志摇摇头。

有人问："你爸爸打过你吗？"

"打过。"陶广志说。

"使什么打？"孩子们有些好奇。

"使手，一巴掌下来，可疼呢。"陶广志笑着说，"这么说吧，和他在一起，哪怕只是日常相处，人们也会感到他身上有一种若有若无的威严。一旦有人惹到了他，引他发威，这股威严就会瞬间爆发，让人心生不出任何抵抗的念头，因为他的性格是很霸道、很好胜的，只要起了冲突，他就不会妥协。就像人与自己母亲相处，母亲会一直唠叨，直到你说你记住了一定改正才算完，不然母亲说话的意义就不存在了。所以，人们感觉到我父亲是不能惹的，惹到了也会有大麻烦，这个大麻烦就是他的纠偏，他的没完没了。所以大家都对他毕恭毕敬，害怕自己不小心会惹到他，因为越过了他画的线而犯规。"

陶景人的眼圈突然湿润了，他突然发现儿子长成了自己。站在那里的，不正是当年审视父亲的自己吗？儿子的心中也有不解也有误会，但更多的是思索，是理解与尊重。还要么呢？这就够了，陶景人发现烧砖这一行跟别的不一样，它会带给人理智与思考，给予人淬火后的蜕变。

清城的澄浆贡砖，营造了北京城的辉煌，那么古代的清城贡砖砖厂、砖窑是否还有遗迹呢？有，并且目前中国仅存一处，它就在河隈张庄。在戴湾和河隈张庄中间空旷的麦田里，有几座高达数米的土堆，它们就是原来的贡砖皇窑。皇窑一般都是单座设立，但专家在这里发现了唯一的一座连窑。两座皇窑紧挨着建设，便于窑工烧造，提高了劳动效率。历史上，清城贡砖皇窑曾经遍布卫运河两岸。翻开清城地图，东窑、西窑、张窑、陈窑之类的地名不时映入眼帘，这些以"窑"命名的村子，便是当年贡砖烧制古窑的名字。人们会为故宫的霸气、十三陵的灵气折服，在这些宏伟建筑的背后，都有一个共同的名字——清城贡砖。

在中国古代，一道城墙标志着一座城市的边缘。城是最大的墙，墙里是城，城墙一旦被攻破，意味着城市乃至国度的沦陷。因此，千百年来，中国人誓死保卫城墙，以守护家园。城与墙相依相守，结下了不解之缘。城老去了，墙的颜色灰暗了，砖块和砖块之间爆开比拇指宽的裂缝，莠草从裂缝里透过来，证明城墙经过了很长的年代。它很古老，但它还是站在那儿，它代表着权力，因此从不倒下。一年两年，十年百年，这城没有什么变化，当官的人换过了，但不必知道他们的名字，无论哪一个人做的官，城的一切依然如故。后来也有人一块一块地把砖头拆下来，原来立着墙的地方成了平地，成了马路，但那依然是城，依然存在千百年缔造下来的许多条规，它们比砖头还要硬。人们只要从那地方走过，甚至不必从那地方走过，就知道那儿是一座厚厚的漆黑的城墙。而没有城墙的城，将无数的血肉、眼泪堆叠起来，凝集起来。城的寿命比人的寿命长，长得多。人们的父亲、祖父、祖父的祖父，都见过这城。但总有一年它要倒下来，它倒下来了，人们就要造起一座美丽的新城。

这些话长长短短地，跟城与墙的记忆一起躺在许韵清的笔记本里。

市博物馆二楼非遗展板里，有着陶景人的名字，还有他儿子的名字和他孙子的名字。许韵清在给陶景人讲解："我们的祖先创造了伟大的中华文明，而我们更要把祖先这种创造精神发扬光大，使它们在21世纪更加辉煌灿烂，为人类的进步和谐做出新的贡献。北京故宫是明清两代帝王的皇宫，也是世界上最大的宫殿建筑群，1987年12月，联合国教科文组织将北京故宫列入世界文化遗产名录。多少年来紫禁城一直是皇权的象征，奢华的象征，它的雄伟神秘不知吸引过多少人。但许多人并不知道，修建故宫用的砖，来自400公里以外的山东清城。不仅如此，北京绝大部分的皇家建筑用砖都来自清城。清城贡砖的生产技艺是我国人民在劳动中取得的独特经验，明清时期用此工艺生产的澄浆砖已支撑了故宫等多处世界级文化遗产几百年。这显示出清城贡砖烧制工艺的高超。"许韵清说这些话时，是一字不会错的，她那语气里带着笃定，就好像她本人是从历史的缝隙里走来的，她什么都知道，而那些砖窑就是她家里的一部分。

陶景人站在那里听着，像在做梦。过了一会儿，他说："我们清城的贡砖，不能谁想做谁就能做，得有行业准入和行业标准，我要把生产工艺技术统一起来，形成标准，传承下去。"

魏建国的扶贫车间里站着100名妇女。她们中没人能脱坯打砖模，她们盯着从存土坎上运来的土，不知如何是好。刘砖头成了这

312

窑厂流水线旁边唯一的男人。刘砖头说，他能脱50斤的大城砖模。人们都表示怀疑：他？一个60多岁的人，还是一个"游仙"，行吗？刘砖头一句话没说，脱下衫子和鞋就去车斗里取出了大城砖的砖模。

有人把刘砖头的表现告诉了戴妈妈。戴妈妈说："这么大岁数，干活儿还是不知道轻重，该给他找个老伴儿！"到了晚上，她跟戴晓军要刘砖头的照片，还是要好看点的。

"用美颜还是滤镜？"戴晓军问。

"只要好看，都要，有多好就弄多好。"戴妈妈说。

"他哪有好看的照片，长那模样的，照片能好看到哪里？"戴晓军说。

"我让人带给想给他当老伴儿的人看！"戴妈妈说。

"那就不要太好看，万一人家认准了照片上的人，看舅舅本人不顺眼，咋办？"戴晓军说。

"那我不管！"戴妈妈说。

"'照骗'，妈你是骗子。"戴晓军说。

"他爸以前就死在塌窑上了。骗谁？"戴妈妈说。

戴晓军一听戴妈妈说这话就出了一身冷汗，这话太不吉利了！他回身看了一眼客厅，幸亏大家没有听见，倒是刘砖头刚上完厕所进来，手刚在院子里的水龙头下洗过，还滴着水。

戴晓军压低声音说："别瞎说，让人听见。"

戴妈妈说："谁瞎说，他救的是你爸，每年到出事那天，你爸都一个人在屋里哭，说对不起他。"

戴晓军说："咋还对不起他，我们就差像祖宗一样供着他的后人了。"

戴妈妈说："像祖宗一样供着也应该，只怕他受用不起！"

戴晓军问："妈，为什么？你不是最心疼你弟弟吗？"

戴妈妈说："我这辈子最恨的男人有两个，一个是你姥爷，一个是你舅舅。"她说，小时候她总看见姥爷背着舅舅，到哪都背着，让她一个女孩在地上走。那年水大，都说旱枣涝梨，可快年夜了，她也没吃上一个梨。那年姥爷又要随大军南下，说是不知道还能不能活着回来。姥姥站在孩子们身后哭，戴妈妈就站在姥爷身边。姥爷对姥姥说话时，戴妈妈把手腕挽在姥爷军装胳膊肘的一个洞里。姥爷流了泪，从口袋里掏呵掏呵，一家人盯着姥爷摸索了半天，他只掏出了一枚红枣。戴妈妈想要的是一个梨，哪怕是不大的一个梨。那枚小红枣实在是太小了。姥爷说，这是路过沧州时老乡塞给他的，他没要，后来不知怎么竟然落下了一枚。她伸过手去接，就见姥爷犹豫了一下，没有把那枚枣子递给她，而是抬手越过她的头，把枣子递给了刘砖头。姥爷没走出多远，戴妈妈就一下从刘砖头手里把枣抠出来，扔到地上，使脚前掌使劲地踩，几乎把枣踩进泥土里。刘砖头大哭，连着几天让她赔枣。戴妈妈说，他倒有理了，那是我爸，我当时恨不能把他踩进泥里。

戴晓军不让戴妈妈再说下去，因为他看到戴妈妈的呼吸位置已经上移，胸脯一起一伏越来越高，他真怕她血压升上去，血管承受不了。戴妈妈接过戴爸爸递过来的毛巾擦着脸说："爱和恨，是说不清楚的。我就没见到谁说清楚了。"她那么恨她的父亲，却在父亲死后拉扯着这么大的一家子人，几十年里企盼的，都是得对得起刘砖头。戴晓军想，如果姥爷活着，他对舅舅也不过如此。

"放土了！"

政府的运土令是突然下达的。其实卫运河配有百吨级船闸，但由于缺乏水源，船闸改善航运的效果不大。到 1978 年，南运河航运全线中断，这里的航运局和水务局先后撤销。由于水流渐少，卫运河的航道里沉满了泥土。最近，两岸之间已经无法行驶摆渡船，甚至有些河床已经高出水面，人们自觉地种起了蔬菜和庄稼。

"这可是莲花土啊。"有人说。懂行的人的心思一下子收不住了。由于清城地处黄河冲积平原，每次黄河泛滥之后总会留下一层细沙，覆盖在黏性土壤上。久而久之，土壤形成了红、白、黄相间的层状结构，如莲花瓣一样均匀清晰，当地人称之为莲花土。莲花土细腻无杂质，沙、黏土比例适宜，和泥抟坯，脱出的砖坯有角有棱，不易变形。再加之卫运河水质清澈，碱性较小，具备烧制优质贡砖的水土条件。

魏家砖厂第一个响应运土令，迅速拿到批文，组队行动起来。魏建国的弟弟魏建城开的机械公司与很多大型矿山机械使用单位有业务联系，几通电话下来，已经有先头车队到达指定采矿区域。魏建城为人处事很像魏建国，他最适合的便是做强者之间的黏合剂，他的协调能力能直接创造经济价值，无论是在接待任务，还是在各种关系的营建和维护中，他不仅能获得别人的好感，也潜移默化地带领着其他人一起向前。允许采土的通知一下来，黄昏夜幕下的清城街道上便响起了大十轮运土车的负重碾压声。

虽然有居民不堪其扰，把投诉电话打进了政务热线，但只有陶家窑的人真正慌乱起来。问题出在采矿证，这还真让陶景人疏忽了。张德贤一听到"放土"的消息，手机、座机都没闲着。砖是用莲花土烧的，可莲花土都在河床一米以下的地方，上次他们从卫运河的河床取土还是 10 多年前，谁会让你随便地无休止地去挖运河的河床？新窑和魏家砖厂这样大规模的砖厂都办了正规的采矿证。而陶家窑因为是老窑，反而……

一辆没盖苫布的拉土车被执法队拦下，他们上前巡视车牌被泥土遮挡的部分，并警告司机："你在驾车行驶中连闯3个红灯，最后把车驶入一个堆土地区。你见到红灯加速闯灯，若不是警队早有防备，这车早没影了，是吧？"司机心存侥幸，他只想趁夜黑混入魏家取土车队，没想到取土时得逞，不等于运土时得逞，他还是被单独拦下了。

　　警察把电话打给了魏建国，说："你来一下！警队半个多小时就看到十余辆大十轮子拉土车闯红灯，这些车均存在车牌号看不清或不挂牌照的情况，车尾车牌被泥土覆盖的现象尤为严重。不仅如此，一些拉土车尾灯不亮，牌照处一片漆黑。"

　　魏建国到了警队，辩解道："这些不是我的车。"

　　"知道不是你的车，但是你花钱雇的车也不行。出了问题谁负责？"警察说。

　　"放土，多少年才等来一次机会，我们时间紧迫。"魏建国说。

　　警察说："这都不是你制造事故隐患的理由。报告说，凌晨时分，这些拉土车更加疯狂，因为都不盖苫布、车速飞快，车上的沙土沿街散落。有些土已经被过往的车辆轧扁，造成了严重的环境污染。"

　　警察继续指着监控录像说："看到了吗？白天车流量大，抓得严，大车根本不敢跑。到了晚上，这些车拼命跑活儿，超速、闯灯，就为多拉多挣。我说，你这个态度，就是纵容犯罪！我们公布对违规运输车辆积极进行监督举报的举报电话，人民群众的眼睛是雪亮的。再有，取土场地附近路面已硬化，你要配备洒水车定期洒水抑尘。"

　　魏建国说："放心，这都安排人在做了。我让他们守时排班，有人检查。"魏建国很是重视这件事。这些呼啸着的大十轮子，从河床里取土，它们工作的成果还是很可观的，在魏家砖厂预留的堆土地区，已经起了一道高十多米的土堆，后续车辆已经开到了土堆顶上，可见取土工作的迅捷。

警察说："看，这期《执法简报》来了。'截至目前，联合执法组共检查车辆 100 台，对其中违法违规的 90 台车辆进行处罚，其中闯禁区车辆 75 台，未密闭运输车辆 4 台，闯禁区、未密闭运输车辆 5 台，闯禁区、超载运输车辆 4 台，未密闭运输、超载车辆 2 台。'"

魏建国说："我们的车辆厢体与驾驶室顶齐平，车厢上方安有滑轮。操作人员可以把平时推到驾驶室后方的苫布拉到厢尾，将车厢整体封闭完成遮挡，保证杜绝沿途遗洒。而且，我们的车车牌齐备，没有遮挡。我能记一下这些违法违规车的牌号吗？回去查一下。"

"好，查完报检查结果。"对方说。这让魏建国很是纳闷。魏建城一直不让"病车""脏车"上路，为了保持安全行驶，公司还给拉土车安装了 GPS 卫星定位系统。为什么路上还有这么多违法车辆呢？

这时，手机响了，是张德贤打来电话，他说："魏建国，能借地过个话吗？"

魏建国说："说吧，我跟前没人。"

"我的车被扣了。扣分罚款我都不怕，要命的是没车我拉不成土啊。你也知道的，那不是土，是矿啊。"

魏建国一下子就明白了那些违章车辆是从哪里来的，问："原来还有你们陶家窑的车？"

张德贤说："你听我解释，我们没有车，也没有采矿证，时间就这么几天，急死个人啊。"

"你咋不早说？市新型拉土车标准出台以后，我们对现有拉土车进行了更新改造。车身统一成灰色，车厢带有纵向开闭的全密闭苫盖。我们的新型渣土车，一有北斗定位，时速不会超过 30 公里，一旦超速或没有密闭，车载电脑自动控制减速。二有全密闭货厢，货厢棚部盖可以自动开合。三能实现远程监控，后台监控平台对车辆实时定位。所以交管局来找我问责，我还正纳闷呢。你在打游击战，你们的拉土车成了整治重点。"

"那完了，看来想混是混不进去了。"

"还不知道吧，人家运输行业协会对运土车实行内环封闭式管理，那些车的翻斗有顶，都是能自卸的车，全部是果绿色车身，别人想混怕是混不进去。你要几辆车？我帮你找找看。"

"怎么也得把这一次的土方量挖完。"

"胃口还不小，算我把土存你们那儿吧，土方车按拉土的方数计钱，用我的车，给够油钱。还有啊，如果是场内驳运的话，叫你的工人放下扫帚，用锹去铲，用扫帚越扫越脏。我就基本不安排扫地，全部用锹。"

"好！"张德贤说完放下电话，这才看向陶景人。电话是按了免提的，事情这么严重，他想瞒陶景人，陶景人也早就知道了。正在这时，电话又响了，张德贤的堂弟告诉他，他找到了之前想找的一个复耕的砖窑窑主。张德贤对陶景人说："师傅，找到了，这个砖窑改制后已经原地起楼，建成了服装加工厂，可他们的采矿证还有两年才到期。当然，我们使用是要花钱的，算租用。但还好，只要有采矿证，咱陶家窑就能名正言顺地加入囤土的行列里。"

陶景人必须得高看张德贤，在这个时候，陶家的子孙没有一个在他跟前，在跟前的只有张德贤。他的心里五味杂陈，不知道这是陶家的幸还是不幸。张德贤并没有与陶景人同频，他算了一笔账，他要向魏建国看齐，利用魏建国的运输资源，这样安全、划算。

正在这时，他们听见汽车喇叭声，张德贤推门出屋一看，愣住了，院里院外是一眼望不到头的车队。原来陶家女婿魏建城来了。魏建城说："我哥让我带车来的。原来跑的那家就拖尾款，现在他们首付款也开始拖，不和他们合作了。上哪拉不是拉？刚好这陶家窑上运土需要车。"

"这不大好吧？"张德贤说。他怕人家有意见。

魏建城说："有啥不好，好着呢，我们都来了，你有啥不好意思用我们？"

张德贤看到他，突然意识到什么，他说："好，就用你们的车，但有一点……"

魏建城说："有几点都行。我这些车都是有公司经过检测的，统一安装了车载定位。"

"行，不跑高速就行，这样中间没过路费。"张德贤说着上了头车驾驶室，大十轮货车队挂挡出发了。交警和路政没有出现，张德贤警惕地看着前方的道路，前方还有 100 米他们就要到收费站了，突然，他看到了两辆警车前后排列，闪着刺眼的警灯。张德贤看了一眼魏建城，这时车辆已经进入收费通道，后退已不可能。"请交费 225 元。"收费员微笑举手示意，张德贤这才反应过来，看着魏建城紧握方向盘的手，驾驶室里的空气有些凝固。50 米，20 米，5 米，警车大灯刺眼的光亮越来越近。在他们就要与警车擦肩而过时，张德贤听到了挂挡和给油的声音，大卡车猛地像醉汉一样晃着身子向前蹿了出去。与此同时，他听到魏建城长长地出了一口气，紧接着听到打火机的声响。张德贤心里暗自佩服——瞅瞅人家车队着装整齐，十年八年不放一回土，抢土的时候还这么正规。他一下子后悔起来。筹建清城贡砖行业协会，让贡砖文化走向世界的《清城贡砖行业协会报告书》他已经拟定完成，但并没有公开，他知道，这得由他的师傅陶景人拍板。

魏建城说："这雨还下起来没完了。"

张德贤看到细密的雨滴在前挡风玻璃上，他这才发现车上的雨刷只有魏建城那边开着，而魏建城看向右后方的反光镜上升起的雾气，又向身后那排可以当卧铺的座位看了看，那里有一块紫蓝色格子的毛巾布。

29

起华章

　　看着窑厂空地上新运来的莲花土，突然凸起的天际线，陶景人有了秋收时才有的家底殷实感。好土啊，这是十几年来沉积下来的莲花土，红的黄的白的，在没有一遍一遍用大筛小筛过滤和沉淀的情况下，它们在陶景人的手心里呈现着原本的模样。陶景人几乎舍不得呼吸，他像是看着一只彩色的小鸟，真怕自己大呼一口气，便把它吓跑了。这只精灵一样的鸟啊，勾起了陶景人诗人的本性，他要用一些闪光的跟精灵有关的词，来描述他此时的感受。当他清楚地意识到是这莲花土给他带来了灵感与灵魂，他一时又不知道是该高兴还是悲哀了。陶景人想：原来，自己的喜悦与悲伤都来自莲花土，如果没有莲花土，谁知道我陶景人是谁啊？我是莲花土的子民、仆人，我是莲花土与皇天后土的使者，我根本不是我本人，我什么也不是。

　　那一刻，他仿佛看到自己坐在洁白的莲花里，金色的花蕊散发着奇异的花香。他好像听到一个声音，那人说："香啊——"原来是孩子们的祖爷爷。但为什么祖爷爷看不到我？陶景人想：我就在这莲花里啊，端正地坐着。"香啊——"是父亲。但为什么父亲也看不到我？他感到疑惑。

"我，我在莲花里。"陶景人有些着急了，他大声地呼喊着，可是没人看到他。这时，陶景人也闻到了香味。"香啊——"他忍不住也美美地说了一声，好像这样一说，就可以把自己的声音传送出去，与祖爷爷的与父亲的合在一起。合在一起的"香啊——"，那才是世上最美妙的声音。陶景人想，怎么以前没听到这种从不同辈分的人体里，不同时代的人体里发出的，都是在赞美同个事物的声音？它是从莲花土里发出来的，是从用漳卫河的阳水和棉秆豆秸烧过的莲花土里发出来的。这一声"香啊——"不再是声音字节的韵律的碰撞，而融入了香气的本身。是的，这声音与香气合二为一，有了属于自己的味道。只有陶家人用灵魂烧造，它们才能凝结在一起。

就在这时，一滴滴铜钱大的雨滴在陶景人的脑门上。他吸了一鼻子，闻到土腥味，他知道，这会是一场大雨。陶景人不安地看向天空，云走得疾，像是被闪电追赶过来似的。他从身后拿过草帽戴上，雨已经把他的上身打透湿了。他暗自庆幸女儿嫁对了人家。开始运土后，魏建城就先尽着他，陶家窑的土存得满坑满谷。

魏建国举着一节没电的 7 号电池站在离家不远的小超市里，他要再买一些，给两个小孙子的机器人玩具用。店主拿来包着塑料封的一排电池。魏建国接过，一边打开外包装，一粒一粒将它们送进打开的机器人身体里，一边告诉两个小孙子，机器人在未来会如何替代人工。他时而讲着大人才能听懂的话，说他看好电脑数控技术在贡砖烧造上的应用，时而又盯住两个小孙子，告诉他们，这实施起来很难，还是先让机器人跟小孩玩，让两者彼此亲近。他怎么也没想到在他说话的时候，水已经从小超市的大门外涌进来，只一会儿就没过了两个小孙子的脚踝。两个小孩吃惊地看着越积越多、推着树叶土末子打转的水，一边抱紧低头为他们卷起裤腿的魏建国。

魏建国没想到他会在这里遇见陶景人，陶景人应该跟张德贤在一起，他们这几天依然在跑清城贡砖行业协会的手续。

魏建国知道，眼看陶景人要干不动了，他儿子陶广志还在忙着应付许韵清、大专家和教育局，心思很难拴在砖窑上。魏建国曾经向陶景人推荐过机械和泥，陶景人坚决不用。陶景人拒绝的理由很奇怪，他说："人和泥是有感情的，能互相感应。""你不用养设备，我可以租赁。"魏建国说。陶景人没理他。魏建国又说："数控、激光也是人控制的。"陶景人问："我说啥它都能照做？它能爱我么？"魏建国真没办法回答。

魏建国订的数码制砖机械已经在试运转。他一心扑在机械上，就是要他的贡砖基地接受现代化的洗礼，把贡砖变成现代贡砖传承下去。他知道陶景人也研制出用煤烧窑的新工艺，并保证烧造质量。"咱们真的可以烧煤了！"陶景人说。魏建国哪里知道，陶景人还想只争朝夕，把贡砖工艺流程总结出来再申遗，到那时等同于艺传天下了。陶景人觉得这远比魏建国开发砖雕和文创产品、设立研学游基地和青少年课外实践基地意义重大，因为这才是贡砖文化的核心。

魏建国说："有时间去看看魏湾镇砖雕加工车间建设及布展项目的采购合同公示表。我们在线上公示了采购项目名称、采购项目编码、中标供应商、合同金额等。地址、电话、联系人写得明明白白，这才是现代企业的信息流动渠道。"说话间，魏建国和陶景人才发现雨水已经没过了小腿，他们不得不分别抱起了两个小孩子。

"现在的人啊，挪砖顶包的，只买巧工砖和补砖，知道我们窑上出砖少，但质量最好！"说到这里时，陶景人的态度依然温和。"现在外面都在说咱的砖太重太脆，掉在地上就碎。那不是清城贡砖，是渣渣。不能让什么人都碰咱清城的砖。不能！"陶景人说到这儿，他的话音已经高上去了。

魏建国突然明白了一件事，为什么陶景人的出窑合格率一直碾压众窑。魏建国想到：只有成立了平台，他才能说服包括陶景人在内的所有人。于是魏建国故意哪儿疼往哪儿说："你当初不听我的，环保改造一步到位，结果走了多少弯路，花了多少冤枉钱？"这不光是钱的事，还有脸的事，提这档子事，等于替债主打脸。陶景人看着魏建国说："有钱难买个人愿意！你爱过吗？"

"啥？"魏建国看着他说。

"爱，不为结果，享受的是过程。就比方说，你爱一个姑娘，也许一直没结果，但你总得为她做点啥。"陶景人说。

魏建国就奇怪了，我这50多岁的还不如你个80多岁的懂？还爱？人都瞅不见，爱有啥用呢？他这才发现，自己做生意做得久了，眼见的都是利害关系。他有点灰心，这灰心里掺和着一部分自卑。爱，真爱一个人，应该什么样？魏建国表面上给人一种不以为意的样子，实际上是狠狠地过了心的。陶景人的话，正中了他心上留下的一处刀口。真疼！嘴上没占着便宜的魏建国想，从今往后，我只面对机器，让所有的机器都转动起来，让我也跟机器一样不停地转动，把我自己也变成机器。

小超市里的电视机正在连续播放"直击河南大水"的新闻，画面上，市民们正在拉紧长绳，营救淹没的地下室里刚刚被发现的人。

陶景人的眼前浮现出几十年前水患的场面。突然，电视里跳出本市新闻画面，主持人说："清城市气象台发布台风蓝色预警信号和暴雨橙色预警信号，受第6号台风'烟花'影响，预计今天夜间到后天夜间，我市自东南向西北有一次暴雨到大暴雨的天气过程。强降水时段主要集中在今天下午到明天白天，过程降水量 80 毫米到 150 毫米，局部地区 200 毫米以上，最大时雨强达 60 毫米以上，并伴有雷电和 6 到 7 级偏北大风，阵风 8 到 10 级。"

"快，我要关门了。有什么人生理想和愿望，还是早点去实现，别给自己留下遗憾。"店主说。

"快把砖运走，别耽误了北京的工程。"陶景人对魏建国说。

魏建国如梦方醒，说："是啊，院里还堆着烧好的大城砖，圆明园正等着用呢。"魏建国抱起两个小孙子往家走，进门就把他们塞到孩子们的母亲怀里。

魏建国赶到砖厂，迎面遇见了自己的儿子魏道义。魏道义举着手机说："爸，戴家窑刚刚成立了护砖队！我收到了警报：清城水文站将出现洪峰，流量 1100 立方米每秒。"

"装车！直送北京，走高速，别耽搁！"魏建国扯着嗓子喊，盖过了现场发动的机械车辆的轰鸣声。

"土刚挖得，水就来了，那阳河水也真是，那么深的河槽不够你走，你还非要上岸逛啊。"魏道义说。魏建国听了这话，突然打了一个激灵。土，刚运到位的土，他刚刚花了 200 多万元囤积的土，本想可以用到孙子娶媳妇的。如果它们被冲走了，那这 200 万元就等于打水漂了呀。魏建国这个平时四平八稳的人，不由得心揪了起来。他几步奔进家里，打开电视，播音员正在播报：清城市委市政府将防汛应急响应等级升级为 IV 级。魏建国都能从播音员紧绷的脸上看出十万分的危急。

电视新闻中接连出现了 3 个画面。画面一，守堤人白天填充沙袋、排查隐患、加固河堤，夜间巡逻值守。画面二，记者播报了：清城水文站将出现洪峰，流量 2000 立方米每秒。画面三，市领导亲自到一线督办，说："严防死守，确保大堤万无一失！"

这时，魏道义跑进来说："爸，3辆车的大城砖已经装好。"魏建国立刻跟了出去，他抱来垫板，铺在已经有积水的大门口，指挥载重的车辆一次性通过厂门。

吊装设备立刻到位，又有3辆车入位待命。

魏建国看到魏爸爸也来了，他披着雨衣给孙子打着雨伞。魏爸爸问："土都蓄好了？"魏建国说："好呢，亏得道义调来设备车辆，咱家的土，十年八年用不完。"

城商银行门前的雨像瀑布一样。戴晓军从银行出来，17个战友一起护卫他，他们从银行提回了现金，准备给戴家窑的工人结算第一期工资，他们买来了崭新的工资袋，就准备回去往里装钱，把清算好的工钱发给大家。词，戴晓军都想好了：跟我上窑的叔叔大爷婶子大姨们，发工资了！

戴家窑办公区的临时建筑里，会计打着算盘，点钞，念名字，发工资。收了钱的，深施一礼，在红印泥里蘸过手指，按到领款人的名字上，却没有一个人去清点分到手里的钱，那是一种信任。

会计把钱款发完了，人群却依然没有一点声响。如果不是亲眼看见，你都不会相信这屋站着几十号人。只听得屋外的雨水敲击着，流淌着，像是有什么着急的事，抓紧在办。

他们哪里知道，就在此刻，卫运河大堤上，凌晨3点钟开始的降雨一直在持续，后半夜达到了大到暴雨级别。卫运河源自山西、河南等地，从冠县进入山东，并流经清城市。卫运河清城段全长44.18公里，共发现9处险工段，6处位于主城区，为全力应对洪峰过程，政府已经发动组织了武警官兵、消防救援、民兵预备役、民间救援等约

2万人巡堤查险、紧急抢险补险。

工资发下去了，但人们没有离开。土已经拉来了一些，上了年纪的老人推不动车，就用自己的双脚把新拉来的莲花土踩实，为的是让其他人踩在上面，把土运到高处去，这样可以在同样的场地上多存一些土。

戴晓军看着人们说："水来了，土就跟着走了，再想存土，我们不知得等到啥时候。咱戴家窑不能靠借土过日子，不光得存土，还得比别人存得多。"这时，又有一批人拉着独轮车、双轮车，跑进了院子。车上的土用铁锹拍打得结结实实。上了坡，踩着那些刚被人踩过的路段，他们被指挥着运土到更高的地方。

戴家窑的人七嘴八舌地说：

"运土去！"

"走！"

"去抢，也得把土抢来！"

"跟谁抢？"

"管他跟谁，是土地爷还是阎王老子？"

最后这句的话音未落，男人们有的把工资袋交给自己的女人，有的交给了父母，都抄家伙跟着戴晓军冲出了院子。

"这样不行，我们几个去陶家窑，听说陶家窑已经第一个存完了土，我们去借些家伙来，能借到什么就借什么。到这时候咱不能要脸了。"戴晓军说。

"好！"众人同声说道。

雨还在下，魏建国看着砖厂院子里已经进来的水，晾晒的砖坯都泡进了黄澄澄的水里。

"等给北京送砖的车开走，你带咱家剩下的车上堤吧！实在挡不住，你就拉上土，把车开进河里去，以前咱家也是这样堵洪水的。"魏建国拿着手机对儿子说。"爸，你可想好了，这些可是咱家所有的家当。"儿子带着哭音说。

"洪水来了，还不都一样，你不如去挡住水。让水进村，砖、土、窑，还有机械，不全完蛋了？"魏建国痛心地说。儿子听后百感交集，把站在一边哆嗦的媳妇拦进小屋里去了。

"听见了？我不能让我爸去，我去！"魏道义说完，媳妇就哭了。他顺手把她的头按进自己的怀里，不让她的哭声传远。

电视新闻这时在播报："受河南、河北省强降雨影响，卫运河上游已发生洪水灾害。清城防汛抗旱指挥部已于7月25日16时启动防汛Ⅳ级应急响应，并发布相关禁行通告。受卫运河上游来水影响，清城市卫运河水位持续上涨，防汛形势十分严峻。为保证防汛抢险道路通畅，切实保障人民生命和财产安全，根据相关规定，卫运河的大堤及沿线所有上下坡道自即日起，除防汛抢险相关人员和车辆外，其他无关人员及车辆须绕行。"

这时，魏建国的手机响了，是魏道义打来电话。他说："爸，去河堤的方向，私家车已经不让走了。"

"听说送水的和送水果的车还让进。"魏爸爸说。

"那就带上水、水果。"魏建国说。

"现在上哪去买一车队的水果呀？"魏道义说。

"那你说怎么办？总不能等死！水进来，土没了，窑塌了，还不是全没了？"魏建国说。

"就是，人家河南人把车开进河里堵溃坝，我们也行。"魏爸爸说。

"那还等什么？快去呀！"魏建国对魏道义说。

电视新闻还在播报："全城已全面进入临战状态，迎战 25 年来最大洪水。受河南、河北省等地强降雨影响，漳河发生较大洪水，卫河发生大洪水，清城市境内卫运河水位持续上涨，防汛形势严峻。据省水文中心预测，预计卫运河南陶水文站日流量将达到 1100 立方米每秒左右，今天夜间至后天上午，流量将达到 1050 立方米每秒左右，3 天后流量将达到 1300 立方米每秒左右，这将是清城市 1996 年以来最大洪水。同时，今年第 6 号台风'烟花'将于近日登陆全省，根据气象部门分析，受台风'烟花'外围云系影响，预计今天夜间到后天夜间，清城市自东南向西北有一次暴雨到大暴雨的天气过程。"

电视里，市委书记上堤了，市长上堤了。全市召开防汛工作专题会议，重点对卫运河、金堤河、黄河防汛工作进行周密安排。一支支小队巡查卫运河，一位位专家现场调度防汛备战。

"需要口袋，需要车，需要所有能装土运土的。"戴晓军带人来到陶家窑，迎面遇到了陶广志，他直截了当地说。

"上次跟你谈的，对砖窑上岗人员进行系统培训的事，你考虑得怎么样了？"陶广志想借机得寸进尺。没想到，戴晓军把话挑明了："你别老惦记戴家窑的人。"身后的弟兄们就发出一片"嗾"声。

"陶老大，现在最重要的是土。你家的土都用苫布和纱网盖严了，我的还没拉完呢。"戴晓军说着，缓和了尴尬的气氛。

"那你运土不找车队，是怕花钱吧？"陶广志说。

"是，我怕花钱，我刚把钱全发给工人了。"

"那你就让得着钱的工人出工去拉土呀，到我们陶家窑干什么呢？"

"我不是来找你，也不是来求你，只是跟你家借那盖土的苫布。"

329

"你既然知道苫布是盖土的，还来借？这不是抢人所需，夺人所爱？"

"好，苫布你使着我不借，那密目网我看那边还堆着一堆，总可以借吧？你还用得着两层？你既然见死不救，别怪我戴晓军跟你翻脸！"

"翻书都不怕，怕你翻脸？你又不是我的学生，吓唬谁呢？"

"从现在起，我戴家窑跟陶家窑，井水河水永不相犯。走！"戴晓军说罢，带着戴家窑的人急出大院门，瞬间就不见了。

警报响了，洪水来了。骑着电动车走在去窑厂路上的陶景人的心一沉，他突然不知道自己站在哪里了。"中国四大水，唯黄河之来为最远，其为害亦最大"。"自汉以来，屡为中国害"。"今日为中原民害之大者，莫甚于河"。陶景人的思绪有些乱。但有一点，他十分清楚。由于黄河源远流长，所经地域广大，不少支流汇入其中，加上它穿越黄土高原，水体浑浊且携带大量泥沙，至下游时它便沉积并抬升河床，自然就在中原地区酿成决溢灾害。

陶景人一进窑厂就加入防洪的忙碌人群中。这时，陶广志却发现父亲和窑厂工人正在扯下蒙在高大存土堆上的大面积覆盖苫布。他急冲到近前，对张德贤说："好不容易做好的防护，怕把存土冲走的，这怎么又拆了？"还没等张德贤开口，陶景人抢着说："不光拆，还得缝。"

陶广志问："为啥？这不都盖好了？"

陶景人说："裁了剪了，缝上口，装土送到堤上去！"陶广志说："这咋不早说？"张德贤这时总算明白了，立刻加入全力以赴的工人中去。

在去往卫运河的沿线，各村都组织了人，24 小时上堤巡查、排险、封堵、加固涵闸，在危险地段悬挂宣传标语、设置警戒线，将发电机组、冲锋舟、编织袋等应急物资全部准备好。人们都在严阵以待，严防死守。每一名护堤人都不再只是身穿雨衣的百姓，而像是一身戎装的战士。

陶广志说："爸，刚才戴家窑的人来了。"

陶景人撸了一把眉眼上的雨水问："有事？"

"借苫布的，我看咱家都用着，把他们支走了。"

"你么时见他戴家窑的人主动上门？人心一凉就捂不热了。'人和'可不是小事，人家把你当成救命的恩人，你倒把人家支走，你能啊，真能！"陶景人说着摇摇头。

"爸，我错了，可已经错了。"

"苫布扯下来，拿上没裁剪的马上送去，咱家存土的基础是陈年土，都结实呢。他家的存土是新土，保不齐水一冲就溃塌，尽着他用。"

"这……"

"还愣着？哪有工夫犯愣？"陶景人喊道。

陶广志这才如梦方醒，带人冲上前，去拉父亲说的那些整块苫布。

工人很快把苫布揭下卷好，又将它们捆实。陶广志看了父亲一眼，便赶紧带人去往戴家窑。

陶景人突然挥动胳膊说："分两路走！带上密目网的跟我上堤，堤在人在，人在土在，土在窑在！窑在，清城在！"

警报响了，洪水真的要来了，堤坝附近的人们纷纷涌向了河岸。

刚走上大堤的魏建国眼尖，他说："快看，戴家窑护堤队来了。"

331

他看到戴晓军带着装束一致的戴家窑人来了。"他们更像是一支队伍。"魏建国说。

很快，戴晓军同意了指挥部的防堤建议，将人员分配给指挥部。这时魏建国走过来说："早跟你说过，贡砖不是儿戏，不光得以手艺为重，还得有一份人心。怎么样？哥跟你说的，陶家窑发起的成立贡砖行业协会的事，你过脑子了？"

戴晓军说："哥，我需要装沙的袋子，还有网、苫布和绳子，你有吗？"

"袋子我有，已经全拉来了，你说的网、苫布和绳子，陶家窑正在拆，一会儿就送来。"魏建国说。

戴晓军说："他们怎么送，没车。"

"我们公司的车盯着呢，放心吧！"魏建城说。

"那行，入会的事，兄弟听哥的。"戴晓军突然贴近魏建国说。魏建国嘴角一扬，两人会心地笑了。随即，戴晓军拎把铁锹去往袋子里填土。魏建国怎么也没想到，这样一件大事，两人就在这场大雨中说定了。

河水接天连地汹涌而来，石桥不见了，槭树不见了。满眼都是雨水，好像天突然漏了。

警报又响了！洪峰即将到来！万名护堤人在协力抢筑"防洪墙"。人们准备了皮划艇、冲锋舟、尖头锹，还有无数的绳索和编织袋。人们在总指挥的调动下进入"战时状态"。

望见突然袭来的滔滔河水，魏建国瞬间明白了罗贯中《三国演义》第七十四回中的"四面八方，大水骤至；七军乱窜，随波逐浪"是什么场面。只听得魏建国的弟弟魏建城站在河水里说："哥，这河底咋是硬的？"魏建国说："兄弟，这话我也问过。当年发水的时候，我跟着咱爹，拉着你。爸说，河底本来就是路，河见我们人走路，它眼热呢，所以才跟过来走一走人走的路。"

就在这时，众人听到"轰"的一声，河水在转弯处的堤坝下方冲塌了护坡石块。只见戴晓军脚下一滑，转眼就掉进水里。有人急呼："戴晓军掉下去了。"

这时，溃坝那边又轰塌了一片，豁口又被扩开了几米。惊惧的人们突然闻到了浓重的柴油气味，魏建国发动了自家的车辆。发动机咆哮着，车辆径直冲进了被河水冲垮的堤坝下。一辆、两辆、三辆……像战场上的敢死队一样，魏家砖厂的司机们面无惧色地开着车冲向前去。相继冲进河里的汽车，冒出重重的尾气。那场面像极了勇士身负重伤与敌人决一死战，引爆了炸弹，使现场异常悲壮。汹涌的河水像被突然截肢，无力地残喘，水面平静了许多。

"晓军呢？晓军——"戴家窑上的人带着哭声喊。

"别找了，一秒2000米的流速，他已经在几公里以外了。希望他命大！"有人说。

陶景人说："不要放弃！知道莲花土为么有白有红？是人肉人血，人的灵性和魂魄染出来的。"说罢，他用力把网高高抛撒出去，再一拉。人们几乎同时惊呼起来：快看，戴晓军在那儿……人们瞬间都把手伸进网眼里，用力把网收紧，有人索性把手里的网塞进伙伴手里，冲进水里。那是魏建国和他带来的人，那是戴家窑的人，那是陶家窑的人，还有远远近近大大小小砖窑上的人，他们纷纷冲进水里，为了不让大水把戴晓军冲走。也有人站在拉网人的身后，手挽手筑起人墙，挡在魏建国他们的汽车前，如铜打铁铸的一般，齐齐站在泥里、水里、疾风暴雨里。清城的人啊，终于站到了一起……

陶景人的眼前模糊了，只觉得身边有好些好些人，源源不断地冲下大堤，踏进网里，站进咆哮的河水里，用胳膊用背用腿，用双手举起了他拿来的网，像打鱼人起网一样，把网里的戴晓军高高托起。

莲花土层层叠叠，在一次一次黄河龙摆尾中开满鲁西南大地，它是世世代代与洪水搏击的抗洪勇士和在这片土地上生生不息的不朽灵魂铸就的。它是红的，那是人们的鲜血染红的；它是白的，那是用生命的血肉之躯换来的；它是黄的，那是从远古带来的信息。用它烧制的澄浆贡砖弥足珍贵，它们成就了北京城，成就了东方奇迹。

生于斯长于斯的清城人啊，在与洪水的搏斗中，在与烟火的较量中，从平民工匠成为勇士，造就出一种凝聚民魂的伟大力量。他们不仅阻止了洪水的肆虐，成就了铸造城与墙辉煌的澄浆贡砖，还让窑火不断烧，莲花土万代骄，用他们的血肉和精神组成了象征中华民族精神的城与墙。此处，可以有音乐，有礼花，有文献来记载工匠们坚守的初衷！因为，他们值得被载入史册，他们值得后人永世为歌。

这正是：一土一水，火中见青色；千城万阙，平地起华章。